UN COTTAGE PRÈS DE LA MER

CIJI WARE

Un cottage près de la mer

ROMAN

Traduit de l'américain
par Jean-Michel Dulac

Albin Michel

Titre original :

A COTTAGE BY THE SEA
Publié par Ballantine Books, New York

Traduction française :

22, rue Huyghens, 75014 Paris

ISBN 2-226-09347-8

J'ai écrit ce roman :

pour Edd et Gay North, mes cousins de Cornouailles, à qui je dois la découverte de « Barton Hall » et dont la chaleureuse hospitalité m'a permis de procéder dans la joie aux recherches préliminaires et à l'écriture du livre ;

en hommage au regretté William Moffett (1939-1995), directeur de la bibliothèque Huntington de San Marino (Californie), infatigable chercheur, ami précieux, conteur sans rival, mentor irremplaçable et gardien vigilant de l'Ecrit ;

à la mémoire de Daphné Du Maurier (1907-1989), auteur de tant de merveilleuses histoires se déroulant en Cornouailles, qui a inspiré des générations de lecteurs et d'écrivains ;

et en témoignage de mon admiration envers le National Trust, grâce auquel le littoral de Cornouailles et tant d'autres trésors du patrimoine ont été sauvés.

« La naissance n'est qu'un sommeil et un oubli :
L'âme qui se lève avec nous, notre étoile de vie,
A connu ailleurs son coucher
Et revient de très loin.. »

William Wordsworth (1770-1850)

Tableau généalogique des familles

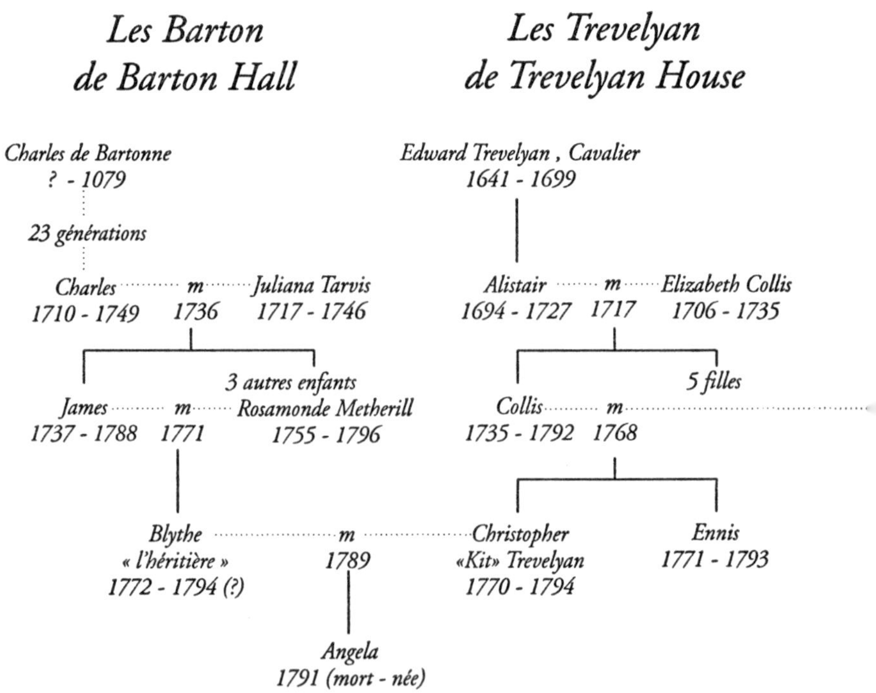

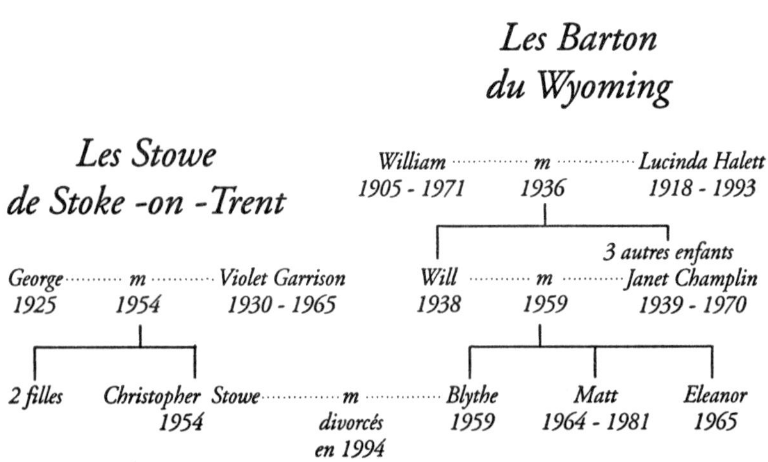

Barton - Trevelyan - Teague

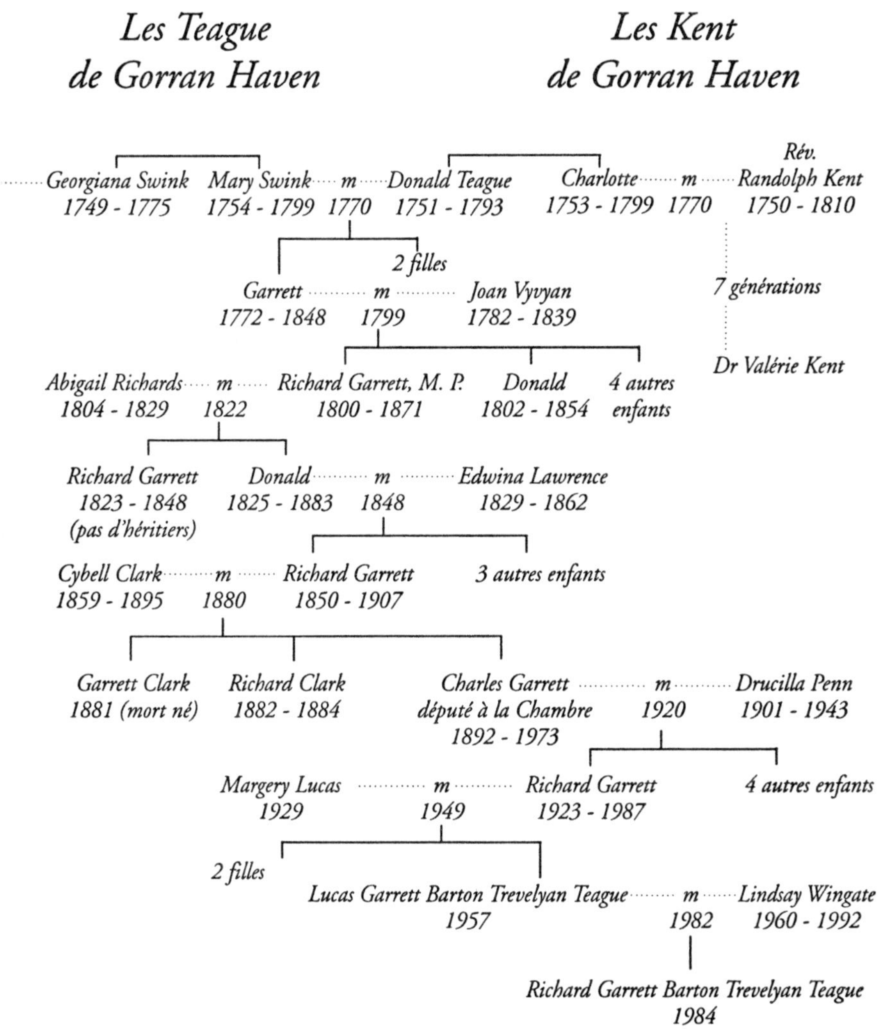

1

9 mai 1994

Pour Blythe Barton Stowe, la justice aurait triomphé si la faille de San Andreas, dont une ramification passait sous le palais de justice de Los Angeles, avait eu la bonne idée de s'ouvrir pour engloutir l'interminable limousine blanche de son mari, passagers compris.

Mais malgré ses prières muettes, la terre ne tremblait pas. Le monstre de vulgarité ostentatoire, dans lequel son propriétaire s'était fait véhiculer six semaines plus tôt à la soirée des Oscars, fendait avec une majestueuse lenteur la meute des paparazzi surexcités. Sur fond de cliquetis d'obturateurs, d'éclairs de flashs et de ronronnements de caméras vidéo, le chauffeur en livrée arrêta le mastodonte dans la zone réservée aux handicapés.

– Je me demande pourquoi les flics ne collent jamais de contredanses aux salauds de son espèce, grommela Lisa Spector, l'avocate de Blythe.

– Tu rêves ! ricana cette dernière. On est à Hollywood et je te rappelle que le salaud en question vient de gagner un Oscar. Dans ce bled pourri, il a tous les droits.

Elle regretta aussitôt cette nouvelle flambée de rage. Le seul nom de Christopher Stowe provoquait trop facilement son amertume, qui finissait par la ronger comme la rouille corrode le barbelé. Elle s'efforça de se calmer et continua d'observer, depuis la fenêtre du cabinet du juge, le cirque médiatique qui se déchaînait au-dehors, dans la chaleur poisseuse de cette journée de mai.

Sur le trottoir, téléphone portable vissé à l'oreille, les grouillots des chaînes de télévision et des tabloïds se déployaient pour couvrir tous les accès du temple de la chicane, où les Californiens, illustres et obscurs, venaient dénouer leurs liens conjugaux comme on résilie un contrat commercial. A l'intérieur, entourées d'un petit groupe taciturne, Blythe et Lisa attendaient l'entrée en scène du producteur-réalisateur britannique le plus célèbre du monde, sinon le mieux considéré. Mais le grand homme savait ménager ses effets et ne se hâtait pas d'apparaître.

Blythe regarda autour d'elle en notant, déformation professionnelle oblige, que le cabinet du juge Hawkins, avec ses étagères chargées d'ouvrages de droit, formait un décor parfait pour le drame sur le point de s'y dérouler. Tous les protagonistes, jusqu'à Son Honneur soi-même, avaient pris la pose et occupaient leurs marques sur le plateau comme s'ils allaient entendre crier « Moteur ! ». Un rêve de chef décorateur – au seul détail près que le chef décorateur en question allait y vivre un cauchemar.

Bon dieu, Christopher, fallait-il vraiment que tu nous infliges ça ?

Les yeux cachés par de grosses lunettes noires, Blythe se tourna à nouveau vers la comédie qui se jouait sur le trottoir. Un avocat connu, spécialiste des divorces à grand spectacle, émergea de la limousine par une portière. Son mari sortit par l'autre, ses cheveux blond cendré artistement noués en catogan, et déplia avec une nonchalance étudiée son mètre quatre-vingt-dix devant la horde des journalistes qui se ruait vers lui. Mi-curieuse, mi-blasée, Blythe observa comment celui qui, onze ans durant, avait été son amant, son mentor, son mari et son associé balayait la scène du regard et semblait calculer le meilleur angle de caméra pour la prise suivante.

On jurerait un extérieur-jour de *Kramer contre Kramer*, pensa-t-elle. Sauf que nous n'avons pas à nous disputer la garde d'un gamin de six ans...

Pourquoi fallait-il qu'elle considère toujours sa propre vie comme si elle assistait à un film ? Blythe poussa un soupir où l'exaspération le disputait au désespoir puis, fascinée malgré elle par l'écran de la réalité, continua à suivre les faits et gestes du célèbre réalisateur qui, sans en avoir l'air, choisissait dans la foule la brune la mieux roulée pour la gratifier d'un sourire mélancolique et d'un regard rêveur de ses yeux bleus – du plus bel effet sur les photos de presse. Puis, sous l'œil vigilant des caméras, il fit une halte au bord du trottoir afin de saluer avec effusion la présentatrice d'un journal télévisé – avec laquelle il avait dîné en tête à tête plus souvent qu'à son tour pendant la tournée de promotion de son dernier film. Passe-moi la main dans le dos, je te caresse dans le sens du poil, et tout le monde est content... Eh bien, non ! fulmina Blythe en son for intérieur. Pas tout le monde !

La voix de Lisa l'arracha à ses ruminations.

– Blythe, dit l'avocate en désignant la petite salle de conférences contiguë, viens donc à côté une minute.

Lisa referma la porte et posa son porte-documents sur la table vernie, autour de laquelle tant de litiges conjugaux avaient donné lieu à d'âpres marchandages avant de trouver une solution bancale.

– Ces torchons ne sont pas plaisants à voir, je sais, dit-elle en étalant quelques magazines, mais je te demande l'autorisation de m'en servir en cas d'entourloupes pendant la dernière séance de conciliation.

– Je croyais que tout était réglé ! protesta Blythe.

Elle voyait avec écœurement les unes des journaux à scandales, où les détails de son divorce imminent étaient offerts en pâture à la curiosité publique la plus malsaine.

BLYTHE HONTEUSEMENT BAFOUÉE ! clamait une manchette ; sous les gros caractères, une photo d'elle en vieux jean et T-shirt prise par un charognard embusqué derrière l'immeuble de son nouvel appartement. Eblouie par le flash, elle avait l'expression hagarde d'une criminelle surprise en train de commettre un forfait – dans le cas présent, déposer un sac d'ordures dans la poubelle collective. En sortant de chez elle à l'aube, elle s'était pourtant crue en sécurité.

– Je ne pense pas que nous en aurons besoin, disait Lisa, mais s'il leur prenait au dernier moment l'idée de nous faire un coup fourré...

D'un ongle manucuré, Lisa désigna une autre feuille de chou. BLYTHE : L'ANGOISSE AU QUOTIDIEN ! préludait à un long sous-titre : L'épouse angoissée au chevet de sa grand-mère mourante pendant que Stowe batifole avec une femme-mystère ! Malgré elle, Blythe parcourut les premières lignes de l'article : « Orpheline à onze ans, la célèbre chef décoratrice et productrice de films Blythe Barton Stowe luttait contre le temps pour recueillir le dernier soupir de sa grand-mère bien-aimée, Lucinda Barton, soixante-dix-huit ans, frappée par une hémorragie cérébrale dans le ranch familial de Jackson Hole, Wyoming... »

– A quoi bon ? dit Blythe en s'efforçant d'étouffer cet insoutenable souvenir. De toute façon, personne n'y croira.

– Il se trouve simplement, expliqua l'avocate du ton de l'institutrice s'adressant à une élève demeurée, que nous savons – et qu'ils savent que nous savons – que c'est vrai.

Le regard de Blythe tomba sur une autre manchette : LA TRAGÉDIE SECRÈTE DE BLYTHE. Le souffle coupé, elle vit sur une vieille photo en noir et blanc le corps désarticulé de son frère Matt emporté du rodéo de Jackson sur une civière. A l'arrière-plan, dans l'ombre, on distinguait la silhouette d'une cavalière. Matt avait dix-sept ans, il en aurait eu trente cette année. Blythe ne put s'empêcher d'imaginer avec un pincement au cœur à quoi ressemblerait aujourd'hui le gentil petit rouquin, si débordant de vie et de bonne humeur...

– Où diable ont-ils été pêcher ça ? murmura-t-elle.

– Ces torchons sont infects, je l'admets, mais ils apportent de l'eau à notre moulin pour prouver les torts que ton mari t'a causés. Si son avocat ou lui s'avisent d'ergoter sur les chiffres, je veux pouvoir démontrer que ta réputation professionnelle ne lui doit rien. Remarque, se hâta-t-elle d'ajouter en voyant la mine accablée de sa cliente, je ne crois pas qu'il aura le culot d'essayer un coup pareil. Mais dans le cas contraire, je veux pouvoir démontrer que tu as droit à cet argent non seulement parce que tu es sa femme, mais parce que tu l'as gagné jusqu'au dernier sou, comme chef décorateur de ses cinq derniers films et associée de sa société de production.

– Mais Chris le sait ! Tu ne penses quand même pas que son avocat...

– Il vaut toujours mieux avoir des munitions sous la main, l'interrompit Lisa, au cas où nous devrions apporter au juge la preuve des pertes et des dommages que tu risques d'encourir, aux plans professionnel et personnel, si ce scandale avait pour conséquence de t'empêcher de continuer à vivre normalement dans cette ville.

– Trop aimable de me le rappeler.

A vrai dire, Blythe s'était elle aussi inquiétée à l'idée que, dans l'industrie cinématographique, ceux de de ses employeurs potentiels qui la connaissaient mal puissent s'imaginer qu'elle n'avait été chef décorateur des films de Chris que par favoritisme. Ou que ceux qui avaient travaillé avec elle et apprécié son talent s'abstiennent de faire appel à ses services de peur de déplaire au « grand homme ».

Mais ce que son avocate ne comprenait pas – et que nul dans ce ramassis d'égoïstes superficiels n'était capable de concevoir –, c'est qu'aucun job, même le plus prestigieux, aucune somme d'argent, même la plus faramineuse, ne pourrait raccommoder sa famille éclatée, encore moins ramener Lucinda Barton à la vie. Cent millions de dollars ne compenseraient jamais la perte de celle qui avait élevé Blythe et son frère en leur faisant partager son amour des chevaux. A quel prix évaluer sa douleur de savoir que son père, lui-même frappé par une série d'épreuves, envisageait de vendre le ranch, fief de la famille Barton depuis des générations ?

L'évocation des sept derniers mois de sa vie souleva en Blythe une telle vague de rancœur qu'elle ne résista pas au besoin d'ouvrir son sac pour y prendre un Valium.

Blythe ne se faisait aucune illusion. Lorsque la première Mme Christopher Stowe sortirait du palais de justice lestée de deux millions de dollars, nul ne verserait une larme sur son sort. « De quoi se plaint-elle ? ricaneraient derrière son dos ses prétendus amis. Ce divorce lui rapporte de quoi voir venir ! » Elle était même prête à parier que ces journaux qui affectaient de compatir s'empresseraient, dès le lendemain, de glorifier les chapitres suivants de la vie amoureuse de l'illustre Christopher Stowe.

Ils ne comprennent donc rien à rien, les imbéciles ? eut-elle envie de hurler. Quand on n'a pas vécu le cauchemar qu'elle avait enduré... Rien au monde ne peut effacer...

Assez ! Elle ne devait plus y penser. Elle ne pouvait pas se permettre de revivre le choc qu'elle avait éprouvé en surprenant Chris et sa maîtresse. Sinon, elle le savait, elle serait capable de tuer.

– Fais ce que tu estimes nécessaire, Lisa, dit-elle enfin en montrant les journaux. Je veux en finir le plus vite possible, un point c'est tout.

De retour dans le cabinet du juge, les deux femmes s'approchèrent de nouveau de la fenêtre. Une escouade de policiers refoulait les gens sans ménagement et faisait la haie afin que le « génie du cinéma » traverse en toute quiétude la foule de ses admirateurs. Le fait de gagner un Oscar, se demanda Blythe, suffit-il à faire entrer un cinéaste au Panthéon de la pellicule et à l'amnistier par avance de ce qu'il inflige aux « petites gens » – y compris à sa femme ? Son ex-femme, se corrigea-t-elle.

Lisa lui lança un discret coup de coude.

– Au moins, murmura l'avocate d'un ton soulagé, il a eu la décence de ne pas arriver avec sa grande passion.

– Parce qu'il faudrait, en plus, que je le remercie ? ricana Blythe amèrement.

Et le nœud qui lui tordait l'estomac depuis sept mois se resserra à la faire hurler.

– Vous êtes citoyen du Royaume-Uni, monsieur Stowe? s'enquit le juge avec courtoisie.

– Oui, Votre Honneur.

– Vous possédez le statut légal de résident permanent des Etats-Unis d'Amérique?

– En effet.

– Et vous êtes domicilié à ce titre depuis dix ans dans l'Etat de Californie, si le dossier est exact?

– Il l'est, Votre Honneur.

Avec une paisible assurance, Christopher Stowe continua de répondre aux questions du juge concernant la manière dont il se proposait de défaire le complexe réseau de liens, tant personnels que professionnels, tissés depuis onze ans entre son épouse et lui. Sa belle voix chaude de baryton et son impeccable élocution rendaient hommage à l'excellence des cours de diction de l'Académie royale d'art dramatique, désertée quinze ans auparavant après un passage symbolique.

Assise en face du juge Hawkins, sur une chaise si proche de celle de son mari que leurs coudes s'effleuraient, Blythe constatait avec une fureur croissante comment le magistrat accueillait, d'un aimable hochement de tête, chaque réponse de son célèbre justiciable. Et comment, par chacune desdites réponses, Christopher renforçait son droit imprescriptible de chasser une encombrante épouse à la fois de sa vie et de sa société de production, dont ils avaient ensemble assuré la renommée et la prospérité.

Dans le Wyoming, vu la manière dont ce fumier s'était conduit, Blythe aurait pu le tuer d'une balle en plein cœur et être acquittée avec les félicitations du jury!

– Vous attestez sur l'honneur que les documents en ma possession décrivent dans leur intégralité les biens meubles et immeubles que vous possédez aux Etats-Unis?

– Oui, Votre Honneur.

– Biens que vous êtes disposé à diviser en parts égales entre votre épouse et vous-même, ainsi qu'il est indiqué dans le présent projet de compromis amiable?

– Certes. Plus qu'égales, dirais-je même.

Sur le papier, en effet, tout paraissait fort équitable. En réalité, selon les lois régissant le régime de la communauté dans l'Etat de la ruée vers l'or, Blythe toucherait une généreuse compensation – à condition de débarrasser le plancher sans faire de vagues. Quant au célèbre M. Stowe, il garderait la jouissance de sa princière demeure de Brentwood, conçue et décorée par sa talentueuse épouse. Il conserverait aussi sa Bentley bleu ciel ainsi que, à n'en pas douter, le cercle influent de leurs amis communs dans l'industrie cinématographique. En d'autres termes, l'existence de Chris se poursuivrait comme à l'accoutumée alors que celle de Blythe serait bouleversée de fond en comble. Elle ne se retrouverait pas sur la paille, certes, mais à coup sûr dans la merde...

« Quelle trivialité ! » la fustigeait Chris lorsqu'un mot pareil lui échappait ou que son accent du Wyoming refaisait surface. « Nous parlons la langue de Shakespeare, ne l'oublie pas ! » Et lui, ce snob, il avait déjà oublié que son père n'avait été qu'un vulgaire contremaître dans une usine de porcelaine !

Assez ! se reprit-elle en sentant son propre venin lui empoisonner le sang. Les paroles de sa grand-mère lui revinrent alors en mémoire : « Arrête de pleurnicher, ma fille, et remonte tes bretelles ! »

Pendant ce temps, le juge dévidait son questionnaire :

– Aucun enfant n'est issu de votre union ?

– Non, Votre Honneur.

Le regard de Blythe croisa celui de Chris, qui se détourna aussitôt. Depuis cinq ans, elle le suppliait de fonder une famille. A chaque fois, il lui rétorquait que leur vie décousue dans cette ville superficielle était incompatible avec l'éducation des enfants : « Nous avons des horaires de travail inhumains, Blythe, répétait-il avec une logique en apparence irréfutable. Ce serait cruel pour l'enfant et cela te compliquerait terriblement l'existence. »

A trente-cinq ans, elle savait qu'il ne lui restait plus beaucoup de temps si elle ne voulait pas rester stérile. Maintenant qu'ils étaient face à face pour la première fois depuis des mois, un accès de fureur balaya ses regrets de se trouver là, témoin passif de la désintégration de leur mariage et de leur association. Et les rumeurs qui couraient depuis des semaines l'avaient poussée tour à tour à des envies de meurtre et de suicide.

– Monsieur Stowe, madame Stowe, psalmodia le juge en levant les yeux vers eux, pouvez-vous envisager l'éventualité d'une réconciliation ?

Un long silence s'ensuivit. Du coin de l'œil, Blythe vit que Chris se tortillait sur sa chaise. On entendait les avocats compulser leurs dossiers.

– Je crains qu'une réconciliation ne soit hors de question, Votre Honneur, articula enfin Chris. Voyez-vous, ma fiancée et moi attendons un enfant, de sorte que...

– Alors, c'est vrai ! s'exclama Blythe. Tu as fait un enfant à ma sœur ! Et tu refusais d'en avoir avec moi ?

Son cri d'indignation retentit comme un coup de tonnerre dans le cabinet du juge. Redoutant de voir voler en éclats le compromis amiable qu'ils s'étaient donné tant de mal à élaborer, les avocats des deux parties se redressèrent sur leurs sièges, prêts à entrer en lice.

Celui de Chris ouvrit le feu :

– Mon client ne souhaite pas la conciliation et, comme Votre Honneur le sait, le système du divorce sans torts en vigueur en Californie prévoit que, si l'une des parties refuse la conciliation, la dissolution du mariage peut être légalement prononcée de manière automatique.

– Si Mme Stowe désirait réviser ou contester certaines clauses du compromis à la lumière de la publicité scandaleuse soulevée par la procédure en cours, contra aussitôt Lisa Spector, ce serait son droit le plus strict.

– Auquel cas, riposta son adversaire, nous soumettrions à Votre Honneur des conclusions tendant à dissocier les procédures. Nous en arriverions alors à requérir la dissolution d'office et à retirer nos généreuses propositions financières, afin de laisser la cour décider en audience contradictoire la répartition des biens de la communauté. Je tiens également à faire observer...

D'un geste péremptoire, le juge l'interrompit et imposa le silence.

– Madame Stowe, demanda-t-il à Blythe sur un ton bienveillant, quelle décision souhaitez-vous prendre ?

– Je signerai, répondit-elle d'une voix à peine audible.

– Qu'est-ce que tu dis ? demanda Christopher.

– Je dis que je signe ! éclata-t-elle en laissant tomber son sac à ses pieds.

Sa sœur enceinte ! Des œuvres de son mari ! Eleanor Barton passait peut-être encore, à vingt-neuf ans, pour une gamine écervelée, mais elle avait grandi – il était temps ! – et se vengeait de sa sœur aînée et de sa grand-mère avec un vice et une sournoiserie bien dans sa manière. Cette sordide révélation expliquait aussi la fébrilité de la presse qui avait appris, Dieu sait comment, que la propre sœur de Blythe Barton Stowe portait l'enfant de Christopher Stowe et que Blythe n'était au courant de rien. Rien de sûr, en tout cas.

Une main sur l'épaule de Blythe, Lisa Spector se tourna vers le juge :

– Aussi pénibles que soient les circonstances pour ma cliente, Votre Honneur, elle a examiné avec soin les clauses du projet de compromis et consent à les ratifier. N'est-ce pas, Blythe ? ajouta-t-elle.

Toujours le fric, pensa Blythe amèrement. A Hollywood, on se damne pour du fric... Avec lassitude, elle fit un signe d'assentiment. Le juge poussa vers elle les documents étalés sur son bureau et lui montra les endroits marqués d'une croix, où Blythe apposa machinalement sa signature.

– A vous, monsieur Stowe.

Christopher mit fin à leurs rapports personnels et professionnels du même trait de plume dont elle l'avait vu résilier tant d'autres contrats – et du même coup empocher des millions. Il prenait toujours soin de parer à l'éventualité des moindres problèmes par des clauses de pénalités. Toujours opposables aux autres, bien entendu.

L'énoncé du jugement en salle d'audience ne fut ensuite qu'une formalité. Blythe sortit avec Lisa par une porte latérale, sans adresser un mot à l'homme qui avait régné sur sa vie pendant plus d'une décennie. Au bout d'un couloir désert, un huissier retenait l'ascenseur à leur intention.

– Descendez au niveau B, leur dit-il. J'ai averti votre chauffeur par talkie-walkie, il doit déjà y être.

Les portes se refermèrent en chuintant.

– Tes valises sont dans le coffre ? s'enquit Lisa avec une bonne humeur forcée. Ton passeport dans ton sac ?

– Oui.

Blythe se demanda si elle était condamnée à se sentir en permanence aussi mal qu'en ce moment.

– Tu es sûre de vouloir rester seule en Cornouailles ? L'endroit où tu vas a l'air si loin de tout...

– J'espère bien que c'est encore plus isolé qu'un cratère sur la Lune.

– Au moins, commenta l'avocate avec une moue dubitative, tu ne seras pas harcelée par les journalistes.

– C'est justement pour cela que j'y vais. Ma grand-mère a toujours prétendu que les Barton du Wyoming possédaient il y a des siècles une propriété dans un coin perdu de la côte de Cornouailles. Je voulais depuis longtemps la rechercher, mais je n'en avais jamais eu le temps. Le temps, maintenant, ce n'est pas ce qui me manque.

L'ascenseur les déposa dans la pénombre fraîche du parking souterrain. Le bruit familier de sa Jaguar, dont le museau émergeait de derrière un pilier au bout de l'immense caverne de béton, rassura un peu Blythe.

– Ah ! le chauffeur nous a vues, s'exclama Lisa. Au fond, poursuivit-elle, c'est peut-être ce dont tu as besoin : changer de vie, retrouver tes racines.

Blythe ne répondit pas. Elle se demandait si son « évasion » soigneusement préparée ne l'entraînait pas plutôt vers un lugubre exil.

– Y a-t-il toujours des Barton là-bas ? reprit Lisa pour meubler leur attente.

– La propriété appartient maintenant à une branche des Barton-Trevelyan, la famille Teague.

– Comment les as-tu décidés à t'héberger ? demanda Lisa, qui surveillait nerveusement l'approche de la voiture, trop lente à son gré.

– Je n'habiterai pas au château. J'ai loué pour le mois de mai un cottage qui leur appartient.

Blythe s'abstint d'exprimer les doutes qui germaient dans son esprit sur la description idyllique que le propriétaire, un certain Lucas Teague, lui avait fait parvenir par l'intermédiaire de son agence de voyages.

– Ça doit être pittoresque, dit Lisa sans conviction. As-tu aussi loué une voiture ?

– Inutile, je peux aller au village à pied.

Lisa agitait nerveusement le bras pour signifier au chauffeur d'accélérer.

– Un retour à la nature, en somme... Et si j'ai besoin de te faxer quelque chose là-bas ?

– Il n'y a pas le téléphone au cottage, répondit Blythe. C'est d'ailleurs ce qui m'a décidée.

Ne cherchait-elle pas la solitude complète pour panser ses blessures ? Une plage de temps libre, rien qu'à elle, pour décider quoi faire de sa vie si elle abandonnait le cinéma ? Un lieu paisible pour reprendre des forces, commencer à se bâtir une nouvelle existence, et tenter de recoller son cœur en miettes ?

– Les locataires peuvent utiliser le téléphone du château à condition de ne pas en abuser, reprit-elle. J'ai donné le numéro à ta secrétaire. Elle pourra laisser les messages urgents à la femme de chambre...

La Jaguar n'était plus qu'à quelques mètres quand un bruit de cavalcade retentit soudain.

– Allons bon, les charognards sont là ! s'exclama Lisa. Monte en voiture, vite !

De derrière un pilier, un homme surgit en courant, écouteurs sur les oreilles et magnétophone en bandoulière.

– La voilà ! cria-t-il. Madame Stowe ! Vos réactions au jugement prononcé aujourd'hui ?

Blythe se figea. L'homme lui collait littéralement au menton un micro au sigle d'une station de radio.

– Quel effet cela vous fait d'apprendre que votre mari vous trompait avec votre propre sœur pendant que vous étiez au chevet de votre grand-mère mourante ? insista l'individu.

La meute convergeait déjà de toutes parts.

– Que pensez-vous du fait qu'elle attende un enfant de votre mari – je veux dire, ex-mari ? précisa un journaliste, le calepin en bataille et le crayon brandi.

– Pardon ! Pardon ! clama une présentatrice de télévision qui se frayait un passage à coups de coude, escortée de son cameraman. Est-il exact que vous avez négocié une indemnisation à sept chiffres ?

Blythe déglutit à grand peine et recula pas à pas vers sa voiture, enfin arrêtée à proximité. Lisa ouvrit une portière arrière et poussa Blythe à l'intérieur.

– Foutez-lui la paix, bande de sauvages ! cria-t-elle aux journalistes.

La Jaguar était déjà cernée. Les flashs des photographes crépitaient, les spots des caméras de télévision projetaient une lumière aveuglante à l'intérieur de la voiture. Lisa écarta d'une bourrade un reporter et tapa sur la vitre du chauffeur jusqu'à ce qu'il l'entrouvre.

– Foncez dans le tas, ordonna-t-elle, ils s'écarteront. Conduisez-la directement à l'aéroport, ajouta-t-elle à voix basse. Comptoir British Airways.

Quelque vingt et une heures plus tard, aussi fraîche qu'un figurant du *Jour le plus long* à la fin d'une journée de tournage, Blythe se redressa sur la banquette arrière de la Volvo de louage. L'attente au départ et les douze heures de vol de Los Angeles à Heathrow, sans compter le retard à l'arrivée, auraient eu de quoi épuiser un champion olympique. Le reste du trajet par la route n'avait rien arrangé. Malgré les efforts de Blythe pour engager la conversation, le chauffeur ne desserrait pas les dents depuis Londres.

Après avoir franchi la Tamar sur un pont en dos d'âne, le chauffeur muet aborda à allure réduite un réseau de routes étroites et tortueuses, bordées de murets de pierre couverts d'une végétation anarchique qui réduisait encore la visibilité. Au bout d'un interminable périple dans ce labyrinthe, la voiture se glissa sous la voûte d'un pavillon de garde flanqué d'une tourelle pseudo-médiévale. Près de la grille ouverte, une pancarte discrète annonçait : « Barton Hall – Propriété privée ».

Sous la lumière diffuse du long crépuscule annonciateur de l'été, Blythe et son chauffeur taciturne s'enfoncèrent dans un long tunnel végétal qui finit, un bon mile plus loin, par déboucher sur une allée de sable aboutissant au perron du château. En découvrant la bâtisse rectangulaire pourvue de tours crénelées aux quatre coins, Blythe s'attendit presque à voir apparaître Richard Burton, en poulaines et justaucorps, déclamant la grande tirade de Richard III. Tel un château de conte de fées, l'édifice de pierre grise semblait flotter sur un tapis de brume qui montait d'un ruisseau serpentant au fond d'un vallon, tapissé d'une herbe drue parsemée de bleuets et de pâquerettes, avant d'aller se perdre dans les flots de la Manche toute proche.

Blythe n'avait enfin atteint le berceau supposé de ses ancêtres que pour s'entendre dire que le propriétaire, Lucas Teague, était sorti dîner chez des amis à Mevagissey. Un coup d'œil à sa montre lui apprit qu'elle arrivait en effet avec plus de trois heures de retard sur l'horaire prévu, ce qui ne l'empêcha pas d'éprouver une certaine déception de n'avoir pas été attendue par le maître des lieux.

Une aimable intendante entre deux âges, qui se présenta sous le nom de Mme Quiller, accueillit la voyageuse sur le perron. Elle lui remit une grosse clef de fer forgé et indiqua au chauffeur le chemin à suivre pour se rendre au « Cottage du peintre ».

– Soyez prudent, précisa-t-elle, le sentier longe le bord de la falaise. Refermez bien la barrière derrière vous, nous ne voudrions pas égarer les moutons qui nous restent. Si vous avez un creux avant de dormir, ajouta-t-elle à l'intention de la nouvelle locataire, j'ai mis dans le four une tourte que vous n'aurez qu'à réchauffer. Et si vous voulez un peu plus de chaleur, la cheminée est prête, il n'y a qu'à craquer l'allumette.

Une pluie battante dissolvait la brume tandis qu'ils cahotaient sur un chemin de terre jusqu'à l'orée d'une pâture, au milieu de laquelle se dressait, solitaire, une petite maison de pierre au toit d'ardoise mangé de lichen. Une lampe solitaire brillait derrière une verrière d'atelier d'artiste. Blythe nota avec satisfaction que, conformément à la prose dithyrambique de Lucas Teague, le cottage était situé à moins d'un demi-mile de Barton Hall et presque au bord d'une falaise dominant Veryan Bay et Dodman Point. La vue devait être superbe, n'était la pluie torrentielle qui permettait à peine de distinguer le bout du capot...

Du seuil, elle suivit du regard la voiture de location qui s'évanouit derrière l'épais rideau de pluie. Il était près de huit heures du soir lorsqu'elle se retrouva seule dans la maison glaciale et sombre, submergée par une telle vague de tristesse qu'elle crut en suffoquer. Dans sa tête, telles les images d'un film en boucle, repassait jusqu'à l'obsession l'affreuse séquence qui se concluait par son entrée inopinée dans la luxueuse caravane dont son réalisateur de mari se servait lors des tournages en extérieur.

N'y pense plus, bon sang ! N'y pense plus !...

Mais elle avait beau se forcer à explorer le cottage désert, son domaine désormais, elle était hors d'état d'endiguer l'évocation du scandale qui avait eu lieu outre-Atlantique.

Avant sa découverte de l'infidélité de son mari, les rumeurs allaient bon train, qu'elle était apparemment la seule à ignorer. Tout le monde savait que Christopher Stowe passait de longues et torrides après-midi à Santa Monica, dans l'atelier où Ellie exerçait ses talents d'illustratrice – de livres pour enfants, un comble ! Atelier que Blythe avait payé de ses deniers, dans l'espoir que sa jeune sœur trouverait enfin un but à son existence de marginale paumée. Et c'est là, pendant les dernières semaines de leur grand-mère à toutes deux, que Chris et Ellie étaient tombés dans les bras l'un de l'autre, portes verrouillées, rideaux tirés et répondeur téléphonique branché en permanence.

« Une bonne action est toujours punie, ma petite-fille. » Tu peux le dire, grand-mère, pensa Blythe sombrement.

Pour la millième fois, elle examina les détails de cette double trahison, à la recherche d'un indice oublié enfin susceptible d'éclairer, sinon de justifier, une aussi abjecte perfidie.

– C'était mon mari ! rugit-elle, les poings serrés. C'était ma sœur !

Pis encore : les amants avaient l'un et l'autre osé se prétendre débordés de travail pour rester en Californie ce jour de novembre neigeux où Lucinda Barton avait été inhumée dans le petit cimetière !

Blythe tournait en rond autour de ses bagages entassés au milieu de la pièce. Comment oublier que, ce jour-là, elle avait attrapé de justesse le dernier vol du petit aéroport au pied des Grands Tetons, dans sa hâte de trouver avant la nuit un peu de réconfort dans les bras de son mari ? Avec une insoutenable netteté, elle revit l'emplacement où elle s'était garée, sur le parking de la Paramount, avant de courir jusqu'à la caravane de Chris, rangée près du studio 27. Des techniciens de l'équipe, en route vers la cantine pendant la pause-dîner, l'avaient vue prendre les clefs dans son sac en trouvant la porte fermée et, une fois celle-ci ouverte, s'arrêter net sur le seuil, pétrifiée par ce qu'elle découvrait : son mari, nu comme un ver, vautré sur la couchette entre les cuisses de sa jeune belle-sœur. Tous deux endormis comme des bienheureux...

Blythe s'assit lourdement sur sa plus grosse valise. Si au moins elle pouvait pleurer au lieu de penser !

L'histoire était trop grosse, trop croustillante – et trop

lucrative – pour qu'un des membres de l'équipe n'ait pas cédé à la tentation de la rapporter toute chaude à un journaliste. Ensuite, il n'avait pas fallu longtemps pour que la liaison adultère du réalisateur vedette et de la sœur de sa femme fasse converger vers leur immeuble tous les camions-régie des chaînes de télévision, y compris CNN, sans parler des escouades de photographes à la solde des feuilles à scandales.

Dans la pénombre, les spectres malveillants de ses sept mois de calvaire semblaient se dresser autour d'elle, comme s'ils voulaient narguer ses vains efforts pour échapper à la douleur et à l'humiliation qu'elle avait subies et endurait encore. Quel espoir, quel avenir l'attendaient si ce hideux passé la poursuivait partout où elle tenterait de le fuir?

Agrippée au dossier d'une chaise pour ne pas partir en courant dans la nuit, Blythe regarda la pluie qui fouettait les vitres. Alors, cédant à une soudaine impulsion, elle prit dans son sac de voyage la bouteille de Glenfiddich achetée dans l'avion.

A minuit, ivre morte, elle ne pensait plus à rien.

Lorsqu'elle reprit conscience le lendemain matin, le premier bruit qui lui parvint ne fut pas celui du ressac se brisant au pied de la falaise, trente mètres au-dessous du cottage. Ce ne fut pas non plus le crépitement de la pluie sur les ardoises du toit juste au-dessus de sa tête. Ce qui la força à revenir à elle fut une série de coups d'avertisseur de plus en plus péremptoires, sur un rythme staccato qui aggravait son effroyable mal de crâne. L'exaspérant vacarme ne cessa que pour faire place à des coups de poing assenés sur la lourde porte en chêne.

– Madame Stowe! cria une voix d'homme. Etes-vous là?

Au prix d'un effort qu'elle trouva surhumain, Blythe parvint à émerger de sous l'édredon du lit double qui occupait la quasi-totalité du grenier aménagé en chambre au-dessus de la cuisine-salon-salle à manger du rez-de-chaussée. L'ingestion, la veille, d'une grande moitié de sa bouteille de whisky lui faisait payer d'un prix exorbitant une nuit d'oubli total. Elle sentait ses tempes palpiter et son estomac se soulever au rythme des coups frappés à la porte.

– Il y a quelqu'un? clamait la voix. Madame Stowe!

– Bon Dieu! gronda-t-elle entre ses dents. Ce sauvage aura-t-il la décence de cesser ce chahut infernal?

A tâtons, Blythe trouva sa montre sur le plateau de marbre de la table de nuit. Le cadran ondula devant ses yeux comme le Pacifique sous la houle. Au prix d'un nouvel effort, elle finit par constater qu'il était treize heures trente.

– Madame Stowe!

Silence.

– Bon, tant pis, grommela la voix avec résignation.

Blythe entendit des pas s'éloigner sur le sentier. A demi consciente, frissonnante dans le froid humide, elle enfila sa robe de chambre et descendit tant bien que mal l'échelle de meunier qui reliait les deux niveaux du cottage.

Pour grise et diffuse qu'elle soit, la lumière du jour dissipait les recoins d'ombre, responsables de son accès de mélancolie de la veille. Elle remarqua alors, dans un coin de la salle, un réchaud électrique à deux plaques, un four à micro-ondes et un réfrigérateur. Dans une cheminée de pierre assez vaste pour y rôtir un bœuf, un tas de brindilles et de bûches, arrangées en bon ordre, ne demandait qu'à flamber. Un coup d'œil circulaire lui révéla en outre un paravent de tapisserie, derrière lequel une baignoire était disposée face à une fenêtre offrant un spectaculaire panorama de la côte. Enfin, à travers la verrière dépolie par la pluie, elle aperçut la forme d'un véhicule, plus proche du char d'assaut que de l'automobile, arrêté à dix pas de la porte d'entrée.

Elle courut pieds nus sur le dallage froid, ouvrit la porte, et claqua des dents en sentant l'air du dehors l'assaillir et lui cingler les mollets.

– Monsieur! Excusez-moi! Eh, monsieur!

Sur quoi, épuisée par l'effort, elle dut s'appuyer au chambranle pour ne pas s'écrouler.

Un homme d'une quarantaine d'années, aussi grand que Christopher Stowe et coiffé d'une vieille casquette de tweed assortie à sa tenue de gentilhomme campagnard, s'arrêta près de la portière d'une Land-Rover qui avait à l'évidence connu des jours meilleurs. Quand il se retourna vers elle, Blythe ne put s'empêcher de penser, malgré sa migraine, qu'il ressemblait de façon frappante à un acteur britannique bien connu du public américain. Ses cheveux très noirs, dont des mèches rebelles et beaucoup trop longues dépassaient de la casquette et lui couvraient les oreilles, lui donnaient une allure de pirate. Son teint hâlé, ses traits mêmes avaient quelque chose d'exotique. Des rescapés de l'Invincible Armada s'étaient-ils échoués sur les côtes de Cornouailles ? Il y avait du conquistador dans cet homme.

– Bonjour, madame Stowe, dit-il avec courtoisie, en affectant ne pas remarquer son état lamentable.

Je dois avoir l'air d'une clocharde, se dit-elle en tentant de repousser les cheveux qui lui tombaient sur le front. Dieu merci, le visiteur avait la délicatesse de se comporter comme s'il était normal de se réveiller dans l'après-midi et de s'exhiber en robe de chambre.

– Bonjour, monsieur, parvint-elle à articuler d'une voix pâteuse.

– Bienvenue en Cornouailles. Désolé pour le mauvais temps, dit-il en montrant le ciel chargé de nuages noirs de plus en plus menaçants, prometteurs d'un nouveau déluge. Vous avez cent fois raison d'en profiter pour vous remettre du décalage horaire, ajouta-t-il avec une pointe d'ironie.

Décalage horaire, mon œil ! s'abstint-elle de commenter. Ce dont elle souffrait, c'était d'une monumentale gueule de bois, en Panavision 70 mm et Dolby stéréo...

Tout en parlant, l'intrus s'était rapproché. Blythe constata qu'il regardait par-dessus son épaule ses bagages toujours entassés au milieu de la pièce, devant la cheminée aux bûches intactes. Où diable avait-elle posé sa bouteille de Glenfiddich plus qu'à moitié vide ? Devait-elle l'inviter à entrer ? Son cerveau refusait de fonctionner.

– Veuillez m'excuser de vous déranger, reprit-il, et permettez-moi de me présenter. Lucas Teague.

– Vraiment ?

Un bref éclair de lucidité lui fit comprendre l'inanité de sa réplique. De fait, elle avait cru que ce visiteur était le régisseur de la propriété. Qui d'autre aurait affronté les intempéries pour rendre visite à une locataire inconnue à peine débarquée de sa lointaine Amérique ?

– Tout ce qu'il y a de plus vrai, répondit-il avec une esquisse de sourire.

Autour du cottage, dans la prairie, les bêlements des moutons couvraient presque le fracas du ressac au pied de la falaise. Blythe se rendit alors compte que le maître des lieux tenait un porte-documents, qui détonnait avec sa tenue campagnarde. Si elle avait été responsable de ce film, la scène aurait été tournée sous un soleil éclatant et elle aurait prévu des accessoires mieux appropriés, un fusil de chasse Purdey ou, à la rigueur, deux ou trois faisans, tenus d'une main désinvolte gantée de pécari. En plus, elle aurait conféré un titre au personnage : sir Lucas Teague, voire baronet...

– Je peux revenir plus tard vous faire signer la prolongation de votre bail. À moins que vous ne préfériez venir prendre le thé à Barton Hall cette après-midi ? suggéra-t-il d'un ton impersonnel.

– Mon bail ? Prolongation ?

Elle essaya de remettre sa chevelure en ordre en la peignant avec les doigts, mais l'humidité poisseuse ne fit qu'aggraver les choses.

– Votre avocate a téléphoné tard hier soir, au moment où j'allais sortir. Elle était certaine que vous approuveriez ces nouvelles dispositions à votre arrivée.

– Vous voulez dire que je dois rester plus d'un mois ?

– Oui, jusqu'en septembre. Afin de profiter d'un « repos bien mérité », a-t-elle précisé.

Sous son regard scrutateur, Blythe se sentit rougir de honte. Il me prend sûrement pour une détraquée échappée de l'asile, pensa-t-elle. Elle remarqua alors qu'il avait des yeux plus bleus que ceux de Christopher, d'une nuance s'accordant à merveille avec son teint basané. Arrête ! se morigéna-t-elle. Ce n'est que ton propriétaire, bon sang ! Et il doit déjà se mordre les doigts d'avoir loué son cottage à une cinglée d'Américaine qui lampe du whisky comme si c'était de l'eau minérale.

Blythe cligna des yeux à plusieurs reprises pour tenter de s'éclaircir la vision. Il y avait de l'Espagnol et du Celte dans cet homme, conclut-elle. Etrange mélange de cultures...

– Etes-vous bien installée ? s'enquit-il avec sollicitude.

– Euh... oui. Oui, pour le moment.

– S'il vous manque quoi que ce soit, vous pourrez faire vos provisions à Mevagissey ou Gorran Haven, à un mile à peine dans cette direction, vous voyez ? Aviez-vous de quoi vous restaurer, hier soir ?

Blythe réprima un haut-le-cœur au souvenir de l'épaisse demi-lune de pâte farcie de viande et d'oignons. De toute façon, une fois la bouteille entamée, elle en avait oublié jusqu'à l'existence.

– Oui, merci, Mme Quiller avait tout prévu.

Hors d'état de relancer la conversation, elle regardait distraitement la voiture, dont la carrosserie était bosselée de partout. Elle comprenait maintenant pourquoi le conducteur écartait les moutons à coups d'avertisseur.

– Eh bien, à tout à l'heure, donc. Pour le thé.

– Le thé, oui. Bonne idée.

Elle se conduisait vraiment comme une imbécile !

– Je vous ferai visiter la maison et les jardins, je vous indiquerai les curiosités le long de la côte. Ensuite, si vous voulez, vous pourrez signer cet avenant au bail.

Le noble M. Teague doit avoir grand besoin d'argent, pensa-t-elle. En dépit de l'effet déplorable que lui faisait sa décevante locataire, il insistait pour lui faire signer son extension de bail comme si c'était une question de vie ou de mort.

Coincée ici jusqu'en septembre ! Une bombe médiatique

avait sans doute explosé pour que son avocate la condamne à rester cachée sans la consulter au préalable. Sa visite au château lui permettrait au moins de téléphoner à Lisa et d'apprendre quelles nouvelles horreurs se perpétraient là-bas avant de s'engager à prolonger son exil. Et puis, une tasse de darjeeling bien fort serait peut-être un remède souverain contre sa gueule de bois...

Une bouffée de vent glacial la fit à nouveau frissonner de la tête aux pieds.

– Excusez ma tenue, parvint-elle à dire sans claquer des dents. Je suis encore à l'heure de la Californie.

– Je m'en suis douté en constatant que mes coups de poing sur votre porte ne suffisaient pas à vous réveiller.

– J'ai traversé huit fuseaux horaires ou peut-être davantage, je ne sais pas au juste, s'excusa-t-elle.

La prenait-il pour une de ces cinglées de Hollywood qui sniffaient de la cocaïne matin, midi et soir? De fait, elle n'avait pas souffert d'une gueule de bois aussi monumentale depuis son titre de Miss Rodéo du Wyoming, sa dernière année de lycée.

– Quatre heures, cela vous convient? demanda-t-elle.

– Je préférerais quatre heures et demie, répondit-il, nous avons des travaux en cours. Suivez le sentier à travers bois, en face de la barrière, vous en aurez pour à peine dix minutes. Il débouche devant les écuries. Longez ensuite le mur de pierre jusqu'à la porte d'entrée.

Quand son chauffeur s'était arrêté au château pour demander la clef du cottage à Mme Quiller, Blythe avait remarqué que l'entrée principale était précédée d'une sorte d'auvent de granit crénelé, similaire aux quatre tours d'angle du château et au pavillon de garde à l'entrée de l'avenue. Ayant dû étudier tous les styles d'architecture pour concevoir les décors de films, elle savait que, par le passé, ce genre de structures servait à protéger des intempéries les visiteurs débarquant des carrosses.

Sa curiosité fut plus forte que la sentation du dallage froid et humide sous ses pieds nus, qui la frigorifiait jusqu'à la moelle des os.

– Pourquoi dit-on Barton Hall plutôt que Barton Castle ?

– Vous l'apprendrez au cours de la visite guidée quatre étoiles que je vous ferai faire cette après-midi. Maintenant, rentrez avant de mourir de froid. Dans la région, ajouta-t-il, une tenue sportive et confortable est de rigueur. Et puis-je vous recommander un pull-over bien chaud ?

La jugeait-il assez sotte pour arriver en robe de bal ?

– Vous n'avez pas de chauffage au château ? demanda Blythe sans pouvoir réprimer son étonnement.

– Au petit salon, si, répondit Lucas Teague avec une politesse glacée. Mais au risque de vous décevoir, nous ne chauffons pas les cinquante-sept autres pièces. Cela ne vous dissuadera pas, j'espère, de visiter la maison tout à l'heure. Je vois que vous n'avez pas allumé le feu, en désignant la cheminée. Il est prêt, il vous réchauffera en un rien de temps. Et la capacité du ballon d'eau chaude est largement calculée. Rien de plus agréable que de paresser dans la baignoire en regardant le paysage par la fenêtre, ou même les tableaux accrochés aux murs.

– Les tableaux ? Je ne les ai pas remarqués. J'ai trouvé une lampe allumée en arrivant, je n'ai même pas pensé à en allumer d'autres avant de me coucher, avoua-t-elle.

Son ton gourmand pour décrire les plaisirs d'un bain au milieu d'œuvres d'art et devant une fenêtre donnant sur la mer suggérait qu'il avait fait lui-même l'expérience de ce raffinement hédoniste. Avec qui ? se demanda Blythe. Y aurait-il une Mme Teague quelque part ?

– Jetez-y un coup d'œil, lança-t-il d'un ton désinvolte en se dirigeant vers sa Land-Rover cabossée. C'est un de mes ancêtres de la branche Trevelyan qui les a peints. Ils sont plutôt bons, pour un amateur. Son frère a bâti le cottage à son intention dans les années 1790.

Sur quoi Lucas Teague s'installa au volant, fit demi-tour et s'éloigna sur l'étroit sentier, en klaxonnant à tout va pour écarter les moutons.

Une fois seule, Blythe regarda pour la première fois les tableaux accrochés autour de la pièce. Ils représentaient tous des vues de la côte telle qu'on la découvrait des fenêtres du cottage. L'artiste avait su capter la nuance de vert-jade souligné de blanc cristallin qui illumine parfois la crête des vagues au moment où elles viennent se briser sur le rivage.

A pas lents, elle s'approcha de la plus grande toile, accrochée au-dessus de la cheminée. Elle remarqua alors que dans ce tableau, ainsi que dans les autres, on ne voyait pas une silhouette humaine, pas un bateau, pas même une mouette, comme si l'artiste avait voulu rendre encore plus sensible la solitude de cette portion de côte. D'un regard exercé, Blythe balaya les moutons d'écume et les vallonnements de la houle, si concentrée qu'elle distinguait dans leurs moindres détails les touches de peinture appliquées sur la toile par l'artiste oublié.

Au bout d'un moment, tout se mit à tanguer devant ses yeux. Avec un inexplicable sentiment de crainte, elle tendit la main pour toucher l'huile desséchée, craquelée par endroits, comme s'il lui fallait entrer en contact avec cette réalité pour lutter contre le vertige qui lui faisait soudain tourner la tête et lui brouillait la vision.

Décidément, elle ne devait jamais plus boire de whisky l'estomac vide!

Un bruit confus ou, plutôt, la sensation d'une présence derrière elle la fit se retourner. Son regard tomba alors sur un chevalet, qu'elle n'avait pas même remarqué car il se trouvait dans un coin sombre et se fondait dans le décor.

L'espace d'un instant, elle crut voir une main qui tenait un pinceau trempé de peinture vert-jade, mais la vision s'évanouit aussi vite qu'elle était apparue. Il n'y eut plus que le vieux chevalet de chêne patiné. Et Blythe se rendit compte qu'elle était bel et bien seule dans ce coin désolé que le peintre s'était attaché à reproduire.

2

10 mai 1994

Par un de ces caprices dont il est coutumier en Cornouailles, le temps changea du tout au tout au milieu de l'après-midi. Les nuages noirs chargés de pluie qui avaient accueilli Blythe disparurent comme par enchantement pour faire place à un ciel bleu Wedgwood, parsemé d'inoffensives petites touffes de coton blanc.

En jean, pull à col roulé et veste Barbour, Blythe se mit en route pour Barton Hall. Du sentier qui longeait le bord de la falaise, elle lança derrière elle un coup d'œil au cottage, spectaculairement perché au-dessus du vide. Les mouettes s'égosillaient, le ressac se brisait avec fracas sur l'étroite plage de sable au pied de la falaise. La brise lui apportait des bouffées de fumée échappées de la cheminée du cottage, vestiges de la flambée qu'elle avait pris soin d'éteindre avant de partir. Comme le lui avait conseillé Lucas Teague, elle avait macéré une grande heure dans un bain brûlant. Une baignoire avec vue imprenable, le comble du sybaritisme! pensait-elle en souriant. Pour la première fois depuis des mois, elle sentait son moral remonter.

La barrière franchie – et soigneusement refermée afin d'éviter aux moutons, ses nouveaux voisins, la tentation de s'égailler dans la nature –, elle traversa une petite route et prit le sentier piétonnier menant à Barton Hall, signalé par une plaque émaillée, qui s'enfonçait dans un sous-bois si dense qu'elle crut pénétrer dans une galerie de mine tapissée de feuilles. Le soleil, qui perçait par endroits la voûte de verdure, mouchetait la terre humide de flaques dorées. Il régnait une atmosphère irréelle et magique, au point que Blythe n'aurait pas été surprise de voir surgir devant elle le Lapin blanc d'*Alice au Pays des Merveilles*, version Disney...

Allons bon, je recommence à voir le monde comme un décor de film ! se reprit-elle, mi-amusée, mi-agacée. Je ne suis pas ici en repérage d'extérieurs, la nature est belle, cela doit me suffire. La déformation professionnelle tue la spontanéité et gâche les plaisirs les plus simples.

Un peu plus loin, les racines tordues d'un grand chêne sortaient de terre en formant une sorte de caverne. Malgré elle, Blythe se pencha pour regarder de plus près ce trou d'ombre. Y découvrirait-elle un farfadet ? se demanda-t-elle. Ou même, pourquoi pas, le Lapin blanc ?

On a du mal à se débarrasser de ses vieilles habitudes...

D'instinct, telle une gamine espiègle qui se cache pour jouer un bon tour à sa nounou, elle étala sa veste sur le sol et se glissa à l'intérieur. Une mousse douce comme du velours, et si verte qu'elle semblait phosphorescente, tapissait la cavité qui lui offrit juste assez d'espace pour s'asseoir en tailleur. Amusée de sa propre puérilité, elle caressa du bout des doigts les parois de son minuscule domaine. Il régnait dans cette forêt magique une harmonie naturelle, un silence si apaisant qu'elle en sentait déjà les bienfaisants effets sur son âme blessée. Comme pour le lui confirmer, un gros lièvre roux traversa le sentier sans se presser, suivi d'un écureuil gris – son compagnon de jeux peut-être ? Et si elle allait jouer avec eux ?...

A contrecœur, Blythe jeta un coup d'œil à sa montre. Quatre heures vingt, déjà. Elle sortit en rampant de sous le chêne, épousseta sa veste et reprit sa marche. Elle baignait dans une douce fraîcheur. Ses bottes neuves se posaient sans bruit sur la mousse émeraude du sentier, qui serpentait dans ce monde enchanté de fougères, de lianes torses, de troncs d'arbres couverts de lierre.

Mille et une nuances de vert...

La phrase résonna dans sa tête avec insistance. Plongée dans l'incroyable beauté de la nature qui l'environnait, elle sentit son moral remonter encore. Peut-être, pensa-t-elle en humant l'air doux et pur de la Cornouailles, le temps qu'elle passerait ici, avec la terre de ses ancêtres sous les pieds et la brise de mer dans les poumons, finirait par la purifier en éliminant l'amertume et les remords qui lui empoisonnaient le cœur.

Elle n'avait pas fait cent pas que son euphorie toute neuve se volatilisa : la promenade enchantée dégénérait en parcours sportif! Le frais tunnel de verdure, réchauffé çà et là par les trouées de soleil, débouchait sur une côte abrupte. Et Blythe eut beau regarder autour d'elle, il n'y avait aucune échappatoire. Elle serait forcée de la gravir pour arriver à Barton Hall.

Dans l'écurie, près des stalles où s'ébrouaient ses trois derniers poneys, Lucas Teague plongea sa bêche dans le tas de fumier qui diminuait à vue d'œil et jeta la pelletée dans la brouette presque pleine.

Que penserait son ancien professeur de lettres classiques de Cambridge en le voyant trimer comme un valet de ferme? se demanda-t-il avec ironie. Ses mains calleuses ne ressemblaient plus guère à celles d'un gentleman –, et il avait même enlevé sa chemise! Depuis une demi-heure, la langoureuse caresse du premier chaud soleil de printemps sur son dos nu lui rappelait irrésistiblement la plage de Corfou où Lindsay et lui, naguère encore...

Il planta sa pelle dans le fumier et se redressa en se disant que le travail manuel avait quand même de bons côtés : il le maintenait en forme et l'empêchait de trop ressasser ses problèmes. Ces dernières années, il y prenait d'ailleurs autant, voire plus de plaisir qu'à calculer le rendement des cultures et de l'élevage ou assister aux réunions de l'association locale des propriétaires-exploitants.

Si seulement il parvenait à régler ses ennuis fiscaux et trouvait le moyen de remettre la propriété à flot! Barton Hall avait failli sombrer corps et biens dans la grande tempête de 1990, qui avait ravagé les Cornouailles. Depuis, ses tentatives pour colmater les voies d'eau, en réduisant les dépenses et le personnel et en comptant sur les rentrées des locations estivales, se révélaient cruellement insuffisantes pour combler les déficits d'exploitation.

– Maudits impôts! grommela-t-il entre ses dents. Nous sommes à la merci des intempéries mais, eux, ils ne veulent rien savoir. Au moins, pensa-t-il, sa nouvelle locataire contribuerait à renflouer un peu sa trésorerie.

Ce qu'il avait appris sur son compte l'intriguait – et Dieu sait s'il avait besoin d'imprévu dans sa vie! Car si la région ne manquait pas de pittoresque, elle se signalait aussi par son absence quasi totale de femmes de sa génération et de son milieu. Ses espoirs de trouver en Blythe Stowe une agréable compagnie féminine avaient toutefois été sévèrement douchés par ce qu'il en avait vu à la porte du cottage ce matin-là. Il aurait juré qu'elle souffrait d'une monumentale gueule de bois. La veille au soir, il avait pourtant été enchanté d'apprendre par son avocate qu'elle prolongerait son séjour jusqu'à la fin de l'été – ce qui pour lui, en un sens, joindrait l'utile à l'agréable. Mais s'il était tombé sur une alcoolique à problèmes, quelle déception!...

Il ne put s'empêcher de sourire en évoquant l'image de son exotique locataire en train de papoter, autour d'une tasse de thé, avec son aristocratique invitée qui devait arriver de Londres dans quelques semaines. Cette amie de longue date de la famille se signalait autant par son peu d'indulgence envers les étrangers que par son dédain résolu à l'égard de tout ce qui touchait de près ou de loin aux tâches ménagères. Allaient-ils resserrer leurs relations ou jeter l'éponge? Ils savaient l'un et l'autre que, pour eux, le moment du choix approchait.

Lucas empoigna les bras de sa brouette et se diriga d'un pas résolu vers le potager, où le vieux Quiller binait les carrés de légumes destinés à la consommation familiale. Il tournait à peine le coin des écuries quand il s'arrêta, fasciné par l'apparition soudaine d'une paire de jambes fines, bottées et gainées de denim, qui franchissaient la barrière de bois au bout du sentier de la falaise.

Il fut presque déçu de constater que la mystérieuse Mme Stowe avait discipliné ses longues mèches auburn, enfouies sous une casquette vert-olive. Elle avait le teint frais, les joues légèrement rosies par l'effort de monter la côte, des yeux noirs qui s'animèrent en le voyant. Elle lui fit un sourire et un signe, exprimant sa fierté d'avoir réussi à la fois à escalader une pente qui en rebutait plus d'un et à arriver à l'heure précise dont ils étaient convenus.

De son côté, torse nu et dégoulinant de sueur, il avait l'allure d'un ouvrier agricole surpris en plein effort.

– Désolé, je ne voyais pas le temps passer ! lui cria-t-il à travers la cour des écuries. Attendez-moi une seconde, je suis à vous tout de suite.

Le sourire qu'elle lui décocha signifia, cette fois, qu'elle s'amusait de le trouver dans un état aussi peu présentable que le sien ce matin-là.

Il poussa la brouette derrière le mur du potager, remit sa chemise accrochée à la barrière et revint vers elle.

– Voulez-vous commencer à explorer le jardin pendant que je prends une douche et que je me change ? dit-il en lui montrant une allée. Ce ne sera pas long. Vous aurez droit ensuite à une visite guidée du parc et de la maison.

A la vue du jardin d'agrément, dont une tonnelle couverte de rosiers grimpants marquait l'entrée, le regard de Blythe brilla de plaisir.

– Prenez votre temps et ne vous inquiétez pas pour moi. Avec toutes ces fleurs, je serai au paradis.

Tandis qu'elle s'éloignait à longues et souples enjambées, il la suivit des yeux en se disant que, tout compte fait, Blythe Stowe ne lui poserait peut-être pas autant de problèmes qu'il l'avait d'abord craint.

– Grand Dieu ! Ça, des rhododendrons ? s'exclama Blythe devant la masse de fleurs roses qui se dressait largement au-dessus de sa tête. En Californie, on s'estime heureux quand ils vous arrivent à la ceinture.

– Chez nous, ils peuvent atteindre la taille d'un arbre, répondit Lucas Teague. Ici, tout ne demande qu'à pousser. En dehors des dégâts occasionnés par les grandes tempêtes d'équinoxe, comme celle de 1990, le climat reste doux et constant et il ne gèle pratiquement jamais.

Tout en parlant, il prit un sécateur dans sa poche et coupa deux branches chargées de fleurs. A quelques pas de là, deux labradors, un noir et un jaune, reniflaient la terre avec application.

– Les jardins de Barton Hall sont modestes, comparés à ceux de nos voisins de Caerhays, reprit Lucas. Ils y cultivent même des magnolias. Quand ils les ouvrent au public, les fanatiques d'horticulture du monde entier s'y précipitent.

– Ah oui ? Quand cela ?

– Une quinzaine de jours entre la fin mars et le début d'avril. Vous avez manqué de peu l'événement.

Ils parcouraient depuis une vingtaine de minutes les allées du jardin, entre les arbustes couverts de fleurs de toutes les couleurs imaginables. Blythe ne savait plus où donner de la tête. A sa droite, un rhododendron écarlate semblait exiger qu'on l'admire comme il le méritait. A sa gauche, d'autres spécimens tout aussi superbes déployaient leurs infinies nuances de rose nacré, de mauve, de blanc neigeux et de safran. Plus loin encore, d'autres arbustes et d'autres buissons fleuris parsemaient de touches violettes, saumon ou jaune canari les ondulations d'un tapis de gazon.

Tout en marchant, Blythe se penchait pour lire les plaques émaillées portant les noms des diverses variétés.

– *Comtesse de Haddington... Surrey Heath... Veryan Bay...* Oh, *Rebecca!* s'écria-t-elle, faisant sourire son hôte. J'ai adoré ce vieux film, avec Laurence Olivier et Joan Fontaine. Vous vous souvenez sûrement de Judith Anderson dans le rôle de Mme Danvers, la sinistre gouvernante?

– J'ai bien aimé le roman, répondit Lucas. Daphné Du Maurier, son auteur, vivait tout près d'ici. Pour décrire Manderley, elle s'était inspirée de sa maison, Menabilly, qui se trouve à une dizaine de miles au nord-est, près de Fowey.

Il sortit de nouveau son sécateur et coupa une branche de fleurs écarlates.

– Cette variété hybride a été mise au point par mon père et mon grand-père, expliqua-t-il. Sa nuance de rouge est un peu voyante à mon goût, mais elle égaiera votre cottage, ajouta-t-il sans tenir compte des protestations de Blythe, dont les bras étaient déjà surchargés de ses généreuses offrandes.

Elle exhala un soupir extasié.

– C'est... fabuleux! Je ne trouve pas d'autre mot.

Elle fit un tour complet sur elle-même en humant les parfums qui semblaient flotter sur les rayons du soleil, filtrés par les frondaisons au-dessus de sa tête.

– Ma grand-mère aurait perdu la tête dans un jardin comme celui-ci, reprit-elle en plongeant le nez dans sa brassée de fleurs.

Soudain submergée par une vague de tristesse, elle ferma les yeux et sentit ses cils balayer les pétales écarlates. Quelle fête pour Lucinda Barton de se trouver au cœur de tant de merveilles! se dit-elle en luttant contre un chagrin si intense qu'elle respirait avec peine.

– Passons par là, il est temps de rentrer prendre le thé, dit Lucas en pointant sa canne vers une allée. Votre grand-mère aimait le jardinage, si je comprends bien?

Blythe releva la tête, heureuse qu'il lui offre ainsi l'occasion d'évoquer le souvenir de celle dont la bonté, le courage et la sagesse lui avaient toute sa vie servi d'exemple et de guide.

– A la folie. Elle avait, entre autres choses, monté une

pépinière dans notre ranch du Wyoming, une des premières de l'Ouest spécialisée dans la culture des fleurs alpines. C'est elle qui m'a donné l'envie et l'ambition de passer une maîtrise d'architecture paysagiste.

Comment oublier les heures de travail aux côtés de sa grand-mère, elle-même fille d'un rancher de Jackson Hole? Chaque printemps, chaque été de son enfance, Lucinda et elle avaient récolté d'innombrables trésors aux mille couleurs sur les contreforts tapissés de fleurs du majestueux massif des Grands Tetons, dans la chaîne des Rocheuses. Les voisins, pour la plupart, considéraient que Lucinda Barton était un peu fêlée d'aller dans les montagnes cueillir des plantes qui, pour les gens du pays, ne valaient pas mieux que des mauvaises herbes. Pourtant, même toute petite, Blythe admirait la détermination obstinée avec laquelle la vieille femme soutenait son entreprise de vente par correspondance de graines de plantes sauvages.

– Je vous croyais dans l'industrie cinématographique, observa Lucas en montrant au passage un massif de rhododendrons d'un bleu-pourpre vibrant. Chef décorateur, m'a dit l'agent immobilier. Aurais-je mal compris?

– Peu après avoir obtenu mon diplôme, j'ai dessiné des décors de théâtre au lieu de paysages. Et puis, une chose en entraînant une autre, j'ai fini dans le cinéma.

C'était Christopher qui, à force de cajoleries, l'avait persuadée de mettre son talent au service de son premier film. Une fois encore, en cette tiède après-midi de mai, Blythe contempla comme pour s'en imprégner l'extraordinaire chatoiement du jardin enchanté. Elle eut le sentiment que la beauté qui l'entourait lui offrirait peut-être un remède contre le mal qui la rongeait. Comment, se demanda-t-elle, en était-elle arrivée à s'éloigner autant de sa seule vraie passion, cultiver et soigner les plantes?

– Que fait, au juste, un chef décorateur? s'enquit son hôte.

– En gros, il doit s'entremettre entre les producteurs, qui

cherchent à économiser de l'argent, et le réalisateur, qui veut le dépenser sans compter.

– Position inconfortable, si je comprends bien, dit-il en bifurquant à gauche, dans une allée étroite qui semblait constituer un raccourci.

– Tout à fait. On est pris en permanence entre le marteau et l'enclume, sans que personne vous en sache gré.

L'amertume à peine voilée de sa réplique ne lui échappa pas. Le sentiment de paix et de bien-être qu'elle éprouvait depuis sa traversée de la forêt magique se dissipait trop vite. L'antidote n'était pas assez puissant pour contrecarrer l'effet des poisons qui lui gâchaient la vie.

Son regard se posa au passage sur une azalée dont les branches ployaient sous une floraison d'un rose lumineux, quasi fluorescent. L'idée que tant d'éclatantes merveilles mûrissaient depuis le début du printemps, alors même qu'elle se débattait dans les sombres machinations juridiques de son divorce, l'accablait davantage. Maintenant que tout cela était derrière elle, elle devait s'arracher à l'introspection destructrice qui la paralysait depuis trop longtemps. En dépit des coups qu'elle avait reçus, il se passait bien d'autres choses dans le monde, de bonnes choses dont il fallait profiter. Si seulement sa grand-mère était encore là pour partager avec elle ce spectacle féerique...

Blythe réprima un soupir et redoubla d'efforts pour répondre à l'amabilité de son hôte.

– En deux mots, reprit-elle, le rôle d'un chef décorateur englobe la conception des décors de plateau, la préparation des extérieurs, le dessin des costumes, bref, tout ce qui contribue à créer l'atmosphère d'un film.

Elle s'interrompit pour caresser Derek et Beryl, qui trottinaient docilement derrière leur maître depuis le début de la visite du jardin. Les deux labradors étaient ainsi nommés, apprit Blythe qui s'en étonnait, en souvenir du célèbre jardinier en chef de Barton Hall, actuellement à la retraite, et de son épouse.

– L'impact visuel de certains films, poursuivit-elle, *Bonny & Clyde* par exemple ou même *Batman*, marque autant, sinon davantage, la mémoire du public que le scénario ou les personnages. Ce qui n'empêche pas le réalisateur de récolter tous les compliments si le film a du succès, conclut-elle avec un sourire désabusé.

– Ce que vous faites me semble pourtant passionnant, je dirais même essentiel.

Tout en parlant, ils étaient arrivés à l'allée de sable qui remontait vers le porche. Un instant plus tard, Lucas poussa le lourd vantail de chêne et fit entrer Blythe dans un vestibule dallé d'ardoises.

– Restez dehors, vous deux! dit-il aux labradors qui lui lançaient des regards implorants depuis le seuil. Vous aurez bientôt droit à votre goûter, vous aussi.

Blythe réprima un sourire et le suivit dans un petit vestiaire, encombré de manteaux et de vestes de tweed aux coudes renforcés de cuir, d'anoraks. En hôte attentionné, Lucas aida Blythe à enlever sa veste Barbour qu'il pendit à une patère à côté de la sienne.

Des bottes en caoutchouc de tailles et de pointures variées étaient alignées sur le dallage. Il y avait des cannes à pêche et des parapluies en faisceaux dans un coin de la pièce ; dans un autre, un portemanteau chargé de divers couvre-chefs, chapeaux, casquettes, bonnets de laine. Blythe remarqua avec plaisir un assortiment de gants de jardinage sur une petite commode contre un mur.

– Vous savez, ne put-elle s'empêcher de dire, je me demande souvent si je n'aurais pas mieux fait, en fin de compte, de rester paysagiste.

Lucas leva un sourcil étonné, mais ne fit pas de commentaire. Il la précéda vers un corridor lambrissé, au parquet recouvert d'un tapis d'Orient dont la trame apparaissait par endroits. Des portraits d'ancêtres aux cadres poussiéreux, alignés sur les boiseries, semblèrent les suivre des yeux jusqu'à la porte du petit salon. Blythe fut soulagée de voir un grand feu flamber dans la cheminée. Depuis que le soleil était descendu derrière les collines, la température avait considérablement fraîchi dans le jardin.

L'aimable Mme Quiller les attendait près d'une table à thé chargée de scones, de cakes et autres friandises. Elle salua Blythe avec un large sourire, lui souhaita bon appétit et la débarrassa de sa brassée de fleurs, qu'elle mit dans un vase rempli d'eau préparé à cette intention.

Blythe s'assit sur un canapé de chintz fané en notant discrètement la fatigue des beaux meubles anciens, les murs tendus de damas aux couleurs passées, le plafond constellé de taches d'humidité trahissant l'ancienneté des fuites du toit, la télévision rescapée des années 60 qui trônait dans un coin : Barton Hall avait à l'évidence connu des jours meilleurs. Mais malgré ce décor figé dans le temps, Blythe se sentit aussitôt à l'aise.

Son regard revint vers la table à thé et les généreuses portions que Mme Quiller déposait sur les assiettes. Depuis le début de l'après-midi, Blythe éprouvait un léger mal de gorge, qu'elle attribuait à la climatisation de l'avion. Une tasse de thé bien chaud lui ferait sans nul doute le plus grand bien. Quant au délabrement de son estomac, provoqué par son excès de whisky de la veille, sa longue marche au grand air l'avait dissipé et elle se rendit compte qu'elle mourait de faim. La pendule sur la cheminée marquait cinq heures et quart.

– Vous espérez dîner après un pareil festin? demanda-t-elle en souriant.

– Bien sûr, répondit Lucas.

Elle ne vit que deux tasses sur le plateau, près de la théière à l'abri de son cosy. Il n'y avait donc pas de Mme Teague à Barton Hall?

– Merci, madame Quiller, lui dit Lucas. Nous n'aurons pas besoin de vous retenir plus longtemps, je crois.

– Bien, monsieur.

Sur quoi, la gouvernante poussa un rayon de la bibliothèque, qui pivota pour révéler un petit office où elle disparut, et le panneau de livres se remit en place.

– Vous avez dû faire de merveilleuses parties de cache-cache quand vous étiez enfant, commenta Blythe.

– Le passage secret? dit-il en riant. En effet.

Elle observa la minutie avec laquelle il versait d'abord le lait au fond de chaque tasse, puis le thé fumant jusqu'à un doigt du bord. A côté d'elle, elle remarqua avec amusement que des poils de chiens parsemaient les coussins. Mme Quiller paraît plus douée pour la cuisine que pour le ménage, se dit-elle en savourant l'onctueuse crème fraîche surmontée de confiture de fraises dont son scone était généreusement nappé.

– Madame Stowe...

– Appelez-moi Blythe, voyons.

– Volontiers. Et moi, Lucas... Luke, si vous préférez. Blythe, disais-je donc, je suis enchanté que vous ayez décidé de passer l'été au cottage parce que...

Il fronça les sourcils, repoussa une mèche de cheveux noirs qui lui retombait sur le front.

– Parce que j'aimerais, poursuivit-il après une légère hésitation, faire appel à vos compétences professionnelles.

Déconcertée par cette requête inattendue, Blythe prit le temps de mâcher lentement son scone avant de répondre :

– Je ferai de mon mieux, si toutefois ma profession peut être d'une quelconque utilité aussi loin de Hollywood.

– Elle l'est! s'empressa-t-il d'affirmer. Depuis quelques années, voyez-vous, la propriété doit faire face à une situation de plus en plus périlleuse.

– Laquelle?

– Les locations d'été, les économies draconiennes que je m'impose, la limitation du cheptel ovin et bovin ne parviennent pas à compenser les ravages exercés par le fisc, qui semble décidé à dévorer toutes les anciennes propriétés de famille subsistant encore dans le Royaume-Uni.

Ayant été mariée à un citoyen britannique, Blythe avait maintes fois entendu parler des droits de succession écrasants et des impôts confiscatoires qui frappaient les contribuables aisés et la noblesse terrienne depuis la fin de la Deuxième Guerre mondiale. C'était d'ailleurs la raison pour laquelle Christopher Stowe avait préféré poursuivre sa carrière de cinéaste aux Etats-Unis, économisant par là quelques millions de livres. Il ne possédait plus en Grande-Bretagne qu'une forêt en Ecosse, investissement défiscalisé pour encourager le reboisement des Highlands, où ni son ex-épouse ni lui n'avaient jamais mis les pieds.

– Barton Hall devient un fardeau de plus en plus pesant, poursuivit Lucas. J'ai dû réduire le personnel au strict minimum, ce qui est infiniment regrettable pour les habitants du village. Malgré tout, les coûts d'entretien de la maison et des jardins que vous avez tant admirés atteignent des niveaux prohibitifs. Les droits de succession que j'ai dû acquitter à la mort de mon père m'ont saigné à blanc. Je me trouverai bientôt dans l'incapacité de continuer, à moins d'imaginer une orientation radicalement différente.

Blythe était stupéfaite d'entendre un membre de cette classe, encore qualifiée de « dirigeante » en Angleterre, exposer avec autant de franchise ses soucis financiers à une inconnue. La vie à Barton Hall devait être en effet difficile, pensa-t-elle en revoyant le châtelain torse nu manipuler lui-même le fumier de ses écuries. Et si Mme Quiller constituait toute la domesticité, comment lui reprocher de laisser des poils de chiens sur les meubles ? La pauvre femme était à l'évidence incapable d'entretenir à elle seule cinquante-sept pièces ! Mais alors, se demanda Blythe pour la deuxième fois, n'y a-t-il ni une Mme Teague ni même une bonne âme – voire une bonne amie – pour porter secours au séduisant seigneur et maître des lieux ?

– J'ai donc envisagé, reprit ce dernier en fixant le fond de sa tasse de thé comme s'il espérait y lire l'avenir, de transformer Barton Hall en château-hôtel. Vous voyez ce que je veux dire : un service de grande classe, la délicieuse cuisine de Mme Quiller, les chambres redécorées à la Laura Ashley...

Cela pourrait m'éviter de vendre, bien que je n'aie aucun moyen de savoir comment il faudrait m'y prendre, ni même de juger si un tel projet est réalisable. Je ne peux pas me faire à l'idée, voyez-vous, qu'après être restée huit cents ans dans ma famille, je sois celui qui se voit forcé de céder la propriété à un quelconque industriel allemand ou à un émir pétrolier.

– Ou même à une star de cinéma américaine, ne put se retenir d'ajouter Blythe.

Lucas eut la bonne grâce de rougir sous son hâle.

– Accepteriez-vous d'examiner sérieusement les lieux et de me donner votre opinion ? J'en suis au point où je dois prendre des décisions capitales d'ici la fin de l'été. C'est pourquoi je vous serais profondément reconnaissant de me dire en toute franchise ce que vous pensez de mon idée.

Ayant ainsi conclu, il dissimula une émotion que Blythe ne put définir en vidant sa tasse de thé refroidi.

Blythe jeta un nouveau coup d'œil autour d'elle. En dépit de son évidente usure, le manoir présentait à son regard exercé de réelles possibilités. Elle n'avait pas oublié l'impression féerique éprouvée la veille, au moment de son arrivée, à la vue des tours crénelées qui émergeaient de la brume. Modernisé, redécoré, il séduirait à coup sûr une clientèle de riches Américains en quête de leurs hypothétiques racines dans le Vieux Monde.

En revanche, l'installation électrique d'un autre âge, l'étanchéité approximative de la toiture, les meubles à bout de souffle, les parquets grinçants, tout cela exigerait des travaux de rénovation considérables et des dépenses astronomiques. Quant à Mme Quiller, elle n'était plus de la première jeunesse. Comment attendre d'elle la préparation quotidienne de dizaines de repas raffinés ?

D'un autre côté, les merveilleux jardins offriraient peut-être d'intéressantes perspectives de rentabilité.

– Que pense Mme Teague de votre idée ? demanda-t-elle.

– Elle en était tout à fait partisane. Jusqu'à sa mort d'un cancer, il y a dix-huit mois.

– Oh ! je suis navrée... Pardonnez-moi...

Il accueillit ses excuses embarrassées d'un bref signe de tête et revint aussitôt à la charge :

– Et vous, qu'en pensez-vous ?

Blythe préféra ne pas répondre directement.

– Le moment est peut-être venu de me faire faire la visite guidée quatre étoiles que vous m'avez promise ?

– Pas avant d'avoir signé votre bail, madame Barton-Stowe ! Je ne voudrais pas risquer de voir ma conseillère particulière me filer entre les doigts. Un instant...

Il alla prendre une feuille de papier dans le tiroir d'un petit bureau de l'autre côté de la pièce.

– Votre nom m'a frappé quand votre agent de voyages me l'a communiqué. Saviez-vous que les Barton-Trevelyan étaient les premiers propriétaires de cette maison ? Il faut que vous consultiez l'arbre généalogique dans la bibliothèque, le départ de la branche américaine y figure peut-être.

– Ma grand-mère se faisait sans doute des illusions, mais c'est à force de l'avoir entendue dire que la famille était originaire de cette partie des Cornouailles que j'ai décidé de la visiter.

Sans parler du fait que mon mari m'a plaquée pour ma sœur, s'abstint-elle de préciser.

– Votre curiosité est donc pour moi un don du ciel, dit Lucas Teague avec un sourire charmeur. Ceci n'est qu'un simple avenant à votre bail, ajouta-t-il en lui tendant la feuille. Si vous voulez bien y jeter un coup d'œil.

Blythe feignit de la parcourir en louchant sur le téléphone. Elle ne s'expliquait pas pourquoi Lisa Spector lui imposait de rester aussi longtemps dans ce pays perdu sans même l'avoir consultée ! Qu'avait-il pu se passer là-bas pour justifier une pareille désinvolture ?

Lucas lui tendit un stylo d'argent qui paraissait dater du règne de la reine Victoria, mais Blythe hésitait encore à signer. Si j'ai envie de partir avant septembre, après tout rien ne m'en empêche, j'ai les moyens de faire ce que bon me semble, pensa-t-elle en regardant distraitement un tableau, du même auteur que ceux du cottage, accroché au-dessus de la cheminée. Je signe un bail, pas un engagement dans l'armée...

Elle prit alors conscience que plus elle regardait le tableau, plus elle sentait un inexplicable sentiment de tristesse l'envelopper comme un suaire.

– Je voudrais d'abord savoir par mon avocate ce qui se passe à Los Angeles. Me permettez-vous de me servir de votre téléphone avant de visiter la maison ?

Le regard déconcerté de Lucas lui signifia qu'il avait perçu son soudain changement d'humeur. Il se borna cependant à lui indiquer l'appareil posé sur le bureau.

– Bien entendu. Je vous laisse seule quelques minutes, j'ai des détails à régler avec Mme Quiller.

– Merci.

Blythe manipula laborieusement le cadran antédiluvien et obtint enfin l'opératrice internationale. La communication fut établie sans attente excessive.

– J'ai reçu ton message, dit-elle lorsque Lisa fut en ligne. Pourquoi m'obliges-tu à prolonger mon bail jusqu'en septembre ? Quatre mois ! Le pays est beau, mais rester si longtemps coupée de tout...

– Pour une bonne raison, l'interrompit Lisa. Ta sœur et Christopher se sont mariés. En sortant du palais de justice pour ainsi dire.

De sa main libre, Blythe agrippa le bord du bureau.

– Quoi ? Il l'a emmenée à l'église dans sa grotesque limousine blanche ?

– Non, à l'aéroport, cinq minutes après ton départ. Ils se sont envolés pour le Mexique et un mariage express.

Blythe sentit la crème fraîche faire des siennes dans son estomac.

– Blythe, es-tu là ? Je sais que c'est un choc, mais il était prévisible, avec le gamin en route... Blythe ! Réponds, dis quelque chose ! Tu te sens mal ?

– Non, ça va, parvint-elle à murmurer.

En fait, rien entre Ellie et elle ne se passait bien depuis des années, longtemps avant qu'elle ne la surprenne dans les bras de son mari. Il y a comme cela des choses dans la vie qui ne s'arrangent jamais – et Eleanor Barton avait le chic pour empoisonner tout ce qu'elle touchait.

– Ce que je ne digère pas, reprit Blythe, c'est que cette petite garce ait réussi à se faire épouser ! Ça ne lui suffisait pas de baiser mon mari et de se faire faire un gosse ! Il fallait aussi qu'elle me chipe mon nom !

– Avec un petit coup de pouce de ce cher homme et de son démon de midi, compléta Lisa sans se démonter. Tu penses bien que tous les canards du pays se sont rués sur les noces – CNN a même passé le reportage en *prime-time.* La mariée était svelte comme un dirigeable, bien entendu, ce qui rendait l'histoire encore plus juteuse. Ensuite, nos tourtereaux se sont esquivés en Afrique pour un film dont le tournage doit commencer la semaine prochaine. Comme les vautours n'ont plus rien à se mettre sous la dent ici, ils me téléphonent toutes les cinq minutes pour savoir où tu te caches. Les camions-régie des chaînes de télé et les photographes refont le siège de ton immeuble et...

– Bon, suffit, j'ai compris !

Le silence retomba, le temps pour Blythe d'assimiler ce qu'elle venait d'entendre. Elle aurait moins souffert en se roulant nue sur un matelas de clous.

– Tu as raison, reprit-elle plus calmement, je ne suis pas plus mal ici qu'ailleurs en fin de compte. Merci d'avoir pensé à prolonger mon bail.

Sur quoi, elle raccrocha et se laissa aller contre le dossier du fauteuil, le regard dans le vague...

Non, pas dans le vague, se rendit-elle compte un instant plus tard, mais sur le paysage désolé accroché au-dessus de la cheminée, presque identique à celui du cottage. La grève déserte à perte de vue, le sable vierge de toute trace de pas, sans même une algue, étaient aussi désespérément désolés que le sentiment de vide qu'elle éprouvait. Un monde stérile de rochers acérés et de falaises abruptes où rien ne poussait, rien ne vivait....

Blythe ferma les yeux, les rouvrit. Avait-elle imaginé l'apparition d'une silhouette se découpant sur le promontoire au bout de la falaise? S'agissait-il d'une forme humaine? Tourné vers les eaux bouillonnantes de Veryan Bay, un homme de haute taille aux cheveux très noirs, appuyé sur une canne, contemplait sombrement un canot chaviré qui ballottait au gré des flots.

Absorbée par sa vision, elle n'entendit pas le coup discret frappé à la porte.

– Prête à...? commença Lucas, qui stoppa net sur le seuil en voyant la mine défaite de Blythe. Qu'y a-t-il? reprit-il en fermant la porte derrière lui. Une mauvaise nouvelle, n'est-ce pas?

Avec stupeur, elle constata que le tableau était de nouveau dénué de signes de vie.

– Vous ne pouvez pas comprendre.

– Le chagrin? Une perte douloureuse? Je crois que si.

– Pas celle que j'endure! lâcha-t-elle avec rage.

Perdre sa femme était une rude épreuve, bien sûr, mais la défunte Mme Teague, quels qu'aient été ses qualités ou ses défauts, n'avait pas trompé son mari avec...

– Je crois pouvoir comprendre ce que vous avez subi.

– Non, personne ne peut comprendre! cria-t-elle en assenant un coup de poing sur le bureau, incapable de dominer davantage la fureur qui bouillonnait en elle.

– Ecoutez, Blythe, peut-être n'avez-vous pas remarqué l'antenne parabolique au-dessus de la fenêtre de la cuisine. Il nous arrive de regarder CNN dans notre coin perdu, et les marchands de journaux de nos villages reçoivent eux aussi ces abominables feuilles de chou à scandales. J'ai donc plus qu'une vague idée de ce que vous avez enduré, dit-il en se perchant sur le coin du bureau. Votre ex-mari a sans doute fait d'excellents films, mais sa conduite est abjecte.

Malgré ses efforts, Blythe sentait monter en elle une crise d'hystérie prête à éclater.

– Vous avez donc appris que le célèbre et talentueux Christopher Stowe a épousé une certaine Eleanor Barton, dont les talents et la renommée se bornent à ce qu'elle sait faire quand elle est sur le dos ! ricana-t-elle en coulant un regard venimeux à l'antique télévision dans l'autre coin de la pièce. Toujours aussi discrets, vous autres Anglais ! Vous saviez depuis le début qui j'étais et ce qui m'était arrivé, mais vous n'y avez pas même fait allusion !

L'humiliation était-elle une maladie mortelle ? Elle avait de bonnes raisons de se poser la question...

– J'estimais que vous veniez ici en quête d'anonymat, dit-il avec calme. Et de repos.

– Non, je suis venue ici pour fuir ! cria-t-elle. Pour me cacher ! Pour essayer d'oublier que *mon* mari couchait avec *ma* sœur dans l'appartement que je lui avais payé, *moi !* Je suis venue ici pour être le plus loin possible de ces deux ordures et aussi pour pleurer ma grand-mère...

Sa voix se brisa. Elle voyait que Lucas lui parlait, mais elle n'entendait pas un mot de ce qu'il disait. Alors, brusquement, elle fondit en larmes. Pas des pleurs discrets de dame bien élevée, mais des gémissements de bête blessée, des lamentations stridentes de pleureuse orientale.

Un éclair de lucidité lui fit comprendre que ce n'était pas ainsi qu'elle devait se comporter envers un hôte plein de bonnes intentions. Aveuglée par les larmes, elle se leva, voulut prendre la fuite et se sentit arrêtée par des mains qui lui étreignaient les épaules. Elle tenta de leur échapper. En vain : Lucas Teague était plus fort qu'elle et trop décidé à la réconforter pour la lâcher.

– Allons, allons, calmez-vous...

– Il l'a épousée ! Comprenez-vous, à la fin ? Ces salauds se sont mariés ! Mariés !...

D'un coup, elle cessa de se débattre et se laissa aller dans les bras de Lucas, le corps secoué de sanglots.

– Vous resterez coucher ici ce soir, dit-il à mi-voix. Dans une des chambres d'amis.

Le lendemain matin, encore épuisée par sa crise de nerfs de la veille et honteuse de sa conduite, Blythe se réveilla dans une chambre aux tentures jaunes et gaies – et se remit incontinent à pleurer. Entre ses rafales de sanglots et ses efforts pour se ressaisir, elle se demandait où elle irait échouer et ce qu'elle ferait désormais d'elle-même.

Mais lorsque Mme Quiller vint un peu plus tard lui apporter son petit déjeuner, Blythe affrontait un problème plus immédiat : elle avait la gorge en feu et la pénible sensation que les draps de lin lui arrachaient la peau.

– Voulez-vous que je pose le plateau sur la table de chevet ? s'enquit la gouvernante.

Blythe ne put émettre qu'une sorte de croassement :

– Oui, merci.

– Ttt ! Ttt ! Ttt ! fit Mme Quiller. Je n'aime pas ça du tout. Laissez-moi vous regarder de plus près.

Elle ouvrit les rideaux. Un brillant soleil inonda la chambre, spacieuse mais spartiate. Aveuglée, Blythe ferma les yeux. La gouvernante se pencha sur elle, examina son visage congestionné et lui tâta le front du dos de la main.

– Il faut tout de suite faire venir le Dr Vickery, déclara-t-elle avec une autorité maternelle digne de celle qu'exerçait la regrettée Lucinda Barton.

Au ranch, se rappela alors Blythe, les faux malades et les tire-au-flanc étaient plutôt mal vus.

– Non, je vous en prie, pas de...

Une violente quinte de toux l'interrompit. En fait, elle n'aspirait qu'à regagner le cottage et disparaître sous l'édredon de duvet – pour toujours, si possible. Elle essaya de s'asseoir et retomba aussitôt sur l'oreiller avec la sensation qu'on lui avait piétiné la tête pendant son sommeil.

– Ma pauvre petite ! s'exclama Mme Quiller d'un ton apitoyé. Ne bougez pas et reposez-vous en attendant le docteur. Je l'appelle tout de suite, il ne tardera pas.

En dehors de la visite d'un quinquagénaire aux sourcils broussailleux qui lui fit une piqûre, Blythe ne garda aucun souvenir précis des vingt-quatre heures suivantes. Elle croyait toutefois se rappeler que Mme Quiller lui avait fait prendre plusieurs fois des antibiotiques.

La fièvre retomba le second jour de sa maladie, mais elle avait encore la gorge comme une forge en activité. Quand elle ne sombrait pas dans le pesant sommeil provoqué par les médicaments, elle ne pouvait s'empêcher de pleurer une bonne demi-heure d'affilée.

« Remue-toi, cow-boy ! » murmurait de temps à autre une voix dans son subconscient.

– Je ne peux pas ! gémissait-elle en s'enfouissant la tête sous l'oreiller pour qu'on n'entende pas ses sanglots.

La devise favorite de la famille Barton avait perdu tout pouvoir de lutter contre le désespoir qui l'étreignait littéralement à la gorge.

Un beau matin, l'aimable Dr Vickery revint l'examiner avant d'aller faire son parcours de golf quotidien, expliqua-t-il avec bonne humeur. Il reconduisit Mme Quiller dans ses fonctions d'infirmière par intérim et lui recommanda de poursuivre le traitement : sommeil, potages et médicaments.

Le quatrième jour de sa convalescence, Mme Quiller, en veine de confidences, lui révéla qu'elle constituait avec son mari John, le jardinier, l'ensemble du personnel de Barton Hall. A aucun moment, la digne femme n'avait fait la moindre remarque sur l'état émotionnel de sa patiente. Pour sa part, Lucas Teague restait invisible – discrétion que Blythe appréciait et qui la mortifiait à la fois. Mme Quiller lui apportait cependant tous les matins un vase de rhododendrons fraîchement cueillis ainsi que des romans de Daphné Du Maurier, gloire locale dont la bibliothèque de son employeur abritait, lui apprit-elle, les œuvres complètes.

Comme si elle s'astreignait à une sorte de cure, Blythe s'imposa de lire tous ces romans dans l'ordre de leur parution. Chaque jour qui passait améliorait l'état de sa gorge et accroissait son respect pour l'extraordinaire talent de conteuse de Daphné Du Maurier. Et chaque jour elle redécouvrait le plaisir oublié de se perdre dans un univers imaginaire, plaisir auquel Christopher était hermétique et qu'il avait maintes fois fustigé comme une perte de temps. Seule comptait, à ses yeux, la fabrication d'images visuelles.

Peu avant l'aube du cinquième jour, Blythe se réveilla avec la sensation oppressante que les murs de sa chambre se rapprochaient pour l'étouffer. Vêtue de la fine chemise de nuit en batiste fournie par Mme Quiller, et ayant sans doute appartenu à la défunte Mme Teague, elle se leva pour aller chercher dans la bibliothèque un roman de Daphné Du Maurier afin de meubler son insomnie. Le couloir étant sensiblement plus froid que sa chambre, elle pressa le pas jusqu'au grand escalier, à peine étonnée de connaître l'emplacement de la bibliothèque où elle n'était pourtant jamais allée. Au bas des marches, elle traversa sans hésiter le vestibule vers la droite et ouvrit une porte : c'était bien là.

Par deux hautes fenêtres, la lune baignait la pièce d'une lumière argentée. Des rayonnages chargés de livres occupaient trois des murs. Derrière un bureau, dans un cadre doré, un grand parchemin orné d'armoiries couvrait le panneau de bois entre les fenêtres. Blythe s'en approcha, alluma la lampe du bureau et contempla l'arbre généalogique de la famille Barton-Trevelyan-Teague.

Poussée par la curiosité, elle commença par repérer au bout d'une branche le nom de Lucas Teague, né en 1957, et celui de sa femme, Lindsay Wingate, née en 1960 et morte en 1992. Le document était donc scrupuleusement tenu à jour depuis plusieurs siècles. Puis, en remontant le cours du temps, elle vit que la branche se terminait sur le nom d'un certain Garrett Teague, calligraphié avec élégance, pour bifurquer vers ceux de ses cousins germains, Ennis Trevelyan et Christopher « Kit » Trevelyan, son frère aîné.

Blythe se rendit alors compte que cet ancêtre de son propriétaire portait non seulement le même prénom que son ex-mari, Christopher, mais qu'il avait épousé en 1789 une femme qui s'appelait... Blythe Barton!

Pas étonnant, dans ces conditions, que Lucas l'ait incitée à regarder l'arbre généalogique. Les prétentions dynastiques de sa grand-mère n'étaient peut-être pas aussi illusoires que Blythe l'avait longtemps cru : les Barton d'Amérique pouvaient fort bien descendre des anciens seigneurs de ce domaine. Et même si elle ignorait auquel de ces nombreux ancêtres rattacher sa propre famille, il n'était pas exclu que Lucas Teague soit un cousin éloigné.

Fascinée, incapable de détacher son regard de ces quatre noms : Christopher, Ennis, Garrett et Blythe, elle tendit la main et posa l'index sur celui de Christopher Trevelyan en le murmurant.

A peine eut-elle effleuré la plaque de verre protégeant le parchemin qu'une force inconnue lui étreignit le bras jusqu'à l'épaule. Une seconde plus tard, elle se sentit tout entière aspirée, comme par un tourbillon de la torrentueuse rivière qui longeait le ranch familial du Wyoming.

Elle n'avait pas eu le temps de comprendre ce qui lui arrivait quand le fracas d'une porte claquant violemment derrière elle la fit sursauter.

– Ah! Te voilà, maudite garce! gronda une voix menaçante.

Blythe pivota sur ses talons.

Devant la porte, un homme aux traits tordus par la rage brandissait un sabre.

– Et quel nom médites-tu d'inscrire dans quelques mois sur ce parchemin à côté du tien? cria-t-il en faisant des moulinets terrifiants avec son sabre. Le mien? Celui de mon frère Ennis? Un Trevelyan, à coup sûr! C'est bien cela que tu complotes?

L'intrus avait des cheveux châtains réunis en catogan. Sa chemise blanche tachée de sueur flottait en désordre sur des culottes couleur chamois s'enfonçant dans des bottes de cuir noir couvertes de boue. Son jabot de dentelle à demi dénoué, déchiré par endroits, soulignait les traits anguleux de son visage grêlé par la petite vérole. A l'évidence, celui qui surgissait ainsi dans la bibliothèque de Barton Hall, par une nuit de pleine lune, était hors de lui et sur le point de céder à ses instincts les plus violents.

Et il était non moins évident que l'objet de sa fureur n'était autre que Blythe Barton Trevelyan, son épouse.

3

5 février 1793

– Par saint Goran, calmez-vous ! cria Blythe.

Le grésil crépitait contre les vitres. Le courant d'air glacé qui passait par la cheminée la faisait frissonner.

– Ne me parle pas sur ce ton, femme ! gronda Kit. Que cela te plaise ou non, c'est avec moi, Kit Trevelyan, que tu es mariée, misérable ribaude, pas avec Ennis ! Si ce gredin avait un jour l'audace de remettre les pieds en Cornouailles, je n'hésiterais pas un instant à lui passer cette lame à travers le corps !

Ses yeux soudain humides contredisaient ses propos belliqueux. Lentement, il laissa retomber son bras en faisant claquer le plat du sabre contre sa cuisse.

– Je t'aimais, Blythe, gémit-il d'une voix brisée. Tu es ma femme. Ennis est mon frère. Le village entier devait être au courant ! Comment, au nom du ciel, as-tu pu commettre une pareille abomination ?

– Ecoutez, Kit, je...

– Plus un mot, catin ! aboya-t-il en pointant un doigt vers l'infidèle. La lubricité t'affolait-elle au point de ne penser à rien, pas même au sort auquel ton inconduite condamne l'enfant que tu portes ?

Blythe posa une main tremblante sur son ventre distendu. Elle sentit le bébé remuer sous l'épais brocart de sa robe.

– Tu ne m'as jamais aimé, je le sais. Mais oser déshonorer mon nom et celui des Barton de manière aussi infâme...

Le regard à nouveau étincelant de fureur, Kit brandit son sabre, bondit en avant. Blythe s'abrita en hâte derrière un fauteuil pour esquiver l'attaque. Mais son assaillant la dépassa sans ralentir, ouvrit la porte à la volée et se rua dans le couloir vers le portrait d'un beau jeune homme vêtu avec élégance, celui de son frère Ennis, auteur de l'enfant que Blythe portait en son sein.

– Misérable traître ! hurla-t-il.

De la pointe et du tranchant, il s'acharna sur la toile jusqu'à la réduire en lambeaux. Finalement épuisé, le visage ruisselant de sueur et de larmes, il revint à pas lents dans la bibliothèque.

– Et toi, ma digne épouse, murmura-t-il en ricanant, quel châtiment mérites-tu pour ton crime ?

En le voyant s'approcher, les traits déformés par une folie meurtrière, Blythe Barton-Trevelyan poussa un cri de terreur et courut se mettre à l'abri derrière le bureau.

Tiré d'un profond sommeil par des hurlements de femme, Lucas Teague bondit du grand lit qui avait vu naître, s'aimer et mourir des générations d'ancêtres, enfila sa robe de chambre et dévala l'escalier. Les cris avaient toutefois cessé lorsqu'il ouvrit la porte de la bibliothèque.

Seule la petite lampe du bureau était allumée, mais la lune aux trois quarts pleine, que l'on voyait au loin se refléter sur les eaux grises de la Manche, baignait la pièce d'une lumière irréelle. Lucas découvrit avec inquiétude sa locataire en chemise de nuit, qui tournait le dos à l'arbre généalogique et regardait droit devant elle, les yeux écarquillés. Il pensa d'abord que l'état mental de la pauvre femme justifierait des soins énergiques et spécialisés ; pourtant, ayant lui-même connu l'angoisse, son évident désarroi lui inspira de la compassion.

– Blythe ! Blythe, répondez !

Elle respirait laborieusement, s'ébrouait, clignait des yeux comme si elle cherchait à s'éveiller d'un mauvais rêve ou d'un accès de somnambulisme. Il s'approcha, lui toucha le bras avec précaution.

– Blythe, qu'y a-t-il ? Puis-je vous aider ?

Elle ne réagit toujours pas.

– Je vais vous raccompagner dans votre chambre. Venez.

Il la soutint juste à temps pour l'empêcher de tomber. Alors, comme s'il s'agissait de la chose la plus naturelle au monde, il s'assit dans le fauteuil derrière le bureau, la prit sur ses genoux et caressa ses longs cheveux auburn. Il eut une soudaine vision de Blythe Stowe qui, telle la Vénus de Botticelli émergeant des ondes, sortait nue de sa douche et s'ébrouait pour sécher sa longue chevelure. Ses boucles évoquent peut-être Botticelli, se corrigea-t-il, mais le corps mince et ferme, les cuisses au galbe parfait pressées contre les miennes sont plutôt dignes d'un mannequin de *Vogue*...

Sa main s'immobilisa d'elle-même : comment se laissait-il emporter à ce point ? se demanda-t-il avec effarement. Sous la lumière irréelle de la lune, il eut l'impression d'être seul dans son grand lit en train de faire un rêve érotique. Et si c'était vrai, lui chuchota une voix tentatrice, pourquoi ne pas en profiter ? Alors, malgré lui, sa main descendit sur la nuque dont elle massa les muscles contractés, s'attarda sur la peau douce et tiède, au contact étrangement familier.

Lucas stoppa, soudain conscient que sa conduite était inadmissible. Celle de Blythe n'était pas moins surprenante, à vrai dire. Depuis qu'il était entré dans la pièce, elle n'avait pas exprimé une pensée cohérente. Inerte, elle se laissait faire en posant sur lui un regard égaré.

– Allons, Blythe, dites-moi ce qui vous a mise dans cet état. Pas des bruits de chaînes dans le grenier, j'espère ? ajouta-t-il en souriant dans l'espoir de détendre l'atmosphère – et de détourner ses propres pensées du cours scabreux qu'elles menaçaient de reprendre.

Le son de sa voix fit sursauter Blythe.

– C'est absurde... Je viens de... Il y a une minute...

Pourtant, au lieu de sauter à terre et de s'enfuir, elle s'affaissa de nouveau contre la poitrine de Lucas en fixant avec effroi l'arbre généalogique.

Malgré lui, il la serra plus fort dans ses bras, dangereusement stimulé par la tiédeur de sa peau parfumée sous la fine chemise de nuit. Mme Quiller avait eu raison de dépanner leur hôte involontaire en la lui prêtant mais, au contact de l'étoffe, Lucas retrouvait des sensations qui ramenaient à la surface le souvenir de Lindsay.

La présence de cette quasi-inconnue blottie entre ses bras, dans un vêtement intime ayant appartenu à sa défunte épouse, ne lui inspirait cependant aucun sentiment de culpabilité. Son mariage avec Lindsay Wingate avait été heureux et sans histoire, jusqu'à ce qu'il apprenne à éprouver pour elle un respect croissant tandis qu'elle luttait contre sa maladie. Le cancer avait métamorphosé la futile et jolie jeune fille en une femme pleine de courage et de dignité, qui regardait son sort en face et l'acceptait sans une plainte. De son côté, impuissant à stopper le cours du destin, il sentait sa propre vie se désintégrer à mesure qu'il voyait Lindsay dépérir à petit feu. Chaque jour qui la rapprochait de la mort la lui avait rendue plus chère.

Inerte, Blythe pesait sur son épaule.

– Pardonnez-moi, murmura-t-elle enfin. Mme Quiller et vous êtes si gentils avec moi depuis que je suis ici...

Elle ne termina pas sa phrase. Lucas se rendit compte, avec un étonnement apitoyé, qu'elle ne devait pas être habituée à ce qu'on soit *gentil* avec elle. Machinalement, il recommença à caresser ses longs cheveux soyeux... et sentit avec embarras son désir se réveiller.

Etait-ce seulement dû à sa longue abstinence ? se demanda-t-il. Ou cette jeune femme était-elle le seul être à provoquer en lui une quelconque réaction depuis la mort de Lindsay ? Sa défunte épouse avait été une jolie fille pleine de gentillesse.

Blythe Barton, elle, était une vraie femme, féminine jusqu'au bout des ongles, mais une femme blessée et terriblement complexe.

Blythe parut enfin émerger de sa catalepsie. Elle se dégagea des bras de Lucas et se remit debout.

– Saviez-vous, dit-elle en montrant l'arbre généalogique, qu'une Blythe Barton avait épousé un Christopher Trevelyan ?

– Ah, oui ! Blythe et Christopher. Je comprends que cette découverte vous ait choquée.

Elle aime donc encore son mari, pensa Lucas avec dépit. Ou alors, ce salaud a toujours de l'influence sur elle.

– La coïncidence m'avait moi-même frappé lorsque j'ai appris votre nom, reprit-il. On trouve des milliers de Christopher en Angleterre, mais Blythe n'est pas un prénom courant. Il est donc tout à fait vraisemblable que les Barton d'Amérique descendent de cette redoutable mégère que j'ai la joie de compter parmi mes ancêtres. Ce sont ses gènes, à mon avis, qui ont rendu sa lignée assez intrépide pour tenter l'aventure de traverser les mers.

– Dans ma famille, on donnait toujours le prénom de Blythe à la fille aînée. Ma grand-mère Lucinda, dont je vous ai parlé, était très fière de ce que son mari soit issu de ce qu'elle appelait la « noblesse terrienne de Cornouailles ». Mais que savez-vous de mon homonyme ? Pourquoi la traitez-vous de redoutable mégère ?

Heureux de constater que Blythe retrouvait peu à peu son calme, Lucas se leva et la rejoignit devant le parchemin. Leurs épaules se frôlaient presque. Il réprima à grand peine l'envie soudaine d'embrasser cette bouche qui posait des questions aussi incongrues à une heure aussi indue.

– En réalité, je connais mal son histoire, répondit-il en s'efforçant de penser à autre chose. J'ai simplement lu, dans la vieille bible où sont consignées les légendes familiales, qu'à l'âge de dix-sept ans, cette Blythe Barton était promise, pour de sombres raisons d'héritage, à l'aîné des Trevelyan, Christopher. Nul n'ignorait pourtant, dans les deux familles, que la pauvre fille était depuis son enfance follement amoureuse du fils cadet, Ennis, ajouta-t-il en tendant le doigt vers ce dernier nom.

Soudain livide, Blythe lui empoigna la main.

– Non, n'y touchez pas!... Cela risquerait de laisser une trace sur le verre, expliqua-t-elle piteusement.

Lucas attribua cette réaction imprévue aux émotions dont elle n'était pas encore remise et reprit son exposé :

– Ennis Trevelyan était un beau et fringant jeune homme, consumé par la passion des arts en général et de la peinture en particulier. Quant à votre homonyme du XVIIIe siècle, unique héritière des Barton, elle refusait avec véhémence ce mariage forcé avec l'héritier légitime des Trevelyan. Voici d'ailleurs la cause des malheurs de la pauvre Blythe, ajouta-t-il en montrant un relevé cadastral moderne, accroché près de l'arbre généalogique.

Le plan à grande échelle englobait une vaste étendue centrée sur Dodman Point. Une ligne rouge marquait les limites des terres dépendant actuellement de Barton Hall.

– Regardez. L'ancien domaine Barton, limitrophe des propriétés Trevelyan, s'étendait jusque-là, expliqua-t-il. Cette partie de la côte était le royaume des contrebandiers, qui gagnaient une jolie fortune en important clandestinement de France des spiritueux, des soieries, des dentelles, bref, toutes sortes de produits de luxe sur lesquels les gabelous de Sa Gracieuse Majesté voulaient mettre la main afin de les frapper des taxes appropriées. Ce n'était un mystère pour personne que les Barton et les Trevelyan, comme presque tous ceux qui vivaient sur la côte à l'époque, arrondissaient leurs revenus agricoles par la contrebande.

– Et votre Blythe Barton, dans tout cela?

– Faute d'héritiers mâles, le domaine devait lui revenir. Il est facile d'imaginer que, des deux côtés, les esprits pratiques y ont vu une bonne occasion de la marier à l'aîné des Trevelyan. De la sorte, les contrebandiers pourraient en toute quiétude poursuivre leur négoce dans ces criques, à cheval sur les deux propriétés désormais réunies, dit-il en désignant un secteur proche du cottage. Les anfractuosités de la côte forment ici des havres protégés des vents du large, les falaises sont truffées d'un véritable labyrinthe de cavités et de galeries naturelles. L'endroit idéal, en somme, pour débarquer des marchandises à l'abri des regards indiscrets et les soustraire aux convoitises douanières. Venez, je vais vous montrer autre chose.

Il prit Blythe par la main et l'entraîna vers la série de portraits accrochés dans le couloir.

– Ceux-ci ont été peints aux alentours de 1790 par le jeune Ennis Trevelyan, qui est aussi l'auteur des marines que vous avez vues au petit salon et dans votre cottage.

Blythe montra un des portraits :

– Celui-ci est Christopher Trevelyan, n'est-ce pas?

Lucas dissimula à grand-peine sa stupéfaction.

– Oui. Mais comment l'avez-vous reconnu?

Elle pâlit, se troubla.

– Je ne sais pas... L'instinct, peut-être. Retrouver mon nom lié à celui d'un autre Christopher m'a bouleversée.

Lucas sentit qu'il y avait bien davantage, mais il s'abstint d'insister. S'il pouvait se fier aux comptes rendus de Mme Quiller, qui lui décrivait les angoisses de leur pensionnaire pendant sa convalescence, il comprenait qu'elle répugne à dévoiler les détails intimes des affres par lesquelles elle passait depuis son arrivée.

– Il n'y a pas de portrait d'Ennis? reprit-elle après un silence embarrassé.

– Si, il y en avait un, un autoportrait. Il est quelque part au grenier, car il est très abîmé. Je voulais le faire restaurer, mais le coût était tellement élevé que...

– Comment a-t-il été endommagé? l'interrompit-elle.

– Selon la tradition orale, Kit en voulait à son frère pour une raison que j'ignore. Un soir, ivre sans doute, il aurait décroché d'une panoplie un sabre d'apparat et lacéré la toile jusqu'à la réduire en charpie.

– Et celle-ci ? demanda-t-elle en montrant un portrait de femme à côté de celui de Christopher. Est-ce mon honomyme ?

Lucas la compara à l'effigie de son ancêtre et ne put retenir un sifflement de surprise :

– Je ne l'avais pas regardée depuis votre arrivée, mais à part la forme des yeux et la couleur des cheveux, la ressemblance est frappante, vous ne trouvez pas ?

– Que s'est-il passé ? demanda-t-elle sans répondre à sa question. S'est-elle finalement résignée à se soumettre aux ordres de sa famille et à renoncer pour toujours à cet Ennis qu'elle aimait ?

Lucas la raccompagna à la bibliothèque et sortit d'un placard un carafon de cognac et deux verres.

– Personne ne le sait au juste. A un moment de ce drame familial, Blythe Barton s'est volatilisée – morte ou en fuite, on l'ignore. En tout cas, elle n'est pas enterrée avec le reste de la famille au cimetière de Saint-Goran. Mon grand-père disait avoir maintes fois entendu son propre grand-père traiter la femme de Kit de dévergondée, qu'il rendait entièrement responsable de l'absence d'héritiers légitimes de la branche Trevelyan.

– Cela ne m'étonne pas ! l'interrompit Blythe avec un ricanement. Les femmes sont toujours responsables...

Lucas s'abstint de relever cette réaction, typique d'une Américaine féministe.

– Mon propre père, poursuivit-il, ne parlait qu'à mots couverts de la conduite apparemment scandaleuse de Blythe Barton, mais je ne pense pas qu'il ait su ce qu'elle avait fait pour mériter une telle réputation. Regardez, dit-il en montrant une branche de l'arbre généalogique. C'est ici, à l'extinction de la famille Trevelyan, que nous autres, les Teague, sommes entrés en scène. Mon aïeul, Garrett Teague, et les frères Trevelyan étaient cousins germains par leurs mères.

– Ce Garrett Teague joue-t-il un rôle dans cette sombre histoire ? demanda Blythe. Existe-t-il un portrait de lui ?

– Oui, à l'autre bout du couloir. Les Teague étaient libraires et ces livres proviennent de leur fonds, dit-il en montrant les étagères ployant sous les reliures anciennes. Donald Teague et sa femme habitaient au-dessus de leur boutique à Gorran Haven. Leur fils Garrett était pauvre comme un rat d'église quand il a pris possession du domaine.

– Il n'y a vraiment aucune trace de ce qu'il est advenu de l'épouse de Kit ? insista Blythe.

– Je n'en ai pas trouvé, en tout cas. Mais depuis deux siècles, la correspondance ou les annales qui s'y rapportent sont sans doute égarées ou détruites, si elles ont jamais existé. La façon bizarre dont la propriété a échu à notre branche de la famille intriguait beaucoup ma femme, Lindsay, ajouta-t-il pensivement. Elle a infligé à notre fils une ribambelle de noms : Richard Garrett Barton Trevelyan Teague. Sans doute pensait-elle réunifier ainsi la famille.

– Vous avez un fils ? s'écria Blythe. Mais oui, je le vois là, tout au bout de la branche. Vous ne m'en avez jamais parlé. Quel âge a-t-il ?

– Bientôt dix ans, répondit-il d'un ton sec. Il doit revenir à la maison pour les grandes vacances.

Etonnée d'une telle réaction, Blythe reposa sur le bureau son verre de cognac encore à demi plein.

– La manière dont vous autres, Anglais, vous débarrassez de vos enfants à des âges aussi tendres, en les collant dans des internats, m'a toujours scandalisée... Pardonnez-moi, se reprit-elle avec embarras. La fatigue me fait manquer à la politesse la plus élémentaire. C'est simplement que... les habitudes sont très différentes en Amérique. Pour ma part, j'ai grandi dans un ranch du Wyoming, j'allais en traîneau avec mon père nourrir le bétail pendant l'hiver, je passais mes étés à cheval.

– Votre mère montait à cheval, elle aussi ? demanda Lucas, soulagé de changer de sujet.

– Jusqu'à la naissance de ma sœur. Elle l'a eue à vingt-six ans et elle est morte peu de temps après d'une embolie cérébrale. Depuis mes onze ans, voyez-vous, ma grand-mère, mon frère et moi pratiquions le rodéo. J'aurais voulu ne jamais me séparer de ma famille, ni même quitter Jackson Hole. J'aimais trop ce mode de vie.

– Vous êtes donc une authentique cow-girl ? dit Lucas en riant. Il faudra que je vous emmène faire des promenades à cheval sur les landes alentour.

– Cow-girl à la retraite, le corrigea Blythe.

Avec un soupir de lassitude, elle se dirigea vers la porte. Lucas l'accompagna dans l'escalier – en réfrénant à grand-peine, arrivé sur le palier, le désir de lui faire prendre le couloir de droite qui menait à sa chambre. La pauvre est dans un état lamentable, se morigéna-t-il en son for intérieur. Tu es mieux placé que quiconque pour savoir ce que c'est.

– Tout ira bien, cousine ? demanda-t-il en souriant. Vous n'aurez pas peur des fantômes ?

– Ce serait extraordinaire... que nous soyons vraiment cousins, précisa-t-elle aussitôt.

– Rien ne me ferait plus plaisir, affirma-t-il.

Sur quoi, au lieu d'exprimer son affection comme il en brûlait d'envie, il se borna à lui souhaiter cérémonieusement bonne nuit et prit sans se retourner le chemin de sa chambre.

Une fois seule, Blythe s'efforça de calmer ses nerfs à vif. Avait-elle définitivement perdu la raison ? Qui diable était ce fou furieux qui hantait le château au milieu de la nuit, le sabre à la main, accoutré en figurant d'un film de cape et d'épée ? Elle tâta son ventre plat sous la fine chemise de nuit qu'elle portait en descendant à la bibliothèque. Alors, comment expliquer sa robe de brocart, baleinée à la taille, qui lui comprimait douloureusement le ventre quelque temps auparavant ? A qui, en réalité, appartenait ce ventre ? Et quel enfant portait-il ? Cette Blythe et elle faisaient-elles une seule et même personne ? Elle avait l'impression d'avoir fait un rêve dans lequel elle se trouvait.

Elle n'avait pourtant pas rêvé ! Le portrait d'Ennis, le jeune frère, lui avait paru bien réel avant d'être ravagé à coups de sabre – Lucas Teague lui en avait d'ailleurs confirmé l'existence. Quant à sa propre ressemblance avec le portrait de Blythe Barton, elle était trop frappante pour ne pas aggraver son trouble.

Blythe se laissa tomber sur son lit, l'esprit en déroute. L'arbre généalogique s'était comporté comme un écran vidéo interactif qui l'aurait propulsée, par-delà les siècles, au cœur d'un *reality-show* virtuel. Les phrases proférées par Christopher Trevelyan résonnaient encore dans sa tête, car elles reproduisaient presque mot pour mot les reproches qu'elle avait elle-même lancés à son mari, ce jour maudit où elle l'avait trouvé dans les bras de sa sœur : « Je t'aimais... Tout le monde devait être au courant... Comment as-tu pu ?... »

Cet effarant spectacle était-il réel ou avait-elle été victime d'une hallucination, induite par sa fièvre de ces derniers jours ? Par quel phénomène un vulgaire parchemin sous verre pourrait-il la faire assister, mieux, lui faire prendre part à la vie orageuse de ces lointains ancêtres dont elle était, peut-être, issue ?

Tout en caressant distraitement son ventre plat, Blythe chercha une explication rationnelle à ce qu'elle venait de vivre. Puis, ayant fini par conclure avec lassitude qu'elle souffrait d'un début de dépression nerveuse, elle avala ses antibiotiques avec une double dose d'aspirine, se glissa sous les couvertures et ferma les yeux.

Un coup discret à la porte la tira d'un sommeil profond et dépourvu de rêves – une bénédiction, pensa-t-elle en se réveillant, compte tenu de son affolante expérience de la nuit dans la bibliothèque.

– Votre thé du matin, annonça Mme Quiller. Que désirez-vous pour votre petit déjeuner ? Des œufs pochés ? Peut-être des kippers, des filets de hareng, pour changer ?

– Vous êtes trop aimable, madame Quiller. Des kippers, si ça ne vous donne pas trop de mal ; ils me rappelleront le temps où je mangeais des truites au petit déjeuner quand je campais avec mon père.

– Pendant vos vacances? s'enquit la gouvernante.

– Non. L'été, dans le Wyoming, nous emmenions les vaches en montagne afin de réserver les pâtures à la récolte du foin pour l'hiver et nous attrapions de quoi manger dans les torrents. Mais je me sens beaucoup mieux, poursuivit-elle en rejetant les couvertures et en se levant. Il est grand temps que je cesse de jouer la paresseuse et que je descende prendre mon petit déjeuner comme tout le monde. Et surtout, ajouta-t-elle avec un large sourire, il est plus que temps que je regagne mon cottage au lieu de continuer à vous imposer un surcroît de travail.

– Pas du tout, pas du tout, protesta la serviable gouvernante avant de se retirer, visiblement enchantée de constater que l'état de sa patiente s'améliorait.

Baignée, coiffée, habillée, Blythe descendit à la salle à manger. Au bas de l'escalier, elle vit que la porte de la bibliothèque était ouverte. Sur le bureau, le carafon de cognac et les deux verres, un vide et le sien resté à demi plein, attestaient la réalité de sa présence dans la pièce cinq heures auparavant. Le soleil, qui baignait d'une chaude lumière les boiseries et les reliures, posait des reflets étincelants sur les armoiries de l'arbre généalogique.

Attirée comme par un aimant, Blythe s'en approcha. Telle la femme de Loth, incapable de résister à la tentation de se retourner vers les ruines de Sodome, elle suivit d'un doigt l'élégante calligraphie du nom de son homonyme : *Blythe Barton, 1772-1794 (?).* Le point d'interrogation signifiait que la date de sa mort était incertaine. Lucas avait d'ailleurs dit que la famille la considérait plutôt comme disparue.

Poussant l'expérience jusqu'au bout, elle immobilisa son doigt sur le verre, prononça son propre nom à haute voix – et sentit immédiatement la même force inconnue l'aspirer avec une incroyable puissance.

– Non! cria-t-elle en retirant son doigt.

A son vif soulagement, tout redevint aussitôt normal.

Grand dieu ! se dit-elle, effarée. Ce sous-verre agissait vraiment comme un écran vidéo interactif – sauf qu'il ne se contentait pas de délivrer de simples informations comme les écrans des billetteries automatiques. C'était absurde, insensé ! S'était-elle réellement sentie aspirée dans Dieu sait quel cyber-espace ? Ou alors, son esprit hyper-stressé convertissait-il de lui-même l'arbre généalogique de la famille de Lucas en une sorte de jeu d'arcade sur le thème de *Retour vers le futur ?*

Ma vie n'est pas un film ! se répéta-t-elle pour la énième fois.

Malgré elle, cependant, son regard revint vers le parchemin et se posa sur le nom de l'aïeul direct de Lucas Teague, ce Garrett « pauvre comme un rat d'église » qui avait hérité du domaine. Décidée, cette fois, à en avoir le cœur net afin de mettre un terme définitif à ses divagations, elle appuya son doigt sur le verre et prononça distinctement le nom de Garrett Teague.

Immédiatement, elle éprouva la sensation désormais familière d'être propulsée vers des mondes inconnus. Elle eut le temps de grommeler une bordée de jurons avant de s'entendre héler par une voix juvénile :

– Psst ! Blythe ! Par ici, le passage dérobé. Vite, ma belle ! Si Kit et Ennis nous trouvent, ils iront encore tout raconter à leur père !

4

2 septembre 1789

Blythe Barton faisait partie des rares initiés sachant que le château possédait deux passages secrets dissimulés derrière des rayons de livres, l'un dans le petit salon, l'autre dans la bibliothèque. Aussi l'apparition inopinée du jeune cousin de Kit Trevelyan la prit-elle au dépourvu.

– Blythe, dépêche-toi ! répéta-t-il avec insistance. Kit et son père vont arriver d'une minute à l'autre. Suis-moi, je t'expliquerai tout.

– Comment connais-tu ce passage ?

– Tu n'es pas la seule. Kit m'a dit un jour qu'oncle Collis avait partagé les frais avec ton père pour agrandir cette pièce dans l'épaisseur du mur et creuser la galerie qui ouvre sur la crique de Hemmick.

Garrett Teague et ses cousins Trevelyan étaient depuis l'enfance les compagnons de jeux de Blythe Barton. Selon les rumeurs locales, Garrett tenait son teint basané et ses yeux noirs d'un marin espagnol, rescapé du naufrage de l'Armada et recueilli par un villageois de Gorran Haven père d'une fille au sang chaud. Des noces précipitées s'étaient ensuivies, d'où était née une fille qui avait ensuite épousé un Teague. Depuis, sa descendance se distinguait par le physique latin et le tempérament romanesque hérités de cet ancêtre ibère. Les aléas des mariages et des successions avaient conféré à la famille Teague le statut peu enviable de « parents pauvres » des plus riches propriétaires terriens de Cornouailles.

Des bruits de voix se rapprochaient dans le couloir.

– Voilà oncle Collis et ta mère ! chuchota Garrett. Viens vite avant qu'ils nous trouvent !

Sans respect pour sa fine manchette de dentelle, il lui agrippa le poignet, la tira jusqu'à l'ouverture du cabinet secret et repoussa en hâte le rayonnage chargé de livres.

– Vas-tu enfin me dire ce que tout cela signifie ? protesta Blythe, soudain plongée dans l'obscurité complète.

– Je suis venu t'avertir que ton tuteur veut annoncer sans plus attendre tes fiançailles à mon cousin Kit, dit-il d'une voix altérée par l'importance de la nouvelle. J'ai appris ce matin qu'oncle Collis compte faire publier les bans avant même que l'année du deuil de ton père soit écoulée. Maintenant, laisse-moi trouver la porte qui donne dans le potager, on n'y voit rien !

Assommée par cette révélation, Blythe se figea. Elle entendait Garrett tapoter les parois de bois.

– Tuteur ou pas, dit-elle enfin, ton oncle Collis perd la raison s'il croit que je vais accepter ce balourd. Il est à peine capable de me dire deux mots de suite et il a la figure comme une râpe à fromage !

Elle avança à tâtons et buta contre un gros objet rond. L'odeur douceâtre qui flottait dans l'air confirma ce dont elle se doutait : il y avait des barils de spiritueux dans cette cache aménagée par son père deux ans auparavant, pendant qu'elle séjournait à Londres, chez sa tante. Sa mère l'avait prévenue peu après de ne pas poser de questions s'il lui arrivait d'entendre des bruits étouffés au milieu de la nuit, mais Blythe savait déjà qu'ils correspondaient à des livraisons de marchandises clandestines, contenues dans des caisses ou des barriques comme celle qu'elle venait de heurter du pied.

– Ennis est-il aussi venu avec son père et son frère ? demanda-t-elle.

– Ne déraisonne pas, Blythe ! Tu sais aussi bien que moi que c'est l'aîné qui aura ta main.

Le silence retomba pendant que Garrett poursuivait ses recherches dans le noir.

– Moi aussi, je suis un fils aîné ! dit-il tout à coup. Si j'étais riche, voudrais-tu m'épouser ?

– Plutôt que Kit Trevelyan ? Bien sûr !

– Alors, il faut nous cacher jusqu'à ce que nous puissions fuir ensemble.

– Fuir ? s'exclama-t-elle, effarée. Pour aller où ?

– A Plymouth d'où nous nous embarquerons pour l'Amérique, si tu veux vraiment échapper à ce mariage.

– Et comment, mon bel aventurier, proposes-tu de payer notre passage et de nous nourrir une fois arrivés là-bas ?

– D'abord, nous resterons cachés dans le grenier des écuries. Quand tout le monde sera couché, tu rentreras à la maison prendre autant d'argenterie que tu pourras.

– Et ensuite ? voulut savoir Blythe, abasourdie par une telle audace.

– Un ou deux chandeliers d'argent devraient suffire à convaincre un pêcheur du village de nous emmener à Plymouth. Nous pourrions aussi dérober deux poneys de tes écuries et faire le chemin pendant la nuit.

– Tu deviens fou ! Nous serons découverts et on nous rattrapera ! Ennis viendra-t-il avec nous ? ajouta-t-elle.

– Il ne fait pas partie de mon projet, déclara Garrett avec hargne. Et il ne voudra jamais risquer ses beaux jabots de dentelle pour nous aider, je te le garantis ! D'ailleurs, il a tout à gagner de ton mariage avec Kit.

– Ce n'est pas vrai ! protesta Blythe.

– Ennis n'est amoureux que de lui-même et de la peinture, il serait grand temps que tu le comprennes. Quand tu auras épousé Kit, ta dot lui permettra enfin d'aller en Italie étudier avec les grands maîtres, comme il en rêve depuis des années... Ah ! j'ai trouvé la clenche ! Viens vite.

La porte secrète ouvrait dans le potager derrière le château.

Main dans la main, ils le traversèrent en courant jusqu'aux écuries, escaladèrent une échelle et se laissèrent tomber dans le foin, hors d'haleine.

– Tout cela n'est quand même pas la faute de Kit, hasarda Garrett un instant plus tard.

– Tu n'es qu'un sot ! répliqua Blythe en luttant contre une forte envie d'éternuer. Plaindrais-tu ton malgracieux cousin parce qu'il a été malade ?

– Malade ? protesta Garrett. La petite vérole a failli le tuer, le pauvre garçon ! Comment te sentirais-tu, toi, si ta jolie figure était grêlée comme la sienne ?

– Dommage qu'il n'en soit pas mort, déclara Blythe froidement. Ennis serait l'aîné et je pourrais l'épouser.

Elle eut le bon goût de ne pas insister devant Garrett sur la profondeur des sentiments que lui inspirait Ennis Trevelyan. Mais si le pays entier, Garrett y compris, n'en ignorait rien, son tuteur comme son défunt père s'étaient souciés de son bonheur comme d'une guigne, pensait-elle sombrement.

– Ecoute, Blythe, tu serais idiote de...

– Je sais très bien pourquoi Collis Trevelyan vient ici aujourd'hui, l'interrompit-elle. Il cherche à protéger ses intérêts, un point c'est tout. Et le meilleur moyen consiste à m'ordonner d'épouser son fils aîné. Eh bien, moi, je ne veux pas en entendre parler !

– Facile à dire, ma jolie ! Mais tu ne l'éviteras qu'en prenant la fuite. Leur maudit complot repose sur toi seule. Sans toi, tout s'écroule. Le comprendras-tu, à la fin ?

La vérité de cette dernière assertion lui fit ravaler sa réplique. Depuis des années, les Barton et les Trevelyan procédaient avec la France au troc de leur laine contre des produits de contrebande, revendus à l'intérieur des terres en espèces sonnantes et trébuchantes. Après la mort de son père, Blythe avait pris conscience qu'elle n'était qu'un pion dans cette partie de « libre-échange » auquel participait la quasi-totalité de la population de Cornouailles. Lasse de payer le prix de guerres absurdes, telles que le récent fiasco des colonies d'Amérique, la région entière coopérait ; les pêcheurs fournissaient les embarcations, les paysans les troupes pour faire le guet et repousser les gabelous de la Couronne. Mais les chevilles ouvrières de cette gigantesque entreprise illégale restaient les propriétaires terriens, qui produisaient la laine servant de monnaie d'échange et assuraient la livraison des marchandises à une clientèle ravie de profiter de prix défiant toute concurrence.

Le trafic s'était accru en de telles proportions, au cours des dernières années du XVIIIe siècle, que les Habits rouges de Sa Majesté osaient désormais s'en prendre à la noblesse. Pas plus tard que la veille, des soldats avaient fait irruption à Barton Hall au moment précis où un bateau venu de France était sur le point de décharger sa cargaison. Grâce à Dieu, un palefrenier des Barton avait eu le temps de courir jusqu'au rivage donner l'alerte, mais tous ceux qui étaient impliqués dans l'opération, et surtout la veuve Barton, la mère de Blythe, en avaient eu des sueurs froides.

Blythe savait donc fort bien qu'une fois réunies, les deux propriétés limitrophes offriraient aux convois clandestins un champ de manœuvres plus vaste, donc plus difficile à surveiller par les agents de la Couronne. Tout reposait sur elle, en effet – sauf que Collis Trevelyan, devenu son tuteur à la mort de son père, négligeait de prendre en compte son refus obstiné de se laisser unir à ce balourd de Kit ! Nul, pas même son fidèle ami Garrett, ne se doutait non plus de son inébranlable résolution d'épouser le bel et séduisant Ennis. De toute façon, Blythe n'avait aucune intention d'abandonner Barton Hall. Par la ruse ou par tout autre moyen, elle conserverait ses biens et prendrait pour époux l'homme qu'elle aurait elle-même choisi.

Une voix tonnante résonna soudain à l'autre bout de la cour et fit sursauter les deux amis :

– Blythe Barton ! Où êtes-vous, petite impertinente ? Rentrez à la maison sur-le-champ !

– Seigneur, il va nous retrouver, gémit-elle.

– Chut ! Ne bouge pas, l'adjura Garrett.

Pour Blythe, leur jeu de cache-cache prenait un tour décidément trop périlleux à son goût.

– Comment savais-tu qu'il viendrait aujourd'hui ?

– Il était à la librairie de mon père ce matin.

– Et il se vantait devant lui d'agrandir son domaine à mes dépens ? dit-elle avec indignation.

– Oui, répondit Garrett sombrement. Je l'ai entendu dire qu'il avait l'intention de publier les bans à l'église de Saint-Goran d'ici un mois. Comprends-tu, maintenant ? Ou bien nous fuyons, ou bien tu épouseras Kit.

Maudits douaniers ! fulmina Blythe en son for intérieur. Sans eux, ce vieux grigou de Collis Trevelyan ne s'acharnerait pas à vouloir mon malheur...

Un nouvel éclat de voix interrompit ses amères réflexions.

– Blythe ! Allez-vous répondre ?

– Il doit y avoir une autre solution que de fuir le pays, chuchota-t-elle d'une voix mal assurée.

– Non, répliqua Garrett. Tiens-toi tranquille, à la fin, tu vas nous faire prendre !

– C'est donc là que vous vous cachez ? fit au-dessous d'eux une voix sensiblement plus douce. Blythe, ma pauvre chérie, tu es dans un affreux pétrin. Mais rassure-toi, je suis là pour te protéger de la fureur de mon père.

Une tête blonde apparut en haut de l'échelle. Au moment même où Collis Trevelyan faisait irruption dans la cour des écuries en lâchant une bordée d'épithètes malsonnantes, son fils cadet s'affala dans le foin à côté des deux fugitifs.

– Bon sang, Ennis, ne fais pas tant de bruit ! gronda Garrett. Et je n'ai pas besoin de toi pour défendre Blythe.

– J'ai bien peur que mon père ne soit pas d'humeur folâtre, répondit Ennis. Vous feriez mieux de descendre tous les deux avant qu'il ne vous trouve couchés dans le foin.

– Jamais ! protesta Garrett.

– Voyons, Blythe, dit Ennis du ton taquin qu'il adoptait volontiers avec elle. Je sais que tu ne supportes pas la vue de mon frère bien-aimé, mais je croyais que c'était de moi que tu étais entichée, pas de mon savant cousin ici présent.

Blythe leva les yeux vers lui : il était beau comme un Adonis, élégant comme une gravure de mode. Elle sentit à la fois son cœur battre plus vite et le doute s'insinuer dans son esprit. Serait-il jamais son mari ? Son père réussirait-il à la forcer d'épouser Kit plutôt qu'Ennis ? Et sa mère à elle le permettrait-elle sans même élever une protestation ?

– Garrett m'apprenait que ton père médite de..., commença-t-elle.

– Qui se cache là-haut ? tonna une voix furieuse au pied de l'échelle. Qui que vous soyez, descendez immédiatement !

Conscients de leur défaite, ils descendirent l'échelle et se tinrent penauds comme des écoliers pris en faute devant le redoutable Collis Trevelyan.

– Ennis, où est ton frère ? aboya ce dernier.

– Ici, père, dit une voix derrière lui.

Après avoir fêté son dix-neuvième anniversaire en luttant contre la mort, Kit Trevelyan venait d'apparaître sur le seuil de l'écurie. Le contre-jour dissimulait les ravages exercés par la petite vérole sur un visage qui, en d'autres circonstances, aurait pu trouver grâce aux yeux de bien des jeunes filles – moins, en tout cas, que celui de son trop séduisant cadet.

Blythe se rendit compte que Kit paraissait aussi malheureux qu'elle de la façon dont leurs aînés traitaient leurs sentiments respectifs. L'héritier des Trevelyan restait le plus souvent sur son quant-à-soi, moins par timidité que par réaction envers un père dominateur et autoritaire à l'excès. Aussi modestement vêtu que son impécunieux cousin Garrett, il était plus à l'aise dans ses champs ou au milieu de ses moutons que dans les salons où Ennis brillait de tous les feux de ses talents.

– Que fabriquiez-vous là-haut, chenapans ? gronda Collis. Pas de jeux de main avec cette petite dévergondée, j'espère ?

Blythe devint cramoisie sous l'outrage, Garrett baissa les yeux sur ses bottes. Ennis se contenta de sourire :

– Voyons, père, nous nous amusions un peu comme au bon vieux temps.

La fureur fit passer le visage de Collis Trevelyan par toutes les nuances du rouge.

– Vous n'êtes plus des enfants, il serait grand temps que vous vous en souveniez ! aboya-t-il. Vous, ma petite, je n'aime guère votre habitude de disparaître à chaque fois que nous venons rendre visite à votre mère. Suivez-moi, Kit aussi. Garrett, qu'attends-tu pour disparaître, malappris ? poursuivit-il en agitant la main comme pour chasser un insecte importun. Ton père a besoin de toi à la boutique...

Depuis le début de cette tirade, Ennis avait sorti de sa poche un carnet de croquis et entreprenait de fixer pour la postérité cet accès de rage paternelle.

– Quant à toi, Ennis, fais-moi le plaisir de cesser tes gribouillages et d'aller nous attendre au salon sans plus faire l'insolent !

Tête basse, les coupables sortirent de l'écurie en file indienne. Blythe vit Garrett, en défi ostensible à l'autorité de son oncle, tourner le dos au village et partir vers le sentier menant à la côte. Pour sa part, elle goûtait avec amertume le sort de la prisonnière qu'elle deviendrait, si elle ne suivait pas les conseils de Garrett et ne cherchait pas au plus tôt son salut dans la fuite.

La porte de la bibliothèque – naguère encore sanctuaire de son père – à peine refermée sur son tuteur, sa mère et son malencontreux promis, Blythe s'accroupit de manière à coller un œil au trou de la serrure. Si le large dos de Collis Trevelyan lui masquait la vision, les paroles prononcées dans la pièce lui parvenaient avec une parfaite clarté.

– En novembre, James aura été mis en terre depuis une année, Rosamonde. A quoi bon attendre davantage pour unir nos deux familles ? Au diable les simagrées du deuil !

D'un point de vue strictement légal, Rosamonde Barton n'avait pas son mot à dire quant au choix du mari de sa fille

Blythe, soumise pieds et poings liés aux décisions de son tuteur. Celui-ci, néanmoins, estimait sans doute de bonne politique de s'assurer le concours de la veuve Barton, laquelle aurait ensuite tout loisir de se remarier – de cela Collis Trevelyan se lavait les mains. Mariée à seize ans, mère à dix-sept, veuve à trente-quatre et toujours belle à damner un saint, il était peu probable qu'elle se résignât à croupir jusqu'à la fin de ses jours dans le cottage du douaire, exposé à tous les vents au fin fond du parc.

– Que penserait le curé de noces aussi hâtives ? s'enquit Rosamonde de la voix chaude qui ensorcelait à tout coup son défunt mari. Nous sommes désormais délivrées des atours du grand deuil, je vous l'accorde. Il n'empêche, Collis, que septembre est un bien piètre mois pour célébrer un mariage, ajouta-t-elle avec une ironie marquée.

– La saison n'a rien à voir dans l'affaire ! Vous avez laissé ces maudits gabelous fourrer leur nez partout. Sans cette cache qu'ils n'ont pas su découvrir, nous serions tous en prison aujourd'hui !

– Mme Barton est une femme seule, père, intervint Kit avec prudence. J'estime qu'elle s'est comportée de manière admirable face à l'irruption de cette horde de soudards.

– Tu m'enlèves les mots de la bouche, mon garçon ! brama son père. Vous ne pouvez rien faire seule ici, Rosamonde, si ces misérables s'avisaient de revenir vous tourmenter. Ce qu'il vous faut, c'est un bon gendre dévoué tel que Kit, une escorte d'hommes solides à notre solde pour monter la garde et repousser les intrus. Nous n'avons plus de temps à perdre, que diable ! J'ai chargé Donald Teague, mon beau-frère, de persuader le révérend Kent, son autre beau-frère, de faire taire ses scrupules pour deux malheureux mois.

– Et qui se chargera de l'annoncer à Blythe ? demanda Kit avec une évidente appréhension.

– Son promis, bien sûr ! s'esclaffa Collis en assenant sur le dos du convalescent une claque qui déclencha une violente quinte de toux.

– Cela ne lui plaira pas, parvint-il à répondre en reprenant son souffle. C'est Ennis qu'elle...

– Je me moque bien de ses caprices! l'interrompit son père. C'est toi qui l'avertiras et c'est toi qui coucheras avec elle. Avant la noce s'il le faut.

– Collis! intervint Rosamonde, indignée. Ma fille a le droit de préférer l'un ou l'autre de ses soupirants, quel que soit celui qu'elle finira par épouser. C'est moi qui lui parlerai.

– A votre aise, grommela Collis. N'oubliez quand même pas de lui dire qu'elle pourrait trouver bien pire que Kit.

Pendant cet échange, Blythe put voir le visage de son promis prendre la couleur du jus de grenade.

– Tout le monde sait qu'elle préfère Ennis, insista ce dernier avec une admirable abnégation.

– Balivernes! Tout le monde sait aussi que tu as un faible pour elle – bien qu'elle promette de n'être pas de tout repos, ajouta-t-il avec un regard venimeux à l'adresse de Rosamonde. Tu vas l'amadouer, voilà tout. Lui prouver que tu n'es pas un propre à rien comme ton frère, la convaincre qu'elle fera une meilleure affaire en t'épousant. Et si elle s'entête à désobéir, eh bien, une bonne correction de temps en temps fera merveille, mon garçon.

– Collis, je vous en prie! protesta Rosamonde, vexée.

Derrière la porte, Blythe frémissait de rage. Pour un peu, elle aurait fait irruption dans la pièce pour clamer à ces misérables qu'elle refusait d'être traitée comme un meuble. Elle était pourtant bien forcée d'admettre qu'une fille de dix-sept ans n'avait guère plus de valeur, et encore moins de droits, qu'une jument poulinière...

Elle se redressa à la hâte en entendant des pas étouffés à l'autre bout du couloir.

– Ton sort est-il scellé? s'enquit Ennis à voix basse.

– Comme si tu t'en souciais!

– Tu me brises le cœur, ma chérie, susurra Ennis en posant une main caressante sur la nuque de Blythe. Tu sais pourtant que tu as toujours été ma préférée. Nulle autre que toi ne m'inspire un aussi vif désir de peindre. Poseras-tu enfin pour moi ? Me permettras-tu de te dessiner sans tes...

Il laissa sa phrase inachevée en la déshabillant littéralement du regard. La silhouette gracile de Blythe s'était épanouie au point qu'elle avait, à dix-sept ans, les formes voluptueuses d'une femme faite. Depuis plusieurs mois, Ennis lui offrait de faire son portrait en des termes qui provoquaient de délicieux frissons le long de sa colonne vertébrale.

– Nous avons si peu de temps devant nous, reprit-il en l'attirant contre lui. J'ai presque réussi à convaincre mon père de me laisser partir pour l'Italie étudier avec les maîtres dès que Kit sera installé. Il serait même d'accord pour que Garrett m'accompagne.

Ulcérée, Blythe le repoussa de toutes ses forces.

– Je vois ! Lorsque Kit et ton père auront mis la main sur ma dot, tu comptes disparaître !

– Voyons, ma bien-aimée, c'était prévu de longue date, tu le sais bien.

Ainsi, Garrett avait raison. Ennis n'attendait que ce maudit mariage pour partir courir la prétentaine à sa guise !

– Et toi, tu te moques bien que ton frère me mette de force dans son lit et me possède corps et âme ! Cela ne te fait ni chaud ni froid, n'est-ce pas, de me savoir soumise à tous ses caprices ? lança-t-elle d'un ton de défi.

Cette dernière phrase parut enfin éveiller un écho chez celui qui se prétendait son amoureux. Etait-ce par jalousie envers son frère ou simple concupiscence contrariée ? L'amènerait-elle à la sauver d'un destin funeste ? Blythe parvint à faire jaillir quelques larmes de ses yeux.

– Je ne supporterais pas que Kit porte la main sur moi, murmura-t-elle. Toi seul sais me caresser...

– Il ne t'aura pas le premier, gronda Ennis.

– Comment l'en empêcher, à moins que tu ne le prennes de vitesse ? Si tu me faisais un enfant, ils seraient bien forcés de nous marier, n'est-ce pas ?

– Tu en sais plus que je ne croyais sur le salaire du péché, ma belle...

– Est-ce un péché d'aimer? protesta-t-elle.

Ennis n'écoutait déjà plus. Sa bouche s'empara avec avidité de ses lèvres en un vrai baiser d'homme – appris grâce aux savantes leçons des ribaudes de Gorran Haven et de Mevagissey, trop heureuses d'assouvir les appétits du fils d'un des plus gros propriétaires du comté. Blythe n'ignorait rien de ce qui se racontait à ce sujet dans les couloirs et les escaliers de service de Barton Hall.

Tout en s'abandonnant à la délicieuse chaleur qu'elle sentait l'envahir sous les expertes caresses d'Ennis, Blythe se demandait si elle réussirait à attiser suffisamment sa flamme pour lui faire sauter le pas. Depuis qu'Ennis avait quatorze ans, elle se rendait compte qu'en bon fils cadet, résigné à l'inévitable, il préférait poursuivre un objectif à sa portée et tournait ses regards vers les beaux-arts.

– Je poserai pour toi, lui chuchota-t-elle à l'oreille. Sans mes vêtements.

– Oh, Blythe...

D'une main, il lui caressa la poitrine et, de l'autre, souleva sa jupe tandis que sa bouche s'attardait au creux de sa gorge. Les jambes flageolantes, le cœur en folie, Blythe se pressa contre lui, stupéfaite que ce qui n'avait d'abord été qu'un froid calcul de sa part se soit métamorphosé en un tel vertige de sensations.

– Viens, murmura-t-il d'une voix rauque. Trouvons vite un endroit où...

– Ne m'abandonne pas, Ennis, mumura-t-elle en l'étreignant plus fort. Je partirai avec toi en Italie, j'irai au bout du monde si tu me promets de ne pas...

Ils sursautèrent en entendant du bruit à l'autre bout du couloir et se séparèrent à la hâte.

– Blythe! Blythe! Où cette drôlesse est-elle encore fourrée? fit la voix courroucée de Collis Trevelyan, qui passait la tête par la porte de la bibliothèque. Ah, vous voilà! Au moins, vous n'espionniez pas par le trou de la serrure. Mme Barton nous invite à rester prendre le thé, allons tous au grand salon avant qu'il ne refroidisse.

Les négociations entre les parents respectifs concernant la date des épousailles n'avaient cependant pas pris fin.

– Je croyais vous avoir fait comprendre, Collis, qu'un mariage en septembre ferait scandale, déclara la maîtresse de Barton Hall. Devant une telle précipitation, tout le pays s'imaginera que Blythe est enceinte et...

– Balivernes! l'interrompit Collis. Et tant mieux si elle l'est – de Kit, cela va sans dire. Ce ne serait pas la première fois qu'on verrait une écervelée aller à l'autel le ventre plein, ajouta-t-il comme si sa pupille n'était pas assise à deux pas de lui.

Les frères Trevelyan échangèrent un regard embarrassé. Blythe comprit que si elle voulait mettre sa mère et son tuteur devant le fait accompli en portant l'enfant d'Ennis, il lui faudrait gagner du temps.

– Mon père n'est pas dans sa tombe depuis un an, mère! s'écria-t-elle. Vous ne voudriez quand même pas que nous manifestions si peu d'égards envers sa mémoire.

– Il ne s'agit pas d'égards mais de survie, ma petite, répliqua Rosamonde. Si les hommes du roi dénichaient une preuve de ce qui se passe ici, nous en serions tous fort marris. Marris et ruinés, ai-je le regret d'ajouter.

La trahison de sa mère rendit Blythe muette d'horreur et de rage. Elle lui avait pourtant promis de résister encore un an à Collis Trevelyan! Mais cette promesse datait d'avant la visite des douaniers, qui avait effrayé Rosamonde au point de lui faire renier sa parole.

Ennis pianotait sur le bras de son fauteuil comme s'il s'ennuyait et avait hâte d'échapper à une fastidieuse corvée mondaine afin de retrouver son cher carnet de croquis.

Et moi, dans tout cela? pensa Blythe. Qui se soucie de moi?

Comme s'il avait entendu son silencieux cri de détresse, Ennis se tourna vers elle et esquissa un sourire signifiant, comprit-elle, qu'il se considérait lui aussi vaincu par les machinations de ses aînés. Elle regarda ensuite en direction de Kit Trevelyan et son cœur se serra un peu plus.

L'aspect de son visage évoquait le rivage autour de Dodman Point à marée basse après une tempête d'équinoxe – une étendue de sable grisâtre et vaseux, parsemé de galets, de poissons morts et de débris indéfinissables. Jusqu'à sa maladie, Kit n'était qu'un garçon terne et appliqué, sans le charme ni la vivacité d'esprit dont son frère Ennis était pourvu d'abondance. Capable de discourir sur l'agriculture et les intempéries, il semblait perdre sa langue dès que le temps se montrait clément. Mais depuis que la petite vérole lui avait ravagé la peau, l'héritier de Collis Trevelyan se repliait chaque jour un peu plus sur lui-même. De fait, se disait Blythe avec accablement, il se comportait comme s'il était muet de naissance.

Je ne pourrai jamais l'embrasser, pensa-t-elle. Et si je ne peux pas me résoudre à l'embrasser, comment au nom du ciel me laisserai-je jamais… ?

– Je n'épouserai pas Kit ! déclara-t-elle. Si vous tenez à réunir vos précieuses terres aux nôtres, que Kit donne sa part d'héritage à Ennis, j'accepterai de l'épouser.

– Comment osez-vous proférer de pareils propos devant mon fils, petite sotte ? tonna Collis. Mes fils ne sont pas interchangeables ! Kit est mon héritier et, à ce titre, il est conscient de ses devoirs. Quant à son frère, il n'est bon qu'à aller faire le joli cœur sur le Continent et peindre des femmes nues.

– Voyons, père ! protesta Ennis. Tous les peintres de quelque renom vont s'initier aux arts en Italie. Ce n'est pas frivolité de ma part de souhaiter…

Collis l'interrompit d'un geste sec et se tourna vers la mère de la coupable :

– Sachez, madame, que le révérend Kent unira cette dévergondée à mon fils avant la fin de ce mois. Et je vous confie la mission de lui faire comprendre que si elle ne se comporte pas envers lui en épouse digne de ce nom, elle le paiera cher. Très cher !

– Un peu de calme, Collis, l'adjura Rosamonde avec hauteur. Réglons cette question avec dignité.

– Je n'épouserai pas Kit ! cria Blythe en se levant d'un bond. Jamais ! Je préfère mourir !

Sur quoi, elle se précipita vers la porte. Cramoisi de honte, l'aîné des frères Trevelyan piqua du nez dans sa tasse. Ennis esquissa un sourire amusé. Rosamonde fit mine de s'interposer.

– Laissez-la donc. La drôlesse sera bientôt de retour la tête basse, j'en réponds, grommela Collis avec un regard venimeux à la veuve de son voisin.

Car c'était bien elle qui, par sa scandaleuse faiblesse, était à blâmer pour la conduite indigne de sa fille.

Blythe courait sur le sentier de Dodman Point. Ses fins escarpins de chevreau étaient irrémédiablement gâtés par la boue, elle avait cassé un talon et avançait en clopinant. Mais quelle importance ? pensait-elle, aveuglée par les larmes. Là où elle allait, elle n'aurait plus besoin de chaussures. Elle n'aurait plus besoin de rien.

Pour eux, je n'existe pas, se répétait-elle. Ils ne se soucient que de leurs maudites terres et de leur argent. Ma mère ne vaut pas mieux que les autres ! Elle est jeune, elle se remariera avec le premier qui lui apportera une maison, un domaine à gouverner. Pourquoi n'épouse-t-elle pas Kit, après tout ? Je ne compte pas pour elle. Je ne compte pour personne. Pas même pour Ennis !

Toujours courant, toujours boitant, elle escalada la pente herbue qui aboutissait à la pointe déchiquetée par les vagues et les tempêtes. Sur la crête, une mince silhouette se détachait contre le ciel plombé. Déséquilibrée par son talon brisé, Blythe s'étala dans l'herbe spongieuse. Un caillou acéré lui lacéra le bras et déchira sa manche.

– Blythe ! cria une voix apportée par le vent.

Roulée en boule, à demi suffoquée par la douleur qui lui lançait dans le bras comme des coups de poignard, elle hurla de terreur en sentant une main sur son épaule. Elle reconnut alors Garrett Teague, agenouillé près d'elle.

– Je ne veux pas l'épouser... Je ne veux pas l'épouser, répéta-t-elle entre deux sanglots.

– Ma pauvre chérie, dit-il en la prenant dans ses bras sans se rendre compte de la profondeur de son désarroi. Fais-moi confiance, nous nous échapperons aussitôt que...

– Lâche-moi ! hurla Blythe dans le vent qui défaisait l'édifice de sa coiffure. C'est Ennis que je veux ! Ennis !

La honte aggravait sa souffrance. Car celui qui l'avait embrassée avec tant de passion quelques minutes auparavant était resté muet sans même feindre de lutter pour la garder, moins soumis en réalité à la volonté de son père qu'à son propre égoïsme.

Blythe se débattit, échappa à l'étreinte de Garrett, parvint à se remettre debout. Elle n'était qu'à quelques pas du bord de la falaise. Agrippée à un rocher, elle résistait de son mieux au vent violent qui la repoussait vers la terre, et à Garrett qui la saisissait de nouveau à bras-le-corps.

– Lâche-moi ! hurla-t-elle encore. Lâche-moi !

5

15 mai 1994

Bouleversée, Blythe se laissa tomber sur une chaise et s'affala sur le bureau, la tête dans les mains.

D'où diable revenait-elle ? Pour la deuxième fois, il lui avait suffi de toucher l'arbre généalogique en prononçant un nom pour se trouver projetée au cœur d'événements du passé, impliquant des membres de la famille Barton-Trevelyan-Teague. D'une manière inexplicable, sa propre personnalité s'était effacée devant celle de son homonyme. Elle s'était *réellement* sentie dans la peau d'une adolescente de l'époque, révoltée, amoureuse, persuadée d'être incomprise et persécutée par les adultes. Plus stupéfiant encore, elle était *devenue* cette Blythe Barton sans en éprouver aucune gêne. Sans même s'en étonner.

Mieux, ou pis : de son point de vue de femme du XXe siècle, Garrett Teague était le soupirant qu'elle se serait choisi de préférence aux autres membres du clan. Il lui avait paru à la fois courageux, sympathique et, surtout, le seul sincèrement soucieux du sort de Blythe Barton. Or, c'était dans les bras d'Ennis que celle-ci avait été prête à s'abandonner – ce même Ennis avec lequel, s'il fallait croire les accusations de Christopher Trevelyan, elle aurait ensuite commis l'adultère.

Quelle que soit la nature du phénomène, réincarnation ou

voyage dans le temps, il avait de quoi lui faire dresser les cheveux sur la tête !

Un instant, elle s'imagina en train de le décrire à Christopher, son ex-mari. Serait-il frappé, lui aussi, par l'incroyable coïncidence d'une femme portant le même nom qu'elle et trompant son mari, autre Christopher, avec son frère ? S'étonnerait-il comme elle qu'il y ait eu au XVIIIe siècle une version inverse de leur coupable trio ? Non, conclut-elle amèrement. Chris y verrait plutôt l'occasion de la faire interner d'urgence dans un asile de fous...

Son regard se posa sur les rayons de bibliothèque ayant livré passage à l'ancêtre de Lucas Teague. Elle se leva, pesa sur un montant. Rien. Elle poussa plus fort. Toujours rien. D'instinct, elle tendit la main pour tâter les côtés des étagères à la recherche d'un ressort caché... Tu deviens folle ! pensa-t-elle. Crois-tu vraiment à ces fantômes ?

Une grosse bible à la reliure fatiguée attira son attention. Elle la prit, la feuilleta. A la fin du volume, sur les pages de garde, étaient inscrits avec leurs dates de naissance et de décès la plupart des noms figurant dans l'arbre généalogique. Sur un autre rayon, elle remarqua une série d'épais registres, dont les dates remontaient en ordre jusqu'au milieu du XVIIe siècle. Elle les passa rapidement en revue et prit celui de 1789. L'année du mariage de Blythe et de Christopher était aussi celle de la prise de la Bastille. Ils n'auraient pu mieux choisir, se dit-elle avec un sourire ironique.

Le registre se révéla un simple livre de comptes du domaine. Au fil des pages, Blythe lut des noms de villes du Continent avec, en regard, des sommes déboursées pour des achats de fournitures artistiques, des frais de logement, de transport. Le Grand Tour d'Ennis avait donc bien eu lieu.

En remettant le volume à sa place, elle découvrit un mince cahier, calligraphié avec élégance, qui avait sans doute glissé derrière la rangée des registres et y était resté, oublié. Lucas l'a-t-il jamais vu ? se demanda-t-elle.

A la lecture de quelques passages, mêlant des réflexions

personnelles à des descriptions de villes et de sites en Italie, Blythe comprit qu'il s'agissait du journal tenu par Garrett Teague, compagnon de voyage de son cousin Ennis.

Ce 11 août 1791
Pendant notre séjour à Naples, Ennis a reçu d'oncle Collis une missive par laquelle il nous recommande une plus grande frugalité. Il nous apprend aussi que Blythe est « enfin en puissance d'héritier ». Cette nouvelle m'a tant affecté que je me suis dissocié plusieurs jours des bamboches dont Ennis semble ne jamais devoir se lasser. Je ne supporte plus, à vrai dire, les paysages et les habitants de cette contrée torride et excessive. Je n'aspire qu'à retrouver l'air pur et vivifiant de mes Cornouailles. Savoir Blythe proche de moi suffirait à me contenter...

– Bonjour, Blythe.

Elle sursauta. Souriant, son hôte se tenait sur le seuil de la bibliothèque. Il doit me prendre pour une folle incurable, après mon numéro de cette nuit, pensa-t-elle avec embarras.

– Vous sentez-vous mieux, ce matin ? reprit-il.

– Bonjour, Lucas. Oui, beaucoup mieux, merci. Je voulais revoir mon nom à la lumière du jour sur votre arbre généalogique. J'espère que vous ne m'en voulez pas de fouiner aussi dans vos livres ?

– Au contraire, fouinez tant que vous voudrez. Vous découvrirez peut-être un lien entre nos familles dans ces vieux grimoires, je n'ai jamais eu le courage d'y mettre le nez. Mais pour le moment, venez à la salle à manger. Mme Quiller serait terriblement vexée si vous ne savouriez pas ses kippers pendant qu'ils sont chauds.

Blythe referma le journal de Garrett et le reposa sur l'étagère.

– Vexer cette bonne Mme Quiller ? Je m'en voudrais à mort ! répondit-elle en souriant.

A son vif soulagement, Lucas ne fit aucune allusion à leur

rencontre nocturne. Pendant qu'elle le suivait vers la salle à manger, mille questions se pressaient dans sa tête. Puisque les Barton-Trevelyan n'avaient pas produit d'héritier, qu'était devenu l'enfant de Blythe ? Celle-ci avait-elle aussi eu des rapports coupables avec Garrett Teague ? Fallait-il considérer la trahison dont elle était elle-même victime de la part de Chris et d'Ellie comme une sorte de sanction tardive du péché de son homonyme deux siècles plus tôt ? La clé de sa propre tranquillité d'esprit se trouvait-elle dans le passé tumultueux de ses ancêtres – à condition qu'ils le soient réellement ?

C'est absurde ! se reprit-elle. Lucas s'inquiéterait à bon droit de sa santé mentale si elle lui exposait une théorie aussi fumeuse ! Non, une réaction psychosomatique, consécutive au stress provoqué par le scandaleux adultère de Christopher et leur divorce, constituait à l'évidence la seule explication logique. Oublie le passé, s'adjura-t-elle, et ne t'approche plus de ce bizarre parchemin sous verre. Dorénavant, ne pense qu'à l'avenir.

– Avez-vous faim, au moins ? s'enquit Lucas quand ils se furent assis à table.

– Faim ? répondit-elle de son plus bel accent du Wyoming. Je pourrais avaler une vache avec ses cornes et ses sabots !

Lucas éclata de rire.

– Faute d'un menu digne d'une cow-girl, j'espère que la cuisine de Mme Quiller vous aura redonné assez de forces pour venir avec moi à Gorran Haven faire des courses et reconnaître les environs. Avez-vous vraiment l'intention de nous abandonner pour réintégrer le cottage ?

La bouche pleine, Blythe acquiesça d'un signe.

– Etes-vous sûre d'être rétablie ? enchaîna Lucas avec sollicitude. Vous serez très isolée au cottage.

– J'y serai fort bien, rassurez-vous.

Le regard qu'il posait sur elle lui donna un sentiment inattendu de réconfort. Cet homme, dont elle ignorait jusqu'à l'existence quelques jours plus tôt, semblait la comprendre mieux que quiconque de sa connaissance. Depuis le début de son cauchemar, Lucas Teague et Mme Quiller lui avaient prodigué plus d'égards et de bonté que tous ceux qu'elle avait laissés derrière elle en Californie. Pour la première fois, elle éprouvait une sorte de bonheur tranquille, comme si elle retrouvait l'air pur et la lumière à la sortie d'un long tunnel nauséabond.

– Vous devez me prendre depuis cette nuit pour une hystérique. Mais je ne le suis pas, je vous assure. Le pire est derrière moi, du moins je l'espère.

Lucas la considéra avec un étonnement sincère.

– Voyons, Blythe, je ne vous ai jamais prise pour une hystérique! Quand on reçoit comme vous un coup en pleine poitrine, il faut du temps pour récupérer.

– Merci de votre compréhension, Lucas. Merci surtout de m'avoir si bien aidée, Mme Quiller et vous, à me remettre sur pied. Et maintenant, ajouta-t-elle avec son sourire le plus charmeur, si vous croyez votre espèce de tank verdâtre en état de rouler jusqu'à Gorran Haven, j'aurai grand plaisir à me laisser conduire.

Au cours des semaines suivantes, lorsqu'elle acceptait l'invitation permanente de Lucas à venir prendre le thé au château, Blythe évitait soigneusement la bibliothèque et l'arbre généalogique. De même, elle s'efforçait de ne plus regarder les tableaux du cottage, qui finirent peu à peu par se fondre dans le décor. Pour la première fois de sa vie, elle lisait une bonne partie de la nuit, se levait tard et faisait de longues promenades à pied le long de la côte.

C'est ainsi qu'elle continua à dévorer les romans de Daphné Du Maurier. Au début de juin, après que Lucas l'eut emmenée découvrir Menabilly, modèle du mystérieux manoir de Manderley où se déroule l'action de *Rebecca,* Blythe passa une nuit blanche à lire le roman. En refermant le livre, elle ne put s'empêcher de trouver qu'il était meilleur que le film.

Non! se dit-elle aussitôt. Ne pense plus au cinéma.

Elle se félicitait, d'ailleurs, de n'avoir pas une fois eu l'occasion – ni même la tentation – de voir un film ou de regarder la télévision depuis le début de son séjour en Cornouailles. La simple vue d'un générique se déroulant sur un écran aurait suffi à lui rappeler Chris. Et la seule évocation de l'enfant qu'il avait conçu avec Ellie aurait réduit à néant les progrès réalisés grâce à son « programme de rééducation », comme elle qualifiait la vie végétative qu'elle s'imposait de mener en ce début d'été. Presque tous les soirs avant le dîner, rendue somnolente par l'effet conjugué de ses nuits de lecture et de l'air du large, elle s'assoupissait une heure ou deux face à la mer.

Un matin, trois semaines après son arrivée, Lucas vint lui apporter une lettre postée à Jackson, Wyoming.

– J'ai pensé que c'était important, lui dit-il en se préparant à remonter en voiture.

– Restez au moins le temps de boire une tasse de thé, lui dit-elle. Je vous dois bien cela.

Adossée au chambranle de la porte, elle décacheta l'enveloppe, lut les premières lignes.

Lucas la vit changer de figure.

– Mauvaises nouvelles ?

Blythe poursuivit un instant sa lecture.

– Mon père m'annonce qu'il se remarie avec « une dame dans l'immobilier », répondit-elle enfin en rentrant dans le cottage. Il m'informe aussi qu'il a mis sa menace à exécution : le ranch est en vente et il va s'installer en ville.

– Vendre une propriété qui est depuis si longtemps dans votre famille ? Dommage... Je serais pourtant le dernier à pouvoir le lui reprocher, je l'ai moi-même envisagé.

– Il a quand même fait donation à ma sœur et à moi de dix acres chacune, dit-elle avec un rire amer. Allons, venez boire la tasse de thé promise. M'autoriserez-vous ensuite à me servir de votre téléphone ?

– Papa ? Blythe. J'ai reçu ta lettre, je t'appelle d'Angleterre.

Il y eut un silence. Blythe imagina son père couvrant le combiné d'une main pour murmurer son nom à la « dame dans l'immobilier ». A l'évidence, c'était elle qui l'avait décidé à changer de vie à soixante-six ans.

– Blythe ! Je suis ravi de t'entendre. Comment ça va ?

Comment va quoi ? De son point de vue, l'année écoulée méritait de figurer dans un livre des records ! La mort de sa grand-mère, son mari qui la quitte pour épouser sa sœur et, couronnant le tout, la maison de son enfance vendue à l'encan et son père rendu gâteux par une « dame dans l'immobilier » à la langue bien pendue, brûlant sans doute d'impatience de lotir le ranch en dizaines de petites « ranchettes »...

– Ça va, répondit-elle calmement. L'heure est aux félicitations, si j'ai bien compris ?

– Plutôt, oui ! Nous nous sommes mariés vendredi. Au Mexique, ajouta-t-il.

Blythe retint un cri de surprise. Ellie avait-elle aiguillé les tourtereaux sur la chapelle nuptiale où Chris et elle s'étaient passé la bague au doigt ?

– Sincères félicitations, à toi et à ta femme.

– Merci. Je transmettrai à Bertha.

Nouveau silence.

– Ecoute, papa... Je pensais te proposer de racheter moi-même le ranch. Grâce à ma chère petite sœur, j'en ai les moyens en ce moment.

– Trop tard ! répondit son père d'un air guilleret. Les papiers sont signés depuis hier.

– C'est vrai ?

Elle crut entendre dans sa propre voix comme le hurlement d'un animal blessé.

– Vrai de vrai. Tu as une objection ?

– J'aurais simplement voulu discuter de deux ou trois choses avec toi avant que ce soit... définitif.

– C'est on ne peut plus définitif. Tout est déjà enregistré au comté, y compris les donations pour Ellie et toi. Je t'ai réservé le terrain dans le coude de la rivière, tu sais, celui où nous avons enterré ta mère et Matt. Ça te va?

Blythe sentit des larmes lui piquer les yeux.

– C'est très gentil de ta part, papa. C'était mon coin préféré.

Tout en se sentant comme une enfant abandonnée, Blythe admettait au fond d'elle-même que son père avait le droit imprescriptible d'agir comme il l'entendait. Durant toute sa vie, le ranch l'avait littéralement réduit en esclavage. Condamné à la disparition par un contexte économique bouleversé, il s'était évertué à en poursuivre l'exploitation en rancher digne de ce nom. Mais Will Barton n'était pas fait pour conduire des hordes de touristes au lieu de ses troupeaux de bétail. Veuf depuis vingt-quatre ans, il méritait largement le repos et les quelques plaisirs que la vie pouvait encore lui offrir. Si cette Bertha Pyle l'aidait à y parvenir, ma foi... tant mieux pour lui.

Le silence s'éternisait.

– Bon, eh bien... je crois que c'est à peu près tout, dit enfin Will Barton. Cet appel doit te coûter une fortune.

– Comme je te l'ai déjà dit, j'en ai les moyens.

– Ecoute, Blythe, je suis vraiment désolé de ce qui t'arrive. N'oublie quand même pas une chose : tu es beaucoup plus forte que ta sœur, il faut en tenir compte.

Pourquoi? faillit-elle hurler. Alors, avant de fondre en larmes, elle préféra couper court.

– Au revoir, papa. Mes bons souvenirs à ta femme.

Peu après cette éprouvante conversation, Lucas prit l'habitude de venir au cottage presque tous les jours vers midi proposer à Blythe de l'emmener déjeuner ou faire des courses dans un village des environs, découvrir un port de pêche ou un coin de campagne pittoresque. S'il faisait beau, il sortait son petit dériveur de la remise et emmenait Blythe caboter le long de la côte jusqu'à des criques inaccessibles autrement. Elle acceptait ces dérivatifs avec d'autant plus de reconnaissance que, au fil de ses indolentes journées estivales, elle prenait conscience de l'abîme qui séparait son mode de vie en Cornouailles de l'existence qu'elle avait menée avec Christopher, surtout lorsqu'ils travaillaient ensemble.

Durant les mois épuisants d'une production à plein régime, il lui arrivait de ne pas dormir plusieurs nuits d'affilée. Levée avant l'aube, elle devait s'assurer que les décors étaient montés sur le plateau ou les extérieurs préparés pour le début du tournage aux premières heures de la matinée. Elle devait aussi veiller à la mise au point des costumes, exécuter des croquis complémentaires, superviser le travail des machinistes, accessoiristes, décorateurs – sans compter les pressions constantes auxquelles la soumettait l'éventualité d'une catastrophe imprévue ou, à tout le moins, d'un bouleversement de dernière minute dans le programme de tournage du fait du mauvais temps, d'une révision du scénario, voire d'un caprice de vedette.

Quant à son job d'épouse du « grand homme », il ne comptait pas moins de corvées et de responsabilités : « Chérie, as-tu commandé la voiture pour cinq heures trente ? Chérie, as-tu pensé à reprendre mon smoking chez le teinturier ? Chérie, où as-tu encore fourré mes fichus boutons de manchettes ? Chérie, je ne retrouve plus mes billets d'avion pour demain matin ! » Il ne s'écoulait pas un jour, pas une heure sans une crise à désamorcer, une urgence à affronter, un problème à résoudre. Dans ces conditions, prendre le temps d'aller chez le coiffeur ou de déjeuner sur le pouce avec une amie lui était devenu virtuellement impossible. C'est ainsi que, peu à peu, les amies s'étaient raréfiées jusqu'à disparaître et qu'elle s'était résignée à ne plus se faire couper les cheveux.

Lorsqu'elle se laissait aller à se rappeler sa vie sexuelle, Blythe avait tendance à sombrer dans la dépression. Au cours de ses premières semaines au cottage, tandis qu'elle contemplait la mer en sirotant du thé refroidi, elle ne pouvait s'empêcher d'évoquer avec amertume les exploits amoureux auxquels Chris se livrait dans sa caravane de réalisateur, sans parler de l'atelier de sa sœur à Santa Monica. Dans ce domaine, la dernière année de son mariage ne lui avait guère apporté de sujets de satisfaction, c'était le moins qu'on puisse en dire ! Depuis, des mois durant, elle s'était efforcée de déterminer à quel moment tout avait basculé entre Chris et elle. Elle s'était remémoré ses allers et retours entre Jackson et Los Angeles, son épuisement, son angoisse devant le déclin de Lucinda Barton, les allégations de Chris absorbé par la pré-production de son prochain film, tout cela pour découvrir qu'il la trompait avec Ellie. Pourquoi, mais pourquoi ne s'en était-elle pas doutée plus tôt ?

De quelle tare était-elle affligée ? se demandait-elle en regardant les ondulations de la houle. Sa sœur avait-elle des jambes mieux galbées que les siennes ? Une poitrine plus aguichante ? La conversation de la deuxième Mme Stowe était-elle plus brillante, ses bavardages plus captivants que ses propres discussions avec Chris sur des budgets de plusieurs millions de dollars ou leurs échanges de vues sur les exigences des studios ? Certes, les derniers livres pour enfants illustrés par Ellie avaient eu un certain succès et son avenir dans cette branche montrait – enfin ! – quelques promesses. Il n'empêche que la carrière fulgurante de Blythe dans le monde prestigieux du cinéma n'avait fait qu'attiser la sempiternelle envie de sa sœur. Aux yeux d'Ellie, aucune de ses réussites ne compenserait jamais celles de Blythe, à laquelle elle vouait depuis l'enfance une rancune tenace.

Aussi, lorsque ses réflexions prenaient d'elles-mêmes ce tour malsain, Blythe s'administrait à titre d'antidote de longues marches sur les sentiers de la côte. Peu à peu, elle parvint ainsi à se détendre et ses pensées morbides finirent par se raréfier, sinon par disparaître tout à fait.

– Hier, annonça-t-elle fièrement en embarquant un matin dans la Land-Rover, j'ai fait plus de dix kilomètres !

– Grand Dieu ! s'esclaffa Lucas. Avec un tel régime, vous

devriez être assez en forme pour entreprendre les promenades à cheval que je vous proposais.

– La marche ne fait pas travailler les mêmes muscles, lui fit-elle observer. Quel programme, aujourd'hui ?

– Juste quelques courses à Mevagissey. Je voudrais être de retour à midi, avant que mon fils arrive de son internat. Voulez-vous rester déjeuner avec nous ?

– Richard revient aujourd'hui ? s'écria Blythe, stupéfaite que Lucas n'y ait pas fait allusion plus tôt. Vous devez être enchanté de le revoir. Quels projets avez-vous faits pour ses vacances ?

– Entre la maison et la propriété, un garçon de dix ans trouve toujours de quoi se distraire, répondit-il évasivement.

– Mais encore ? insista Blythe, déconcertée par cette réaction. Vous aimez sûrement faire des choses ensemble. De la voile, par exemple, ou du cheval ?

– Nous déciderons ce genre d'activités le moment venu, déclara Lucas d'un ton sec.

« Mêlez-vous de vos affaires », comprit Blythe. Vexée, elle se le tint pour dit et se détourna pour regarder droit devant elle.

A l'évidence, elle abordait un terrain miné : à sa question tout à fait normale, il répondait en lui claquant la porte au nez. Le garçon posait-il un problème à son père ? Que la mort de sa mère les ait tous deux affectés, soit, mais à ce point... Les Anglais ! Tous les mêmes. Congénitalement incapables d'exprimer leurs sentiments, elle était bien placée pour le savoir ! se dit-elle, exaspérée. Naguère, elle devait consacrer le plus clair de son temps à tenter de deviner quelle mouche piquait Christopher. Pas question de retomber dans ce piège ! « Inutile de s'entêter à vouloir monter un cheval vicieux », disait sa grand-mère. Pourquoi, dans ces conditions, Blythe se laissait-elle toujours séduire par ces Anglais suaves et raffinés, alors même que leur dissimulation et leur insensibilité la mettaient hors d'elle ?

Le pesant silence s'éternisait. Lucas le rompit enfin :

– L'anniversaire de Richard est dans trois semaines. Nous invitons quelques enfants du pays que nous emmenons à la fête de Gorran Haven. Accepteriez-vous de venir nous soutenir moralement, Mme Quiller et moi ? Vous comprenez, je manque un peu d'expérience avec les enfants de cet âge.

– Moi aussi, répliqua Blythe.

Le silence retomba.

– Ecoutez, Blythe... C'est juste que... Je me disais...

Elle lui lança un regard en coin. Lucas semblait avoir beaucoup de mal à formuler une explication, sinon une excuse, à son étrange comportement.

– Quoi donc ?

– Je pensais que la fête du village vous amuserait peut-être... Vous savez, la couleur locale, tout ça...

Guère convaincant, pensa-t-elle, mais au moins il fait un effort. Et après toutes les bontés qu'il avait eues pour elle, elle aurait mauvaise grâce de lui refuser son assistance pour l'anniversaire de son fils.

Elle tendit le bras, lui effleura la manche :

– Bien sûr, Lucas, je ferai de mon mieux pour vous donner un coup de main. Mais ne vous attendez pas à une superproduction hollywoodienne.

De retour à Barton Hall avant midi, ils attendirent l'arrivée de Richard au petit salon, un verre à la main. Toutes les deux minutes, Lucas consultait nerveusement sa montre en sirotant son sherry.

– D'ici peu, le taquina Blythe, vous lui reprocherez d'être en retard pour le déjeuner. Son école est-elle loin d'ici ?

– Shelby Hall est près de Dartmoor, dans le Devon. Deux heures de route environ. Mais pendant que nous attendons, dites-moi donc si vous avez réfléchi à mon idée de transformer Barton Hall en château-hôtel.

– J'y ai pensé, en effet...

Blythe hésita. Elle pourrait se contenter de lui exposer son opinion professionnelle : aménager cette maison, superbe certes mais plutôt décrépite, en un établissement moderne destiné à accueillir une clientèle exigeante représenterait des travaux et des investissements énormes. Elle pouvait aussi lui suggérer une alternative potentiellement rentable et facile à mettre en œuvre sans dépenses excessives.

– Alors ? demanda Lucas, étonné de son silence.

– Eh bien, lorsque nous sommes allés à Menabilly, vous m'avez expliqué que le mot barton, en dialecte ancien, signifiait « ferme ». Pourquoi ne pas refaire de Barton Hall une vraie ferme, mais en y cultivant des fleurs ?

– Vous voulez dire des tulipes, des roses, des œillets ? dit-il avec une moue sceptique.

– Mais non ! Avec les rhododendrons, les azalées et les camélias les plus somptueux que j'aie jamais vus, vous avez déjà plus qu'il n'en faut. Il suffira de les exploiter rationnellement et de les vendre sous forme de graines ou de jeunes pousses. Mieux encore : en éditant un catalogue de vente par correspondance, vous ne serez pas envahi par les touristes et Mme Quiller n'aura pas besoin de s'évertuer à satisfaire les caprices des clients d'un hôtel.

Constatant que Lucas semblait intéressé, elle reprit son souffle avant de poursuivre :

– J'ai une autre idée : aménager les écuries en école de jardinage. Les stagiaires viendraient une ou deux semaines suivre les cours d'experts en horticulture et de paysagistes. Vous les logeriez au cottage ou au château, dans quelques chambres d'hôtes redécorées à la Laura Ashley comme vous le suggériez. Ce pourrait être infiniment moins astreignant et plus lucratif qu'un véritable hôtel.

– Vous voulez dire monter une sorte de Bed & Breakfast sous la supervision de Mme Quiller ?

– Oui, mais un lit douillet et un breakfast à se lécher les doigts pour des hôtes fortunés et triés sur le volet. Quant à vous, vous vous contenteriez de jouer les maîtres de maison de la manière qui vous est si naturelle, ajouta-t-elle avec un sourire malicieux.

Une lueur d'espoir traversa le regard de Lucas.

– Et vous croyez vraiment que ce serait rentable ?

– Sans aucun doute. Et ce n'est pas tout...

– Ma parole ! l'interrompit-il en riant. Le bon air de Cornouailles vous a rechargé les cellules grises !

Blythe allait répondre quand deux coups d'avertisseur retentirent sous la fenêtre. Mme Quiller passa la tête par l'entrebâillement de la fausse bibliothèque.

– Ils sont là ! annonça-t-elle.

– Nous en reparlerons plus tard, déclara Lucas en se levant. Tout cela me paraît fascinant.

Dans la bouche d'un Anglais de bonne compagnie, Blythe savait d'expérience que ces mots pouvaient aussi bien signifier : « C'est une idée lumineuse » que : « Ça ne marchera jamais, espèce d'idiote. » Elle se demandait encore quelle interprétation choisir, que Lucas Teague avait déjà quitté la pièce et courait vers la porte d'entrée.

Du fond du hall, par la porte ouverte, Blythe vit une superbe jeune femme, au teint éblouissant et aux cheveux d'or noués en un savant chignon lui retombant sur la nuque, descendre d'une Jaguar bleu nuit arrêtée devant le perron – une Jaguar du même modèle et de la même couleur que celle de Blythe, actuellement montée sur cales et couverte d'une housse dans le garage de son appartement de Brentwood en Californie.

A en juger par son véhicule et son ensemble en cachemire grège, la dame avait bon goût. De fait, cette admirable créature semblait rivaliser de distinction avec la princesse Diana elle-même – dont elle se démarquait cependant par une silhouette digne des pages centrales de *Playboy*. Devant cette gravure de mode ambulante, en présence de laquelle elle allait devoir déjeuner, Blythe prit conscience que son blue-jean et son sweater détonnaient affreusement.

– Bienvenue, ma chère Chloé ! s'exclama Lucas. Mille mercis d'être allée chercher Richard à ma place.

– Une marraine ne mesure pas sa peine, répondit-elle en décochant un sourire ravageur au père de son filleul.

Lucas se tourna alors vers le garçonnet en blazer et cravate aux couleurs de l'école, qui se tenait, raide et emprunté, près de la portière de la voiture. La carrure et le hâle de son père le faisaient paraître presque pâle et malingre. Sans doute ressemblait-il à sa mère, pensa Blythe.

– Bonjour, fils, dit Lucas en lui tendant la main.

– Bonjour, père, bredouilla Richard en serrant la main tendue.

Ils se turent. Richard gardait les yeux obstinément fixés sur ses chaussures bien cirées. Blythe crut discerner dans l'expression de Lucas l'envie de prendre son fils dans ses bras. Pourquoi n'y cède-t-il pas plutôt que de conserver cette froideur de bon ton chez ces maudits Britanniques ? se dit-elle, désarçonnée. Déjà, Lucas réfrénait cette amorce d'élan paternel et redevenait l'hôte irréprochable qu'il était toujours.

– Le déjeuner nous attend, dit-il. Mais il faut d'abord que je vous présente notre invitée qui réside au cottage.

– Votre locataire déjeune avec nous ? s'étonna Chloé en lançant un regard inintéressé en direction de Blythe.

Et alors, tu voudrais peut-être que je mange à la cuisine ? s'abstint de répliquer celle-ci.

– Blythe, je vous présente Chloé Acton-Scott, marraine de Richard et vieille amie de la famille, enchaîna Lucas. Chloé, Blythe Stowe.

Les yeux verts de ladite marraine toisaient maintenant Blythe de la tête aux pieds avec une évidente froideur.

– Ah, oui ! Vous êtes dans le cinéma, je crois ? Comme je vous comprends d'être venue en Cornouailles échapper à tout ce tintamarre et chercher un peu de tranquillité.

Blythe se contint à grand-peine. Fallait-il que l'Europe entière regarde CNN ? Elle était sur le point d'invoquer une migraine pour battre en retraite vers le cottage quand Mme Quiller apparut sur le pas de la porte.

– Bonjour, madame, dit-elle poliment à Chloé. Bienvenue à la maison, mon garçon, ajouta-t-elle en étreignant Richard. J'ai mis le déjeuner sur le buffet, monsieur. Vous n'aurez qu'à vous servir pendant que ce jeune homme et moi verrons où en sont les préparatifs du pudding. N'est-ce pas, Dicken ? Allons vite nous laver les mains.

– Dicken est ton diminutif? intervint Blythe.

– C'est celui qu'aime me donner Mme Quiller, répondit Richard avec un sourire timide.

– Il me plaît beaucoup à moi aussi, déclara Blythe en lui rendant son sourire.

La gouvernante et le fils de la maison s'éloignèrent bras dessus, bras dessous tandis que les autres s'attardaient en considérations oiseuses sur la clémence du temps, rare pour un mois de juin en Cornouailles.

– Si nous rentrions? finit par suggérer Lucas.

– Un instant, je prends mes bagages, dit Chloé avec un sourire destiné au seul maître de maison.

– Attendez, je m'en charge! offrit ce dernier, qui se précipita pour sortir du coffre de la Jaguar des valises aussi raffinées que leur propriétaire. Vous voulez peut-être vous rafraîchir avant de passer à table? demanda-t-il après qu'ils furent entrés.

– Dans la chambre bleue, j'espère? s'enquit Chloé. Je serais ravie d'avoir un point de vue différent sur la Manche.

Ils montaient déjà l'escalier. Restée près de la porte, Blythe vit Lucas hésiter sur une marche.

– Euh... Mme Quiller a préparé la chambre jaune, comme d'habitude. Vous n'y voyez pas d'inconvénient?

En les voyant disparaître dans le couloir de l'étage, Blythe ne put s'empêcher de se demander si la chambre bleue était plus proche de celle de Lucas que la chambre jaune où s'était déroulée sa convalescence.

Après avoir subi l'interminable bavardage de Lucas et de Chloé, consistant pour l'essentiel en potins ineptes sur de parfaits inconnus, Blythe en arriva à la triple conclusion que, primo : la nature avait doté la belle d'une plastique époustouflante mais, secundo : pas du cerveau d'un astrophysicien et que, tertio : pas un homme sur mille ne s'en apercevrait.

Tout compte fait, elle aurait de loin préféré partager les agapes du jeune Dicken et de Mme Quiller à la cuisine.

La superbe mais sotte Chloé Acton-Scott, divorcée sans enfants de son état, séjourna quelques jours à Barton Hall. Un matin, Lucas et elle vinrent au cottage inviter Blythe à déjeuner avec eux à la Old Ferry Inn de Bodinnick.

Chloé avait laissé ce jour-là retomber sur ses épaules ses cheveux couleur de miel, retenus par un ruban de velours noir. Un pantalon gris et un pull de cachemire vert foncé mettaient autant en valeur ses formes aguichantes que ses yeux émeraude. Pour sa part, Blythe portait un survêtement rose, informe, délavé et affligé d'une grosse tache de thé entre les seins, qu'elle affectionnait lorsqu'elle travaillait seule. Elle déclina poliment l'invitation en prétextant qu'elle était plongée dans un roman de Daphné Du Maurier.

– Il faut que ce soient les étrangers qui nous fassent apprécier nos propres auteurs, n'est-ce pas, mon cher Lucas? susurra Chloé. Quoique, personnellement, je trouve le style de Du Maurier plutôt... sirupeux.

– Que voulez-vous, répliqua Blythe, nous autres Américains sommes restés de grands enfants. Je raffole de l'eau de rose, je l'avoue sans honte. Bonne promenade.

Espèce de garce! s'abstint d'ajouter Blythe, qui parvint à garder le sourire aux lèvres jusqu'à ce que la Land-Rover ait disparu au bout du chemin.

Une heure plus tard, l'arrivée de gros nuages noirs et d'un vent de force 8 qui couvrait la mer de moutons d'écume adoucit quelque peu son humeur massacrante. Par un temps pareil, se dit-elle avec une joie mauvaise, la Old Ferry Inn doit être plus sinistre que l'Auberge de la Jamaïque. Sur quoi, elle enfila son blue-jean et un gros sweater, chaussa ses bottes, endossa sa veste Barbour, puis, le carnet de croquis sous le bras, prit la direction de Barton Hall.

Le fait de n'avoir pas eu l'occasion de terminer sa conversation avec Lucas sur l'aménagement des jardins en exploitation rentable ne l'avait pas détournée du projet. Après y avoir réfléchi, elle voulait le compléter par un plan détaillé situant les diverses plantations, les locaux à usage de stockage, de bureaux, de points de vente, sans interférer indûment avec la vie quotidienne de la maison.

A l'ombre fraîche du sous-bois, elle remercia encore le hasard qui l'avait amenée vers cette paisible retraite. Alors qu'elle attaquait la côte, elle se répéta que ce projet, ébauché avec Lucas, représentait le type même d'activité assez absorbante pour la détourner d'un passé pénible et lui offrir le moyen de reprendre contact avec le monde de l'horticulture et de l'architecture paysagère, trop longtemps négligé. Mieux encore, pensa-t-elle en reprenant conscience de sa solitude : elle avait le plus urgent besoin de se sentir à nouveau branchée sur quelque chose de concret. La création des « Pépinières de Barton Hall » dans ce cadre enchanteur, aux antipodes de la Californie, constituait, à coup sûr, la manière la plus agréable d'éviter des gens et des lieux qui n'auraient cessé de lui rappeler l'existence de Chris et d'Ellie et le scandale qui avait bouleversé sa vie.

En arrivant à la barrière du potager, elle vit John Quiller et Richard qui arrachaient des mauvaises herbes.

– Bonjour, monsieur Quiller ! Bonjour Richard ! les héla-t-elle. Cela ne vous dérange pas que je vienne dessiner ici ?

– Pas du tout, madame Stowe, répondit le vieux jardinier avec un large sourire. Dicken et moi serons enchantés d'avoir de la compagnie. N'est-ce pas, mon garçon ?

– Bonjour, madame, dit à son tour Richard, les yeux obstinément baissés sur ses bottes en caoutchouc.

– Appelle-moi Blythe, voyons, dit-elle en s'approchant. Et ne vous occupez pas de moi, messieurs.

Assise sur un banc de bois adossé au mur du château, sous une des fenêtres de la bibliothèque, elle commença un croquis de l'aménagement éventuel du potager en s'inspirant d'un plan élaboré jadis par sa grand-mère.

« Il faut tenter le client », disait-elle en désignant des carrés de romarin, de thym, de basilic. Et il est vrai que les vacanciers, qui passaient sur la grand-route en revenant de Yellowstone, étaient tentés de s'arrêter au petit stand fleuri à l'entrée du ranch. Les herbes en pots étaient disposées sur des étagères près de la caisse. « Si tu mets les herbes aromatiques en évidence là où le client vient payer ses plantes ou ses sachets de graines, il n'y résiste pas, précisait Lucinda. Pendant qu'il y est, il prend aussi un catalogue et tu te retrouves bientôt avec de grosses commandes par correspondance. »

Tout en complétant son dessin, Blythe évoqua les heureux souvenirs du temps où sa grand-mère et elle, équipées de paniers d'osier étroits et longs comme des carquois, allaient à la fin de l'été ramasser dans la montagne les plantes sauvages fanées. Au retour de ces expéditions, elles étalaient leur récolte sur des vieux journaux déployés sur la grande table de la cuisine. Elles secouaient ensuite les plantes une par une pour en faire tomber les graines dans de petits carrés de papier, sur lesquels elles inscrivaient le nom et les instructions appropriées, avant de les plier en sachets pour les vendre aux touristes.

Une image lui revint, celle d'Ellie seule dehors, sur la balançoire accrochée par leur père à la maîtresse branche du grand sapin devant la fenêtre de la cuisine. Sa sœur devait avoir six ans, Blythe douze par conséquent. L'année précédente, pendant qu'elle étendait du linge, leur mère était tombée, foudroyée par une embolie cérébrale. Depuis, Ellie avait toujours obstinément refusé de participer à la récolte des graines.

Pendant ces heures laborieuses, Lucinda évoquait pour Blythe leurs ancêtres pionniers et sa propre enfance dans un ranch voisin. Elle adorait raconter des histoires, qu'elle enjolivait volontiers, et citer des dictons dont la sagesse rustique faisait sur Blythe une forte impression. « Comme disait ton grand-père, déclarait-elle souvent en guise de conclusion, ne demande pas plus et ne donne jamais moins qu'honnêteté, courage, loyauté, équité et générosité. Tel est le code Barton, ma fille. Si tu le respectes, tu pourras toujours compter sur moi. » Le salaire d'une de ces après-midi d'efforts soutenus consistait le plus souvent en une tasse de thé et un scone, confectionné, jurait Lucinda, selon une recette transmise de génération en génération depuis le lointain ancêtre venu des Cornouailles.

Elle était si absorbée dans son travail et sa rêverie qu'une présence derrière elle la fit sursauter.

– Cela ne ressemble pas du tout à notre jardin, déclara Richard d'un ton de reproche.

– Non, c'est vrai, admit-elle. Je représente ce qu'il peut devenir si ton père et M. Quiller le remettent en état. As-tu idée de l'endroit où on pourrait planter un beau grand carré de persil ?

– Là ! répondit-il sans hésiter en montrant un espace nu au milieu du dessin. Cette partie est la plus ensoleillée... quand le soleil se donne la peine de briller, ajouta-t-il en levant les yeux vers le ciel encombré de gros nuages.

Blythe éclata de rire et Richard se permit de sourire de sa plaisanterie involontaire.

– Le thé est prêt ! cria Mme Quiller de la porte de la cuisine. Madame Stowe, quelle bonne surprise ! Voulez-vous que je vous serve au salon ?

– Non. Je vous remercie. Votre cuisine sera certainement plus accueillante, n'est-ce pas, Dicken ?

– Oui, madame.

Blythe vit bien qu'il n'acquiesçait que par politesse, les internats anglais étant à cheval sur l'éducation. De fait, le jeune Richard Teague n'était ni amical ni impoli envers elle, plutôt... sur la défensive. De même que Blythe et sa sœur, il restait marqué par la tragédie d'avoir été sevré trop jeune d'amour maternel. Réfrénant l'envie de le prendre dans ses bras, elle se contenta d'ébouriffer ses cheveux châtains et il lui lança un regard stupéfait, comme si un tel geste d'affection dépassait son entendement.

Ils s'installèrent autour d'une grande table de chêne au

fond de la vaste cuisine. Une batterie de casseroles de cuivre brillait sur un mur ; un assortiment d'ustensiles aux fonctions mystérieuses et désuètes, supplantés par les appareils modernes, en ornait un autre. Un imposant fourneau de fonte noire servait autant à chauffer la pièce qu'à cuisiner.

En regardant par la fenêtre, Blythe vit avec étonnement que Luke chargeait les bagages de Chloé dans le coffre de sa Jaguar. Avec ses cheveux blonds à nouveau domestiqués en chignon et son trench-coat beige doublé de tartan écossais, elle avait plus que jamais l'allure d'un membre de la famille royale regagnant son palais de Kensington à la fin d'un week-end rustique à Balmoral.

Blythe ne manqua pas le regard que Mme Quiller portait tour à tour sur la pseudo-princesse et leur chaleureux petit groupe.

– Mme Acton-Scott aura la pluie pour rentrer à Londres, observa-t-elle avec détachement.

– Si la route est trop mauvaise, commenta son époux, elle s'arrêtera peut-être à Saint-Austell chez ses parents.

– Non, elle ira tout droit chez elle. Elle a toujours préféré venir ici plutôt que d'aller dans sa famille. Sois un bon garçon, Dicken, va dire au revoir à ta marraine.

Avec un évident manque d'enthousiasme, Richard se leva et sortit en traînant les pieds. De sa place, Blythe le vit accomplir son devoir en embrassant Chloé sur la joue, puis Lucas en faire autant avant de lui ouvrir la portière. Côte à côte, le père et le fils saluèrent du bras la Jaguar qui s'éloignait dans la longue allée couverte.

Blythe eut alors la surprise de voir Richard glisser une main dans celle de son père et lui parler avec animation. Lucas écoutait, hochait la tête, répondait en quelques mots. Ils disparurent de son champ de vision en se dirigeant vers la grande porte et elle les entendit peu après s'approcher par le corridor de service.

– M'avez-vous gardé du thé, au moins ? s'enquit Lucas depuis le seuil de la cuisine.

– Oui, monsieur, j'ai même remis la bouilloire sur le feu. Je vais vous chercher une tasse.

– Pourriez-vous la porter au petit salon, si ce n'est pas abuser ?

– Bien sûr, monsieur.

– Merci, madame Quiller. Blythe, venez donc finir de m'exposer vos idées sur le jardin. J'ai hâte de les entendre.

– Elle a fait des dessins, père, intervint Richard.

– Je sais, tu me l'as déjà dit. Justement, j'aimerais voir ce qu'a conçu notre illustre paysagiste.

– Illustre ? dit Blythe en riant. Avant de délaisser l'horticulture pour le cinéma, mes titres de gloire se bornaient en tout et pour tout à un massif de cactus et à une pièce d'eau pour des amis. Vous aurez le droit de me complimenter quand vous aurez vu ce dont je suis capable.

– Je peux venir aussi ? demanda Richard.

Lucas parut d'abord prêt à laisser son fils participer à leur conversation. Un instant plus tard, son expression se durcit et il ordonna au jeune garçon de rester à la cuisine avec les Quiller tandis que Blythe, les deux chiens et lui-même prenaient la direction du petit salon.

6

20 juin 1994

– Encore une tasse ? demanda Lucas après que Mme Quiller se fut éclipsée dans l'office par la fausse bibliothèque.

– Non, merci, répondit Blythe.

L'expression désolée de Richard, devant le refus de son père qu'il se joigne à eux, lui laissait un goût amer. Elle ne s'expliquait pas qu'un homme aussi sympathique que Lucas puisse manifester autant de froideur envers son propre fils – et passer tous leurs caprices à ses labradors qui ronflaient paisiblement, vautrés devant la cheminée.

– Alors ? dit-il en souriant. Qu'étiez-vous sur le point de révéler l'autre jour quand vous suggériez de transformer le berceau de la famille en entreprise commerciale ?

– Je ne parlais que des jardins...

– Et des écuries aménagées en salles de classe.

– Il n'y reste que trois poneys. Vous pourriez aussi bien les loger dans une partie de l'ancienne bergerie.

– Certes. Mais vous avez d'autres atouts dans votre manche, n'est-ce pas ? dit-il en montrant le carnet de croquis.

– Bien entendu. Voici un avant-projet de création des « Pépinières de Barton Hall »...

– Au pluriel ?

– J'y viendrai dans un instant. Il s'agit de renforcer

l'exploitation commerciale par des activités pédagogiques et culturelles. Si ça marche, Luke, vous n'aurez plus le fisc sur le dos, je vous le garantis.

– Ce serait une bonne chose.

– Ne soyez pas sceptique et écoutez-moi !

– Pas étonnant que les Barton aient si bien réussi en Amérique. Avec autant d'énergie et d'optimisme...

– Je parle sérieusement ! Suivez mes explications sur les dessins. Le jardin d'agrément sera ouvert au public afin de présenter les variétés qu'il choisira. A l'écart, dans ces zones marquées A, B et C, les cultures sous serres. Ici, dans l'autre moitié de l'écurie, la boutique...

– Une boutique ?

– Bien sûr. Imaginez tout ce qu'on peut vendre : des livres de jardinage, des outils, des poteries, des sachets de graines – la liste est infinie ! Le bureau des ventes par correspondance ira dans l'ancienne remise à voitures. Le potager sera réservé aux herbes aromatiques – et le persil sera cultivé ici, précisa-t-elle, dans ce carré indiqué par Richard. Sans entrer dans les détails, tout devra être conçu pour attirer autant les spécialistes que les profanes, ceux qui aiment les jardins mais ne savent pas s'y prendre et voudront commencer leur éducation grâce à vous.

– Moi ? Je serai trop occupé à arracher les mauvaises herbes et charrier du fumier pour jouer les professeurs de jardinage ! Ce rôle-là vous revient.

– Je ne parlais pas de vous personnellement, mais de vos collaborateurs, Quiller et des hommes du pays qui ont l'expérience de ce genre de choses, et ne seraient sans doute pas fâchés de trouver du travail sur place.

– C'est vrai, dit Lucas pensivement, le village en a besoin. Vous avez d'autres idées aussi brillantes ?

– Je ne vous en ai pas encore dit la moitié !...

Blythe s'interrompit. Depuis le début de son exposé, elle ne quittait pas Lucas des yeux. Il est vraiment séduisant et photogénique, pensa-t-elle. Il ferait merveille sur des cassettes vidéo d'horticulture...

– Eh bien, qu'attendez-vous ? Le suspense est insoutenable ! Dévoilez-moi la suite de vos terrifiants projets.

– Il y en a trop pour tout vous dire. Nous pouvons, par exemple, inviter des experts reconnus, professionnels, lauréats d'expositions florales, que vous recevrez luxueusement le temps d'un week-end en échange de conférences magistrales suivies de débats avec le public. Il faudra faire payer aux participants un droit d'inscription, pas trop élevé mais suffisant pour les convaincre qu'il s'agit d'un événement sérieux. Cela assurera en outre une couverture médiatique...

– *Le Courrier* de Mevagissey et *Le Messager* de Gorran Haven ? intervint Lucas avec une moue dubitative.

– Ne soyez pas négatif ! Je pense plutôt au *Times* de Londres et à *Maison & Jardin.*

– Si je comprends bien, ce sera la partie « culturelle » du projet. Mais expliquez-moi comment nous inciterons les fanatiques du plantoir et les adeptes de la bouture à venir en foule dans notre coin perdu.

– Cela prendra du temps, je l'admets. Une manière de nous faire connaître consisterait, au début, à louer un champ le long de la grand-route près de Saint-Austell pour y monter une simple jardinerie pour les jardiniers du dimanche...

– Voilà d'où vient le pluriel des « Pépinières de Barton Hall », je suppose ?

– ... et distribuer dans toute la région des affiches et des dépliants, poursuivit Blythe sans relever l'interruption. Ensuite, une campagne de publicité et le développement des ventes par correspondance répandront notre notoriété.

Lucas marqua une pause en vidant sa tasse de thé.

– Il reste un léger problème. Comment trouver le capital pour financer ce... royaume botanique ?

Blythe tourna les pages de son carnet de croquis et en exhiba une couverte de chiffres.

– Bonne question. La réponse est déjà prévue.

– J'aurais dû m'en douter, dit-il avec un soupir résigné. Allez-y.

– Que diriez-vous d'un associé ? Un investisseur ou un bailleur de fonds, si vous préférez.

– Qui, vous ? demanda-t-il, stupéfait.

– Parfaitement, sur le principe des contrats de production de films : j'avance les capitaux contre un pourcentage des bénéfices, si l'affaire en dégage au bout de trois ans au maximum. Sinon, plutôt que de me rembourser, vous me dédommagerez en me cédant la toute-propriété du cottage et de son terrain. Nous mettrons tout cela par écrit. Ne me répondez pas tout de suite, réfléchissez-y un ou deux jours.

Lucas garda le silence. Puis, au bout d'un moment, il prit les dessins de Blythe et les regarda un par un.

– Vous avez un esprit remarquablement créatif, dit-il enfin. Mais vous êtes surtout une négociatrice de première force. Vous avez appris cela à Hollywood, je suppose ?

– Non. Je l'étais déjà à dix-huit ans en jouant au poker derrière l'arène du rodéo, répliqua-t-elle sèchement. Et si ma proposition ne vous paraît pas équitable...

– Elle est plus qu'équitable, au contraire ! se hâta de l'interrompre Lucas, conscient de sa maladresse. Je me suis mal exprimé, ne m'en veuillez pas. Je m'étais si longtemps creusé la tête sur le sort de Barton Hall, voyez-vous, que je me sens tout bête de n'avoir pas moi-même pensé à une solution aussi évidente et aussi sensée. Pourtant, ajouta-t-il, ce que vous proposez me semble terriblement ambitieux. Ce projet va beaucoup plus loin qu'une simple pépinière.

– Beaucoup plus loin, en effet.

– Nous devrons obtenir des autorisations du comté...

– Il y aura un certain nombre de formalités à remplir et d'obstacles à surmonter, bien entendu. Mais je suis prête à parier qu'une entreprise telle que celle-ci, qui formera des gens et leur fournira un emploi stable, pourra prétendre à des subventions officielles.

Tandis qu'il examinait de nouveau les dessins, Blythe se demanda si elle ne se laissait pas entraîner, par enthousiasme irréfléchi, dans une aventure comportant un nombre considérable de données inconnues, dont la moindre n'était pas sa propre inclination à se fixer en Cornouailles pour une durée indéterminée. La question se posait aussi de savoir si Lucas accepterait de gaieté de cœur un associé du sexe féminin. L'Angleterre, après tout, n'avait pas la réputation d'un paradis du féminisme...

Lucas reposa finalement les dessins sur la table.

– Au fond, qu'est-ce que je risque ? dit-il comme s'il réfléchissait à haute voix. Je perdrais bien davantage en ne faisant rien. Et ce n'est pas tous les jours qu'on m'offrira la chance de monter une affaire avec un professionnel aussi accompli...

Sur quoi, l'héritier de Barton Hall tendit à Blythe une main rendue calleuse par les travaux qui incombaient jadis aux jardiniers et déclara, en imitant approximativement l'accent de John Wayne dans *Rio Bravo :*

– Topez là, *partner !*

Blythe prit sa main pour sceller leur accord – en se demandant à son tour, non sans inquiétude, à quels risques elle allait elle-même s'exposer.

Ils concrétisèrent leur association sous la forme la plus simple, celle d'un contrat sous seing privé. Blythe s'engageait à virer sur un compte joint, ouvert dans une banque de Saint-Austell, une somme correspondant à l'estimation des travaux de rénovation des bâtiments ainsi qu'à l'achat du matériel et du stock. Les associés devaient tous deux signer les chèques et Blythe se réservait un droit de veto sur les dépenses qu'elle jugerait excessives. Ceci posé, les partenaires se trouvèrent d'accord sur presque tout ce qui concernait la conception d'ensemble et les questions pratiques. Un point de discorde subsistait néanmoins entre eux : la location du cottage. Blythe savait que ces rentrées permettaient à Lucas de régler les dépenses courantes, et notamment le salaire de Mme Quiller.

– Je tiens à payer normalement mon loyer ! déclara-t-elle un matin à l'issue d'une discussion animée.

– Je vous ai mal jugée en vous prenant pour une femme d'affaires avisée, protesta Lucas. Si je vous cède un jour la propriété du cottage, vous m'aurez déjà versé plus du double de sa valeur !

– Priez plutôt pour ne jamais devoir signer cet acte, lui rappela Blythe, car cela voudrait dire que les « Pépinières de Barton Hall » sont en faillite.

– Ne tentez pas le diable en disant une chose pareille ! s'exclama-t-il. Nous ne *devons* pas échouer.

– Rassurez-vous, nous ferons un triomphe, répondit-elle en lui tendant son chèque du loyer de juillet, qu'il prit avec une hésitation marquée.

Assise au bureau de Lucas, Blythe se tourna ensuite vers son ordinateur portable, compagnon naguère indispensable qu'elle s'était fait expédier de Californie par une amie, pour taper les quelques corrections au contrat décidées d'un commun accord. Fasciné, Lucas observa les feuillets de la version définitive émerger comme par magie de la minuscule imprimante.

– Si c'était un contrat de production de film, dit-elle en riant, il aurait au moins cent vingt pages.

– Pourquoi autant ?

– Pour n'oublier aucune clause grâce à laquelle une des parties pourrait se dédire sans payer de pénalités s'il lui passait par la tête de changer d'avis.

– Mais enfin, un contrat est un contrat ! s'indigna Lucas. On ne peut pas se dédire comme cela. En Angleterre, du moins.

– Je suis enchantée de vous l'entendre dire.

L'impression achevée, Lucas apposa sa signature sur le document à l'aide de son antique stylo d'argent, qu'il tendit ensuite à Blythe.

– Je serai le producteur, pour changer, ce sera amusant comme tout ! dit-elle en riant. Attendez le jour où je vous dirai qu'il n'est pas question d'acheter une bêche de plus !

Le lendemain matin, cependant, la panique réveilla Blythe

à cinq heures du matin. Elle entendait le ressac se briser sur la grève, des mouettes se chamailler, les moutons bêler à qui mieux mieux. Mais elle eut beau se bercer aux accents de cette symphonie océano-rurale, les questions et les doutes qui tourbillonnaient dans sa tête par milliers l'empêchèrent de retrouver le sommeil.

Tout en suivant de son lit la montée du soleil anémique derrière un épais matelas de nuages, elle ressassa la manière impulsive dont elle s'était engagée, sans l'ombre d'un avis juridique, à financer une entreprise pour le moins hasardeuse. Elle imagina comment Lisa Spector stigmatiserait sa conduite. Finalement, Blythe se dit qu'elle ne pouvait faire moins que d'informer l'avocate de son coup de tête. Lisa lui recommanderait au moins un confrère londonien, qui vérifierait la validité de ses accords avec Lucas et pourrait la conseiller par la suite.

A six heures du matin, Blythe s'habilla chaudement et prit, sous une forte brise de mer, le chemin de Gorran Haven, où elle savait trouver une cabine téléphonique à l'entrée du village. Dans la pittoresque guérite rouge, que British Telecom n'avait pas encore remplacée par un des horribles cubes d'inox et de plexiglas qui défiguraient les paysages les plus bucoliques des îles Britanniques, elle glissa une pièce de dix pence, obtint une opératrice internationale et lui récita son numéro de carte de crédit suivi du numéro personnel de Lisa Spector. On était vendredi matin en Cornouailles, mais jeudi soir, vingt et une heures, en Californie. Elle espérait tomber sur le répondeur, qui lui éviterait un affrontement direct avec sa redoutable conseillère, quand la voix de Lisa résonna dans l'écouteur.

– Tu es complètement cinglée ! s'exclama cette dernière lorsque Blythe lui eut exposé le motif de son appel. Je n'en crois pas mes oreilles ! Qu'est-ce qui t'a pris de signer un contrat sans me l'avoir d'abord soumis, et avec un individu que tu connais depuis à peine un mois ?

– Deux mois, la corrigea Blythe.

– Peu importe ! Un Anglais dans ta vie ne t'a pas suffi ? Il faut que tu récidives ? Tu es maso ou quoi ?

– A première vue, cela peut paraître idiot, je sais, admit Blythe. Mais cet endroit est si fabuleux et plein de possibilités que je n'ai pas pu résister. Et puis, cette affaire me donnera l'occasion de reprendre mon vrai métier que je n'aurais jamais dû abandonner...

– Tu laisserais tomber le cinéma et les contacts que tu as mis des années à établir pour t'enterrer trois ans en Angleterre ? Te rends-tu compte que tu vas engloutir dans cette aventure une fortune, sans parler de ton énergie créatrice, dans un trou perdu à l'autre bout du monde, loin de tout ce que tu as toujours connu ?

Au lieu de décourager Blythe, cette attaque frontale eut pour résultat de renforcer sa détermination.

– Lucas Teague et moi sommes parfaitement capables de rendre l'affaire rentable. Et ce qui me plaît plus encore, figure-toi, c'est qu'elle n'a rien à voir avec le cinéma, ni surtout avec la faune de Hollywood.

– Tu tournerais le dos à tes amis, à ta profession pour faire pousser des rhodo-je-ne-sais-quoi au fin fond des Cornouailles ? La dernière fois que nous nous sommes parlé, tu te disais déprimée. Je crois plutôt que tu as sauté le pas et que tu es mûre pour la camisole de force !

Blythe allait répliquer quand un camion passa sur la route dans un grondement assourdissant de moteur diesel.

– Qu'est-ce que c'est, ce vacarme ? cria Lisa. Où es-tu ?

– Dans une cabine téléphonique. Je préférais te parler sans témoin.

Le silence mit quelques minutes à revenir. Lorsque la conversation put recommencer, Lisa parut un peu calmée.

– Bon, reprenons. Explique-moi, je te prie, comment tu comptes attirer des clients dans un bled où les téléphones eux-mêmes ont l'air d'être une denrée rare.

Blythe décrivit les grandes lignes du projet et de ses accords avec Lucas Teague.

– D'ailleurs, conclut-elle, je me suis réservé le droit d'approuver toutes les dépenses.

– Dans ton état d'esprit actuel, c'est bien ce qui m'inquiète ! ricana Lisa. Sois franche, Blythe. Tu ne serais pas plutôt tombée en pâmoison devant le seigneur du château ?

– Ne sois pas ridicule, je t'en prie ! répliqua-t-elle sèchement. Ce n'est rien d'autre qu'une affaire – et une excellente affaire, si tu veux mon avis. Je t'ai appelée pour t'informer de ma décision, tu ne m'en feras pas changer.

– Si tu te retrouves un de ces jours dans la mélasse jusqu'au cou, dégotte quand même une cabine téléphonique quelque part sur la lande et passe-moi un coup de fil. Je ferai ce que je pourrai pour t'en sortir.

– Mais je ne veux pas m'en sortir ! protesta Blythe. Il faut que je te quitte, on m'attend à Barton Hall. Envoie-moi quand tu pourras le nom et l'adresse de deux ou trois hommes de loi à Londres. Et ta note de frais, ajouta-t-elle.

– Tu peux y compter, dit Lisa, ulcérée de voir ses conseils dédaignés avec une telle désinvolture.

Blythe la remercia et raccrocha sans lui laisser le temps de dispenser de nouvelles mises en garde. Elle avait la désagréable impression d'être une gamine injustement réprimandée pour une bêtise qu'elle n'avait pas commise.

La bise froide qui l'accueillit lorsqu'elle ouvrit la porte de la cabine ranima cependant son inquiétude.

A la lumière du jour, les objections de son avocate n'avaient rien d'absurde. Etait-elle sincèrement prête à rompre tous ses liens avec Hollywood pour passer au moins trois ans dans un lieu qu'elle connaissait à peine – un « trou perdu », comme le qualifiait Lisa avec sa délicatesse coutumière –, peuplé de gens dont elle ignorait les coutumes et comprenait parfois mal le langage ? Avait-elle sérieusement réfléchi à tout ce qu'impliquait le fait de s'expatrier ?

Que penser aussi de ses rapports avec son nouvel associé ? S'aveuglait-elle à son sujet ? Avait-elle espéré, sans se l'avouer, qu'un coup de foudre entre elle et ce jeune veuf séduisant comblerait comme par magie le vide de son cœur après sa rupture d'avec Christopher ? Dieu sait pourtant si son moral avait besoin d'un remontant...

Et Lucas lui-même ? se força-t-elle à se demander pour ne pas s'appesantir davantage sur ce détestable souvenir. Que dire de Chloé Acton-Scott et de ses longs séjours à Barton Hall ? Y avait-il d'autres portes secrètes, d'autres passages dérobés à l'étage du château ? A l'évidence, la marraine de Richard occupait une place dans la vie de Lucas depuis la mort de sa femme. Mais jusqu'à quel point ?

Arrête, ma fille ! Luke est veuf depuis deux ans. Qu'il soit prêt à en aimer une autre ou, tout simplement, à avoir une aventure, rien de plus normal.

Blythe, elle, ne l'était pas.

Plongée dans ses réflexions, elle se rendit compte qu'elle avait dépassé le café où elle comptait prendre son petit déjeuner et, du même coup, en perdit l'appétit. Les nuages gris commençaient à crever en un crachin pénétrant, le vent forcissait. Blythe remonta le capuchon de sa Barbour et s'efforça d'ignorer le mauvais temps en pensant aux tâches qui l'attendaient à Barton Hall.

Où se procurer, par exemple, plusieurs centaines de mètres de polyuréthane pour couvrir les serres provisoires ? Pourraient-ils un jour les remplacer par de vraies serres de verre ? Lucas et elle avaient devant eux une infinité de décisions à prendre, de problèmes à résoudre. Mais cela lui suffirait-il à chasser de son esprit un souci autrement plus inquiétant – celui de revenants échappés du XVIIIe siècle pour surgir quand on s'y attendait le moins ? Blythe faisait de son mieux pour ne pas se laisser obséder par ce mystère, elle ne pouvait cependant l'ignorer.

A peine arrivée dans la cour des écuries, ses soucis passèrent à l'arrière-plan et sa journée fila comme un éclair dans un tourbillon d'activités.

Par une belle journée de juillet, peu après cette conversation, Luke gravit l'échelle du grenier des communs.

– J'ai le plaisir de vous annoncer que les poneys sont enchantés de leur nouveau logement dans l'ancienne bergerie, déclara-t-il. Ils m'ont chargé de vous exprimer leur gratitude de les avoir délivrés du taudis où ils languissaient.

Blythe ne réagit pas avec sa bonne humeur coutumière. Assise sur une vieille malle, elle regardait fixement un tableau poussiéreux, appuyé contre le mur tapissé de toiles d'araignée.

– L'autoportrait d'Ennis Trevelyan, dit-elle.

Lucas se pencha vers la plaisante physionomie de son ancêtre, défiguré par des lacérations.

– C'est donc ici qu'il a fini par atterrir ? Je me demandais où il était.

– Avez-vous une lampe électrique dans votre attirail ? demanda Blythe en désignant sa ceinture bardée d'outils.

– Bien sûr. Voilà.

Elle en dirigea le faisceau sur le portrait vandalisé. Un coup de lame avait ouvert une pommette de l'orbite à l'oreille, un autre tranché la gorge aussi sûrement que le couteau d'un assassin.

– Christopher Trevelyan devait être fou de rage pour se livrer à un pareil massacre, murmura-t-elle.

– Autant que je sache, il n'a pourtant rien à voir avec la mort de son frère. A mon avis, ils se sont querellés après boire et Kit aura voulu se venger. Plutôt puéril, non ?

Blythe revit la silhouette sur la falaise, qui lui était fugitivement apparue dans le tableau du petit salon. L'homme contemplait sombrement un canot chaviré, ballotté par les vagues. Y avait-il un passager dans l'embarcation ? Pourquoi avait-elle chaviré ? S'agissait-il d'un accident ou d'un crime déguisé ? Cet homme s'appuyait sur une canne, la même semblait-il qu'une de celles qui étaient rangées au vestiaire du château. L'actuel descendant de Garrett Teague, dont il avait hérité le teint hâlé et la chevelure très noire, se servait volontiers de cette canne. L'ancêtre de Lucas était-il impliqué, d'une manière ou d'une autre, dans la querelle qui opposait les frères Trevelyan ?

Arrête ! s'ordonna-t-elle. Ne te complais pas une fois de plus à ressasser ces pensées absurdes !

– Blythe ? Qu'est-ce qui ne va pas ? Ce n'est pas la vue d'un portrait d'ancêtre en mauvais état qui vous donne un cauchemar, j'espère ?

– J'avoue qu'il est assez... affligeant, répondit-elle avec un rire forcé.

Lucas empoigna le tableau par le bord du cadre.

– C'est ma foi vrai. Si nos affaires marchent bien, d'ici un an, je l'enverrai à Londres pour le faire restaurer et rendre à ce pauvre Ennis son charme et son élégance. Entre-temps, je vais l'épousseter et le ranger dans le placard de l'office. D'accord ?

– D'accord, dit-elle, soulagée de ne plus voir le témoignage de la rage fratricide de Kit Trevelyan. Que fait Richard, ce matin ?

– Il aide Mme Quiller à préparer notre pique-nique. La journée est trop belle pour rester enfermés dans ce grenier poussiéreux. Si cela vous convient, Milady, le déjeuner sera servi sur la plage de Hemmick.

– Cela me convient à merveille. Mais nous devrons être de retour à deux heures, les couvreurs viennent nous soumettre leur devis.

– Dans ce cas, je cours ajouter une bouteille de vin dans le panier, dit Lucas d'un ton lugubre. Je préfère être inconscient quand ils annonceront leur prix.

Il posait le pied sur l'échelle quand il se ravisa :

– Au fait, Blythe ! Devinez ce que j'ai trouvé ce matin au fond de la grande resserre : les plans des travaux exécutés au château par James Barton vers la fin du XVIIIe siècle. Ils comportent le croquis d'une autre pièce secrète derrière les rayons de la bibliothèque. Allons vite voir avant le déjeuner si elle existe encore.

Blythe préféra rester près de la porte pendant que Lucas et Richard, armés d'un rouleau de papier jauni par l'âge, examinaient les rayonnages sous tous les angles.

– Voyons, à quel casier cela correspondrait-il ? se demanda Lucas à mi-voix.

– Peut-être à celui-ci, papa, dit Richard en montrant le plus proche du mur. On dirait, d'après le plan, que...

– Mais oui ! C'est sans doute cela.

Malgré elle, Blythe retint sa respiration pendant que Lucas palpait un montant vertical. La moulure sculptée céda, un cliquetis retentit, mais le rayonnage ne bougea pas.

– Donnez donc un coup d'épaule sur le côté gauche, se surprit-elle à déclarer. Les gonds sont sûrement rouillés.

Lucas suivit son conseil. La section entière s'enfonça de quelques centimètres en grinçant fortement.

– Ça bouge ! s'écria Richard, au comble de l'excitation.

– Poussons, mon fils ! Un... deux... trois...

Ainsi que Blythe s'y attendait, le rayonnage pivota en révélant une cavité obscure, d'où provint le bruit d'une fuite éperdue de pattes griffues. A l'évidence, l'ancienne cache des contrebandiers était devenue le repaire d'une importante population de rongeurs.

Lucas alluma sa torche électrique et s'aventura à l'intérieur. Un instant plus tard, on l'entendit pousser un cri de surprise.

– Qu'y a-t-il, papa ? s'enquit Richard.

– Des barils de cognac, peut-être ? dit Blythe qui s'était approchée de quelques pas.

– Oui, empilés jusqu'au plafond ! répondit Lucas. Si ce n'est pas devenu un poison violent, cela vaut une fortune...

Il cogna du doigt contre les futailles avant de lâcher une exclamation de dépit.

– Eh bien ? demanda Blythe, qui s'était avancée jusqu'au seuil de la pièce secrète.

– Les barils sonnent creux. Ou bien ils étaient déjà vides, ou bien l'alcool s'est évaporé. La pièce est assez bien aérée, il doit y avoir une ouverture sur l'extérieur... Oui, je la vois ! Une porte condamnée avec des planches. On l'a sans doute murée au dehors.

Blythe se laissa tomber sur le fauteuil, bouleversée. L'apparition de Garrett Teague par le passage secret n'était donc pas le fruit de son imagination, pas plus que l'existence de l'autoportrait d'Ennis Trevelyan, qu'elle avait vu son frère réduire en charpie. Ses autres visions s'étaient-elles *réellement* produites deux siècles auparavant ? Ennis était-il *réellement* le père de l'enfant de cette Blythe Barton dont elle portait le nom ? Cet enfant était-il mort, ce qui expliquerait l'absence d'héritiers de la branche Barton-Trevelyan ? Et qui était le personnage qui regardait le canot chaviré du haut de la falaise ? Comment et, surtout, pourquoi tout cela lui était-il révélé, à elle ?

Blythe se redressa en assenant sur la table un coup de poing rageur. Pour la plupart, les Californiens croiraient sans hésiter à ces inepties paranormales. Mais pas elle, Blythe Barton de Jackson Hole, Wyoming. Miss Rodéo 1976 avait les pieds sur terre, elle ! Réelles ou non, les apparitions ne l'empêcheraient pas de continuer à vivre normalement dans son siècle. De toute façon, elle n'éprouvait aucune envie de savoir si ces événements bizarres avaient quelque chose à voir avec elle.

– Tout cela est passionnant, cria-t-elle à Lucas et Richard, mais je meurs de faim et les couvreurs seront ici dans moins d'une heure !

– Nous n'avons plus le temps d'aller pique-niquer sur la plage ? fit la voix de Lucas. Bon, j'arrive.

Un instant plus tard, le père et le fils émergèrent de la cache en s'époussetant les mains.

– Richard, mon garçon, si nous ne nourrissons pas cette femme dans les plus brefs délais, déclara-t-il, j'ai bien peur qu'elle ne dévore aussi le panier ! Par mesure de sûreté, nous déjeunerons donc sur la terrasse.

Richard pouffa de rire et courut avertir Mme Quiller de ce changement de programme.

Blythe et Lucas pique-niquèrent quand même sur la plage, mais sans Richard.

Le vendredi suivant la découverte de la pièce secrète, Chloé Acton-Scott débarqua à l'improviste en déclarant qu'elle venait emmener son filleul à Plymouth, afin de procéder aux essayages du nouvel uniforme que sa croissance rendait indispensable pour la prochaine rentrée scolaire.

– C'est très gentil de votre part, Chloé, mais ce n'était pas la peine de vous donner tout ce mal, objecta Lucas. Je comptais m'en occuper dans quelques jours.

Couverts de poussière, Blythe et lui descendaient du grenier des communs, qu'il fallait dégager avant que les couvreurs commencent leur travail. Ils avaient passé la matinée à trier les vieilleries qui s'y accumulaient depuis des générations. En pantalon beige et chemisier de soie assorti, Chloé donnait comme toujours l'impression de sortir d'un magazine de mode. Blythe s'essuya furtivement les mains sur son blue-jean pendant que l'élégante visiteuse jetait un regard critique au bric-à-brac entassé au bas de l'échelle.

– C'est la moindre des choses que je me rende utile. Quand vous m'avez parlé de vos projets de jardinage, je me suis doutée que Mme Stowe et vous auriez fort à faire, dit Chloé avec un vague sourire à l'adresse de Blythe.

– Nous en sommes très touchés. N'est-ce pas, Richard ?

Le jeune garçon acquiesça poliment, mais avec un évident manque d'enthousiasme à l'idée de devoir quitter le théâtre des captivantes activités qui se déroulaient à Barton Hall.

– De plus, mon chou, reprit Chloé avec un sourire exclusivement destiné à Lucas, vous aviez promis de m'emmener demain soir à l'ennuyeux cocktail des Stratton à Mevagissey. Je pensais vous en remercier en vous invitant à dîner dans cette adorable auberge de Fowey.

– C'est peut-être beaucoup pour une seule journée, dit Lucas, visiblement gêné de discuter de ses mondanités en présence de Blythe à qui il lança un regard contrit. Ce sera l'anniversaire de Richard, nous devons emmener ses amis toute l'après-midi à la fête de Gorran Haven et...

– Cela s'arrange à merveille, au contraire ! l'interrompit

Chloé avec un rire cristallin. Je vous aiderai à surveiller ces charmants bambins et nous irons ensuite directement à Mevagissey. Mme Stowe aura peut-être la bonté de ramener les enfants ici pour que leurs parents viennent les chercher ? Savez-vous conduire à gauche, madame Stowe ?

– Je n'en ai pas encore eu l'occasion, répliqua Blythe.

– De toute façon, ce n'est pas loin à pied, déclara Chloé en lançant un regard chargé de sous-entendus aux baskets usées de Blythe. Parfait ! Tout est arrangé pour samedi. Viens, Richard chéri. Mettons-nous vite en route si nous voulons être rentrés à temps pour le thé et les délicieux scones de cette bonne Mme Quiller. Je l'ai déjà chargée de monter mes bagages dans ma chambre.

La bleue ou la jaune ? se demanda Blythe.

Elle battit en retraite sans attendre le départ de Chloé et de Richard. Lorsque Lucas la rejoignit au grenier, elle s'évertuait à traîner une grosse malle vers la trappe.

– Attendez, dit-il en prenant l'autre poignée, laissez-moi vous aider. Seigneur, elle pèse une tonne ! Ouvrons-la, voir si un mauvais plaisant n'y a pas mis des pierres.

Blythe se redressa, s'étira.

– J'ai une meilleure idée : allons déjeuner. J'ai grand besoin de prendre l'air et de marcher un peu. Si nous emportions nos sandwiches à la plage ? Les éclaircies promises par la météo ont l'air de tenir.

Lucas se chargea du panier, Blythe d'une couverture. Dix minutes plus tard, ils s'installèrent sur une étroite bande de sable inconnue des touristes dans la petite crique au pied de la falaise, presque à l'aplomb du cottage.

Après avoir dévoré les sandwiches de Mme Quiller et son exquis gâteau au chocolat, Blythe s'allongea sur la couverture.

– J'invoque mon droit de veto : plus de travail cette après-midi, dit-elle en fermant les yeux. Je fais la sieste.

Lucas laissa son regard s'attarder sur le profil délicat, les lèvres faites pour sourire, les longues boucles auburn emmêlées par l'air humide. Du col de chemise déboutonné, son regard descendit vers les seins ronds et fermes qui montaient et s'abaissaient au rythme lent de sa respiration, le ventre plat, les longues jambes fines moulées par le jean. Il pensa qu'il lui suffirait de rouler sur lui-même pour s'étendre sur ce corps aux formes tentatrices – ou au moins, tendre une main pour caresser cette poitrine...

Trop absorbé, il ne s'était pas rendu compte que la marée montait. Une vague qui déferla sur la plage trempa le bas de la couverture. Blythe poussa un cri, se releva d'un bond. Avec des éclats de rire entremêlés de jurons, ils ramassèrent leurs affaires et décampèrent en toute hâte.

– Vite, par ici! lança Blythe en s'engouffrant dans une grotte tapissée de sable sec. M. Quiller m'a dit qu'elle s'enfonce d'une dizaine de mètres sous la falaise et que la mer ne remonte jusque-là qu'aux grandes marées d'équinoxe.

Ils s'adossèrent à la paroi rocheuse le temps de calmer leur fou rire et de reprendre haleine. Lucas posa le panier à ses pieds, tâta le bord mouillé de la couverture que Blythe serrait encore sur sa poitrine. Leurs regards se croisèrent. Ils sentirent un courant passer entre eux, trop puissant pour être ignoré.

– Vous aviez l'air si paisible tout à l'heure, endormie sur la plage, dit-il à mi-voix.

– Je me sentais en paix, répondit-elle.

– Si belle, aussi...

Dans le silence qui suivit, l'entendit-il vraiment lui dire : « Embrassez-moi », ou le rêva-t-il?

Avec douceur, il lui prit le visage entre les mains. Elle lâcha la couverture, se serra contre lui et le contact de ses seins contre sa poitrine lui donna un éblouissement. Quelle étrange impression, pensa-t-il, de tenir dans ses bras un corps de femme si mince et si fort à la fois... Une seconde plus tard, il s'abandonna aux sensations exquises de ses lèvres douces et pleines, de ses cheveux qui s'enroulaient autour de ses doigts comme des fils de soie.

« Elle est faite pour toi », chuchota à son oreille une voix qui semblait l'encourager à poursuivre l'extraordinaire aventure de ce baiser dans lequel il découvrait un monde d'horizons inconnus. Un baiser qu'elle lui rendait comme pour l'inviter à ne pas s'en tenir à un flirt passager. Sa langue avait encore le goût du chocolat, un goût dont il ne pourrait plus se passer s'il n'y prenait garde...

Une vague d'émotions le submergea, comme si la mer faisait irruption dans la grotte. Alors, pour échapper à la noyade, il arracha ses lèvres à cette bouche ensorcelante, les posa sur un coin de peau douce et parfumée derrière l'oreille, glissa au creux du cou. Ses mains descendirent d'elles-mêmes le long de son dos et il la serra contre lui pour qu'elle sente son désir et comprenne qu'il attendait depuis des semaines l'instant de la prendre dans ses bras.

Ce fut Blythe, finalement, qui rompit leur étreinte et s'écarta, le souffle court.

– Pour un Anglais bien élevé, dit-elle enfin avec une bonne humeur affectée, vous êtes... remarquable.

– Je suis affreusement rouillé, répondit-il sur le même ton, mais merci quand même.

Sans mot dire, elle lui lança un regard sceptique.

– Vous parliez sérieusement en proposant de couper aux corvées ? hasarda-t-il.

Sans répondre, Blythe ramassa la couverture qu'elle entreprit de plier méthodiquement. Lucas devina sans peine les pensées qui tournaient dans sa tête : Chloé Acton-Scott avait reparu ce jour-là. A l'évidence, Blythe s'interrogeait sur le rôle qu'elle jouait dans la vie de Lucas – qui se posait d'ailleurs lui-même la question.

– C'est très tentant, bien sûr, de faire l'école buissonnière, répondit-elle enfin avec un sourire ironique. Mais je crois que nous aurions tort de prendre aussi vite de mauvaises habitudes de paresse. Allons, venez. Il y a encore tant de choses à faire...

Tout en parlant, elle se dirigea vers l'ouverture de la grotte, où elle marqua un temps d'arrêt pour l'attendre, et se tourna vers lui. Le soleil nimbait d'un halo doré ses boucles auburn.

« Elle a le goût du risque, votre petite aventurière américaine », avait commenté Chloé quelques jours plus tôt en téléphonant de Londres pour demander à Lucas des détails sur son association avec sa locataire. « Il me semble évident que l'ex-femme d'un homme tel que Christopher Stowe n'aurait pas pris un pari de cet ordre sans l'espoir calculé que son investissement dans Barton Hall soit tôt ou tard... rentable, si vous voyez ce que je veux dire. »

Alors, qui était-elle : ange de Botticelli ou cow-girl téméraire ? se demanda Lucas en admirant sa silhouette que le soleil soulignait à contre-jour. L'un ou l'autre de ces personnages avait de quoi le déconcerter – sinon l'effrayer. Et puis non, conclut-il, Chloé a tort. Blythe n'est pas mûre pour vivre une véritable aventure. Pas encore, du moins.

A la réflexion, il se demanda s'il l'était lui-même.

7

16 juillet 1994

Sept jeunes amis de Richard Teague, invités à célébrer son dixième anniversaire, étaient entassés à l'arrière de la Land-Rover. Blythe et Lucas avaient prévu un arrêt en cours de route pour leur faire visiter la bergerie communale et assister à la tonte des moutons, tandis que les Quiller iraient directement au terrain. Blythe allait embarquer à son tour quand elle vit Chloé la prendre de vitesse et occuper d'autorité la place à côté de Lucas. Ulcérée, elle alla s'installer dans la Ford Fiesta des Quiller, entre les paniers et les boîtes, où elle fulmina en silence pendant que la Land-Rover s'ébranlait.

La fête annuelle au bénéfice de la Société royale des sauveteurs en mer se tenait dans un vaste champ, prêté à l'association par les propriétaires de la ferme voisine. Blythe constata que la foule y affluait dès avant l'ouverture officielle à quatorze heures. Des organisateurs sellaient les poneys, d'autres finissaient de monter le théâtre de marionnettes, d'autres encore déchargeaient des camionnettes rangées près d'une tente, dans laquelle ils portaient de la vaisselle et des plateaux de scones et autres friandises. Disposées en évidence sur des chevalets, des séries de photos en couleurs témoignaient de l'activité de l'association, dont les membres se dépensaient pour sauver de la noyade les imprudents pêcheurs surpris par un grain ou les baigneurs présomptueux dont les hordes au teint pâle descendaient de Londres tous les ans à seule fin de risquer leur vie.

Moyennant une modeste contribution, Lucas avait réservé un coin du champ, où Richard et ses amis se réuniraient le moment venu pour déguster le gâteau d'anniversaire. L'enclos était délimité par des piquets, recouverts et reliés entre eux par des bandes de papier crépon multicolores, auxquels Blythe et les Quiller attachèrent les dizaines de ballons qu'ils s'étaient épuisés à gonfler. L'atmosphère rappela à Blythe les fêtes d'enfants que sa grand-mère donnait au ranch pour sa sœur et elle. Plutôt que de leur offrir les jeux insipides des jeunes citadins, elle organisait des courses à l'œuf à dos de poney : celui ou celle qui faisait le plus vite trois tours du corral au galop en tenant un œuf dans une cuillère à soupe gagnait une double portion de crème glacée.

– La glace ne fondra pas, au moins ? s'inquiéta Blythe.

– Ne vous faites pas de souci, répondit Mme Quiller. La glacière est de première qualité, c'est Mme Teague elle-même qui l'avait achetée. Elle aimait tant les fêtes... Pour son premier anniversaire, Dicken en a eu une aussi belle que celle-ci, bien qu'il ne fût encore qu'un bébé.

– Il passe un bon été, n'est-ce pas ? hasarda Blythe.

– Avec tout le tintouin qu'il y a en ce moment à la maison, il est ravi, pensez donc ! Mais il lui faudra quand même du temps pour guérir, le pauvre ange...

L'arrivée de la Land-Rover les interrompit. Les enfants déboulèrent de la voiture en réclamant à grands cris des tickets pour la promenade à poney. Lucas parvint sans trop de mal à rétablir le silence :

– Du calme ! Voilà deux tickets chacun. Quand vous aurez fait vos tours, revenez au théâtre de marionnettes, dit-il en montrant le stand sur lequel une pancarte annonçait la première représentation à quatorze heures trente.

– Merci, monsieur ! clamèrent les petits garçons avant de se précipiter vers leurs montures.

– Ouf! Tout se passe bien, commenta Lucas. Pendant un moment, je me demandais si je dominerais la situation.

– La route était bruyante? demanda Blythe en riant.

– Eprouvante! déclara Chloé qui émergeait de la voiture. Rassurez-moi, madame Quiller, vous avez sûrement pensé à apporter des rafraîchissements pour les adultes?

Pour la première fois, Blythe vit l'efficace gouvernante se troubler et prendre un air penaud.

– Euh... Il y a de la citronnade, du lait... Je...

– Aucune importance, l'interrompit Chloé. Je vois là-bas, sur cette tente, une enseigne Guinness. Luke, mon chou, vous ne refuserez pas de me récompenser de ma brillante conduite au feu en m'offrant une lager? Les enfants ont de quoi s'occuper un bon moment et Mme Quiller saura fort bien faire face aux bosses ou aux saignements de nez éventuels.

– Voulez-vous vous joindre à nous? demanda Lucas à Blythe, qui vit Chloé lui lancer un regard venimeux.

– Non merci, je préfère faire un tour. Vous savez, la couleur locale, tout ça..., dit-elle à l'intention de Lucas, qu'elle eut la satisfaction de voir piquer un fard.

– Oh! Il y a des tas de choses à voir! renchérit Chloé. Vous venez, mon chou? Je meurs littéralement de soif.

Dès qu'ils se furent éloignés, Blythe s'excusa auprès des Quiller et partit à grands pas dans la direction opposée. Un mot de plus, et elle n'aurait pu résister au besoin de lâcher une bordée des jurons pittoresques qu'affectionnait sa grand-mère.

Garde tes distances et ne te conduis pas comme une idiote! s'adjura-t-elle. Un baiser ne signifie rien. Ça le démangeait, voilà tout. J'étais là, disponible, il n'avait qu'à tendre la main. Il laissait tout bonnement s'écouler un laps de temps décent avant de se consoler avec la meilleure amie de sa défunte femme.

C'est Chloé qu'il lui faut. Elle fera une châtelaine idéale. Elle aime donner des ordres aux domestiques et elle n'est pas plus portée que lui sur les corvées parentales. Pourquoi me laisserais-je encore piéger par un de ces maudits Anglais qui ne disent jamais franchement ce qu'ils pensent et sourient poliment en vous plongeant un couteau dans le cœur ? Parce que Lucas Teague est séduisant comme il n'est pas permis ? Parce que je n'ai pas fait l'amour depuis une éternité ? Parce que nous avons tous les deux la passion des rhododendrons ? Parce que quoi, au juste ? Je suis venue ici pour remettre un peu d'ordre dans ma vie, pas pour la briser une fois de plus. Il n'empêche que ce salaud-là embrasse comme un dieu...

Absorbée par ses amères réflexions, Blythe marchait tête baissée et avait déjà traversé la moitié du champ. Le problème était simple, tout compte fait : en quoi cet Anglais-ci serait-il meilleur ou différent de celui qui l'avait poignardée dans le dos ? Un écrasant sentiment d'infériorité étouffait le fragile optimisme qui avait commencé à éclore en elle comme une délicate fleur de serre. Avec sa sensualité glacée et sa silhouette irréprochable, la marraine de Richard avait certes de quoi faire douter bien des femmes de leur propre séduction. En présence de Chloé, Blythe avait l'impression d'être un laideron. Alors, inutile de s'illusionner : si Chris lui avait préféré Ellie, il n'y avait aucune raison pour que Lucas ne juge pas la sublime Chloé mieux faite pour lui.

Oui mais... ils étaient désormais associés ! L'image des déménageurs livrant à son nouvel appartement les lourds classeurs métalliques récupérés des bureaux de Stowe & Stowe Productions, Inc., après sa démission de la société qu'elle avait créée avec Chris, lui fit l'effet d'une gifle.

Son désarroi joint à l'indéniable séduction de Lucas avait-il été, plutôt que son prétendu désir d'embrasser une nouvelle carrière, le véritable motif de sa proposition de monter une affaire avec lui ? Si tel était le cas, si elle avait, plus ou moins consciemment, commis une aussi monumentale stupidité, Lisa Spector, son avocate, aurait des raisons tout à fait légitimes de la faire enfermer sans tarder...

Elle en était là de ses lugubres pensées quand elle évita de justesse de percuter une petite tente sur laquelle une pancarte manuscrite annonçait :

« Voyance – Boule de cristal. Valérie Kent, docteur en psychologie. Consultations : 1 livre. »

Poussée par la curiosité, Blythe coula un regard à l'intérieur pour voir à quoi ressemblait une bohémienne titulaire d'un diplôme universitaire et prêtant son concours aux bonnes œuvres. Elle découvrit une femme replète frisant la cinquantaine, coiffée d'un turban rouge d'où dépassaient des mèches de cheveux poivre et sel, qui trônait sur une chaise pliante. Devant elle, une boule de cristal de la taille d'une balle de cricket reposait sur un guéridon drapé d'une nappe à franges, le tout disposé sur une descente de lit d'allure vaguement persane.

– Soyez la bienvenue, psalmodia l'extralucide sur un ton sépulcral. Entrez, ma boule de cristal vous dévoilera votre avenir et votre argent ira à une bonne cause.

– Euh... merci, mais...

– Entrez donc, vous êtes ma première cliente, implora la pseudo-bohémienne en reprenant sa voix normale. Je me suis imposé de ne pas boire une goutte de thé avant d'avoir prédit au moins une fois l'avenir. Vous comprenez, il faut faire de son mieux pour rendre service aux collègues.

– Ah? Vous êtes membre de la Société de sauvetage? ne put s'empêcher de lui demander Blythe, qui la voyait mal à bord d'une chaloupe ballottée par la tempête en train de repêcher des marins en perdition.

– J'assiste les naufragés après. Je les fais parler de leur traumatisme, vous comprenez?

– Dans ce cas, vous méritez votre tasse de thé.

Pourquoi ne pas aider la pauvre femme à accomplir son devoir civique? pensa Blythe en pénétrant dans l'antre de la voyante. Ce serait au moins une façon distrayante de passer le temps jusqu'au partage du gâteau d'anniversaire – tout en évitant l'odieuse Chloé. De toute façon, il était peu probable que ce Dr Kent lui procure des visions plus fantastiques que celles qu'elle produisait elle-même en posant le doigt sur la vitre de l'arbre généalogique.

– Vous êtes américaine, n'est-ce pas ? Donc, vous êtes la locataire de Luke, déclara la psychologue en souriant. Bienvenue en Cornouailles, madame Barton-Stowe. Luke me disait encore l'autre soir au dîner combien il était heureux que vous séjourniez ici tout l'été.

– Vraiment ? répondit Blythe, étonnée que deux personnes aussi dissemblables puissent se retrouver autour d'une table.

– Nous sommes des cousins éloignés, expliqua le Dr Kent en souriant. Vous savez, les vieilles familles du pays sont presque toutes plus ou moins apparentées.

Blythe se demanda si cela faisait aussi d'elle une cousine éloignée de cette singulière psychologue.

– Je crois savoir que vous êtes un peu notre parente à tous deux, reprit-elle. Le nom de Blythe Barton a laissé un souvenir impérissable dans la région, je vous le garantis ! ajouta-t-elle en riant.

Blythe sursauta : avait-elle réellement lu ses pensées ?

– Je m'en rends compte, soupira-t-elle. Pratiquez-vous la voyance dans le cadre de votre profession ?

– J'ai pris très tôt ma retraite de psychologue scolaire et je ne pratique plus que deux fois par semaine au dispensaire du village. Sauf pendant mes études universitaires, j'ai toujours vécu en Cornouailles.

– Avez-vous des enfants, docteur Kent ?

– Jamais mariée... Mais appelez-moi Valérie. Puis-je vous appeler Blythe ? Bien. Mes petits patients étaient un peu devenus mes enfants, voyez-vous, reprit-elle avec bonne humeur. Maintenant que mon nid est vide, j'ai le temps de lire, d'étudier toutes sortes de sujets captivants tels que les lutins, les korrigans, les mythes du folklore celte. J'explore aussi, poursuivit-elle en baissant la voix, les domaines les plus passionnants de ma profession, qui étaient tabous lorsque je travaillais dans le système scolaire.

– La voyance, par exemple ? demanda Blythe.

– Ce terme est trop galvaudé, déclara le Dr Kent. Parlons plutôt de l'art de concentrer son regard sur une matière réfléchissante afin d'y faire apparaître une vision.

– Vous voulez dire que l'on peut provoquer des visions dans ou sur d'autres objets que des boules de cristal ?

– Bien sûr ! Un miroir, une pierre polie, la surface lisse d'un étang – même une flaque de sang ! ajouta-t-elle d'un air gourmand. C'est une technique très ancienne, vous savez. Les Chinois, les Egyptiens, vos Indiens d'Amérique aussi la pratiquent depuis la plus haute antiquité. Toutes sortes de chefs spirituels s'en sont servis pour prédire l'avenir.

– Et revoir aussi le passé ? s'enquit Blythe.

– N'avez-vous jamais entendu parler de l'étude des vies antérieures ? Je croyais que tout le monde en Californie se passionnait pour ce genre de choses.

– Oui, je sais. Mais je suis née dans le Wyoming et le sujet ne m'a jamais vraiment attirée.

– Bref, reprit Valérie Kent, j'ai lu récemment dans une revue professionnelle qu'il y a dans votre pays plus de huit cents hypnothérapeutes, dont beaucoup se spécialisent dans l'exploration des vies antérieures de leurs patients. Certains, ai-je entendu dire, se penchent sur l'existence éventuelle d'une mémoire génétique. Qui sait ? poursuivit-elle avec enthousiasme, des traces d'événements significatifs ou traumatiques de la vie de nos ancêtres sont peut-être inscrites dans notre ADN.

– Je ne comprends pas, avoua Blythe.

– Je parle de messages gravés de façon permanente dans le code génétique, déclara-t-elle comme si cela allait de soi. Pourquoi, par exemple, certaines personnes fondent en larmes en entendant une cornemuse alors que d'autres, comme moi, se bouchent les oreilles ? Pourquoi certains voyageurs jurent-ils avoir déjà été dans un château fort ou un temple bouddhiste où ils n'ont pourtant jamais mis les pieds ? Sans doute parce qu'ils y étaient venus dans une vie antérieure, ou bien parce qu'un ancêtre y a été assassiné, que sais-je ? La psychologie classique n'a jamais donné d'explication satisfaisante à ce phénomène de déjà-vu.

– C'est incroyable ! protesta Blythe. Comment un événement vécu par un individu pourrait-il laisser une trace dans la mémoire d'un autre au bout de quatre ou cinq générations ?

– Un traumatisme peut modifier la chimie du cerveau, c'est un fait scientifiquement établi, affirma Valérie. Or, toute altération chimique subie par un organisme est susceptible de modifier la composition de son ADN, ou de graver dans un gène des données qui seront transmises aux descendants et auxquelles ils pourront accéder sous hypnose.

– Vous utilisez donc votre boule de cristal pour hypnotiser un sujet ?

– Non, son seul rôle consiste à concentrer l'attention afin de favoriser l'entrée en transe hypnotique. Une fois la personne en état de conscience altérée, il est aussi facile de lui faire revivre une existence antérieure que de manipuler le clavier de votre ordinateur pour accéder à un fichier du disque dur, comme Luke me le disait l'autre jour.

– Luke vous a parlé de mon ordinateur ? s'étonna Blythe.

Valérie Kent balaya l'interruption d'un revers de main.

– Les notions de vie antérieure et de mémoire génétique me passionnent ! reprit-elle. Vos compatriotes ont procédé dans ces domaines à des recherches extraordinaires. J'ai lu des dizaines d'ouvrages fascinants sur ce sujet.

– Etonnant... Ainsi, ces thérapeutes hypnotisent leurs patients à l'aide d'un simple miroir ou d'une surface lisse ? Mais alors, poursuivit-elle pensivement, cela marcherait aussi avec des tableaux sous verre, par exemple ? Peut-on induire une transe avec ce genre d'objets ?

– N'importe quel objet brillant, ou presque. Je considère toutefois, dit-elle sur le ton de la confidence, que le succès tient moins à la nature de la surface qu'à l'aptitude du sujet à entrer en transe et à l'importance ou à la netteté de ce qui est gravé dans sa mémoire génétique. Ceci, bien entendu, n'est que simple conjecture de ma part.

– Mais, dites-moi, vos collègues les plus conservateurs ne sont-ils pas tentés de ridiculiser ceux qui comme vous se livrent à ce genre de recherches ?

– Constamment, acquiesça Valérie avec un geste de sa main surchargée de bagues. Vous connaissez le proverbe : « Nul n'est prophète en son pays. » Mais peu nous importe, c'est tellement passionnant ! Et puis, j'ai ma retraite, de quoi me soucierais-je ? D'ailleurs, poursuivit-elle sur le ton qu'elle aurait pris pour dévoiler un secret, la reine Elizabeth – la première, bien sûr – avait à son service un sorcier qui voyait l'avenir dans une obsidienne polie. Elle l'avait même consulté sur ce qu'il adviendrait de l'Armada.

– Passionnant, murmura Blythe, poliment.

Prête à couvrir sa fuite par un don généreux en faveur de la société de sauvetage, elle prit dans sa poche un billet de cinq livres qu'elle posa sur la table.

– Dommage que vous ne puissiez rien m'apprendre sur mes lointains confrères de Californie, soupira la pseudo-bohémienne en empochant le billet. Au nom de l'association, merci mille fois. Les dons sont bien employés, croyez-moi. Et maintenant, poursuivit-elle, les mains au-dessus de sa boule de cristal, respirez profondément...

– Mais non ! C'est inutile, je vous assure.

– Allons, Blythe, soyez gentille. Je n'ai jamais encore eu l'occasion d'hypnotiser une Américaine, vous n'allez pas me refuser ce plaisir ! Détendez-vous, inspirez et expirez du diaphragme, voilà... Ne pensez plus à rien...

Blythe ne répondit pas. En fait, elle n'entendait déjà plus la voix du Dr Valérie Kent et fixait des yeux la sphère translucide, à l'intérieur de laquelle apparaissait un bébé rose flottant comme un astronaute dans l'espace.

– Blythe ? Que voyez-vous ?

– Un enfant, murmura-t-elle.

– Quoi d'autre ?

– Je... je crois qu'il n'est pas... pas encore né.

– Pourquoi ?

Il y eut un long silence.
– Il est... attaché au cordon ombilical.
– Qui est la mère ?
– Le bébé est seul... perdu et...
Blythe marqua une nouvelle pause.
– Et la mère pleure, acheva-t-elle d'une voix étranglée par l'émotion.
Elle fondit en larmes. Valérie Kent attendit quelques instants avant de reprendre la parole :
– Qu'est-ce qui vous rend si triste au sujet de cet enfant, ma chère petite ?
Blythe ne répondit pas. Incapable de s'expliquer la cause de ses larmes, elle continua à fixer la boule de cristal jusqu'à ce que sa vision s'efface.
– Blythe ? Je vois que vous êtes de retour. Comment vous sentez-vous ?
– Triste.
– Vous rappelez-vous pourquoi ?
– Le bébé était perdu... Il ne parvenait pas à...
Les sourcils froncés, elle s'efforçait de comprendre.
– Etiez-vous cet enfant ?
– Non, répondit-elle, étonnée de sa certitude.
– Savez-vous qui est cet enfant, ou ce qu'il représente ?
Blythe s'essuya les joues, se leva.
– Je n'en ai aucune idée, répondit-elle. Vous savez, il faut vraiment que je m'en aille.
Elle se sentait accablée de tristesse, de nouveau prête à pleurer, et pourtant, elle était hors d'état d'en expliquer la cause à quiconque, y compris à elle-même.
– Je ne demanderais pas mieux, si vous le souhaitez, que de vous aider à approfondir la question, offrit Valérie. Téléphonez-moi ou passez me voir à Gorran Haven, je partage au-dessus du chantier naval les bureaux du Dr Vickery, mon confrère généraliste. J'y suis le mardi et le jeudi.
– Merci, Valérie, mais... je préfère en rester là. En tout cas, j'ai passé un moment très intéressant grâce à vous et je suis enchantée d'avoir fait votre connaissance.

– Tout le plaisir était pour moi, ma chère petite.

Il était près de quatre heures lorsque Blythe sortit enfin de la tente. Encore secouée par l'apparition du bébé dans la boule de cristal, elle reprit le chemin de l'enclos où l'anniversaire de Richard battait son plein.

Tout en marchant dans l'herbe, elle comprit que son désir d'être mère n'avait rien perdu de son intensité et qu'elle refoulait inconsciemment le fait que sa sœur donnerait bientôt naissance à l'enfant qu'elle avait elle-même désespérément voulu avoir de son ex-mari. Comment, dans ces conditions, s'étonner qu'une transe hypnotique lui fasse voir les bébés dont ses rêves étaient peuplés ?

Avec un soupir résigné, Blythe se jura une fois encore de ne plus s'appesantir sur le passé et d'imprimer à sa vie l'orientation de son choix. Malgré sa bonne résolution, elle ne put chasser l'image de cet enfant flottant comme un nuage dans un ciel désert.

Elle arriva près de l'enclos aux ballons et aux guirlandes de papier crépon au moment où Chloé tapait dans ses mains pour imposer le silence aux jeunes invités, déjà attablés autour du fameux gâteau au chocolat de Mme Quiller.

– Et maintenant, tous en chœur, nous allons chanter « Joyeux Anniversaire » !

Blythe resta à l'écart tandis que l'air humide vibrait aux accents plus ou moins discordants de la ritournelle. Sur la dernière note, la marraine du héros de la fête donna la pelle à gâteau à Mme Quiller et se tourna vers Lucas, prête à recevoir le baiser de félicitations qu'elle estimait mériter pour avoir si bien rempli son rôle. Blythe vit son associé se pencher obligeamment et lui effleurer la bouche de ses lèvres, tandis que les enfants attaquaient avec entrain leurs assiettes.

Blythe prit la portion de gâteau et la tasse de thé que lui tendait Mme Quiller et alla s'asseoir sur un tabouret.

– Ah ! Vous êtes là ! s'exclama Lucas, qui délaissa Chloé pour s'approcher d'elle. Nous nous demandions où vous étiez passée. Vous avez manqué l'heure de gloire de Richard.

– Non, j'y ai assisté.

– Délicieux, ce gâteau, n'est-ce pas ?

– Exquis, approuva-t-elle sans lever les yeux.

Repensait-il, comme elle, à leur pique-nique sur la plage, où elle avait savouré pour la première fois la spécialité de Mme Quiller ? Avait-il même gardé le souvenir de ce qui s'était passé ensuite ? Sans doute pas. Pour lui, un baiser n'était rien de plus qu'un baiser et ne tirait pas à conséquence. Comme sa grand-mère disait parfois : « Tu peux réchauffer tes chaussons dans le four, ma fille, ça n'en fera pas des biscuits »...

Chloé les rejoignit et posa une main possessive sur l'épaule de Lucas.

– N'est-il pas temps de nous éclipser, mon chou ?

– Si vous voulez bien m'excuser, je vais aider Mme Quiller, dit Blythe, soulagée de cette diversion.

Elle leur tourna le dos et entreprit de remballer les accessoires de la fête dans les boîtes et les paniers.

– Vraiment, mon chou, nous devrions déjà être en route ! entendit-elle Chloé répéter avec insistance.

Richard annonça alors que ses amis et lui souhaitaient jouer aux charades avant de partir.

– Vous y jouerez beaucoup mieux à la maison, décida Chloé. Mme Stowe fera un excellent arbitre, j'en suis sûre. Vous voulez bien prendre en charge ces chérubins, n'est-ce pas ? ajouta-t-elle en se tournant vers Blythe. Luke et moi devrions être chez les Stratton depuis plus d'une demi-heure. J'ai demandé à Quiller d'aller chercher ma Jaguar.

Scandalisée qu'elle ait eu le culot d'imposer une marche de deux kilomètres à un septuagénaire, Blythe se contenta d'un sec hochement de tête.

– Vous êtes sûre que... ? s'inquiéta Lucas.

– Pas de problème, j'adore les enfants, l'interrompit Blythe avec froideur. Lequel aura le courage de monter en voiture avec moi qui n'ai jamais conduit à gauche ? demanda-t-elle à ses futurs passagers.

– Moi ! Moi ! clamèrent-ils à l'unisson.

– Et moi, je m'assiérai devant à côté d'elle parce que c'est mon anniversaire ! annonça fièrement Richard. N'est-ce pas, Blythie ?

– Sûr, Dicken, dit-elle en lui ébouriffant les cheveux. Le dernier dans la Land-Rover a les pieds plats !

– Vous reconnaîtrez la route ? insista Lucas tandis que les amis de son fils se précipitaient vers la voiture en poussant des cris de joie.

– Vous verrez bien, dit-elle d'un air de défi.

– Mais rouler à gauche... Vous n'aurez pas peur ? dit-il en lui tendant la clef de contact.

– Votre monstre n'en est pas à une bosse près. Nous n'en mourrons pas. A plus tard.

Sur quoi, elle grimpa à la place du conducteur, passa la première et démarra en douceur. J'ai conduit des camions de foin autrement plus capricieux, se dit-elle sombrement. Elle vit dans le rétroviseur que Lucas observait avec une évidente inquiétude leur véhicule, bondé d'enfants joyeux, s'éloigner en cahotant sur le chemin de terre.

Alors, sans raison, un dicton de sa jeunesse surgit dans sa mémoire : « Un cow-boy qui te prête les clefs de sa bagnole est prêt à te donner son cœur »...

– Reviens sur terre, espèce de gourde ! marmonna-t-elle en basculant le levier des quatre roues motrices pour s'engager sur la route goudronnée. Le sentiment et les affaires n'ont jamais fait bon ménage.

8

17 au 31 juillet 1994

Au cours des semaines suivantes, Blythe respecta à la lettre sa décision de maintenir ses rapports avec Lucas sur un plan purement professionnel. A sa grande surprise, son nouvel associé adopta la même attitude de relative froideur – sans doute due, pensa-t-elle, au fait que les avances de Chloé lui épargnaient des efforts pour la séduire. De toute façon, les hommes étaient le cadet de ses soucis après l'année qu'elle venait de vivre. Elle ne devait voir dans sa propre réaction à l'ardeur de Lucas qu'une compensation instinctive à la conduite de Christopher et elle savait que, désormais, il coulerait beaucoup d'eau sous les ponts avant qu'elle puisse de nouveau se fier à son jugement sur les hommes. Il lui suffisait, d'ailleurs, de penser aux regards énamourés de Chloé pour étouffer toute tentation de considérer le trop séduisant M. Lucas Teague autrement qu'en associé.

Pourtant, Blythe avait beau vouloir s'en tenir là, elle ne pouvait s'empêcher d'éprouver un absurde sentiment de frustration à chaque fois qu'elle se rappelait la vision, pour fugitive qu'elle ait été, de la bouche de Lucas sur les lèvres de Chloé.

La marraine de Richard arrivait ponctuellement tous les vendredis soir à Barton Hall, son refuge contre le « rythme inhumain », disait-elle, de son job dans une agence de relations publiques de Londres. Comme elle ne repartait jamais avant le thé du dimanche soir, Blythe mettait son encombrante présence à profit pour rester au cottage réviser ses dessins et mettre à jour ses fiches de travail. Elle se jurait aussi que si la moindre étincelle se manifestait à nouveau entre Lucas Teague et elle, elle ferait l'effort d'évoquer l'image de ce baiser qu'il avait donné à Chloé pendant l'anniversaire de Richard. Lucas et elle étaient associés, rien de plus, rien de moins.

« Si tu veux trouver un bon étalon, ma fille, ne va pas le chercher dans le corral des mulets », chuchotait parfois une voix familière. Bon sang, grand-mère, répliquait-elle par la pensée, je ne me suis trouvé qu'une montagne de paperasses à éplucher et de terre à remuer !

Entre-temps, la toiture des communs et des écuries avait été refaite à neuf. La dernière semaine de juillet, Blythe commença la création des massifs surélevés destinés à la culture des herbes aromatiques dans le jardin potager. Le jeune Richard se révéla un assistant plein de patience et de bonne volonté, qui ne rechignait jamais à travailler avec elle des heures d'affilée. Sa marraine, en revanche, avait jeté un coup d'œil au programme des travaux et repris sans plus tarder la route de Londres, en promettant de revenir « un de ces week-ends » voir s'ils avaient progressé.

De son côté, Lucas apprenait à maîtriser l'ordinateur de Blythe et s'entraînait à l'usage des logiciels afin de créer des états d'inventaire et des fiches de paie pour leurs futurs employés. Car la rumeur s'était vite répandue, entre Mevagissey et Gorran Haven, que les « Pépinières de Barton Hall » offriraient bientôt des emplois aux gens du pays ayant les « doigts verts ». Il ne se passait pour ainsi dire pas un jour sans que l'un ou l'autre vienne proposer ses services pour le temps où l'entreprise deviendrait opérationnelle.

Le dernier samedi de juillet, Blythe dut presque forcer Richard à accepter l'invitation des parents d'un de ses amis à aller pique-niquer sur une plage voisine.

– Tu as fait plus que ta part cette semaine, Dicken, tu mérites de te changer les idées, dit-elle en lui ébouriffant les cheveux. Il fait un temps splendide, vas-y.

– Absolument, renchérit Lucas. Blythe et moi devons sans faute finir de vider les greniers, c'est un travail pour lequel tu ne peux pas nous aider.

Mme Quiller se porta volontaire pour conduire Richard au lieu du rendez-vous et le ramener le soir, après avoir rendu visite à une cousine de Mevagissey dans l'après-midi.

– Vous sentez-vous vraiment d'attaque pour faire place nette avant le passage des électriciens ? demanda Lucas à Blythe lorsque la Ford Fiesta de Mme Quiller eut disparu dans l'allée. Cela risque de nous prendre jusqu'au dîner.

– Je n'ai rien prévu d'urgent d'ici ce soir. Et vous ?

Blythe s'en voulut de cette question, qui donnait l'impression qu'elle cherchait à s'immiscer dans la vie privée de Lucas. Certes, Chloé ne s'était pas manifestée le vendredi soir, mais elle pouvait encore arriver d'une minute à l'autre.

– Moi non plus, répondit-il.

– Eh bien, au travail !

Il était près de trois heures de l'après-midi lorsqu'ils terminèrent le tri des dernières boîtes en carton, entassées là depuis des décennies. Il ne restait dans un coin qu'une psyché d'époque victorienne au miroir terni, une méridienne du XVIIIe siècle protégée de la poussière par une housse, et la lourde malle de cuir, repoussée à l'écart pendant les travaux de couverture, dont ils ajournaient l'examen depuis des semaines. C'est donc par elle qu'ils commencèrent.

La serrure était si rouillée que Lucas dut la forcer. Quand il souleva le couvercle, Blythe poussa un cri de surprise en découvrant des chemises de batiste et des jabots de dentelle pliés avec soin, tels que les avait sans doute rangés un valet deux siècles plus tôt. Un véritable trésor pour un costumier, ne put-elle s'empêcher de penser.

– A qui ces effets appartenaient-ils ? demanda-t-elle.

Lucas enleva avec précaution le premier plateau. L'étage

inférieur contenait des vêtements de nuit, un nécessaire de toilette, des boucles de chaussures en argent. Sous une pile de bas de soie, un mince volume relié en maroquin apparut. Lucas en tourna délicatement les pages.

– C'était la malle d'Ennis Trevelyan, car ceci est son journal de voyage en France et en Italie. Voici, par exemple, ce qu'il notait à Paris en mars 1790 : « Après avoir réduit la Bastille en un tas de gravats et coupé des têtes, la populace menace le Roi et lui réclame du pain... » Rebuté par l'insécurité qui régnait à Paris, reprit Lucas en poursuivant sa lecture, Ennis écrit que son cousin et lui ont décidé de se rendre en Italie. C'est en effet à Venise qu'il a peint son autoportrait, précisa-t-il. Quand je l'ai nettoyé l'autre jour, j'ai vu qu'Ennis s'était représenté au bord du Grand Canal, devant le palais des Doges.

Blythe se rappela que, dans son journal oublié derrière les livres de comptes, Garrett Teague mentionnait avoir été très affecté d'apprendre à Naples que Blythe Barton était enceinte.

– Où sont-ils allés ensuite? demanda-t-elle.

– Voyons... Sienne, Florence, Rome, Naples... Pauvre Ennis! dit Lucas en riant. Il écrit : « Père refuse de nous envoyer d'autres fonds et exige notre prompt retour »...

– C'est tout?

Lucas tourna la page.

– Peu après avoir reçu cette mise en demeure, Ennis a appris la mort de son père.

– Collis Trevelyan?

– Oui. Comment saviez-vous son nom? s'étonna Lucas.

– Je... je l'ai vu sur l'arbre généalogique.

Se détournant pour éviter le regard inquisiteur de Lucas, Blythe remarqua alors, à demi caché sous un foulard de soie, un paquet de lettres nouées par un ruban rose. Elle le défit et parcourut la première de la pile.

– Par exemple! s'exclama-t-elle. Ces lettres ont été écrites à Ennis par Blythe Barton.

– Que dit-elle ? Mais asseyons-nous, je vais enlever la housse de ce divan et l'approcher de la lucarne.

Le paquet de lettres sur les genoux, Blythe poursuivit sa lecture en silence :

C'est à toi que je pense à l'heure où la nuit tombe. A l'heure où nous devrions reposer, toi et moi, derrière les rideaux tirés du grand lit nuptial de Barton Hall. Ce lit où je devrais te serrer dans mes bras, te cajoler, te couvrir de baisers et te montrer, comme je l'ai fait le jour même de mes noces maudites, que j'étais mise au monde pour appartenir au cadet des Trevelyan et non à celui qui se prétend mon époux...

– Eh bien ? protesta Lucas. Lisez tout haut, voyons !

Gênée, Blythe hésita.

– Après tout, dit-elle avec un haussement d'épaules, on écrit bien pire de nos jours... Seulement, je vous préviens, c'est plutôt corsé.

Elle reprit donc sa lecture depuis le début. Mais elle baissa d'instinct la voix lorsqu'elle atteignit la deuxième page de la prose hautement érotique par laquelle Blythe Barton exprimait sa passion contrariée.

Lorsque je suis forcée de me soumettre à ces devoirs conjugaux que j'exècre, je ne puis m'y résoudre qu'en rêvant de toi et de tes étreintes. Comment oublier l'après-midi où j'étais couchée sur la mousse veloutée du petit bois, quand tu traçais de tes mains le contour de mon corps avant de le reproduire au pastel ? Ah ! Si je pouvais être aussi près de toi en ce moment que mon image sur le papier, presser ma chair contre ta chair afin que tu reconnaisses la douceur de ma cuisse, la saveur de mes lèvres, la chaleur de...

Elle s'interrompit, leva les yeux du feuillet jauni et croisa le regard de Lucas, dont l'intensité la troubla. Au bout d'un long silence, ce fut lui qui se détourna pour prendre une autre lettre dans le paquet.

– Elle apprend à Ennis qu'elle est enceinte et souhaite de toutes ses forces que l'enfant soit réellement de lui, dit-il après en avoir parcouru quelques lignes.

Pauvre Garrett Teague ! se surprit à penser Blythe. Quel crève-cœur si ces lettres étaient tombées sous ses yeux. Il était très amoureux de Blythe, d'après le peu qu'elle en savait. Avait-elle récompensé sa constance ? Et que dire de Kit, à qui sa femme faisait vivre un enfer conjugal ? Quant à Blythe elle-même, simple pion dans les machinations de ses aînés, condamnée à ne jamais avoir celui auquel elle aspirait... La maîtresse de Barton Hall devait se sentir bien seule et abandonnée dans son château, à vivre jour après jour auprès d'un homme qu'on lui avait imposé et qui lui inspirait physiquement de la répulsion.

Au fond, conclut-elle, chacun d'entre eux ne voyait les choses que de son seul point de vue, ce qui aggravait son malheur. En repensant à la débâcle de sa vie personnelle, au triangle maudit qu'elle formait avec Chris et Ellie, elle pourrait peut-être tirer un enseignement de cette observation.

Chaque fois qu'elle allait au chevet de sa grand-mère pendant leur dernière année de mariage, Christopher l'accusait de le délaisser. Quant à Ellie, Blythe avait été scandalisée de son refus catégorique de l'accompagner, ne serait-ce qu'une fois, et de l'aider à porter, si peu que ce soit, le fardeau de la maladie qui terrassait Lucinda Barton. « Si tu veux jouer les Florence Nightingale pour la vieille chouette, lui avait répondu sa sœur, libre à toi. De toute façon, tu as toujours été sa préférée. »

Ainsi, Chris et Ellie se posaient en victimes ou, au moins, en prenaient prétexte pour justifier leur conduite répréhensible – exactement comme les Barton et les Trevelyan motivaient leurs propres actes deux siècles plus tôt.

Lucas avait repris la première lettre dont il relisait la deuxième page à mi-voix :

– « ...Ma chair contre ta chair... la douceur de ma cuisse, la saveur de mes lèvres... »

Leurs regards se croisèrent à nouveau, le silence retomba, plus chargé d'électricité qu'un orage sur le point d'éclater. Blythe le brisa d'un éclat de rire nerveux :

– Comme aurait dit ma sainte grand-mère, les femmes en savent souvent plus que les hommes.

Lucas la dévisagea d'un air presque intrigué, comme s'il cherchait à percer quelque mystère.

– Je ne suis pas d'accord, Blythe. Cette lettre me fait penser... à moi. A mes sentiments quand nous étions seuls dans cette grotte. A ceux que j'éprouve depuis, à chaque fois que je pense à vous.

– Sincèrement, Luke, nous ne devrions pas...

– La saveur de vos lèvres, à la fois chaudes et douces, leur goût de chocolat, poursuivit-il sans tenir compte de sa timide protestation. Quand j'ai touché votre admirable chevelure, senti contre les miennes vos jambes, si longues, si belles, si fines...

Il leva la main, caressa ses boucles, posa sa paume calleuse au creux de sa nuque. Un aristocrate anglais avec des mains de cowboy, pensa Blythe malgré elle.

– Je vais vous avouer un secret, reprit-il avec un éclair amusé dans le regard. Depuis un certain temps, je suis hanté par des pensées inavouables. Je dirais même qu'en ce qui vous concerne, elles sont volontiers... coquines.

– Vous cachiez donc bien votre jeu ! lâcha Blythe, qui s'en voulut aussitôt de dévoiler ainsi le sien.

– J'avais donc choisi la bonne tactique, dit-il avec un sourire malicieux.

Un nouvel éclat de rire nerveux échappa à Blythe.

– Oh, le monstre !... Non, Luke, poursuivit-elle en reprenant son sérieux, le moment est mal choisi...

– Chut ! dit-il en posant son pouce sur ses lèvres. Nous avons tous deux le cœur encore meurtri, soit. Cependant...

– Ecoutez, l'interrompit-elle, que nous ayons été longtemps privés de... Que ces lettres soient... soient...

Elle bafouillait, soudain incapable de penser clairement et de s'exprimer de manière intelligible.

– Provocantes ? Stimulantes, peut-être ?

Lucas lui prit la main gauche, la garda dans la sienne.

– Après notre pique-nique, reprit-il en lui caressant le poignet, j'ai compris que vous aviez décidé qu'il valait mieux maintenir nos rapports sur un plan professionnel. C'était en effet la solution de la sagesse. Mais à l'exemple de notre ancêtre commune, Blythe, je crains de ne pouvoir oublier la douceur de votre peau et le goût de vos lèvres.

– Notre ancêtre ? voulut-elle protester. Nous n'en sommes même pas certains, voyons !

En fait, elle avait l'impression que la Blythe du passé se glissait dans sa peau et lui insufflait ses passions. Mais ce n'était pas Ennis Trevelyan qui éveillait en elle des émotions aussi fortes. Elle savait que, cette fois, le vertige qui la saisissait ne la précipiterait pas dans un autre siècle.

– Ecoutez... Je crois que nous devrions...

– Nous devrions quoi ? dit-il d'un ton de défi.

Elle le regarda longuement dans les yeux.

– Dites-le-moi, répondit-elle en riant. Après tout, c'est vous qui avez commencé.

Il lui fit un sourire digne du conquistador dont il était le descendant.

– Je crois que nous devrions faire l'amour, dit-il en redevenant sérieux. Ici et maintenant.

– Vous croyez ? murmura-t-elle, désarçonnée par cette franchise brutale.

– Oui. Nous en avons autant besoin l'un que l'autre, ce serait une folie d'y résister. Vous aviez raison, ces lettres sont terriblement... stimulantes.

Il la serra contre lui, l'embrassa avec une ardeur qui éveilla la sienne. Stimulée par l'écho de la passion interdite de sa lointaine homonyme, elle s'allongea sur la couche, étreignit Lucas à son tour. Un léger fumet de moisissure émanant du matelas parut vouloir les relier plus étroitement au passé.

Etendu contre elle, il posa les lèvres sur sa peau tiède et douce derrière l'oreille, descendit à la base du cou, s'attarda sur la naissance de ses seins sous l'étoffe de la chemise sans cesser de murmurer son nom. A quelle Blythe dédiait-il ces caresses ? Elle ne le savait plus.

Elle lui rendait ses baisers avec une fougue que Blythe Barton-Trevelyan n'aurait pas désavouée, quand Lucas se dégagea soudain de ses bras qui l'étreignaient et se releva. Ah non, il est trop tard pour avoir des scrupules ! fut-elle sur le point de crier. Son inquiétude ne dura pas. En quelques gestes vifs, il arracha sa chemise, ses bottes, son pantalon. Lorsqu'elle le vit ôter son slip, le reflet de sa virile nudité dans le miroir de la psyché souleva, au plus profond d'elle-même, une vague de chaleur accompagnée d'un frisson de désir.

Les fantômes des amoureux coupables s'étaient déjà évanouis dans les ombres du grenier. Seuls Lucas Teague et la réalité de sa présence occupaient les pensées de Blythe.

– Pour moi, dit-elle en se redressant à demi, c'est un peu... effrayant. Il y a si longtemps que...

– Moi aussi, Blythe. Je n'ai pas fait l'amour depuis trois ans, depuis le début de la maladie de Lindsay en fait. Je n'en avais d'ailleurs aucune envie, ajouta-t-il.

– Et Chloé ? lâcha Blythe malgré elle.

Il s'assit près d'elle, commença à déboutonner sa chemise.

– J'espère réussir, dit-il avec un léger sourire, à te convaincre que c'est toi, ma lointaine cousine d'Amérique, toi seule que je désire et pas une autre.

La chemise envolée, il fit glisser son blue-jean le long de ses jambes.

Seules, au début, leurs mains se joignirent en un ballet plein de tendresse et de légèreté. Puis, du bout des doigts, Lucas lui effleura la joue. Blythe posa les mains sur ses épaules, noua les bras autour de sa nuque.

Une flambée de désir le saisit, attisée par l'écho des paroles de l'autre Blythe qui tournaient dans sa tête comme une incantation : « ...ma chair contre ta chair... la douceur de ma cuisse, la saveur de mes lèvres... » Il ne pouvait se rassasier des cuisses, des lèvres, des seins de cette femme serrée contre lui, dans laquelle il aspirait à se fondre jusqu'à se perdre. Il voyait dans ses yeux la même flamme de désir, la même impatience de céder au besoin de cette fusion mystique. Venue du passé autant que du présent, la force impérieuse qui les poussait l'un vers l'autre leur promettait un nouveau départ, l'oubli d'anciennes blessures, le souvenir impérissable de cet instant où ils se reconnaissaient tout en se découvrant. Leurs corps réunis ne formaient déjà plus qu'un seul être. Il était elle. Elle était lui. Ensemble, ils se laissèrent emporter par la même extase.

Cette nuit-là, épuisée d'une merveilleuse fatigue, Blythe dormait seule dans son lit du cottage. Elle rêvait qu'elle entendait la Land-Rover de Lucas se frayer à coups d'avertisseur un passage entre les moutons. Descendue lui ouvrir la porte, elle se heurtait sur le seuil à un mur de brouillard impénétrable venu de la mer. Frissonnante, elle s'efforçait d'apercevoir au moins les phares, mais le monde au-delà de sa porte restait plongé dans une impénétrable obscurité. Bizarrement, elle entendait taper du poing contre cette même porte alors qu'elle se tenait devant...

Désorientée, elle ouvrit les yeux.

Elle était couchée et le réveil sur la table de chevet indiquait deux heures du matin. En bas, la lourde porte de chêne s'ouvrait en grinçant. Depuis les premiers temps de son séjour, Blythe ne se donnait plus la peine de la fermer à clef, de jour comme de nuit.

– Blythe? chuchota une voix au pied de l'escalier.

Elle sentit son cœur retrouver son rythme normal.

– Lucas?

– Oui, c'est moi.

Elle tâtonna à la recherche de sa robe de chambre, ne la trouva pas et se leva quand même, bêtement gênée de ne porter qu'une veste de pyjama. Une lampe s'alluma dans la salle.

Du haut de l'escalier, elle vit Lucas debout dans le cercle de lumière, qui levait les yeux vers elle de l'air d'un gamin pris en faute. Il ne portait que son pantalon, des chaussures et un imperméable sur son torse nu.

– Je ne pouvais pas dormir... Désolé, tu dormais ?

– Je faisais un affreux cauchemar, répondit-elle en souriant. J'entendais la Land-Rover klaxonner mais je ne pouvais pas te voir tant le brouillard était épais. Il y a de la brume, dehors ?

– Pas même un nuage et le ciel est plein d'étoiles. Tu veux descendre voir ?

– Non. C'est toi qui vas monter... voir, précisa-t-elle avec un sourire provocant.

Il escalada les marches deux par deux, la prit dans ses bras, la serra contre lui.

– J'avais peur que cette après-midi n'ait été qu'un rêve, murmura-t-il en l'embrassant dans le cou. Après que Richard fut allé se coucher, j'ai regardé la télévision jusqu'à minuit et je me suis retrouvé seul dans ce fichu grand lit nuptial des Barton en me demandant pourquoi une certaine dame Barton n'y était pas.

– Parce qu'elle est ici, répondit-elle en se blottissant contre lui. Ici, à t'attendre dans ce douillet grand lit double conçu pour les gens de ce siècle.

– Alors, je peux rester cette nuit ? Faire l'amour avec toi ? Dormir près de toi jusqu'au lever du soleil ?

– Oui, tu peux, répondit-elle en lui nouant les bras autour du cou. Au fond, ajouta-t-elle étourdiment, c'est ce qu'il y a de meilleur dans le mariage. Se réveiller à côté...

Elle s'interrompit, gênée de sa bévue.

– Dis-le sans crainte, Blythe, la rassura-t-il. Nous avons tous deux des fantômes à chasser.

Sans compter ceux qui hantent Barton Hall et dont son propriétaire ne soupçonne même pas l'existence, se dit-elle, soudain assombrie. Mais elle ne devait plus y penser – surtout maintenant que l'ardeur de Lucas se manifestait de façon concrète et pressante contre elle.

La brume de sensualité dans laquelle elle commençait à se sentir baigner lui sembla pourtant troublée par une sorte de déloyauté. Dans le grenier des communs, elle avait su sans ambiguïté ce qu'elle voulait : Lucas. Se donner à lui, se fondre en lui. Mais ici, les ombres qui l'entouraient, les tableaux d'Ennis, son chevalet qui semblait monter la garde, tout évoquait de vieilles blessures. Certaines étaient refermées, oubliées, alors que d'autres, encore envenimées, se rouvraient pour la frustrer du désir simple et joyeux auquel elle avait cédé sans remords.

Qui puis-je bien trahir ? se demanda-t-elle, perplexe. Le fantôme de Lindsay ? Les miens, réels ou imaginaires ? Pourquoi des fantômes viendraient-ils me hanter dans un moment comme celui-ci ? se demanda-t-elle en regardant autour d'elle avec inquiétude les ombres du cottage.

Lucas la souleva et la déposa sur le lit.

– Prouve-moi que je ne rêvais pas cette après-midi, dit-il en déboutonnant sa veste de pyjama.

– Et toi, prouve-moi que tu n'es pas un fantôme surgi du brouillard.

– Rien de plus facile, dit-il en riant.

Il lui prit la main pour le lui démontrer.

– C'est quand le violon joue qu'il est temps de danser, murmura Blythe.

Lucas pouffa de rire et finit de se dévêtir.

– Encore un aphorisme de ta grand-mère ?

– Elle en avait une réserve inépuisable.

– Que Dieu bénisse cette chère femme...

Et bientôt, plus rien n'exista pour Blythe que Lucas, la danse et la musique.

9

Août 1994

Le lendemain, sur le sentier côtier, un promeneur matinal aurait pu voir le soleil et la lune se saluer par-dessus le toit du cottage. A l'intérieur, indifférent à tout ce qui n'était pas la femme endormie près de lui, Lucas Teague ouvrit un œil et se blottit contre elle.

– Bonjour, cow-girl, lui souffla-t-il à l'oreille. Le jour se lève.

– A peine, grogna-t-elle en enfouissant son visage dans l'oreiller.

– Il est bientôt six heures. J'ai l'impression d'être de retour à Cambridge, quand je faisais discrètement sortir une fille de ma chambre avant le réveil du surveillant.

– Tu ferais mieux de rentrer discrètement chez toi avant que ton fils se rende compte que son digne père est un débauché de la pire espèce.

Avec un soupir de contentement, Blythe se retourna, huma avec gourmandise l'odeur musquée qui se dégageait de sa peau. Mais les caresses insistantes de Lucas sur sa cuisse rendirent vains ses efforts pour retrouver le sommeil.

– Hmmm, de vrais muscles de cavalière, dit-il en faisant glisser un doigt le long du pli de l'aîne. Te décideras-tu enfin à te promener à cheval avec moi ? Tu ne connais presque rien de la propriété, mais il y a certains endroits où je n'oserais pas aventurer ma pauvre vieille Land-Rover. Et pourquoi pas cette après-midi ?

– Je ne monte plus à cheval.

– Tu m'as pourtant fait hier soir une démonstration éclatante de ta maîtrise équestre...

– Luke, je t'en prie ! l'interrompit-elle, gênée de cette allusion.

– Miss Rodéo 1976 considérerait-elle que nos gentils petits poneys sont indignes d'elle ? insista Lucas en riant.

– Non, ce n'est pas cela du tout.

Lucas sentit son brusque changement d'humeur.

– Qu'y a-t-il, Blythe ? À chaque fois que je te propose une promenade à cheval, tu refuses ou tu changes de sujet.

Elle s'adossa à l'oreiller, se tourna vers lui.

– Il y a longtemps, dans le Wyoming... un accident... Depuis, je ne peux plus...

– Qui a été blessé ?

– Mon frère Matt s'est tué. Sous mes yeux.

– Oh, Blythe... Je comprends, ce doit être terrible, dit Lucas, ému par sa détresse. Mais pourquoi ne veux-tu plus monter ?

– Parce que je ne veux plus m'approcher d'un cheval aussi longtemps que je vivrai, lâcha-t-elle en s'écartant.

– Mais enfin, pourquoi ? Tu n'étais sûrement pas responsable de l'accident de ton frère.

– Non.

– Alors ? De quoi s'agit-il, au juste ?

Après la nuit qu'ils venaient de vivre, elle comprenait qu'il veuille tout savoir d'elle. Mais raconter la mort de Matt, c'était beaucoup lui demander.

Depuis l'enterrement de son frère, treize ans auparavant, Blythe n'avait jamais reparlé des circonstances de sa mort. Ni à ses parents, ni à sa grand-mère, ni à quiconque, pas même à Christopher. Elle n'avait rien à gagner et trop à perdre à ressasser cette vieille histoire. De toute façon, à l'exception de son ex-mari, la famille entière avait été témoin du drame et de ce qui avait suivi.

– J'ai fait quelque chose d'affreux... après, ajouta-t-elle à mi-voix.

Lucas glissa un bras derrière elle, l'attira contre lui et lui embrassa les cheveux.

– Je t'imagine mal commettant une mauvaise action. Parle-moi de ton frère. Quel âge avait-il ?

– Dix-sept ans. Il en aurait trente aujourd'hui.

– Tu étais donc encore à l'université. Comment se fait-il que tu aies été au ranch ce jour-là ?

Sous le soudain afflux de souvenirs, Blythe se sentit enfin capable d'évoquer cette tragédie sans trop souffrir.

– C'était en juin 1981. Je venais d'obtenir mon premier diplôme de UCLA. Je ne connaissais pas encore Christopher, je ne l'ai rencontré qu'à l'automne. Mon père était très fier de moi. Il tenait à ce que je vienne passer l'été au ranch avant de retourner à Los Angeles poursuivre mes études. Le président du rodéo m'a invitée à participer à la grande parade. J'avais été Miss Rodéo cinq ans plus tôt, Matt devait concourir ce jour-là. Bref, j'étais flattée d'être traitée en célébrité locale et j'ai accepté...

Blythe s'interrompit, le regard dans le vague.

– Alors ? l'encouragea Lucas au bout d'un long silence.

– Alors, quand Matt est monté sur son cheval derrière la barrière, l'animal est devenu fou. Matt a sauté à terre, les autres ont calmé la bête, mais il n'avait pas peur. Il savait que plus un cheval se défend, plus le cavalier gagne de points. S'il tient assez longtemps, cela peut lui rapporter gros. C'est d'ailleurs le but du rodéo.

– Veux-tu dire que les chevaux des rodéos sont tous caractériels ?

– Non. On sélectionne ceux qui ont mauvais caractère. Les chevaux vraiment dangereux finissent en pâtée pour chiens.

– Pauvres bêtes...

– Bref, ils sont censés donner du spectacle au public, mais ce ne sont pas des tueurs. Les éleveurs ou les maquignons qui fournissent les chevaux, les taureaux de monte, les veaux à prendre au lasso, savent juger le caractère d'un animal et éliminent ceux qu'ils estiment irrécupérables. Le rodéo a pour but de démontrer l'habileté des cavaliers. C'est un sport dangereux, tout le monde le sait, mais les cow-boys ont quand même leur chance.

– Veux-tu dire que ton frère n'avait pas sa chance avec ce cheval-là ? Celui qui l'a fourni ne s'était pas rendu compte qu'il était anormalement agressif ?

– Si, répondit Blythe d'une voix altérée. Virgil Bailey est un des meilleurs de la profession. Il avait tout de suite repéré cette sale bête au déchargement du camion et donné l'ordre de ne pas l'affecter à mon frère. Mais Otis McCafferty, son employé, a été... négligent.

– Et ce cheval a jeté ton frère à terre ?

– Oui, la barrière à peine franchie. L'animal était fou, personne n'aurait pu tenir dessus une seconde. Mais quand Matt est tombé, son pied est resté accroché à l'étrier et le cheval l'a traîné au galop autour de l'arène. On aurait dit qu'il faisait exprès de le cogner contre tous les obstacles qu'il rencontrait. Avant qu'on ait pu dégager Matt, il avait le cou brisé, la figure en bouillie...

Blythe dut lutter un instant pour reprendre contenance.

– Et tu étais là ? demanda Lucas à voix basse.

– Oui, sur mon cheval. Dans ma belle tenue à paillettes, prête à parader, dit-elle avec une ironie que démentaient ses yeux pleins de larmes. J'arborais même mon écharpe avec « Miss Rodéo 1976 » brodé en lettres d'or...

– Alors ?

– J'ai sauté à terre et couru dans l'arène en injuriant Virgil et ce salaud d'Otis, trop occupé avec sa petite amie pour penser à changer le cheval de Matt. Et quand ils ont réussi à rattraper cette maudite bête, je lui ai tapé dessus de toutes mes forces à coups de cravache, sur la tête, le cou. Je l'aurais tué si

Virgil ne m'avait pas arrêtée... C'était inexcusable, reprit-elle après une longue pause. Il y avait plein d'enfants dans les gradins. Ils me regardaient, ils avaient peur. Frapper un cheval sur le cou comme je l'ai fait, jusqu'au sang...

Le visage dans les mains, elle ne put retenir ses larmes. Lucas l'attira à nouveau contre lui.

– Ton frère venait d'être tué. Tu étais hors de toi. Ta réaction était excusable, voyons.

– Non! s'écria-t-elle. J'aime les animaux. Jusqu'à ce jour-là, j'aimais les chevaux. Maintenant, je les hais.

– Je comprends, dit Lucas en lui caressant les cheveux comme s'il consolait un enfant. Mais je ne crois pas que tu haïsses réellement les chevaux. Un jour, j'en suis sûr, tu aimeras mes poneys et tu voudras bien les monter. Ils sont gentils comme tout, tu verras, ajouta-t-il en souriant.

– Tu crois? dit-elle en s'essuyant les yeux avec un coin du drap.

– Bien sûr. D'ailleurs, ils t'adorent.

– Ne dis pas de bêtises!

– Je suis très sérieux. Ils étaient tristes, seuls dans cette grande écurie froide. La vieille bergerie est beaucoup plus intime et ils t'en sont vivement reconnaissants.

– Comment le sais-tu?

– Ils me parlent, affirma Lucas en l'embrassant. Tu finiras par les comprendre toi aussi. Alors, accepteras-tu un jour de te promener à cheval avec moi?

– J'y penserai.

– Bravo! Mais raconte-moi la suite. Tu as fait la connaissance de Christopher cet automne-là, disais-tu?

– De retour à UCLA, j'ai accepté d'aider un séduisant jeune cinéaste anglais qui tournait son premier film, sans savoir que cela changerait le cours de ma vie... Oh, Luke, pardonne-moi! poursuivit-elle avec un profond soupir. Je te traite depuis tout à l'heure comme si je faisais une séance de psychanalyse avec ta cousine Valérie Kent.

– Tu n'as rien à te faire pardonner, voyons. Tu as donc rencontré la bohémienne de la famille à la fête du village?

– Oui. Je l'ai trouvée très sympathique.

– Un peu... excentrique, non? Depuis qu'elle a pris sa retraite, je crains que cette chère Valérie ne se laisse emporter par son enthousiasme pour le paranormal.

– C'est une excellente psychologue. D'ailleurs, elle m'a hypnotisée.

– Pas possible! Et qu'as-tu vu dans sa boule de cristal?

– Un bébé.

Le sourire de Lucas s'effaça.

– Ah?

Son changement d'humeur était si subit que Blythe ne le remarqua pas immédiatement.

– Ce qui me fait penser, dit-elle avec embarras, que nous devrions peut-être aborder un sujet assez... personnel.

– Faire des bébés? lâcha-t-il, les dents serrées. Ou éviter d'en faire?

Cette fois, elle prit conscience du malaise que semblait toujours éprouver Lucas dès qu'il était question d'enfants.

– Ecoute, Luke... Cette nuit, nous n'avons peut-être eu qu'un coup de folie sans lendemain...

– Sûrement pas! intervint-il.

– ... et nous n'aurons pas besoin de nous en soucier davantage, poursuivit-elle en se forçant à adopter un ton désinvolte. Mais si nous continuons nos... imprudences, je dois dire que je n'ai rien prévu en venant ici...

– A mon tour de t'avouer que je n'ai pas acheté de préservatifs depuis que j'ai quitté Cambridge.

– C'est là que tu as fait la connaissance de ta femme?

– Non, dit-il en riant. Je l'ai rencontrée au bal de débutante de Chloé.

– Ne me dis pas que tu étais le cavalier de Chloé!

– Si.

– Pas possible! Comment Lindsay et elle sont-elles restées amies, si je puis me permettre une question stupide?

– Cette chère Lindsay a eu l'astuce de la prendre comme demoiselle d'honneur à notre mariage et d'en faire ensuite la marraine de Richard.

Blythe apprécia la manière dont Lucas pouvait parler de sa défunte épouse avec affection et sans gêne apparente.

– Sa perte a dû être un rude coup pour Richard et toi. Au moins, elle se survit en partie dans ton fils... Il est adorable, ce garçon. Vous n'avez jamais envisagé d'avoir un autre enfant ? hasarda-t-elle, sachant qu'elle s'aventurait en terrain dangereux.

– Si, mais c'était hors de question à cause de la maladie de Lindsay.

– Bien sûr, dit-elle en rougissant de sa gaffe.

Lucas en profita pour changer de sujet.

– Revenons à ce que nous disions. Pour ne pas prendre de risques, je m'achèterai ce qu'il faut tout à l'heure en allant au village.

– Ça fera jaser...

Lucas éclata de rire.

– Sans aucun doute ! Mais la perspective de voir la tête que fera le pharmacien me remplit d'aise !

Il lui prit la main, posa les lèvres au creux de sa paume qu'il lécha délicatement du bout de la langue. Parcourue de délicieux frissons, Blythe jeta machinalement un coup d'œil au réveil sur la table de chevet.

– Oh, Seigneur ! s'exclama-t-elle. Bientôt huit heures !

– Eh bien, dit-il en lui lâchant la main, j'avertirai Mme Quiller de mettre un couvert pour toi au petit déjeuner.

– Tu n'oseras pas !

– Chiche !

Sur quoi, Lucas se leva d'un bond et se rhabilla à la hâte. Deux minutes plus tard, il reprenait le chemin de Barton Hall au volant de sa Land-Rover.

Au cours des semaines suivantes, tout en surveillant la construction des serres et en procédant à l'inventaire des plants expédiés par une pépinière du Devon, Lucas et Blythe s'efforcèrent de respecter les convenances. En réalité, ils avaient le plus grand mal à maîtriser le désir qui ne cessait de les attirer l'un vers l'autre et les perturbait, aux moments les plus inattendus, dans leurs tâches les plus terre à terre.

Presque tous les soirs, vers minuit, Lucas arrivait au cottage et ils se laissaient emporter par un vent de sensualité plus chaud et plus dense que la brume d'été qui montait de la mer. Coupés du monde, comme de tout ce qui n'était pas la faim insatiable qu'ils éprouvaient l'un pour l'autre, ils faisaient l'amour des heures durant.

A chaque fois, cependant, Blythe ne pouvait échapper à l'absurde impression qu'une présence diffuse observait avec réprobation leurs déchaînements de passion. Nous sommes deux adultes aussi libres l'un que l'autre, bon sang! se répétait-elle, exaspérée. Que diable signifie cet invraisemblable sentiment de culpabilité? Nous ne causons de tort à personne, nous vivons au XXe siècle où chacun a le droit, sinon le devoir, d'être heureux et de faire ce qui lui plaît!

Comme pour mieux se pénétrer de cette idée, Blythe écrivit à son père à sa nouvelle adresse. Elle lui annonça qu'elle s'associait avec le propriétaire de Barton Hall pour fonder un établissement horticole et qu'elle avait décidé en conséquence de s'établir en Cornouailles pour une durée indéterminée. A la fin de la page, elle hésita un instant avant d'ajouter, en guise de conclusion :

> Il semble que les derniers membres de la famille Barton aient tous choisi d'entamer un nouveau chapitre de leur existence. Acceptez mes plus chaleureux vœux de bonheur, Bertha et toi. Tu mérites d'être heureux.

Une nuit qu'ils reposaient côte à côte, Blythe écouta les vagues clapoter au pied de la falaise en se demandant si elles avaient toujours bercé du même bruit ceux qui s'étaient succédé à cet endroit depuis des siècles.

– Luke, dit-elle en se soulevant sur un coude, as-tu jamais le sentiment de... comment dire? d'une chaîne formée par tous les gens qui t'ont précédé à Barton Hall?

– Parfois si, répondit-il. Il m'est assez pénible de penser que je suis seul à lutter pour préserver leur héritage.

Elle fut déçue de constater qu'il ne considérait le passé qu'en fonction du présent et ne tenait compte ni des spectres qu'elle avait rencontrés au début de son séjour, ni du triangle coupable que formait Blythe Barton et les frères Trevelyan, dont la présence imprégnait encore les murs de Barton Hall. Et Garrett Teague, son ancêtre direct ? Quelle place occupait-il, quel rôle jouait-il dans cette histoire ?

Blottie contre Lucas, Blythe se dit que ses ancêtres étaient depuis longtemps inhumés dans le cimetière de Saint-Goran. Elle avait d'autres sujets d'intérêt, concrets et immédiats. Lucas était bien réel, lui. Un amant en chair et en os comme elle n'aurait pu en rêver de meilleur, sensuel, savant, attentionné. Chris et Ellie étaient quelque part au fin fond du Kenya. Elle devait une fois pour toutes les chasser de son esprit et se concentrer sur le présent.

En dépit des mises en garde qu'elle ne cessait de s'adresser, Blythe était trop secouée par la violence inattendue des sentiments que Lucas éveillait en elle pour accorder pleinement son attention à la construction des serres et à ses autres tâches terre à terre. Il se révélait au lit ce qu'Ennis Trevelyan avait sans doute été devant son chevalet : doué de génie et inlassable. Sous sa dignité de gentleman-farmer se dissimulait une étonnante propension à la volupté. Chaque nuit, ou presque, il brossait ses longs cheveux aux boucles emmêlées jusqu'à y faire crépiter des étincelles. Il prenait un plaisir toujours renouvelé à se plonger avec elle dans la grande baignoire devant la fenêtre. Quand il ne la couvrait pas de bouquets de violettes cueillies sur les berges de la rivière, il arrivait muni d'une jatte de crème fraîche, dérobée dans le garde-manger de Mme Quiller, dont il faisait au milieu de la nuit des usages fort peu orthodoxes. En un mot, Lucas Teague était fort éloigné du portrait-robot de l'Anglais refoulé.

Le mois d'août s'écoula ainsi. Chloé Acton-Scott n'était pas revenue à Barton Hall et Lucas ne soufflait mot à son sujet. Au début de septembre, l'exode des estivants ne fit pas reparaître la blonde au snobisme exaspérant.

Un jour où Richard était à l'autre bout du potager, Lucas se pencha vers Blythe avec un sourire machiavélique.

– Accepterais-tu de venir bientôt me rejoindre dans le grand lit nuptial des Barton ? lui souffla-t-il à l'oreille. J'ai été trop souvent repéré au petit matin par les fermiers du coin, ta réputation exige des mesures de sauvegarde.

– La tienne doit déjà être en piteux état ! répondit-elle en riant. Ma foi... pourquoi pas cette nuit ?

– Parfait. Nous tenons un excellent prétexte avec la livraison demain matin des rouleaux de polyuréthane pour les serres. Tu resteras dîner et je demanderai à Mme Quiller de te préparer la chambre bleue – elle est à cinq portes de la mienne dans le même couloir, ajouta-t-il.

– Tu crois vraiment lui donner le change ?

– Non. Mais à Richard, si.

– Je ne sais pas si je saurai retrouver le grand lit Barton dans ta suite royale – ni même la chambre bleue. A part la chambre jaune, je suis perdue.

– Je te dessinerai un plan que je mettrai sous ton assiette au dîner.

Au fond, Blythe n'était pas fâchée d'échapper pour une fois aux sensations vaguement inquiétantes qui accompagnaient leurs ébats amoureux au cottage.

– Tu es sérieux ? demanda-t-elle en riant.

– Tout à fait. Regarde sous l'assiette à soupe.

Ce soir-là, avec un frisson de plaisir, Blythe souleva discrètement son assiette à soupe et découvrit un croquis tracé sur du papier à lettres à en-tête de Barton Hall. Sous le regard amusé de Lucas, elle glissa prestement le feuillet dans sa poche puis, afin de dissimuler son embarras, elle se tourna vers Richard et lui demanda s'il voulait bien l'aider à compter les rouleaux de polyuréthane qui devaient être livrés le lendemain matin.

– Oh, oui ! Mais qu'est-ce que c'est, le poly... ?

– Un plastique transparent très solide pour recouvrir les serres, lui expliqua-t-elle.

Après le dîner, Richard l'invita à participer au puzzle géant, représentant des tableaux du Louvre, sur lequel il s'escrimait depuis le début de l'été.

– C'est diabolique, Dicken ! grogna-t-elle cinq minutes plus tard, en tripotant une pièce de couleur brunâtre ne représentant pour elle rien de précis. Comment as-tu la patience de faire une chose pareille ?

– Oh ! Vous avez trouvé un morceau des cheveux de la Joconde ! s'écria-t-il en l'insérant à sa place.

– Bravo ! Je ne serais jamais capable de m'en sortir seule, soupira-t-elle, découragée.

Elle s'était assise de manière à tourner le dos à l'arbre généalogique. Les labradors ronflaient devant la cheminée. Vautré sur le canapé, Lucas lisait le journal. Au dernier coup de neuf heures à la pendule de la cheminée, il se redressa, replia son journal et claironna :

– Au lit ! Il est l'heure.

– Oh, papa ! protesta Richard. Encore un quart d'heure ! Blythe a retrouvé un coin de la bouche de la Joconde...

– Non. Désolé, mon garçon. Il est temps de te coucher.

– Mais...

– Pas de mais ! déclara Lucas d'un ton sévère.

– Vous voulez bien monter avec moi, Blythe ? lui demanda le jeune garçon d'un air implorant.

Elle consulta Lucas du regard. Richard n'était pas son fils, après tout. Jusqu'à quel point avait-elle le droit de le consoler ? Lucas hésita un instant avant de se lever.

– C'est moi qui vais t'accompagner, je suis fatigué ce soir, dit-il en lançant à Blythe un clin d'œil complice par-dessus la tête de son fils. Cela ne vous ennuie pas que nous vous abandonnions, Blythe ?

– Pas du tout, répondit-elle en réfrénant un sourire. J'ai repéré sur une étagère un roman de Daphné Du Maurier que je ne connaissais pas encore, j'aimerais en lire quelques pages avant de me coucher. Bonne nuit, vous deux.

– Bonne nuit, Blythe. Et ne veillez pas trop tard, lui recommanda Lucas avec un léger sourire, les livreurs seront ici de bonne heure demain matin. Vous autres, à la cuisine ! ordonna-t-il aux labradors qui s'apprêtaient à le suivre.

La porte refermée, Blythe prit dans sa poche le plan dessiné par Lucas. Au bas du croquis, il avait griffonné : « Je t'attendrai avec impatience. Les rideaux du lit seront fermés mais j'aurai les yeux ouverts. » Les bras levés, elle s'étira voluptueusement. Lucas lui avait décrit le grand lit à baldaquin dans lequel des générations avaient dormi, fait l'amour, accouché, rendu l'âme. Elle brûlait de curiosité de voir un meuble aussi chargé d'histoire.

En dépit de ses bonnes résolutions, la même curiosité la poussa à s'approcher de l'arbre généalogique. S'abstenant de poser la main sur le verre, elle laissa son regard remonter le long de la branche du nom de Lucas à celui de Garrett, le premier Teague à entrer dans l'histoire de Barton Hall. Né en 1772, mort en 1848, Garrett avait épousé en 1799, à l'âge de vingt-sept ans, une certaine Joan Vyvyan, de dix ans sa cadette, qui lui avait donné plusieurs enfants.

Malgré elle, Blythe lança un coup d'œil à la section de bibliothèque par laquelle elle avait *vu* apparaître le jeune Garrett. Simple hallucination ? Accès imprévu à un « marquage » de ses gênes, comme le prétendait Valérie Kent ? Son regard se posa à nouveau sur l'arbre, glissa vers le nom de son homonyne, s'y s'attarda...

La curiosité est un vilain défaut, se dit-elle en entendant sonner la demie de neuf heures. Et puis, l'idée que Luke l'attendait constituait un aphrodisiaque au pouvoir magnétique infiniment plus puissant que celui qui l'attirait vers les vies tumultueuses de ces ancêtres inconnus.

– Bonne nuit, vous autres, murmura-t-elle.

Elle éteignit la lampe. Pour une fois, plongée dans le noir, la bibliothèque de Barton Hall lui parut dépeuplée de ses fantômes.

Lorsqu'elle eut enfin trouvé la chambre du maître de maison, Blythe découvrit, trônant sur une estrade au fond de la pièce, un monument de chêne sombre clos par des rideaux de velours rouge. Quatre colonnes torses soutenaient un couronnement sculpté d'angelots porteurs d'écussons armoriés. Effarée, elle referma la porte et s'approcha à pas lents du gigantesque lit.

– J'avais peur que tu ne te sois perdue, fit une voix caverneuse de derrière les rideaux.

– J'ai pris un mauvais couloir, mais me voilà quand même, dit-elle en riant.

– Es-tu en train de te dévêtir, mon amour?

– Oui.

– Alors, hâte-toi et viens.

Quand elle écarta le rideau, Blythe ne put retenir un cri de surprise. Dans des appliques de cuivre fixées à la tête du lit, deux bougies projetaient leur lumière dorée sur les tentures écarlates. Sous cet éclairage irréel, la peau hâlée de Lucas prenait l'aspect de l'ambre poli. Blythe crut voir une statue couchée.

– C'est dangereux, je sais, dit-il en désignant les bougies, mais le résultat en vaut la peine, n'est-ce pas? J'ai pensé à tout, tu verras, ajouta-t-il.

Il ouvrit deux boîtes posées devant lui sur l'édredon. L'une contenait des préservatifs, l'autre des griottes enrobées de chocolat.

– Une friandise pour toi, dit-il en lui mettant un bonbon dans la bouche. Et une autre pour moi, poursuivit-il en plaçant un préservatif sur la table de chevet.

Blythe voulut à son tour lui donner un chocolat. Il écarta vivement la boîte, choisit un des bonbons et le tint entre ses dents.

– Viens le chercher, dit-il avec un large sourire.

Blythe éclata de rire.

– Décidément, tu ne cesseras jamais de me surprendre!

Sans se faire prier davantage, elle se hissa sur le lit et courut à quatre pattes rejoindre son amant.

Longtemps plus tard, Blythe ouvrit les yeux. Les bougies presque entièrement consumées projetaient des reflets dansants sur le velours rouge de leur abri, clos comme un cocon. Sous cette lumière chaude, irréelle, le corps immobile de Lucas, plongé dans un profond sommeil, prenait l'aspect d'une statue – d'une sorte de gisant d'église, pensa-t-elle en chassant aussitôt cette image morbide.

Blythe s'agenouilla, souffla les bougies. L'obscurité revenue, elle regretta de s'être ainsi privée de voir cet homme qu'elle aimait et qui lui avait donné tant de plaisir. Recouchée près de lui, elle ne put cependant retrouver le sommeil. Entre les rideaux fermés, le petit monde confiné qui lui était apparu au début comme un refuge lui semblait maintenant presque oppressant. Elle éprouvait une sorte de malaise à l'idée que, deux siècles auparavant, Blythe Barton et Kit Trevelyan avaient passé ici même leur nuit de noces.

En entendant la paisible respiration de Lucas, elle se demanda ce qu'éprouvaient les femmes du passé, mariées de force à des hommes qu'elles n'avaient pas choisis, auxquels elles devaient donner leur corps en dépit de leur répugnance. Qu'aurait-elle fait, dans la même situation ?

La découverte du portrait lacéré d'Ennis Trevelyan ranima le souvenir de sa première vision. Quand Blythe avait-elle trompé Kit pour la première fois avec Ennis ? se demanda-t-elle. Avant que Collis Trevelyan l'ait traînée de force à l'autel ou après ? Avait-elle octroyé ses faveurs au seul Ennis ? D'après le peu qu'elle savait de leur histoire, Garrett Teague figurait aussi parmi ses soupirants.

Malgré ses efforts pour le chasser de son esprit, l'étrange parallèle entre l'adultère de sa sœur et de son mari et la trahison de la première Blythe avec le frère de Kit s'imposa de nouveau à elle. A deux siècles de distance, les uns et les autres avaient agi de la même manière, au mépris de toutes les conventions. Mais les choses étaient-elles aussi simples ? Suffisait-il de juger sans nuances les acteurs de ce drame familial ? Et elle-même, Blythe Barton de Jackson Hole, Wyoming, ne méritait-elle aucun reproche en l'an de grâce 1994 ? Pouvait-elle s'absoudre sans réserve ?

Lorsqu'elle s'efforçait de s'abstraire de ce contexte troublant et considérait les faits avec un peu de recul, elle prenait conscience de pouvoir sympathiser avec tous les protagonistes, Blythe, Kit, Garrett, Ennis. Aucun d'entre eux n'était parfait, certes, mais aucun non plus n'était foncièrement méchant ou perverti. Ils avaient tous chèrement payé le prix de leurs faiblesses. Et si elle voulait être tout à fait honnête avec elle-même, aucun n'avait sciemment fait preuve de la malveillance innée d'Eleanor Barton, sa jeune sœur, dont le meurtre lui aurait presque paru une mesure de salubrité publique. Ennis Trevelyan lui-même ne cédait qu'à l'égoïsme et à la fatuité, défauts véniels dont bien des hommes sont affligés...

Aucune excuse ne justifiait la conduite de sa sœur, soit. Mais pourrait-il y avoir derrière sa trahison une raison profonde que Blythe aurait ignorée ? Par exemple, un message gravé dans sa mémoire génétique, dont Valérie Kent supposait l'existence, qui l'aurait poussée inconsciemment à exercer une sorte de vengeance à retardement ? Et si Lucas tombait amoureux d'elle, fallait-il y voir un reflet de l'amour que Garrett Teague, son ancêtre, vouait en secret à Blythe Barton, la femme de son cousin ?

L'aube qui se glissait dans la chambre dessinait contre le rideau la silhouette de son amant endormi. Comment, se demanda-t-elle, l'actuel seigneur et maître de Barton Hall réagirait-il si elle lui exposait de telles théories ? A n'en pas douter, il s'inquiéterait de sa santé mentale et, tout bien réfléchi, il n'aurait pas tort...

Blythe se redressa, le souffle court. L'atmosphère trop confinée de cet espace clos lui devenait soudain intolérable. Même lorsqu'elle baignait encore dans l'euphorie de l'amour où Lucas l'avait entraînée, elle était forcée d'admettre que son cœur blessé restait incapable de pardon ou d'oubli. Le besoin de vengeance continuait à la hanter.

« L'ennui, avec la rancune, disait sa grand-mère, c'est que c'est un poison : tu crois qu'il tuera la personne qui t'a fait du mal, mais le plus souvent, c'est toi qui en crèves. »

Blythe devait à tout prix cesser de s'empoisonner. S'il existait un lien entre les Barton du passé et ceux du présent, elle devait s'efforcer de le découvrir. Si elle osait faire une nouvelle incursion dans l'histoire de sa famille, peut-être parviendrait-elle à éviter les pièges dans lesquels ses ancêtres s'étaient laissé prendre.

Tandis que son regard s'attardait sur Lucas endormi, Blythe se demanda ce que l'avenir leur réserverait à tous deux. Trouverait-elle enfin le vrai bonheur, ici, à Barton Hall ? Ou l'écho assourdi des événements passés, dont certains s'étaient déroulés entre ces rideaux mêmes, exerçait-il encore une influence sur le présent ?

Avec précaution, Blythe se glissa jusqu'au bord du lit et écarta les rideaux pour inspirer une bouffée d'air frais. Elle descendit sans bruit sur le tapis, s'habilla à la hâte, sortit de la chambre sur la pointe des pieds. Quand elle arriva à la bibliothèque, les premières lueurs de l'aube éclairaient déjà suffisamment la pièce pour qu'elle se dirige vers l'arbre généalogique sans devoir allumer une lampe.

Elle fixa son regard sur un seul nom et se répéta les instructions de Valérie Kent : respirer profondément, se concentrer, vider son esprit des pensées parasites. Puis, le bras tendu, elle posa deux doigts sur le verre et murmura distinctement : « Blythe Barton-Trevelyan. » Un instant plus tard, elle éprouva la sensation désormais familière d'une force irrésistible qui l'aspirait, la malaxait comme pour modifier ses cellules mêmes.

Sa dernière pensée consciente fut de se dire que, selon les mots cyniques de son avocate, elle avait peut-être déjà sauté le pas et était mûre pour la camisole de force.

10

9 octobre 1789

Les yeux grands ouverts et déjà vêtue de sa tenue de voyage, Blythe entendit des petits cailloux crépiter sur les vitres. Elle sauta à bas de son lit et courut nu-pieds ouvrir la fenêtre de sa chambre.

– Tu es venu ! chuchota-t-elle, le cœur battant.

Drapé dans une cape de laine sombre, à peine visible dans la pénombre de l'aube, Ennis leva les yeux vers elle.

– Ecoute, Blythe...

– Chut ! Attends-moi devant la porte secrète de la bibliothèque, j'en ai pour une minute.

Tremblante d'excitation, elle referma la fenêtre, se chaussa et empoigna sa malle-penderie, dont le poids la fit vaciller. La veille au soir, une fois les serviteurs couchés, elle l'avait bourrée de toute l'argenterie sur laquelle elle avait pu faire main basse. Sans un regard pour la robe de mariée qu'elle n'avait nulle intention d'endosser ce jour-là, elle descendit sans bruit. Son fardeau était si lourd qu'elle avait mal aux bras et au dos. Elle devrait désormais, se dit-elle, prendre soin de ne pas faire d'efforts risquant de nuire à l'enfant d'Ennis qu'elle portait dans son sein.

Pendant qu'elle palpait les montants de la bibliothèque à la recherche du ressort caché, elle se souvint de ce jour, six semaines auparavant, où Garrett Teague lui était apparu par ce même passage pour l'avertir du complot matrimonial fomenté par son tuteur et sa mère. Elle éprouvait maintenant des remords de n'avoir pas même laissé un billet d'adieu à ce bon et fidèle ami. Car c'est Garrett, ce jour-là, qui l'avait empêchée de se jeter du haut de la falaise, qui l'avait consolée, lui avait redonné espoir en lui proposant de s'enfuir avec lui en Amérique. Reprenant l'idée à son compte, elle s'était alors donnée à Ennis sur la mousse du petit bois après qu'il l'eut dessinée nue.

Lorsqu'en réponse à ses ardentes prières ses règles avaient ensuite manqué de survenir, Blythe avait craint pourtant que la seule faille de son plan ne fût le peu d'empressement d'Ennis à l'épouser. De fait, quand elle lui avait révélé son état et exposé son idée de fuir avec lui en Italie, pour ne revenir en Cornouailles qu'après la naissance du bébé afin de mettre leurs familles devant le fait accompli, il avait d'abord accumulé les objections.

– Mon père m'égorgera de ses mains, sans parler de ce que me fera mon frère.

– Kit n'éprouve pour moi qu'indifférence et ne se soucie pas davantage de toi. Il ne fait que ce que son père lui ordonne.

– Tu sous-estimes la foncière honnêteté de mon frère, de même que tes pouvoirs de séduction, Blythe. Tu lui manifestes si peu d'égards et d'affection que je me demande pourquoi il soupire encore si fort après toi.

– Kit, soupirer après moi ? Tu plaisantes !

– Pas le moins du monde. Mais la question n'est pas là. Mon vénérable père souhaite unir nos familles par les liens sacrés du mariage afin que son fils aîné prenne possession de Barton Hall et lègue un immense domaine aux futures générations de Trevelyan.

– Je me moque des désirs de ton père ! Réfléchis ! lui avait-elle dit en désespoir de cause. En m'épousant, tu deviendras maître de Barton Hall et du domaine. Tu seras riche, tu pourras te consacrer à la peinture et faire ce que tu voudras au lieu de dépendre jusqu'à la fin de tes jours du mauvais vouloir de ton père !

Ce dernier argument avait eu raison de sa résistance. Et ce matin-là, Ennis, démentant les calomnies méprisantes de son père, prouvait qu'il avait de l'honneur, puisqu'il tenait parole en venant la chercher.

Quand elle émergea à l'air libre, Ennis ne fit cependant pas un geste pour la décharger de son lourd bagage.

– Nous ne partons pas, dit-il d'un ton sans réplique.

– Mais... tu es venu !

– Je ne suis pas assez lâche pour ne pas te dire en personne que j'ai changé d'avis. Ecoute, ma chérie...

– Ne m'appelle pas « ma chérie » en ayant l'audace de me dire que tu renies ton serment !

– Fuir serait une folie, Blythe, répondit-il en se passant nerveusement la main dans les cheveux. Ton mariage avec Kit doit avoir lieu tout à l'heure. Mon père...

– Ton père ne peut rien contre nous si nous partons sur le champ ! Il a donné l'ordre aux palefreniers de garder les chevaux et aux servantes de me surveiller. Aujourd'hui, il s'imagine avoir gagné la partie parce qu'il croit que je n'ai plus le temps de m'enfuir. C'est justement ce qui garantit le succès de notre plan...

– De *ton* plan ! l'interrompit Ennis.

Dans le silence qui suivit, on entendit un coq chanter. Bientôt, le soleil allait apparaître au-dessus des collines et les serviteurs s'affairer pour les préparatifs de ce grand jour, les noces de leur maîtresse.

– Grand Dieu, Blythe, reprit Ennis, tu sais combien je tiens à toi. Je t'aime de tout mon cœur, mais ceci est une pure folie. Je ne peux aller au bout.

– C'est ton enfant que je porte ! Tu ne le nieras pas !

– Non, mais à condition que tu en sois certaine. Car tu ne nieras pas non plus qu'il est trop tôt pour l'affirmer. De toute façon, il vaudra mieux que tout le monde croie que cet enfant est de Kit.

– Mieux pour toi, peut-être !

– Non, pour toi aussi. Si ce plan insensé n'entraînait pas ma rupture définitive avec toute ma famille, je serais très tenté de le mener à bien, crois-moi. J'ai assez longtemps rêvé aux délices d'un voyage en Italie avec une femme telle que toi pour y renoncer de gaieté de cœur, ajouta-t-il avec une ironie à peine voilée. Mais les choses étant ce qu'elles sont... Je dois te paraître cruel et insensible, je sais. Au fond, je le suis peut-être.

Blythe ne put retenir un cri d'indignation.

– Si nous nous marions sans le consentement de mon père, poursuivit Ennis imperturbablement, j'ai tout lieu de craindre que, en tant que ton tuteur légal, il ne m'accuse de subornation et ne nous traîne tous deux devant un tribunal. Et c'est toujours lui qui tient les cordons de ta propre bourse, ne l'oublie pas. A moins que tu ne réussisses à faire casser le testament de ton père, le mien peut te couper les vivres et te laisser sans le sou.

– D'où tiens-tu ces sombres prédictions ? voulut savoir Blythe avec un regard soupçonneux.

– J'ai demandé à Garrett de consulter les ouvrages de droit dans la librairie de son père. Il m'a montré les lois, c'est écrit noir sur blanc.

– Mais ton père sera bien forcé de consentir à notre mariage. Tu es son fils, toi aussi !

– Tu es naïve, Blythe. Mon père a toujours été consumé par l'ambition de réunir nos terres pour les léguer à son fils aîné. Je ne suis que le cadet. Diviser ce patrimoine qu'il croit déjà le sien excitera sa soif de vengeance jusqu'à des extrémités que tu ne soupçonnes pas. Et c'est exactement ce qui se produira si nous persistons à vouloir remédier ainsi à ta fâcheuse position.

– Je ne considère pas que t'épouser ou porter ton enfant soit une « *fâcheuse position* » ! protesta Blythe, ulcérée.

– Laisse-moi te rappeler une fois de plus que tu peux très facilement faire passer cet enfant pour celui de Kit. Il te suffira de remplir ce soir ton devoir conjugal, déclara Ennis avec froideur. A part les ravages de la petite vérole, mon frère et moi avons beaucoup de points communs, tu sais.

– Et si je disais à Kit pendant ma nuit de noces que c'est toi qui as planté ta semence dans mon ventre ? répliqua-t-elle d'un ton de défi. Qu'adviendrait-il, hein ?

– De gros ennuis pour nous deux, à n'en pas douter... Ecoute, Blythe, poursuivit-il en lui prenant la main, j'ai l'intention de prétexter une soudaine indisposition pour ne pas assister à tes noces. Crois-le ou non, il me serait trop douloureux de te perdre au bénéfice de mon frère en présence de tant de témoins. Garrett et moi nous embarquons pour la France vendredi. Je ne me suis levé à cette heure indue que pour venir te faire mes adieux.

Sur quoi, laissant Blythe pétrifiée par la stupeur et le chagrin, Ennis tourna les talons et se dirigea d'un pas décidé vers la barrière du jardin.

L'idée qu'il s'embarquerait à Plymouth moins d'une semaine plus tard et qu'elle ne le reverrait peut-être jamais la tira de son abattement. Oubliant son précieux bagage dans l'herbe, elle se lança à la poursuite d'Ennis. Quand elle le rattrapa, hors d'haleine, il détachait déjà les rênes de son cheval et se retourna en entendant ses pas.

– Rentre chez toi, Blythe ! Sois raisonnable.

– Non, je t'en supplie, ne pars pas comme cela, ne m'abandonne pas ! supplia-t-elle en se jetant dans ses bras sans pouvoir maîtriser ses larmes.

– Allons, Blythe ! dit-il avec lassitude. Epouser mon frère n'est pas la fin du monde. Kit et toi trouverez le moyen de vous entendre, j'en suis sûr.

– Ne me parle pas de lui ! s'écria-t-elle. Serre-moi dans tes bras, je t'en prie, embrasse-moi...

Elle lui tendit les lèvres, il hésita. Un instant plus tard, elle comprit qu'il ne refuserait pas sa prière muette de faire l'amour avec elle une dernière fois.

– L'herbe est trempée de rosée, murmura-t-il.

– Tu as ta grande cape, lui souffla-t-elle à l'oreille.

Ennis s'allongea, Blythe s'agenouilla, lui défit sa ceinture. Un instant plus tard, les jupes troussées jusqu'à la taille, elle chevauchait avec un sourire de triomphe les cuisses nues de son amant inconstant.

Ennis pêcha sa montre dans la poche de ses culottes froissées et constata qu'il était près de neuf heures. Le soleil déjà haut caressait, au bord du ruisseau, le carré d'herbe où Blythe et lui étaient étendus côte à côte.

– Tu es une sorcière, Blythe, grogna-t-il.

– Comprends-tu enfin combien je tiens à toi ? Je porte ton enfant en moi, Ennis. Comment peux-tu m'abandonner ?

Il se remit debout et baissa les yeux vers son bas-ventre dénudé – que Blythe contemplait déjà avec effarement.

– Ou bien je t'ai percé deux fois l'hymen, mon doux cœur, dit-il d'un ton sarcastique, ou bien tes menstrues sont revenues par miracle.

Elle ne put que murmurer une litanie d'imprécations contre ce coup du sort, tandis qu'il allait s'agenouiller près du ruisseau pour se laver.

– Voilà au moins une bonne excuse pour échapper ce soir au lit conjugal, dit-il en finissant de se rajuster.

Il lui tendit la main pour l'aider à se relever afin de réparer à son tour le désordre de sa tenue.

– Ecoute, Blythe, reprit-il, nous avons été fous de céder à la luxure comme nous venons de le faire. Cela ne change rien à ce qui nous attend tous deux.

– Ce qui veut dire, n'est-ce pas, que tu m'aimes bien mais que la peinture est ta seule véritable passion ? Que tu n'aspires qu'à aller en Italie sous prétexte d'étudier avec les maîtres ? Ton père t'a promis ce voyage si j'épousais Kit et tu préfères partir t'amuser sans t'encombrer d'une femme !

– Je ne suis pas le héros de roman que tu crois voir en moi, Blythe. Je suis jeune, j'ai besoin d'être libre, de voir le monde, de découvrir des contrées inconnues...

– Moi aussi !
– Mais toi, tu es une femme et tu es promise à Kit, répliqua-t-il comme s'il énonçait une évidence.
– Et que fais-tu de nos rêves d'enfants, des projets que nous formions ? lâcha-t-elle entre ses dents serrées. Avais-tu déjà l'intention de courir le monde en quête de jouissances inconnues ? Tu étais pourtant content, l'autre jour, de me voir couchée nue sur la mousse, de dessiner mon corps, de prendre du plaisir avec moi !
– Tu ne t'es pas fait prier, que je sache, pour perdre ta virginité ! Epargne-moi, je te prie, l'accusation de t'avoir déflorée contre ta volonté.
– Autrement dit, je dois me résigner ?
– Pourquoi pas ?... Sache-le une bonne fois, Blythe : je ne suis pas le moins du monde taillé pour faire un bon père de famille. Je suis un artiste, moi ! déclara-t-il avec fierté, comme si cela suffisait à le dispenser de ses obligations et l'absoudre à l'avance de tout écart de conduite.
– Mais je n'ai jamais voulu que tu sois autre chose ! s'écria-t-elle, au bord des larmes. Pour toi, je suis prête à aller n'importe où, à tout sacrifier...
– Tu devrais t'estimer heureuse de ne plus te soucier d'être grosse de moi, poursuivit-il sans relever ce cri du cœur. Tout compte fait, je trouve que les choses s'arrangent pour le mieux. Tu es assez sensée, j'en suis sûr, pour comprendre et partager un jour mon point de vue.
Sur quoi, Ennis mit le pied à l'étrier, enfourcha son cheval et partit au grand trot sans un regard en arrière.

Tremblante de rage et de douleur, Blythe regagnait le château quand une voix derrière elle la fit sursauter :
– J'ai tout vu et tout entendu.
Elle se retourna et découvrit Garrett, très pâle, près de la barrière du jardin. Un long moment, elle le dévisagea sans mot dire.
– Qu'as-tu vu ? dit-elle enfin d'un ton glacial. Ennis qui enfourchait son cheval ou moi qui chevauchais Ennis ?

– Après l'avoir entendu dire que tu n'étais pas grosse de lui, je suis venu t'attendre ici.

– Tu t'évanouis à la vue du sang, peut-être?

Elle lui tourna le dos et se dirigea vers la porte de service. Garrett lui courut après.

– Blythe, attends-moi!

Elle s'arrêta, rouge de honte et de colère.

– Je te croyais mon ami, tu n'es qu'un espion lubrique! lâcha-t-elle. Si tu m'as vue avec Ennis, tu sais maintenant combien je l'aime. Et tu sais aussi à quel point l'idée de me marier aujourd'hui avec son frère me répugne.

– Je sais... Mon père et ton tuteur m'ont donné l'ordre de m'assurer que tu arriverais à l'heure à l'église. Quand je t'ai vue sortir du passage scret, je t'ai suivie de peur qu'oncle Collis ne te surprenne avec Ennis.

– Et tu es resté pour profiter du spectacle, n'est-ce pas?

– Mais non! Quand comprendras-tu qu'il n'est pas digne de toi? ajouta-t-il avec une fureur contenue.

Blythe darda sur lui un regard étincelant de colère. Garrett aurait voulu pouvoir ravaler ses derniers mots.

– Je rentre, déclara-t-elle. J'ai grand besoin de prendre un bain chaud.

– Et après, partiras-tu avec moi?

– Avec toi? Où cela?

– J'ai trouvé a malle-penderie près de la porte secrète, je l'ai cachée aux écuries. Il y a dedans assez d'argenterie pour payer notre traversée jusqu'en Amérique.

– Parles-tu sérieusement? demanda Blythe, stupéfaite. Tu quitterais le pays?

– Avec toi, oui.

– Après ce que tu as vu? Pourquoi accepterais-tu de renoncer à tout pour...

– Renoncer à quoi? l'interrompit-il d'un ton amer. Ici, en Angleterre, rien ne m'attend qu'une librairie poussiéreuse et une triste existence de vieux garçon pauvre. Tu étais prête à tout sacrifier pour suivre Ennis. Moi, je n'ai rien à sacrifier. Tu es tout ce que je désire au monde, Blythe.

– Voyons, Garrett, tu sais bien que...

Soudain lasse à tomber, elle ne put achever. Elle avait mal dans tout le corps et elle devait d'urgence prendre soin de ses maudites règles.

Blythe dévisageait son chevalier servant en cherchant vainement les mots pour le remercier de ses bontés importunes et le congédier quand Collis Trevelyan apparut à la barrière du jardin.

– Que fait-elle ici dans cette tenue ? aboya-t-il en fusillant Garrett du regard. Je ne te demandais qu'une chose, jeune chenapan : veiller à ce que sa mère la réveille et l'habille à temps. J'avais promis à ton père de te récompenser en te payant le voyage pour accompagner Ennis. Et voilà comment je la trouve le matin de ses noces ! Plus crasseuse qu'une gardeuse d'oies !

Les cheveux emmêlés, la robe froissée et souillée de boue, Blythe avait en effet piètre allure.

– Rentre immédiatement, petite misérable ! tonna Collis en montrant la porte de la cuisine d'un doigt frémissant de colère. Et que je n'aie pas à te le dire deux fois !

Le soleil du matin faisait chatoyer les vitraux de l'église gothique de Saint-Goran lorsque Blythe apparut sous le porche, flanquée de Collis Trevelyan et de Donald Teague, son beau-frère. Telle une criminelle menée au bûcher par deux hommes d'armes, la mariée descendit la nef vers le chœur où l'attendaient le futur et les témoins.

De l'autel, le révérend Randolph Kent suivait avec angoisse l'approche de la lugubre procession. A sa gauche, Kit Trevelyan manifestait une nervosité égale à celle du pasteur. D'énormes gouttes de sueur lui dégoulinaient du front en creusant des rigoles dans l'épaisse couche de poudre censée dissimuler les stigmates qui le défiguraient.

Depuis des années, Blythe n'ignorait pas que le révérend Kent, cédant aux instances pressantes de Collis Trevelyan, permettait aux contrebandiers d'utiliser le cimetière de son église pour stocker leurs marchandises clandestines. Comme tout le monde, Blythe comprenait que le digne ecclésiastique fermait les yeux sur ces entorses à la loi des hommes, car cette forme de « libre-échange » bénéficiait au bien-être de ses paroissiens. Mais il en allait autrement avec la présente entorse aux lois divines : marier Blythe de force ne profitait qu'au seul Collis Trevelyan. Un serviteur de Dieu aurait dû faire montre d'assez de rectitude morale pour s'y opposer.

Malheureusement pour elle, Blythe savait aussi que le révérend Randolph Kent était hors d'état d'élever la moindre protestation. Collis Trevelyan s'assurait son silence par la menace d'une dénonciation aux agents de la Couronne, qui seraient sans nul doute fort intéressés d'apprendre ce qui se passait dans le cimetière de Saint-Goran, par des nuits sans lune, avec la bénédiction du ministre du culte. Qui oserait mettre en doute la parole d'un des plus éminents propriétaires du comté, a fortiori l'accuser de complicité active ?

Sous son regard, Blythe vit celui de son confesseur se détourner avec embarras. Le Révérend poussa un profond soupir en levant une main pour les bénir :

– Mes bien chers frères, commença-t-il, nous sommes ici assemblés sous le regard du Seigneur afin de célébrer...

La porte de la chambre de son défunt père se referma avec bruit, la clef tourna dans la serrure. Blythe entendit des rires masculins s'éloigner dans le couloir et se tourna sans mot dire vers celui qui était désormais son légitime époux. La masse imposante du lit conjugal, pourvu pour la circonstance de rideaux de velours rouge flambant neufs, se détachait contre le mur à l'autre bout de la pièce.

– Repose-toi un peu, tu dois être très lasse, bafouilla Kit en tapotant le dossier d'une bergère.

Des traces de poudre parsemaient les épaules et le col de son bel habit bleu, son jabot pendait piteusement et son front luisait d'une sueur qui n'avait cessé de perler pendant toutes les festivités – si l'on pouvait qualifier ainsi ces funèbres cérémonies nuptiales, pensa Blythe sombrement.

Au sortir de l'église, ils s'étaient retirés chacun dans une aile du château sous prétexte de se « rafraîchir ». Ensuite, plus raides que des statues de granit, les nouveaux époux s'étaient assis côte à côte à la table du banquet, au cours duquel les convives avaient porté sans conviction des toasts à leur bonheur futur. Finalement, sous les ordres de Collis Trevelyan cumulant pour l'occasion les rôles de père du marié et de tuteur de l'épousée, un cortège aviné les avait escortés jusqu'à leur chambre, dans un concert de rires gras et d'allusions égrillardes.

Pour une fois, Ennis avait tenu parole en restant invisible, imité par Garrett Teague. Rosamonde Barton avait adopté tout au long de la journée une attitude distante et distraite, comme si elle n'avait l'esprit occupé que de quelque projet d'avenir la concernant elle seule. Maintenant, enfermés à double tour comme des prisonniers au secret dans un cachot, les jeunes mariés étaient censés « faire leur devoir », ainsi que Collis l'avait déclaré avec un ricanement en lampant son cinquième verre de vin de Champagne.

– Oui, je suis fatiguée, soupira Blythe. Ce qui m'amène à t'annoncer une nouvelle qui te décevra sans doute.

Comme à l'accoutumée, Kit resta muet.

– J'ai eu mes menstrues ce matin, déclara-t-elle.

Kit ne souffla mot.

– Tu sais ce dont il s'agit, j'espère? La période qui survient chaque mois au cours de laquelle une femme perd son sang. De ce fait, elle est indisponible pour se faire... saillir! précisa-t-elle en lui lançant un regard de défi.

Sous les vestiges de son plâtrage poudreux, Kit devint cramoisi.

– Non, je ne sais pas de quoi tu parles, bredouilla-t-il, je ne connais que les animaux de ferme. Mais qu'importe, puisque de toute façon tu dois saigner et...

Ne sachant que dire de plus, il resta les bras ballants, en la regardant d'un air lamentable.

– Les animaux de ferme! cracha-t-elle avec mépris. Je n'en

attendais pas moins de ton ignorance. Mais ce n'est pas la seule déception que je doive t'infliger : si tu me croyais vierge, je ne le suis pas.

Sa déclaration tomba dans un silence glacial.

– Qui était le premier ? dit-il enfin, les poings serrés. J'ai le droit de savoir.

– Es-tu sûr de vouloir l'apprendre ? répondit-elle d'un ton moqueur.

Il réfléchit un instant avant de traverser la chambre en trois enjambées.

– La ruse est trop grossière pour altérer le cours de ce qui doit se passer entre nous ce soir, dit-il en lui prenant les mains. Tu es ma femme, nous sommes unis devant Dieu et, par Saint-Goran, j'agirai en conséquence ! Je t'en prie, Blythe, poursuivit-il d'un ton implorant, je serai un bon mari, je te le jure...

Il la serra dans ses bras, la couvrit de baisers fiévreux qu'il s'imaginait capables de lui insuffler son désir. Blythe tenta de le repousser, mais ses efforts n'eurent pour résultat que d'attiser la passion de Kit.

Alors, épuisée de s'être retenue de hurler son refus au pied de l'autel et d'avoir subi cette journée de cauchemar, elle se laissa aller dans ses bras. Je ne peux plus lutter seule contre tous, se dit-elle. Finissons-en au plus vite. Demain, quand j'aurai dormi, je reparlerai à Garrett de son projet de fuite en Amérique.

Aussitôt conscient de son soudain changement d'humeur, Kit la souleva dans ses bras et la déposa au milieu du lit. Combien d'épouses Barton y avaient déjà été déflorées ? se demanda Blythe. Elle, au moins, ne se compterait pas dans les rangs de leur pitoyable cohorte. Elle pouvait être fière d'avoir fait don de sa virginité à l'homme de son choix.

Avec un sentiment voisin de la pitié, elle observa le frère d'Ennis se démener avec maladresse pour enlever son gilet, sa cravate, sa chemise.

– Veux-tu que je t'aide à te dévêtir ? offrit-il avant de souffler la bougie sur la table de chevet.

Blythe ne répondit pas. Elle voulait se fermer l'esprit à ce qui allait suivre et repoussait tout ce qui pourrait la détourner de sa résolution.

Sous ses mains, le drap lui semblait aussi doux que l'herbe sur laquelle, le matin même, elle était allongée auprès du frère de son mari. Elle se laissa faire passivement pendant que, de ses doigts malhabiles, Kit dégrafait sa robe et délaçait ses jupons. Résignée, elle jeta à terre les linges souillés de sang entre ses cuisses. Un instant plus tard, Kit se glissa près d'elle et elle se demanda avec indifférence comment s'y prendrait ce nigaud sans expérience pour accomplir son ouvrage d'homme.

– Je ne veux pas te faire mal, lui dit-il à l'oreille.

– Sois tranquille, c'est déjà fait, soupira-t-elle.

Et elle le sentit pénétrer au plus profond d'elle-même sans rencontrer d'obstacle. Immobile, écrasée sous le poids de Kit, elle s'était déjà évadée par la pensée de sa prison de velours rouge vers un frais vallon où Ennis l'attendait.

– Catin !

L'insulte résonna dans le silence. Brutalement tirée de sa rêverie, elle rouvrit les yeux à temps pour voir Kit, rouge de honte et de fureur, sauter à bas du lit.

– Je ne suis pas une catin, je ne suis que la maîtresse d'un autre. Ne te plains pas que je ne t'en aie pas averti.

– J'ai cru que tu faisais ta mauvaise tête, comme d'habitude, répondit-il d'une voix mal assurée.

Le silence retomba tandis qu'il allumait les bougies d'une applique près de la cheminée.

– Mais je ne t'ai jamais considérée comme une vulgaire ribaude, reprit-il en se tournant vers elle.

– C'est heureux ! lâcha-t-elle avec mépris. Car moi je te prenais pour un imbécile et je constate que je ne me trompais pas. Mais ne te méprends pas, je faisais ma mauvaise tête ! Pis encore : je voulais être cruelle pour essayer de te faire enfin comprendre à quel point je suis ulcérée des indignités que j'ai dû subir aujourd'hui !

– Me crois-tu vraiment assez sot pour choisir une épouse dont je savais qu'elle me détesterait et ne supporterait pas de jeter les yeux sur moi ?

– Eh bien, tu aurais dû tenir tête à ton père, comme un homme digne de ce nom ! s'écria-t-elle avec une colère qu'elle ne maîtrisait plus. Puisque tu te prétends intelligent, tu aurais dû savoir qu'aucune femme au monde n'était de taille à détourner Collis Trevelyan du but qu'il s'est fixé ! Mais tu es toi aussi ensorcelé par l'idée de cette fortune et de ces bonnes terres à léguer à tes héritiers, au point que tu ne vois rien d'autre, n'est-ce pas ? Pour toi, comme pour tous les hommes, il n'y a que l'argent et l'intérêt qui comptent !

– J'exige de savoir qui t'a déflorée ! rugit Kit de l'autre bout de la pièce.

– Ah ! Parce qu'il faut toujours en revenir là : quel est le renard qui s'est introduit dans le poulailler !

Inconscient de l'allure ridicule que lui conféraient sa nudité et son érection, que sa trop brève intimité avec Blythe n'avait pu assagir, il traversa la chambre en trois enjambées.

– Qui était-ce ? Parle ! rugit-il d'un ton menaçant.

Blythe soutint son regard sans faiblir, mais son cœur battait la chamade. Elle ne devait pas couper inconsidérément tous les ponts pouvant lui ménager une issue. Elle se sentait aussi tenue de protéger Ennis.

– Un jeune palefrenier, l'an dernier, déclara-t-elle avec désinvolture. Il a pris la poudre d'escampette après la mort de mon père.

– Catin ! lâcha Kit d'une voix étranglée.

– Et je dois te dire, cher époux, que ce jeune étalon avait des aptitudes amoureuses infiniment supérieures à celles dont tu viens de me faire la démonstration.

La rage et le désespoir déformèrent les traits de Kit en un masque grotesque. Blythe bâilla avec affectation en jetant un regard dédaigneux à la virilité de son mari, piteusement retombée comme un drapeau en berne.

– Bonne nuit, Kit, dit-elle avec une douceur perverse.

Sur quoi, les draps tirés jusqu'au menton, elle tourna le dos à son prétendu seigneur et maître, et ferma les yeux. Si seulement, pensa-t-elle en souriant, l'avaricieux Collis Trevelyan avait été témoin de la manière dont était consommé ce mariage, fruit de ses sinistres manigances!

11

6 septembre 1994

– Blythe ! Etes-vous souffrante ?

Elle sursauta et se tourna vers la porte de la bibliothèque. En pyjama sur le seuil de la pièce, le fils de Lucas Teague l'observait avec inquiétude.

– Dicken ! Que fais-tu debout à cette heure-ci ?

– J'ai entendu quelqu'un descendre et ne pas remonter après. Alors, comme je ne pouvais pas me rendormir, je suis descendu aussi.

Blythe s'efforça de reprendre contenance. Depuis combien de temps était-elle en contemplation devant l'arbre généalogique ? Dicken avait-il assisté à sa « transe » ?

– Je suis désolée de t'avoir réveillé. Tu es tout pâle. T'ai-je fait peur ?

– Un peu, quand vous ne me répondiez pas.

– Rassure-toi, je somnolais sans doute.

Elle alluma la lampe, lui tendit une main qu'il saisit avec empressement et ils allèrent s'asseoir, face à face, à la table de jeu où s'étalait le puzzle inachevé.

– Vous êtes déjà habillée ? s'étonna Richard.

– Je ne pouvais pas dormir moi non plus. Tu as souvent des insomnies ?

– Quelquefois. Depuis la mort de maman, ajouta-t-il en essayant machinalement de caser une pièce du puzzle.

– Elle te manque beaucoup, n'est-ce pas?

– Oui.

– La mienne aussi, tu sais.

– Elle est morte, elle aussi?

– Oui. Et ma grand-mère ensuite. C'est pourquoi je comprends ce que tu éprouves.

– Quand avez-vous perdu votre mère? demanda-t-il en baissant les yeux.

– Bien avant ta naissance, en 1970. J'avais juste onze ans, un an de plus que toi maintenant.

– Et votre grand-mère?

– En novembre dernier. Elle était pour moi comme une vraie mère. C'est elle qui m'a appris tout ce que je sais du jardinage, des plantes, des herbes. Mais elle était vieille et fatiguée de vivre. Un soir, elle s'est endormie et ne s'est pas réveillée.

– Ah... Elle, au moins, elle était vraiment vieille.

– Bien sûr, mais c'était triste quand même. On est toujours triste de perdre quelqu'un qu'on aime. Toi aussi, sans doute, tu souffres d'avoir perdu ta mère, hasarda-t-elle.

– Oui, surtout quand je suis à l'école. Je la déteste, cette école! C'est pour cela que j'avais fourré tous les caleçons dans les cabinets, ajouta Richard en rougissant.

Blythe eut du mal à garder son sérieux.

– C'est vrai? Et alors, qu'est-il arrivé?

– J'ai failli être renvoyé, déclara fièrement Richard. Mais tante Chloé a persuadé le directeur de me garder.

– Et ton père?

– Il a téléphoné pour dire que je devais rester, que c'était pour mon bien.

– Il avait peut-être raison...

– Non! l'interrompit Richard avec véhémence. C'est... épouvantable.

– A ce point?

– J'en apprendrais autant à l'école de Mevagissey ! Mon ami Amory Brice fait les mêmes fractions et ses livres de classe sont presque les mêmes que les nôtres.

– Amory, c'est celui qui t'a invité l'autre jour au pique-nique, n'est-ce pas ? Il a l'air très sympathique.

– Oh, oui ! Et puis..., poursuivit-il en hésitant, je suis heureux que vous soyez ici cet été. Allez-vous rester ?

Ce fut au tour de Blythe de baisser les yeux sur le puzzle avant de répondre.

– Eh bien... ton papa et moi avons encore fort à faire pour lancer les pépinières, dit-elle enfin avec un sourire rassurant. Je pense donc rester un bon moment.

– Tant mieux ! dit Richard avec conviction.

Blythe s'étira en affectant de bâiller.

– Je ne sais pas comment tu te sens, mais je crois que j'ai de nouveau envie de dormir.

– Moi aussi. Vous voulez bien monter avec moi ?

– Bien sûr. Montre-moi le chemin, dit-elle en se demandant comment elle pourrait regagner la chambre de Lucas sans se faire remarquer.

La main dans la main, ils gravirent le grand escalier et tournèrent dans le couloir que Blythe avait déjà parcouru en sens inverse.

– Ma chambre est juste en face de celle de mes parents, annonça Richard.

Blythe réprima une grimace et ralentit devant la porte de la chambre à l'immense lit aux rideaux rouges.

– Non, plus loin, dit le jeune garçon. Maman n'aimait pas la chambre du grand lit à baldaquin, poursuivit-il. Elle voulait que papa et elle en aient une à leur goût. La mienne est ici, dit-il en posant la main sur la poignée. Ils l'ont préparée avant ma naissance. Vous voulez bien me border ?

– Avec plaisir, Dicken.

Blythe vit que la chambre avait été décorée avec amour. Des couleurs gaies, des gravures inspirées de contes pour enfants atténuaient ses proportions intimidantes et la rendaient accueillante. Richard se glissa sans se faire prier sous ses couvertures. En se penchant pour le border, Blythe vit sur la table de chevet la photo d'une belle jeune femme aux cheveux châtains et au sourire chaleureux.

– Tu as raison de garder ta mère près de toi, dit-elle.

– Pourtant, elle ne reviendra pas, répondit Richard avec un long soupir.

– C'est vrai... Quand la mienne est morte, j'étais un peu fâchée contre elle, tu sais. Je crois que je lui en voulais de m'avoir abandonnée.

Richard se rassit, étonné.

– C'est vrai ?

– Oui.

– Parce que moi aussi je lui en veux quelquefois d'être partie. Je croyais que c'était mal de le penser.

D'un geste désormais familier entre eux, Blythe lui ébouriffa affectueusement les cheveux.

– Si elle avait pu, Dicken, elle n'aurait jamais abandonné un petit garçon aussi gentil que toi. Il ne faut pas oublier qu'une grande partie d'elle vit toujours en toi. Regarde ses cheveux, la forme de son visage, dit-elle en montrant la photo. Ce sont presque les mêmes que les tiens. C'est pourquoi je t'ai dit que tu avais raison de garder sa photo près de toi, pour ne jamais oublier tous les souvenirs que tu as d'elle.

– J'en ai beaucoup, murmura-t-il.

– Tant mieux. Et maintenant, cow-boy, dit-elle en lui essuyant discrètement les larmes qui perlaient au coin de ses yeux, il est grand temps de dormir un peu. Nous aurons beaucoup de travail tout à l'heure, toi et moi.

– Les livreurs arriveront bientôt ? s'inquiéta-t-il en regardant son réveil qui marquait cinq heures du matin.

– Pas avant huit heures. Dors bien, Dicken, tu as encore le temps de faire de beaux rêves.

En refermant sans bruit la porte de Richard, Blythe lança un coup d'œil à celle de la chambre où s'était écoulée la vie conjugale de Lucas et de Lindsay. La première femme de

Lucas ne lui inspirait pas la moindre jalousie rétrospective, et elle éprouvait une profonde affection pour son adorable rejeton. Mais que Lucas ait orchestré leur soirée romantique dans un cadre différent la soulageait et lui faisait plaisir. Il émanait de cette chambre et de ce lit extraordinaires une réelle magie, et Blythe était sincèrement touchée que Lucas ait voulu la partager avec elle.

Elle rentra sur la pointe des pieds, se déshabilla, se coula sous l'épais édredon.

– Blythe? grogna Lucas en la caressant à tâtons. Tu as réussi à trouver la salu de bains?

– Oui. Et j'ai surtout réussi à trouver le moyen de revenir, dit-elle en pensant à son incursion dans le passé.

Le lendemain, constatant avec satisfaction que les travaux de construction des serres progressaient conformément au planning, Blythe se porta volontaire pour aller faire des courses à Gorran Haven au volant de la Land-Rover.

Elle voulait surtout prendre un peu de recul afin de réfléchir à ses incroyables aventures de la nuit. On était mardi, Valérie Kent serait donc à son bureau. Ses visions avaient décidé Blythe à s'en ouvrir à la psychologue qui, elle au moins, ne serait pas tentée de la considérer comme une illuminée.

Le chantier naval avait plutôt l'allure d'un hôpital pour bateaux. Blythe traversa la cour en louvoyant entre des coques de canots et de sloops à divers stades de décrépitude ou de réparation. En haut de l'escalier extérieur, sur un petit palier, deux panneaux de bois délavés signalaient les bureaux de Valérie Kent, psychologue, et du Dr Simon Vickery, médecine générale. Blythe frappa à la porte de gauche et passa la tête par l'entrebâillement.

– Quelle bonne surprise! s'exclama Valérie en se levant. Entrez, entrez! J'entends chanter dans tout le village les louanges des « Pépinières de Barton Hall », donnez-m'en vite des nouvelles fraîches.

– Je ne vous dérange pas, j'espère ?

– Je n'ai pas vu âme qui vive depuis ce matin – bien que la santé mentale de nos concitoyens ne soit pas aussi brillante qu'ils veulent bien le croire ! dit Valérie en pouffant de rire. En quoi puis-je vous être utile ?

Décontenancée par une question aussi directe, Blythe se demanda comment décrire en termes rationnels ce qui lui arrivait entre les murs de Barton Hall – sans même parler du tour quelque peu agité que prenait sa vie sentimentale.

– Eh bien...

– Vous avez eu le temps de réfléchir à ce que vous avez vu dans ma boule de cristal, n'est-ce pas ? l'encouragea Valérie en souriant.

– C'est-à-dire... je suis venue pour une autre raison.

– Vraiment ? Voilà qui est intéressant !

– En fait, c'est assez compliqué... Ce que je vais vous dire vous paraîtra sans doute absurde, mais...

Blythe s'interrompit, chercha ses mots.

– Rien ne me paraît jamais absurde, la rassura Valérie.

Après une dernière hésitation, Blythe se jeta à l'eau :

– Depuis mon arrivée en Cornouailles, j'ai des sortes de... visions. Pas comme celles dans votre boule de cristal, plutôt... des séquences de films. Des scènes qui se sont déroulées il y a deux siècles. Je me demandais si vous pourriez m'aider à comprendre de quoi il s'agit.

– Qui concernent-elles, ces scènes ?

– La première Blythe Barton.

– Et comment vous sont-elles apparues ?

Blythe observa l'expression de la psychologue, en se demandant avec inquiétude si elle allait décrocher son téléphone pour appeler d'urgence des infirmiers musclés munis d'une camisole de force. Constatant avec soulagement que Valérie semblait sincèrement intéressée par le récit de ses étranges expériences, elle s'enhardit.

– A chaque fois que je regarde fixement l'arbre généalogique de la bibliothèque en pensant à un personnage, je me trouve projetée dans une sorte de... réalité virtuelle. Un peu comme si je regardais dans votre boule de cristal, sauf que je suis mêlée à l'action, si vous voyez ce que je veux dire. La première fois que cela m'est arrivé, j'avais eu le regard attiré par le nom de Christopher Trevelyan. La coïncidence m'avait frappée : une personne du même prénom que mon ex-mari avait été mariée à une Blythe Barton.

– Rien de plus compréhensible, approuva Valérie. Alors, que s'est-il passé ?

– Dès que j'ai posé le doigt sur la vitre en prononçant le nom de Christopher, j'ai été transportée au XVIIIe siècle pour assister à une violente querelle entre ce « Kit » et Blythe Barton.

– Extraordinaire ! s'exclama Valérie Kent. Mais dites-m'en davantage. Etiez-vous simple spectatrice ou impliquée vous aussi dans cette scène ?

– Voilà le plus étrange de l'affaire : pendant tout le déroulement de la scène, j'avais réellement l'impression d'être Blythe. Je voyais, j'entendais, je ressentais tout de son propre point de vue.

– Et ensuite ?

– Quand je suis sortie de cette... transe, si on peut la qualifier ainsi, j'ai tout revu avec objectivité selon mon point de vue de femme du XXe siècle. Je me sentais proche des personnages, je comprenais ce qui leur arrivait mais, en même temps, j'en étais détachée.

Blythe entreprit alors de relater en détail les différentes scènes auxquelles elle avait assisté, y compris le dernier épisode amoureux entre Blythe et Ennis le matin même du mariage de Blythe.

– Et puis, bien entendu, il y a eu cette épouvantable nuit de noces, poursuivit-elle. A la fin, j'avais réellement pitié de tous ceux qui y étaient mêlés de près ou de loin. Incroyable, n'est-ce pas ?

– Non, fabuleux ! déclara Valérie avec enthousiasme.

– Pour moi, c'est plutôt démentiel. La question que je

voulais vous poser est la suivante : s'agit-il d'une évocation de vie antérieure ? De réincarnation ? Ou bien suis-je simplement au bord de la dépression nerveuse ?

– Vous identifiez-vous à la première Blythe Barton ?

– Un peu, oui. En fait, précisa-t-elle, je m'identifie à tous les personnages. J'admets même les raisons qui poussaient Collis Trevelyan à vouloir réunir ses terres au domaine des Barton. De son point de vue, c'était tout à fait logique. Qui, à l'époque, se souciait des droits des femmes ? Avec le recul, je juge son comportement scandaleux, mais ses motivations étaient, somme toute, compréhensibles, sinon légitimes chez un homme de son temps.

– Vous ne le jugez donc pas aussi durement que s'il avait vécu à notre époque ?

– C'est exact. Et puis, cela m'a amenée à réfléchir à mes propres rapports avec mon entourage. A vouloir comprendre ce qu'il pourrait y avoir derrière les épreuves que j'ai subies ces dernières années.

– Ce serait merveilleux de pouvoir profiter de l'expérience de nos ancêtres, nous instruire de leurs réactions aux événements qu'ils ont vécus et des conséquences de leurs actes ! dit Valérie avec ferveur. Si nous pouvions dénouer l'écheveau de leur vie affective, peut-être éviterions-nous de commettre les mêmes erreurs.

– J'y ai pensé aussi. Mais peut-il y avoir une autre interprétation ? Restons-nous soumis aux mêmes forces ? Une sorte de prédestination nous pousse-t-elle à prendre inconsciemment les mêmes décisions qu'eux ?

– Autrement dit, les enfants expieraient-ils les péchés de leurs pères ? Non, je ne crois pas que ce soit le cas. J'estime au contraire que si j'étais informée des erreurs de mes ancêtres, j'en tirerais la leçon. Pas vous ?

– Peut-être. Mais je voulais surtout savoir, Valérie, si vous connaissiez ou aviez entendu parler de cas comparables à celui que je viens de vous décrire. Une de vos revues professionnelles aurait-elle fait état d'expériences similaires ?

– Non, rien d'exactement comparable. Mais ce qui vous arrive est encore plus extraordinaire ! Vous ne vous contentez pas de réincarner une personne ayant vécu dans le passé, vous possédez la faculté de vous projeter dans ce passé tel que le vivaient un ou plusieurs ancêtres donnés, que vous choisissez par l'intermédiaire de l'arbre généalogique. Vous disposez là d'un don... inestimable !

– Mes ancêtres supposés, la corrigea Blythe. Je n'ai encore découvert aucune preuve qu'un Barton de Barton Hall ait émigré jusque dans le Wyoming. En fait, je ne sais que croire, Valérie. Je suis venue en Cornouailles pour la simple raison que ma grand-mère me bourrait le crâne depuis mon enfance avec des légendes familiales que je la soupçonne d'avoir inventées. Lucinda Barton n'était pas n'importe qui ! ajouta Blythe en riant. Sa réputation d'avoir la langue bien pendue s'étendait à des lieues à la ronde.

– La tradition orale est la plus ancienne et la plus fidèle de toutes les sources de l'Histoire ! protesta Valérie. Toutes les civilisations ont eu des conteurs ambulants.

– Ne perdez quand même pas de vue que je perçois des paroles et des images concrètes, comme si je regardais un écran de télévision. Sauf que je me trouve impliquée dans les sentiments et les actions des gens que j'y vois.

Valérie réfléchit longuement sans mot dire.

– Croyez-vous, reprit Blythe, que le verre du cadre joue un rôle dans le déclenchement de ces visions ? Vous m'aviez dit quelque chose de ce genre à la fête.

– Il s'agit d'une surface lisse et réfléchissante. La forte concentration de votre regard peut favoriser un phénomène d'autohypnose. Je le vérifierai dans les ouvrages spécialisés, dit-elle en prenant des notes. Au fait, vous ne voyez pas d'inconvénient à ce que je garde une trace écrite de notre conversation ?

– Euh... non, mais à condition que tout cela reste strictement entre nous.

– Grand Dieu ! Je n'ai jamais violé le secret professionnel, ce n'est certes pas avec vous que je commencerai, ma chère Blythe ! Votre histoire me fascine. Il ne m'arrive jamais rien d'aussi exceptionnel, voyez-vous, j'ai l'esprit trop rationnel. Les créatifs tels que vous sont beaucoup plus enclins à vivre ce genre d'expériences. C'est probablement inscrit dans votre ADN, ajouta-t-elle en riant.

– Vous m'aviez dit que le stress et les traumatismes pouvaient affecter la chimie du cerveau. J'ai eu plus que ma part de stress et de traumatismes cette année, je vous l'accorde. Mais ce que je comprends mal, c'est comment ce serait en mesure d'altérer l'ADN. Existe-t-il une explication scientifique à ce qui m'arrive ?

Valérie prit derrière elle un traité d'anatomie, qu'elle ouvrit sur une planche en couleurs des systèmes glandulaires et neurovégétatifs.

– Tout ceci n'est encore que du domaine de l'hypothèse, bien entendu. Voici un exemple simple : si vous vous trouvez nez à nez avec un tigre dans la jungle, vos glandes surrénales sécréteront un surcroît d'adrénaline qui vous procurera l'énergie de fuir en courant. Pendant ce temps, le reste du système glandulaire accroîtra ou diminuera la sécrétion des autres substances chimiques. Dans l'état actuel des recherches, on suppose que ces modifications sont susceptibles d'altérer la configuration des cellules.

– Autrement dit, si on a assez peur du tigre, on peut se retrouver avec un ADN modifié de façon permanente ?

– Peut-être. Certains chercheurs estiment que ce n'est pas exclu au-delà d'un certain niveau d'altération. L'ADN est stocké dans les cellules, après tout. La question qui se pose est de savoir si l'enregistrement d'événements passés peut rester gravé dans l'ADN et être transmis aux générations futures. Il suffirait alors de décoder cet enregistrement.

– Et vous croyez que ce décodage pourrait s'effectuer en état de transe ?

– C'est possible. Cela expliquerait, en tout cas, ce qui vous arrive lorsque vous vous placez involontairement en état de transe en concentrant votre regard et vos pensées sur l'arbre généalogique, voire une autre surface.

Blythe se souvint de l'apparition du bébé dans la boule de cristal et de la silhouette mystérieusement apparue sur le tableau d'Ennis.

– Mais enfin, pourquoi cela m'arrive-t-il ? Pourquoi à moi et pourquoi maintenant ?

– Parce qu'en ce moment, ma chère Blythe, vos défenses sont déficientes. Les récents bouleversements survenus dans votre vie vous ont épuisée. Votre esprit logique ne parvient ni à admettre ni à expliquer que vous soyez victime d'un tel drame. Vous êtes venue en Cornouailles, je crois, en quête de réponses à ces interrogations. Dans l'espoir, aussi, de retrouver un certain équilibre.

– Ah !... Vous regardez CNN, vous aussi ?

– Oui, sans compter les quelques allusions discrètes de Lucas quand nous bavardons au village.

– Vous êtes cousins, c'est vrai.

Blythe s'était abstenue de mentionner devant Valérie ses rapports avec Lucas. Elle pouvait toutefois se fier à sa discrétion innée pour ne les révéler à quiconque.

– Lucas vous a-t-il dit qui avait dessiné l'arbre généalogique de la famille ? demanda Valérie.

– Je suppose qu'il a été récemment réalisé par un généalogiste professionnel. L'arbre est à jour, puisque Richard y figure.

Valérie se leva, brancha sa bouilloire électrique posée sur une petite table et plaça deux tasses sur leurs soucoupes.

– Un ami de Lindsay Teague, excellent calligraphe, y a ajouté la naissance de Richard en reproduisant le graphisme du document. Si vous le regardez avec soin, vous verrez que l'écriture et l'encre sont identiques jusque vers 1890.

La bouilloire commença à chanter. Valérie mit deux cuillerées de thé dans une théière de grès, y versa l'eau frémissante et se tourna enfin vers Blythe :

– C'est mon ancêtre, le révérend Randolph Kent, qui a tracé cet arbre généalogique de sa main.

Blythe laissa échapper un cri de surprise.
– Le révérend Kent est votre ancêtre ? Celui qui a marié Kit Trevelyan et Blythe Barton dans l'église de Saint-Goran ?
– Oui. Il a tout exécuté d'un trait. En 1795, je crois. Mais comment saviez-vous qu'il les avait mariés ?
– Rappelez-vous, j'assistais à la noce. Comment a-t-il pu tracer d'avance un arbre généalogique ? C'est impossible !
– Le cher homme avait le don de voyance. Il avait prévu les futures générations de la famille sur près de cent ans.
– Vous plaisantez !
– Pas le moins du monde. Je vous laisse imaginer quels problèmes cela lui posait avec la hiérarchie de l'Eglise ! On l'a traité de suppôt de Satan, sinon pire. Il était cousin par alliance de Donald Teague, le père de Garrett, et le complice plutôt involontaire des activités de contrebande auxquelles se livraient Donald et Collis Trevelyan.
– Comment savez-vous qu'il était voyant ?
– Il ne m'a pas légué son don, hélas ! mais j'ai hérité de son journal. J'ai ainsi appris que ses visions lui avaient fortement déconseillé de procéder au mariage de Kit Trevelyan et de Blythe Barton.
– Nul besoin d'être devin pour savoir que ce mariage était absurde ! lâcha Blythe. Le révérend aurait dû résister au chantage de Collis Trevelyan, qui menaçait de le dénoncer aux autorités. Se servait-il d'une boule de cristal ?
– Non, d'une sorte de miroir mat je crois. Vous devriez lire son journal. Il est assez vague, cependant, en ce qui concerne l'avenir de Blythe et de Kit.
– Sans doute de peur d'annoncer de mauvaises nouvelles.
– Il ne cache toutefois pas ses remords de les avoir mariés, dit Valérie en tendant à Blythe une tasse de thé. Dans son journal, le révérend énumère les descendants de la famille Teague jusqu'à la fin du XIXe siècle.
– Incroyable ! Il connaissait même leurs noms ?
– En effet, jusqu'en 1889 du moins.
– Luke ne m'en a jamais parlé, dit Blythe. Mais je ne crois

pas qu'il accorde beaucoup de crédit au sujet qui nous occupe en ce moment.

– Je ne le crois pas non plus, répondit Valérie en riant. Il considère les prédictions du révérend Kent comme des fumisteries. Il soupçonne même un de mes grands-oncles d'avoir rédigé ce fameux journal pour amuser la famille.

– Et vous, qu'en pensez-vous? Le journal est-il authentique, à votre avis?

– Vous devriez juger par vous-même en le lisant un de ces jours. La reliure, le papier, l'encre ne me paraissent pas avoir été imités, en tout cas.

– Et les noms des descendants de Garrett sont exacts?

– Tous, sans exception. Le révérend affirme s'être borné à les recopier tels qu'ils lui apparaissaient sur son miroir. Il semble qu'il ait voulu rassurer Garrett Teague, encore impécunieux à l'époque, en lui disant que sa lignée se poursuivrait au moins un siècle et que le domaine resterait dans la famille.

– J'ai remarqué, dans l'arbre, que Garrett avait fini par se marier en 1794.

– Oui, cinq ans après avoir hérité de Barton Hall.

– Ce qui fait deux siècles presque jour pour jour...

Valérie but une gorgée de thé avant de fixer Blythe d'un regard pénétrant.

– Dites-moi, Blythe : les images, les scènes que vous avez vues jusqu'à présent concernaient-elles directement ou non une certaine Blythe Barton-Stowe?

– Non, uniquement la Blythe Barton du passé.

– Aimeriez-vous découvrir ce qui vous arriverait si je vous hypnotisais aujourd'hui?

Blythe reposa sa tasse, hésita.

– En provoquant des apparitions dans votre boule de cristal? Nous sommes pourtant d'accord pour considérer que mes visions n'ont rien de commun avec mon propre passé. J'écoute aux portes, en un sens, j'épie avec indiscrétion la vie des autres. En quoi votre thérapie des vies antérieures me serait-elle utile?

– Peut-être devrions-nous, pour l'occasion, la baptiser « thérapie psychogénéalogique », dit Valérie en riant. Il se peut, poursuivit-elle en reprenant son sérieux, que nous soyons tombées par hasard sur une forme de traitement inédite. Découvrir le comportement et la psychologie de vos ancêtres nous permettrait de comprendre ce qui vous trouble. Certains événements survenus du temps de la première Blythe Barton se sont peut-être reproduits en écho jusqu'à présent dans votre branche de la famille...

– S'il s'agit bien d'une branche de la même famille !

Valérie Kent dédaigna l'interruption.

– Nous pourrions aussi vérifier si ce que vous vivez ici confirme ou réfute la théorie de la mémoire génétique.

– Je ne sais pas... Franchement, ce rôle de cobaye paranormal ne me plaît guère.

Sans tenir compte de la réticence de Blythe, Valérie ouvrit un tiroir de son bureau. Elle en sortit un sachet de velours contenant sa boule de cristal qu'elle disposa sur un trépied de cuivre doré.

– Allons, Blythe, laissez-vous faire ! dit-elle avec un sourire encourageant. Vos ancêtres ont eu assez d'audace pour voyager à l'autre bout du monde. Refuseriez-vous de vous soumettre à cette inoffensive petite expérience ?

Blythe prit une profonde inspiration et haussa les épaules avec fatalisme.

– Si vous y tenez... Mais finissons d'abord notre thé.

12

8 mai 1792

Un jeune garçon entra en courant dans la salle enfumée de la Pope's Head Inn et s'arrêta devant Kit Trevelyan :

– Le *Mirador* est signalé dans la passe, monsieur ! Il commence à carguer ses voiles et devrait s'amarrer à quai dans moins d'une heure.

Kit donna quelques pièces au messager pendant que Blythe renouait les brides de son chapeau. Elle avait peine à croire que Kit et elle soient là, dans cette auberge proche des quais de Plymouth, en train d'attendre l'accostage du navire espagnol d'où débarquerait son ancien amant, absent depuis près de trois ans.

Mon *ancien* amant ! pensa-t-elle avec une nostalgie qu'elle croyait depuis longtemps maîtrisée.

Elle avait appris dès le lendemain de son mariage qu'Ennis était déjà à mi-chemin du port et que, au moment même où les invités de la noce levaient leurs verres à la santé des époux, Garrett recevait l'ordre de boucler sa malle et d'accompagner son cousin. A la fin de la semaine, les deux jeunes gens posaient le pied sur le Continent pour un périple artistique de trente-six mois. Impossible, dans ces conditions, de faire parvenir à son sauveteur présumé un message pour lui signifier qu'elle acceptait sa proposition de fuir avec lui en Amérique.

La voix de Kit l'arracha à sa rêverie.

– Encore un peu de sherry? demanda-t-il courtoisement. Inutile d'aller attendre Ennis et Garrett sous cette pluie. En partant dans une vingtaine de minutes, nous aurons grandement le temps de les accueillir au pied de la passerelle.

Blythe parvint à prendre un ton neutre.

– Merci, mon ami, volontiers.

– Es-tu sûre d'avoir assez chaud? s'enquit-il avec sollicitude. Te sens-tu assez bien, après la fatigue du voyage, pour m'accompagner jusqu'au quai?

Elle fit l'effort de récompenser d'un sourire les attentions dont son mari l'entourait.

– Je me sens tout à fait bien, merci.

Leurs rapports s'étaient sensiblement améliorés, du moins en apparence, depuis leur lugubre nuit de noces et la mort de leur fille à l'automne 1791. Conçue dans la légitimité, mais de fort mauvaise grâce, venue au monde malingre et dénuée de l'envie de vivre, la petite Angela avait expiré trois semaines après avoir vu le jour.

– Ennis est-il au courant au sujet d'Angela? se hasarda-t-elle à lui demander.

– Père l'avait informé, je crois, que tu attendais un enfant, répondit-il avec embarras. Je lui ai ensuite fait part du chagrin que nous avions éprouvé au décès de père si tôt après celui de notre petit ange.

– Je vois. Nous aurons donc beaucoup d'autres nouvelles à lui apprendre.

Très affligé par la perte de leur enfant, Kit s'était ensuite sincèrement soucié du rétablissement de sa femme. De son côté, Blythe avait admis que si elle ne pouvait se forcer à aimer son peu séduisant époux, elle pouvait au moins le traiter avec civilité – il n'était pas responsable, après tout, des cicatrices qui le défiguraient. Elle se résignait donc à sa présence comme on s'accommode du mauvais temps ou d'un caprice de la nature.

Ce changement d'attitude de sa part avait eu pour

conséquence une étonnante métamorphose chez Kit, qui faisait l'impossible pour complaire à sa femme. Il la couvrait de cadeaux – soieries et colifichets de France, un poney avec sa selle d'amazone. Blythe l'en remerciait scrupuleusement car elle s'était vite rendu compte que, sensible à ses efforts, Kit cessait ses beuveries nocturnes et n'exigeait plus aussi souvent d'exercer ses droits conjugaux.

Aux yeux du monde, le couple semblait donc avoir trouvé un modus vivendi et la vie quotidienne à Barton Hall était devenue supportable. Mais l'absence d'Ennis et de Garrett y faisait régner un ennui pesant ; Blythe, depuis que l'atrabilaire Collis Trevelyan reposait dans sa tombe, y trouvait un dérivatif dans la réalisation d'un projet auquel Kit participait avec bonne volonté : la construction du cottage. Et le plus beau, pensa-t-elle avec jubilation en sirotant son sherry, c'est d'avoir réussi à persuader Kit que l'idée était de lui.

– Ennis a obtenu une commande de sir William Hamilton, notre plénipotentiaire auprès du roi de Naples, l'avait informée Kit un jour de mars, après avoir reçu une missive de son frère. Maintenant que j'ai promis de lui verser une rente annuelle, il m'annonce qu'il veut bien rentrer après avoir terminé ce tableau. Il insiste toutefois pour habiter Londres afin de ne pas nous imposer sa présence.

Si Blythe avait feint l'indifférence, son cœur battait à tout rompre : Ennis serait bientôt de retour !

Kit ignorait toujours les rapports coupables entre son frère et sa femme avant leur mariage. Depuis, Blythe s'efforçait d'étouffer sa passion, mais celle-ci couvait sous la cendre comme un incendie qu'une simple étincelle pouvait ranimer. Dans les lettres qu'il lui écrivait en secret par l'entremise d'une servante de confiance, Ennis l'avait elle aussi informée de son intention de se fixer à Londres après son retour : « Après tout ce qui s'est passé entre nous, disait-il dans sa dernière épître, mieux vaut me chercher un nouveau foyer dans la capitale. » Pour Blythe, l'idée de rester cloîtrée à Barton Hall tandis que le seul homme qu'elle eût jamais aimé continuerait à vivre loin d'elle paraissait insoutenable.

– Je regrette qu'Ennis songe à se tenir ainsi à l'écart, avait-elle répondu d'un ton désinvolte. Tu serais en droit, je pense, de lui demander qu'il te décharge d'une grande partie de la gestion des terres de votre famille. Le régisseur est un incapable. Il a laissé pourrir sur pied un quart de la dernière récolte d'avoine.

– C'est vrai, avait soupiré Kit. Mais comment persuader Ennis de me prêter la main ? Il veut continuer à peindre.

Blythe savait que de mauvaises récoltes forceraient Kit, comme son père avant lui, à chercher un complément de revenus dans la contrebande. Mais elle savait aussi qu'il réprouvait d'autant plus ces pratiques illégales qu'elles l'exposaient à des risques sérieux. La solution évidente consistait donc à rétablir la rentabilité de ses terres en les confiant à la vigilance d'un membre de la famille.

– S'il vit à Londres, avait-elle alors hasardé, Ennis regrettera de ne plus peindre ces paysages qu'il aime tant. Dommage qu'il n'y ait pas de vieille tour de guet ou de bergerie sur la falaise au-dessus de la crique de Hemmick, il aurait pu l'aménager. La lumière y est idéale, paraît-il.

– Il le disait souvent, en effet, avait acquiescé Kit.

– Eh bien, pourquoi ne pas lui bâtir une petite maison à cet endroit, en échange du temps qu'il consacrera à s'occuper des terres ? S'il habite l'ancien manoir de ton père et va peindre là à ses moments perdus, il ne nous gênera guère. Après tout, avait-elle ajouté, tu lui accordes une rente généreuse et c'est toi seul, jusqu'à présent, qui te donnes le mal de mettre les deux domaines en valeur.

Ennis lui avait toujours dépeint son frère comme un « honnête homme » et, si son physique la repoussait, Blythe savait pouvoir compter sur son bon sens. Aussi était-ce pour elle un jeu d'enfant de convaincre Kit qu'il ne perdrait pas au change en rendant service à Ennis.

Peu après cette conversation, Kit avait dépêché des ouvriers sur le site de la falaise dominant la crique, où ils eurent tôt fait d'ériger un solide petit cottage de pierre doté – grande nouveauté pour l'époque – d'une verrière offrant un vaste panorama sur la mer et la côte. Blythe y avait fait installer un lit de repos et passé commande au charpentier d'un grand chevalet de chêne, que l'homme avait livré la veille du jour où Blythe et Kit devaient se rendre à Plymouth pour le retour de l'artiste.

La voix de Kit l'arracha encore une fois à sa rêverie :

– Blythe, il est temps. Le navire est à quai.

Avec un sourire, elle reposa son verre et prit le bras de son mari. A eux deux, ils sauraient persuader le frère prodigue de regagner le giron de sa famille.

Un feu flambait joyeusement dans la grande cheminée du cottage. Dehors, malgré le ciel bleu de septembre, la mer moutonnait à perte de vue sous un vent vif et froid. Les mouettes planaient et se poursuivaient au-dessus du toit d'ardoise en emplissant l'air de leurs criailleries.

Nue sur la méridienne, Blythe s'étira voluptueusement avec un soupir de contentement et se tourna de côté pour mordiller l'épaule d'Ennis assoupi. Sur le chevalet qui trônait au milieu de la salle, elle vit son portrait qu'Ennis avait achevé la veille et pouffa de rire.

– De quoi ris-tu ? demanda-t-il en bâillant.

– Tu m'as représentée en digne épouse d'un digne propriétaire terrien. Regarde-nous ! dit-elle en lui caressant la poitrine. N'est-ce pas comique ?

– Toi, une digne épouse ? Je dirais plutôt une tigresse inassouvie ! répondit-il en riant. Observe la toile de près, je crois l'avoir bien rendu dans tes yeux.

Du bout du doigt, Blythe lui caressa le visage.

– Maintenant que le tableau est fini, je n'ai plus d'excuse pour venir ici. Je vais être obligée de passer par le souterrain comme un contrebandier pour surgir de la trappe au milieu de la nuit quand tu ne t'y attendras pas.

A la construction du cottage, Kit avait en effet pris la précaution de faire creuser dans les fondations une cave qui communiquait avec un tunnel aménagé au fond d'une grotte de la falaise. Si la cache n'avait pas encore été utilisée, les finances du domaine l'exigeraient peut-être un jour.

– Apprends à maîtriser tes appétits, ma belle, ou au moins à être discrète. Si tu crois avoir réussi à convaincre Kit que ces séances de pose étaient les plus innocentes du monde, je suis sûr qu'il ne les approuvait pas.

– Tu as bien fait son portrait, à lui aussi!

– Oui, mais il est le seigneur et maître. C'était la moindre des choses, à ses yeux du moins.

Redressée sur un coude, Blythe observait le réseau de fines rides qui s'était formé en trois ans autour des yeux de son amant, et se demanda s'il était dû à une maturité précoce ou à une dissipation excessive.

– Ne parlons pas de Kit, je t'en prie. Si je ne le savais pas parti à Gorran Haven pour la journée, je ne serais pas venue.

En chassant de son esprit la joie que manifesterait son mari lorsqu'elle lui annoncerait qu'elle était de nouveau enceinte, Blythe rendit ses caresses plus insistantes. Parviendrait-elle jamais à éveiller en Ennis un désir aussi exigeant que celui qu'il lui inspirait? N'était-elle pour lui rien de plus qu'une agréable passade? Si seulement il lui manifestait un peu plus de passion!...

– Tu aimerais, n'est-ce pas, que je me glisse dans ton lit la nuit? lui chuchota-t-elle à l'oreille en multipliant ses caresses provocantes. Tu aimerais que je te réveille en te touchant comme ceci... comme cela?

– Tu es une sorcière, Blythe, murmura-t-il. Quel insatiable appétit! Ma foi, tu me donnes faim...

Il la fit rouler sous lui, écarta ses cuisses. Le drap glissa à terre. Blythe était impatiente de l'accueillir en elle quand la porte du cottage s'ouvrit et claqua contre le mur. Elle sentit sur sa peau nue une gifle d'air froid, plus tranchante qu'un éclat de verre.

– Lâche ma femme ! cria une voix tonnante.

L'espace d'un instant, Blythe crut que Collis Trevelyan s'était échappé du royaume des morts.

– Misérable voleur ! Vaurien sans scrupules ! Elle est ma femme ! Etes-vous donc des monstres, l'un et l'autre ?

Peu après, les deux frères s'affrontaient au bord de la falaise, les poings levés. En hâte, Ennis avait mis ses culottes et s'était drapé dans sa cape. De l'intérieur, muette d'horreur, Blythe contemplait le drame qui se jouait derrière la grande verrière. Elle ne pouvait entendre les mots que les frères ennemis se jetaient à la tête – ou, plutôt, de quoi son mari menaçait son amant.

A quelques pas de là, Garrett Teague semblait se tenir prêt à intervenir pour éviter le pire. Pourquoi Kit et lui sont-ils venus au cottage ? se demandait Blythe, saisie d'un tremblement qu'elle ne pouvait maîtriser. « Mon Dieu, mon Dieu », répétait-elle à mi-voix. Elle savait pourtant avec certitude qu'aucun dieu ne lui manifesterait sa miséricorde, ni maintenant ni jamais. Elle ne pourrait compter désormais que sur elle seule pour assurer sa survie.

Elle vit Ennis reculer d'un pas, les mains tendues en signe de défaite ou de supplication. Kit levait le poing pour frapper quand Garrett lui saisit le poignet au vol et se mit à son tour à crier. Amis intimes et rivaux en toutes choses depuis l'enfance, les trois cousins se hurlaient des paroles de colère et de haine que le vent, redoublant de force, semblait balayer à mesure.

Au bout d'un moment, les adversaires baissèrent les bras comme s'ils venaient de conclure une trêve. Blythe vit Kit s'éloigner à grands pas en direction de Barton Hall et Ennis s'engager sur le sentier qui descendait à la crique.

Garrett se dirigea vers le cottage.

– Tu devrais te rhabiller, dit-il depuis le seuil. Kit t'ordonne de rester ici jusqu'à nouvel ordre.

– Et Ennis ?

– Bon sang, Blythe ! explosa Garrett. Quand te mettras-tu enfin dans la tête que tu n'as jamais été pour lui autre chose qu'une amusette ?

Blythe sauta du lit en se couvrant du drap.

– Comment oses-tu... ? commença-t-elle.

– Et toi, l'interrompit Garrett, visiblement choqué par son apparence, comment oses-tu trahir de manière aussi indigne ceux qui se soucient sincèrement de ton bien ?

– Qui donc, je te prie ? J'ai été vendue par ma mère au père de mon mari. Il n'a jamais été question de se soucier de mon bien. Parle plutôt de *mes* biens !

– Tu es aveugle et de mauvaise foi, dit Garrett avec lassitude. Il est trop tard, j'en ai peur, pour faire amende honorable auprès de ton mari.

– Faire amende honorable, moi ? Personne ne se rend donc compte que, de tous, c'est moi la plus lésée ?

– C'est vrai, admit-il en soupirant. Il n'empêche que tu as profondément blessé Kit – moi aussi, d'ailleurs. Et Kit te le fera payer cher. Très cher.

– Quel prix ?

– Ennis quitte le pays ce soir.

– Pour Londres ?

– Non, Plymouth.

– Pourquoi Plymouth ? Où ira-t-il ? demanda-t-elle, la gorge nouée par de sombres pressentiments.

– Je ne sais pas. Avec un peu de chance, il pourra peut-être s'engager dans la marine pour se battre contre ces maudits Français qui menacent de nous envahir. En tout cas, Kit lui a coupé les vivres jusqu'au dernier sou.

– Et quel châtiment me réserve le grand Kit Ier, roi de Cornouailles ? demanda-t-elle avec un ricanement.

– Il fera comme si tu n'existais pas, je suppose. Pour un bon moment, du moins.

– Ah, mais non ! Il ne pourra pas me dédaigner longtemps !

– Pourquoi donc ? s'étonna Garrett.

– Parce que je porte son enfant.

– Fanfaronne jusqu'au bout, n'est-ce pas ? dit Garrett avec incrédulité. Comment comptes-tu lui faire croire que cet enfant est de lui ?

– Sois tranquille. D'ici un mois, il aura de bonnes raisons de n'en pas douter.

– Je suis sûr du contraire ! fit une voix.

Blythe et Garrett se retournèrent en sursautant. Kit se tenait sur le pas de la porte, restée entrebâillée. Il la referma posément et s'avança vers son épouse infidèle.

– Comme vous ne l'ignorez pas, madame, dit-il d'un ton sarcastique, vous manifestiez bien peu d'empressement à remplir vos devoirs conjugaux depuis le retour de mon frère bien-aimé. Je revenais ici, pauvre imbécile que je suis, dans l'intention de faire la paix. Pour essayer, ainsi que Garrett m'en suppliait il y a un instant, de trouver un moyen de vivre avec vous en bonne intellignce, sinon en époux, du moins en ami. Il me semble toutefois que nous avons de loin dépassé le point où vous seriez encore capable de m'attirer dans votre couche afin de mieux me ridiculiser...

Le regard étincelant de fureur et de mépris, il leva la main et lui assena une gifle magistrale.

– Catin hypocrite ! reprit-il sans plus se dominer. Tu es encore pleine de la semence de mon frère et tu aurais l'audace de vouloir me faire accroire que je suis le père de son bâtard ? As-tu perdu tout sens de la dignité ? N'as-tu de considération pour personne au monde que toi-même ?

– Et vous, bête brute, n'avez-vous rien de plus précieux ici-bas que vos terres et vos biens ? répliqua-t-elle en frottant sa joue endolorie.

Kit se tourna vers Garrett :

– Elle restera dans cette maudite cabane et elle y vivra jusqu'à son accouchement, lui dit-il comme si Blythe n'était pas dans la pièce.

– Et après ? hurla-t-elle. Je suis Blythe Barton ! Barton Hall est à moi, tu le sais, misérable ! Sois maudit à jamais pour le forfait que ton ignoble père et toi avez perpétré !

Le manoir de Trevelyan House était désert. Kit en avait congédié les serviteurs, car nul ne devait lever le petit doigt pour aider son frère à quitter son pays natal. Il avait même refusé à Ennis de reprendre sa malle, rangée depuis son retour dans le grenier des communs à Barton Hall.

– Il n'en a pas le droit! s'écria Blythe, qui faisait nerveusement les cent pas devant la cheminée éteinte.

Dans la chambre où, naguère encore, Collis Trevelyan régnait sans partage, Ennis fourrait hâtivement du linge et quelques effets dans une malle-penderie.

– Il aurait pu me faire pendre s'il l'avait voulu, répliqua-t-il sèchement. Finiras-tu par le comprendre, Blythe? Kit est maître de nos destins. Tu lui appartiens corps et âme et je ne suis plus qu'un vaurien, un voleur de femme, indigne de sa confiance et de ses largesses. Un proscrit aux yeux de ce qui tient lieu de société dans ce pays de sauvages. Et nous sommes censés vivre au siècle des Lumières... Quelle stupidité! Je suis trop heureux de ne plus devoir vous subir, tous tant que vous êtes.

– Ennis! s'exclama-t-elle, ulcérée de se trouver englobée dans l'objet de son mépris. Mais alors, et... et...

Elle ne put terminer.

– Et nous, voulais-tu dire? compléta-t-il avec un ricanement. Et notre touchante idylle estivale? Epargne-moi tes déclarations d'amour éternel, je t'en prie, elles me donneraient envie de vomir.

Le dos tourné, il claqua un tiroir de la commode et se mit à fouiller dans l'armoire.

– Mais je t'aime! protesta-t-elle. Je t'ai toujours aimé, tu le sais. Ne te l'ai-je pas assez répété dans mes lettres?

– Que tu m'aies préféré à mon frère défiguré par la petite vérole, je le conçois, lâcha-t-il sans daigner se retourner. Je crois néanmoins qu'il serait grand temps que nous soyons francs entre nous, ma chère. Nous n'avons été l'un pour l'autre qu'un agréable divertissement dans l'ennui de ce pays perdu, rien de plus, rien de moins.

– Ce n'est pas vrai !

– Pour moi, si.

– Mais tu me jurais dans tes lettres...

– Cela m'amusait de te décrire mes voyages et d'y glisser quelques galanteries pour m'assurer que tu conserverais précieusement mes missives, déclara-t-il avec cynisme. J'envisageais, vois-tu, de publier un jour mes Mémoires afin de rehausser mon renom de peintre : *Les Pérégrinations d'un artiste anglais*, ou quelque chose de ce genre.

Partagée entre la stupeur et l'accablement, Blythe ne sut d'abord que dire. A peine quinze jours plus tôt, il lui avait en effet demandé ses lettres pour les relire et ne les lui avait pas rendues.

– Je ne t'ai donc jamais inspiré aucun sentiment, pas même de l'affection ? demanda-t-elle enfin.

– Mais si ! Ta science de l'amour me plaisait infiniment.

– Oui, cela *t'amusait*, n'est-ce pas ? Comme de m'écrire tes lettres d'Italie ?

– Disons qu'elles me dissuadaient d'abuser de moi-même entre mes visites aux prostituées.

Le silence retomba.

– Pourquoi es-tu si méchant envers moi, Ennis ? demanda enfin Blythe d'une voix blanche.

– Moi, méchant ? Pauvre idiote ! Quelle sera ma vie désormais, à ton avis ? gronda-t-il en claquant la porte de l'armoire. Je dois partir avec les quelques sous qui restent au fond de ma poche pour seul viatique. Je n'aurai pas même un cheval pour aller à Plymouth. Je ne peux même pas reprendre mes pinceaux et mes couleurs au cottage. Mais il y a pis : je suis condamné à me plier aux ordres de quelque grossier capitaine de navire au lieu d'accomplir la destinée pour laquelle je suis né, c'est-à-dire peindre.

– Kit ne peut pas se montrer aussi cruel ! Je t'apporterai ta palette et tes pinceaux.

– Et tu te feras appréhender par les gardes qu'il a postés derrière les haies, écervelée ! C'est déjà un miracle que tu ne te sois pas fait prendre aujourd'hui. A cause de toi, poursuivit-il en perdant toute maîtrise de lui-même, je suis spolié de mon patrimoine, dépouillé de ce que je possède! Pars, je ne veux plus te voir!

– C'est Kit qui te persécute, pas moi! Va t'en prendre à lui! Pourquoi me craches-tu ton venin?

– Parce qu'il n'hésiterait pas à me faire tuer par un de ses hommes. Je serais bien avancé, n'est-ce pas? Avec toi, j'ai la satisfaction de vider ma bile sans risquer ma vie. Tant que je respire, je puis au moins garder l'espoir de sortir de l'enfer où je tombe par ta faute.

– Et mon sort à moi? s'écria Blythe, la main sur la poignée de la porte. Ce que je vais devenir t'indiffère, sans doute? C'est ton enfant que je porte, Ennis.

– Si tel est le cas, ce qui reste à prouver car je connais trop bien tes manigances, sache une bonne fois pour toutes que je m'en moque complètement.

Pour la première fois, peut-être, Blythe comprit qu'il exprimait le fond de sa pensée.

Finalement, cédant aux instances de Garrett, Kit dépêcha à Plymouth un messager porteur de l'attirail de peintre d'Ennis. Blythe apprit, par la servante qui lui apportait sa nourriture quotidienne au cottage, que le frère du maître était embarqué à bord d'une frégate qui patrouillait la Manche à la recherche des navires français.

Des rumeurs d'invasion imminente semaient en effet la panique dans la population. Kit avait interdit à Blythe de faire du feu et d'allumer des bougies la nuit venue afin de ne pas attirer l'attention sur la propriété, que sa situation rendait particulièremnt vulnérable. Il n'était pas rare, en effet, que des marins français se livrent à des raids sur les côtes de Cornouailles. Ils accostaient à un endroit non défendu, pillaient tout ce qui leur tombait sous la main et rembarquaient aussitôt avec leur butin.

L'hiver s'écoula ainsi. Au début de février, enceinte de

huit mois et continuellement glacée jusqu'aux os, Blythe avait atteint les limites de sa patience. Le jour où elle se décida à se rendre à Barton Hall afin de protester contre ce traitement inhumain, ce fut pour se trouver face à un mari ivre, qui lacéra à coups de sabre le portrait de son frère avant de la menacer de son arme.

– Eh bien, qu'attends-tu ? lui cria-t-elle. Il ne te manquait que de commettre un crime !

– Et toi, catin bouffie, quel pêché n'as-tu commis ? ricana Kit en empoignant sur une table une bouteille de cognac déjà aux deux tiers vide, dont il porta le goulot à sa bouche.

Blythe s'était retranchée derrière le bureau. Lorsque ses doigts effleurèrent la poignée du tiroir supérieur, elle se souvint que Kit y rangeait une paire de pistolets de duel. Alors, tandis que son époux lampait son cognac, la tête rejetée en arrière, elle ouvrit sans bruit le tiroir, saisit la crosse d'une des armes. Au moment où Kit reposa la bouteille, elle arma le chien et braqua le pistolet sur lui tout en empoignant le deuxième.

– Je te saurais gré de ne pas me jeter des insultes à la face, dit-elle avec froideur. Sache en outre que je n'ai pas l'intention de continuer à geler dans ce taudis exposé à tous les vents. J'aurai l'enfant – *notre* enfant, aux yeux du monde – ici même, à Barton Hall. Il naîtra là où tous les Barton sont venus au monde avant lui.

– Tu ne resteras pas une heure de plus sous mon toit ! cria Kit en brandissant son sabre. Je te l'interdis, catin !

– C'est *mon* toit, misérable voleur ! hurla Blythe en braquant le pistolet sur la tête de Kit.

– Arrêtez, vous deux ! fit une voix impérieuse. Vous vous conduisez comme deux enfants qui se disputent leur tour dans un jeu !

Livide, Garrett Teague était apparu sur le pas de la porte. Blythe et Kit se tournèrent ensemble vers lui. Pour la deuxième fois depuis le début de la querelle, Kit laissa le sabre retomber le long de sa cuisse. Le pistolet trembla dans la main de Blythe. Une douleur plus cuisante qu'un coup de sabre lui cingla soudain le ventre et elle dut s'appuyer au bureau avec un gémissement de douleur.

– Blythe, qu'y a-t-il ? s'écria Garrett. Tu es blanche comme un linge.

Sans lâcher les pistolets, elle lança un regard implorant à celui qui, en dépit de tout, avait toujours été son recours dans les moments difficiles. Une mare de liquide veiné de sang s'étalait à ses pieds.

– Mon Dieu... Aide-moi, de grâce... Le bébé arrive...

En trois enjambées, Garrett traversa la bibliothèque et souleva Blythe dans ses bras.

– Envoie chercher la sage-femme, ordonna-t-il à son cousin d'un ton sans réplique.

– Le bâtard ne doit pas naître avant le mois prochain ! protesta Kit. Je ne permettrai pas...

– Par tous les diables, Kit, es-tu trop bête pour ne pas comprendre que ce sont tes folies qui le font venir plus tôt ? Fais ce que je te dis !

– Je suis le maître ici, répliqua Kit, qui semblait se délecter au spectacle des traits de sa femme tordus par l'angoisse. Emmène-la au cottage. C'est là qu'elle a conçu son bâtard, c'est là qu'elle l'aura.

– Fais au moins venir la sage-femme, maudit butor ! lui cria Garrett avec rage.

Portant Blythe qui gémissait de plus belle, il bouscula Kit pour passer et sortit de la bibliothèque en courant.

Blythe ne garda qu'un vague souvenir de son retour au cottage sous la pluie dans les bras de Garrett, serrant toujours désespérément les pistolets sur sa poitrine. De l'accouchement proprement dit, elle ne se rappela qu'une douleur intense, comme si elle était plongée dans un puits aux parois de flammes.

Il lui resta de son épreuve des images de Garrett qui épongeait la sueur de son front et lui faisait de temps à autre boire une gorgée d'eau. Elle le voyait disparaître de son champ visuel avant de revenir à son chevet en proférant des exhortations qu'elle ne comprenait pas. Elle entendait quelqu'un hurler jusqu'au moment où, tout à coup, la douleur qui lui déchirait le ventre parut se calmer. Un silence surnaturel retomba, puis les cris recommencèrent – mais c'était cette fois le vagissement d'un nouveau-né affamé.

Lorsque Garrett vint lui montrer le bébé, pleurant de joie et de soulagement, elle vit qu'il avait les bras couverts de sang. Seul témoin de son calvaire, Garrett avait rempli le rôle d'accoucheur. Nulle assistance n'avait été requise. Elle aurait pu mourir sans que son mari s'en soucie.

Le lendemain matin, quand elle se réveilla, elle ne reconnut d'abord pas le visage de Garrett, dont les traits se brouillaient devant ses yeux. Peu à peu, cependant, sa vision s'éclaircit et elle parvint à lui sourire.

– Tu n'as plus besoin d'être libraire, dit-elle après avoir bu une gorgée d'eau. Je te proposerai pour le poste de sage-femme – mais Kit s'y opposera sans doute.

Son intraitable mari la surprit en apparaissant au cottage le jour suivant.

Garrett l'avait laissée seule quelques heures pour courir à Gorran Haven sous une pluie battante dans l'espoir d'engager une fille qui veillerait sur elle pendant sa convalescence. Blythe somnolait. Réveillée par le bruit de la porte, elle ouvrit les yeux et vit penché sur elle le visage ravagé qu'elle connaissait trop bien.

– Je constate que vous avez tous deux survécu, dit Kit en lançant un regard hostile au bébé endormi dans ses bras.

– Va-t'en, murmura-t-elle.

– J'attendais le départ de Garrett. Je ne voulais surtout pas le déranger dans..., commença-t-il en ricanant.

– Va-t'en! répéta-t-elle avec une rage attisée par le refus de son mari d'appeler la sage-femme. Garrett m'a sauvé la vie, tu aurais voulu que je sois morte. Ta conduite est inexpiable !

– Et la tienne ? Peu de maris seraient enclins au pardon après t'avoir vue tout l'hiver, comme je t'ai vue, pleine de l'enfant de mon propre frère ! J'étais... hors de moi !

– J'ai failli mourir ! cria-t-elle. Tu sais très bien que tu souhaitais ma mort !

– Tu ne comprends donc pas ? Tout cela me rendait fou ! Jusqu'au fruit de ta luxure qui me défie de son innocence, ajouta-t-il avec un regard furieux au nouveau-né.

– Va donc au diable ! Si tu ne supportes pas la vue de cet enfant, sache que je ne supporte pas plus la tienne !

Avec stupeur, elle vit alors les yeux de Kit s'emplir de larmes. Il se détourna, contempla un instant le paysage désolé pendu au-dessus de la cheminée, puis il regarda autour de lui comme s'il faisait l'inventaire des autres tableaux d'Ennis que Blythe avait accrochés aux murs depuis son départ. Elle aimait en être entourée, ils l'apaisaient et lui redonnaient un semblant d'espoir.

Ayant repris contenance, Kit tourna de nouveau son regard vers elle.

– Je suis venu t'informer, dit-il avec froideur, que je partirai pour Londres dès que la tempête sera calmée...

– Excellente nouvelle.

– ... afin de soumettre à la Chambre des lords ma requête de divorce, poursuivit-il du même ton. Pour cause d'adultère, ce qui interdira à ce bâtard d'hériter.

Blythe sentit la fureur lui redonner des forces. Elle parvint à s'asseoir, glissa une main sous son oreiller à la recherche du pistolet qu'elle avait supplié Garrett d'y placer avant de partir pour Gorran Haven. Au prix d'un effort, elle le saisit et le braqua sur le front de Kit, qui se tenait à trois pas du lit.

– Tu n'en feras rien, déclara-t-elle. A moins de me jurer sur-le-champ que tu ne me traîneras pas dans la boue et que tu ne souilleras pas le nom de notre famille par cette action grotesque, je presserai la détente. N'oublie pas que si je te tue, c'est Ennis qui héritera de toi, quel que soit le sort que me réservera le tribunal. Et si je te laisse la vie sauve, tu devras t'engager à ce que mon fils soit le seul héritier de Barton Hall.

Kit semblait hypnotisé par le canon du pistolet. Le doigt crispé sur la détente, Blythe se pencha en avant. Elle eut la satisfaction de le voir déglutir nerveusement.

– Et le domaine Trevelyan ? demanda-t-il.

– Je me moque de ce que tu en feras. Retourne t'y installer, vis des revenus des terres, lègue-les au premier venu si cela te chante. Je n'exige de toi que ta parole de gentleman que Barton Hall reviendra à mon fils. Sinon, je te tire une balle dans le cœur, dit-elle en abaissant légèrement le canon du pistolet.

Kit la dévisageait avec une haine qu'il n'avait pas de mots pour exprimer. Blythe reposa doucement le bébé sur l'oreiller et se leva en prenant appui sur le montant du lit. Le pistolet pesait lourd, son bras se fatiguait. Elle s'approcha d'un pas afin de ne pas manquer sa cible.

– Alors, mon cher mari, que dis-tu de ma proposition ? Je vais compter jusqu'à trois. A trois, tu me répondras. Sinon...

Kit garda le silence. Elle fit un nouveau pas vers lui.

– Un... deux...

– Trois ! dit Valérie Kent d'une voix forte. Réveillez-vous, Blythe. Voilà ! Comment vous sentez-vous ?

Un téléphone sonnait dans le bureau voisin. Blythe se redressa brusquement et jeta autour d'elle des regards effarés avant de reconnaître les lieux.

Alors, elle éclata de rire :

– Pour une adepte convaincue de la recherche des vies antérieures, docteur Kent, vous n'êtes qu'une poule mouillée !

– Dans mon cas, ce serait plutôt une poularde bien

dodue, répondit Valérie en riant à son tour. Je crois quand même, ajouta-t-elle en reprenant son sérieux, qu'il était plus sage de vous ramener au présent.

– Mais, protesta Blythe, nous n'avons même pas eu le temps de découvrir ce que....

– Mieux vaut faire preuve de prudence. Pour nous deux, cette exploration est encore trop nouvelle.

Nouvelle? s'abstint de commenter Blythe. Je dirais plutôt vieille comme le monde.

13

6 septembre 1994

Blythe débouchait du tunnel de verdure au volant de la Land-Rover quand elle freina devant un spectacle inattendu. Devant le perron, brillant de tous ses chromes sous le soleil doré de l'après-midi, trônait en majesté une Rolls-Royce Silver Cloud de couleur crème.

– La barbe! dit-elle entre ses dents. De la visite.

Elle ne se sentait pas d'humeur à faire des mondanités. Epuisée par son incursion dans le monde surnaturel où elle s'était laissé entraîner par Valérie Kent, elle n'aspirait qu'à regagner au plus vite le cottage et à se détendre dans un bain chaud en regardant le paysage. Au moins, pensa-t-elle avec satisfaction, ce n'est pas Chloé Acton-Scott. Sa Jaguar bleue n'avait en effet pas reparu à Barton Hall depuis plusieurs semaines.

Blythe obliqua pour aller se garer derrière le château. Dans le champ au-delà du potager clos de murs, l'ossature de la première serre était prête à recevoir son revêtement de polyuréthane, les fondations des six autres étaient achevées. M. Quiller donnait des instructions aux ouvriers et Richard le secondait de son mieux. Il arborait fièrement ses bottes de cow-boy flambant neuves, cadeau d'anniversaire de Blythe qui les avait fait venir tout exprès du Wyoming.

A peine avait-elle coupé le contact que Richard accourut :

– Vous voyez comme on a bien travaillé aujourd'hui ! s'écria-t-il.

– Félicitations, Dicken ! Ton père a une visite, je crois, poursuivit-elle en mettant pied à terre. Quand tu le verras, sois gentil de lui dire que je rentre au cottage et que je reviendrai de bonne heure demain matin. Les fournitures qu'il a commandées sont dans la Land-Rover.

– Il m'a dit de vous demander d'aller à la maison dès que vous serez de retour, déclara Richard.

– Mais non, je suis affreuse et je tombe de fatigue ! Dis-lui que je ne suis pas en état de...

– Monsieur a dit que c'était important, intervint M. Quiller qui s'approchait.

– Vraiment ? Bon, j'y vais, soupira-t-elle avec résignation.

Qui cela peut-il bien être ? se demanda Blythe en se dirigeant vers l'entrée de service. Lucas avait peu de famille proche. Depuis la mort de son père, sa mère vivait près de sa sœur au Canada. S'agissait-il d'un de ses riches cousins de Londres qu'il souhaitait lui présenter ? En tout cas, les inspecteurs des impôts n'avaient pas l'habitude de rouler en Rolls-Royce, c'était au moins une consolation...

Blythe ne trouva pas Mme Quiller dans la cuisine. La bouilloire qui chantait sur le fourneau et les boîtes de biscuits ouvertes sur la table dénotaient toutefois la préparation récente d'un thé impromptu. Blythe se lava les mains à l'office et remit un peu d'ordre dans son apparence. Puis, résistant à l'envie de faire son apparition par la porte secrète, elle prit le chemin normal du petit salon, ouvrit la porte... et se figea sur le seuil.

– Te voilà enfin ! s'exclama un importun revenant de son passé. Notre hôte, qui m'a reçu avec la plus grande amabilité, m'assurait de ton retour imminent, mais je commençais à me demander si tu ne nous avais pas faussé compagnie.

Assis sur le canapé dans une pose à la nonchalance étudiée, une tasse de thé à la main, Christopher Stowe affectait l'aisance d'un familier de la maison. Sa veste de tweed et son pantalon, aux subtiles nuances de rouille et de beige, composaient une délicate symphonie automnale avec sa chemise assortie à la couleur de la Rolls-Royce. Sa chevelure châtaine, sans catogan, sortait à l'évidence des mains d'un artiste capillaire habile à dissimuler les débuts d'une inéluctable calvitie. Mais ses traits s'étaient empâtés depuis leur dernière rencontre, des poches se formaient sous ses yeux et la peau de son visage, jusqu'alors épargnée par les griffes de l'âge, donnait des signes de fatigue. Le séducteur conquérant dont Blythe gardait le souvenir prenait l'allure d'un vieux jeune homme, marchant lentement mais sûrement vers la décrépitude. Son ex-mari n'avait cependant rien perdu de sa superbe et pouvait encore faire illusion.

Tandis que Mme Quiller tendait à l'illustre visiteur une assiette débordante de ses meilleures friandises, Blythe resta muette, assommée par le choc de découvrir le seul homme au monde qu'elle souhaitait ne jamais revoir en train de prendre le thé dans le petit salon de son amant, comme si c'était la chose la plus naturelle qui soit.

Son regard alla de l'un à l'autre avec incrédulité. Elle se demanda si elle s'était trompée de studio de tournage et ne tombait pas en plein film d'horreur. Au diable les bonnes manières si chères aux Britanniques ! se dit-elle. Un cheval vicieux, on le sort du corral. À coups de fourche s'il le faut.

– Que fais-tu ici ? demanda-t-elle sèchement lorsqu'elle se sentit enfin en état de prendre la parole.

– Viens donc d'abord t'asseoir, suggéra Chris avec un chaleureux sourire.

– Non, je n'ai aucune envie de m'asseoir ! Je veux simplement savoir ce que tu fabriques ici.

Le vernis de courtoisie du cinéaste couvert d'Oscars parut s'écailler quelque peu. Mme Quiller battit hâtivement en retraite par la porte secrète et Lucas lança à Blythe un regard inquiet. Pour sa part, Blythe résistait à grand-peine à l'envie de saisir le tisonnier de la cheminée afin de chasser Christopher Stowe de Barton Hall – et d'en appliquer, par la même occasion, quelques coups bien sentis sur les ailes de son élégante Rolls-Royce.

– Je suis venu, ma chère Blythe, afin d'avoir avec toi une petite conversation d'affaires.

– Adresse-toi à mon avocate, répliqua-t-elle.

– Je l'ai déjà fait. C'est ainsi que j'ai pu retrouver ta... lointaine retraite.

– Lisa Spector t'a dit où j'étais?

Avec un sourire plein d'indulgence, il avala une gorgée de thé. L'enfant de salaud sait mieux que moi dissimuler ses sentiments, pensa-t-elle avec dépit.

– Non, pas exactement. Elle s'est bornée à m'informer que tu avais quitté le pays et que tu étais injoignable. Connaissant ton peu de dispositions pour les langues étrangères, j'en ai déduit que si tu t'éloignais des Etats-Unis un certain temps, tu choisirais de préférence l'Angleterre. Puis, ne te retrouvant pas dans les lieux où nous avions nos habitudes, j'ai pensé que tu t'étais enfin offert le plaisir de dépister tes ancêtres en Cornouailles. Je constate avec joie que je ne m'étais pas trompé.

– Une femme vous a demandé au téléphone peu après votre départ pour Gorran Haven, intervint Lucas. Je suis désolé... J'avais cru que...

– Vous n'y êtes pour rien, soupira Blythe. Qui est cette femme? demanda-t-elle en se tournant vers Chris.

– Ecoute, Blythe, pourrions-nous nous retirer dans une autre pièce afin de parler?...

– Je vous laisse, dit Lucas en se levant. Je dois aller surveiller les travaux.

Avant que Blythe ait pu protester, il avait déjà refermé la porte derrière lui. Ces Anglais et leurs maudites bonnes manières sont incroyables! fulmina-t-elle.

De part et d'autre de la pièce, les ex-époux se toisèrent du regard sans mot dire.

– Tu ne veux vraiment pas venir t'asseoir? s'enquit Chris après un long silence.

Blythe hésita et alla prendre place dans le fauteuil que Lucas venait de quitter. Il était encore imprégné de la chaleur de son corps, ce qui la réconforta un peu.

– Tu as bonne mine, Blythe, déclara son ex-mari en guise d'entrée en matière.

– Vas-tu enfin me dire pourquoi tu arrives sans t'être annoncé? lui demanda-t-elle sèchement.

– Les journalistes ignorent..., commença-t-il.

– C'est le bouquet! Si les vampires de Fleet Street ont suivi ta piste et me découvrent ici, je te jure que...

– Personne ne se doute même que j'ai quitté le Kenya. Ellie et moi avons affrété un avion spécial et nous sommes arrivés à trois heures du matin.

– Ellie est ici, en Cornouailles? Il n'y a donc pas un endroit au monde où vous me ficherez la paix, tous les deux?

– Je ne pouvais quand même la laisser seule avec le bébé au beau milieu de la jungle! dit-il d'un ton excédé.

– Le bébé? répéta Blythe.

– Oui, nous avons une fille.

– Tu as fait accoucher Ellie dans la brousse?

– Il y a un excellent hôpital à Nairobi, fondé par les Britanniques d'ailleurs, répondit-il d'un air pincé. Nous l'avons appelée Janet, comme ta mère.

Chris, Ellie, une petite fille nommée Janet... Blythe se tassa dans le fauteuil, écrasée par la présence de ce trio de malheur auquel, bon gré mal gré, elle resterait liée toute sa vie. Elle aurait beau faire, elle ne pouvait briser les liens du sang. Quelles surprises découvrirait-on gravées dans l'ADN de cette enfant? se demanda-t-elle en regardant distraitement par la fenêtre. La lumière dorée de l'après-midi donnait un ton émeraude aux prairies, au-delà desquelles la

Manche prenait une allure presque méditerranéenne. Les moutons paissaient paisiblement. Pourquoi ce cadre bucolique ne reflétait-il rien de la tempête qui courait entre les murs du château ?

– Ecoute, Blythe, reprit Chris d'un ton contrit, je comprends que mon arrivée inattendue te cause un certain choc, mais je ne pouvais pas faire autrement. Il fallait à tout prix que je te parle.

– Pourquoi ?

– Parce que j'ai besoin de ton aide. J'irai même jusqu'à t'avouer que... tu es la seule personne au monde qui puisse me sauver.

Déconcertée, Blythe le dévisagea.

– Moi, te sauver ? Quelle raison aurais-je de te venir en aide, Chris ?

– J'ignore si tu es disposée à le faire, c'est pourquoi je suis venu de si loin. Je sais simplement que tu le pourrais.

Elle se leva en s'efforçant de garder son calme.

– Toi et moi n'avons plus rien de commun, Chris. Tu as une nouvelle femme, un bébé, un nouveau film à réaliser. Entre nous, tout est fini, les affaires comme le reste. Alors, si tu veux bien...

– J'ai appris que tu avais un nouvel associé en affaires, l'interrompit-il. Comme je m'étonnais de l'activité qui régnait autour de cet antique tas de pierres, le fils de ton charmant propriétaire m'a parlé du... comment dis-tu ? du « palais de l'horticulture » que tu penses créer, dit-il en riant. Tu as décidément un faible pour nous autres Anglais, ma chère Blythe.

– Mes projets actuels avec Lucas Teague n'ont rien à voir avec ce dont il est question en ce moment ! dit-elle, furieuse de la manière sournoise dont Chris s'arrangeait, une fois de plus, pour tourner ses activités en dérision. Il est seulement question que tu t'en ailles au plus vite.

– Sans même savoir ce que j'étais venu te demander ?

– Je me moque de tes raisons, dit-elle avec froideur. C'est ta présence qui me dérange.

– Bien sûr, je peux le comprendre...

De la manière dont il se mit à pianoter sur l'accoudoir du canapé, Blythe se rendit alors compte que, sous son apparente désinvolture, il était plus profondément troublé qu'il ne voulait le montrer.

– Epargne-moi les fioritures et dis-moi en deux mots de quoi il s'agit, dit-elle avec lassitude. Je suis morte de fatigue, j'ai hâte de rentrer chez moi. Sinon, va-t'en.

– Soit. Je suis venu te demander de signer la vente de la forêt en Ecosse.

– La... quoi ?

– Le bout de terrain que j'avais acheté il y a des années pour des déductions fiscales. Tu avais cosigné l'acte, simple formalité à l'époque. Etant située au Royaume-Uni, cette propriété ne figurait pas dans le compromis de notre divorce, qui ne portait que sur nos biens aux Etats-Unis.

– Combien vaut-il, ce « bout de terrain » ?

Blythe eut une brève vision de la pile de factures qui s'accumulait sur le bureau de Lucas. La moitié de cette forêt couvrirait peut-être une bonne partie des dépenses en cours sans la forcer à puiser encore dans ses capitaux.

– La question n'est pas là ! répliqua-t-il, agacé. Je l'ai acheté avec l'argent d'un de mes films, *Sally's Girls.*

– Puis-je te rappeler que j'en étais la coproductrice ?

– Oui, mais...

– Etant désormais domiciliée dans le Royaume-Uni pour une période indéterminée, poursuivit-elle en commençant à prendre plaisir à leur conversation, j'ai droit à la moitié du produit de la vente d'un bien acquis en communauté.

– Puis-je à mon tour te rappeler, très chère Blythe, que, contrairement aux lois de la Californie, le droit anglais ignore la communauté automatique entre époux ?

– Pourquoi, dans ces conditions, as-tu un si pressant besoin de ma signature ?

– A cause d'une règle idiote du fisc de ton cher pays

natal! fulmina-t-il. Nos deux noms figurent sur l'acte d'achat, ils doivent aussi figurer sur l'acte de vente.

– Et pourquoi est-il si urgent de vendre cette forêt?

– Parce que j'ai besoin d'argent, lâcha-t-il.

Blythe venait de se verser du thé. La tasse à la main, elle se retourna, stupéfaite.

– Toi, besoin d'argent? Pourquoi donc?

– Au Kenya... Un dépassement de budget catastrophique.

– Ce n'est pas dans tes habitudes. Qu'est-il arrivé? demanda-t-elle, intéressée malgré elle par le sort de ce film, sur lequel elle avait brièvement travaillé à Hollywood au stade de la pré-production.

– Des pluies diluviennes, des fleuves de boue, les acteurs malades de la dysenterie. Et puis... la personne qui te remplace est au-dessous de tout, dit-il avec accablement. Ses bourdes me coûtent déjà plusieurs centaines de milliers de dollars.

– Pauvre Chris, que de soucis! dit Blythe avec sarcasme.

– Mes problèmes te réjouissent, je sais, dit-il sombrement, mais si je ne donne pas sous dix jours une caution personnelle de sept millions de dollars pour couvrir les dépassements, ce film – que je considère comme le point culminant de ma carrière – sera définitivment stoppé.

– Ta caution personnelle? Je ne comprends pas.

– Je voulais tourner les extérieurs en Afrique au lieu de me contenter de décors approximatifs, et le studio m'a imposé d'engager ma responsabilité financière. Je n'aurais jamais pu prévoir que les choses prendraient une telle tournure, crois-moi! J'avais largement calculé les coûts et les délais de production, je me croyais à l'abri des mauvaises surprises. Mais puisque j'ai signé... Depuis huit jours, j'ai donné en garantie aux banques tout ce que je possède, mais il me faut encore un million. Heureusement, j'ai trouvé un acheteur pour la forêt, il est prêt à conclure. Il ne manque plus que ta signature.

– Ça alors ! s'esclaffa Blythe. Qui aurait cru qu'un bout de terrain planté d'arbres au fin fond de l'Ecosse prendrait une telle valeur en huit ans !

– J'avais eu du flair... Ecoute, poursuivit-il avec impatience, si je ne trouve pas ce dernier million, le film sera sabordé à moins de quinze jours de la fin du tournage, toute l'équipe sera coincée au Kenya et Ellie, le bébé et moi nous retrouverons sans le sou.

– C'est tout ? lâcha-t-elle avec sarcasme.

– Non ! Ma réputation de réalisateur capable de mener à bien une grosse production dans les délais et les limites du budget sera foutue ! Comprends-tu ?

– Quel malheur ! Et qu'est-ce qui te fait croire que je lèverai le petit doigt pour voler à ton secours ?

– Parce que tu sais fort bien que ce sera un grand, un très grand film ! Et parce que tu as un bon fond, ajouta-t-il avec un sourire en coin.

Blythe se figea, sa tasse à mi-chemin de ses lèvres.

– A ta place, je ne m'y fierais pas, dit-elle sèchement.

– Ecoute, maugréa-t-il, je te rembourserai ta part, puisque tu estimes qu'elle te revient – si j'arrive à me sortir de ce pétrin.

– Ah ! Parce que tu considères que je ne la mérite pas ?

– Selon le droit britannique, non. Mais il faudrait que je le prouve et je n'en ai pas le temps. J'ai besoin de cet argent dans les plus brefs délais.

– Voilà qui n'est guère diplomatique, si tu tiens tant que ça à me faire signer.

– D'accord ! Tu la mérites, ta moitié de forêt ! Je ne le sais que trop bien depuis que je subis ce bon à rien de Patrick Corrigan.

– Qui est-ce ?

– L'imbécile de pochard irlandais qui te remplace à la production. Alors, signeras-tu ?

– Je veux d'abord consulter mon avocate, déclara-t-elle en dissimulant sa jubilation.

– Enfin, bon Dieu, Blythe ! explosa-t-il. Si nous mêlons les avocats à cette affaire, mon film est foutu !

Elle reposa sa tasse avec tant de force qu'elle craignit de l'avoir brisée.

– Ton film, ton film ! Tu n'as que ce mot-là à la bouche et dans le crâne ! Tu débarques ici au volant d'une Rolls en criant misère ! Tu te fiches éperdument de savoir si tu as traîné ou non dans ton sillage une meute de paparazzi, qui sont peut-être embusqués derrière les haies et seraient trop contents de me dénicher, ce qui donnerait un bon coup de pub à ton foutu film ! Et tu as le culot de me supplier de te rendre service ? Tu m'insultes, tu es grossier envers mon hôte, tu ridiculises mes efforts pour mener enfin ma vie à mon idée après qu'Ellie et toi l'avez piétinée sans scrupules, et tu viens après ça me demander un million de dollars ? Es-tu cinglé ou inconscient, Christopher ? Ne penseras-tu jamais à rien ni à personne qu'à toi-même et tes petites affaires ?...

Elle interrompit sa tirade, furieuse contre elle-même de sentir des larmes lui nouer la gorge. Chris était devenu livide, jusqu'à la racine de ses cheveux teints.

– Blythe, Blythe... je t'en prie, je suis désolé... Je m'y suis affreusement mal pris, je l'avoue. Je ne voulais pas te vexer ni t'insulter. J'ai eu le temps, crois-moi, de prendre conscience de mes torts envers toi et de m'en mordre les doigts. C'est juste que...

Avec stupeur, Blythe le vit au bord des larmes et lutta elle-même pour reprendre contenance.

– Tout m'est tombé dessus en même temps, poursuivit-il d'une voix altérée. Je croyais pouvoir amortir les bouleversements survenus dans ma vie en me noyant dans le travail, mais je devais avoir le jugement faussé depuis des mois car rien ne s'est passé comme je le prévoyais. Depuis que tu as quitté la maison, tout va mal. Trop c'est trop. Trop c'est trop, répéta-t-il en se cachant le visage dans les mains.

Désarçonnée par le brusque changement d'humeur de Christopher et l'apparente sincérité de ses regrets, Blythe fut incapable de proférer un mot.

Dans le silence qui suivit, son regard se détourna machinalement de lui pour se poser sur le tableau d'Ennis Trevelyan, et le parallèle entre les deux hommes la frappa. Comme Chris, Ennis possédait un talent remarquable. Il avait, lui aussi, toujours agi comme il l'entendait, à la poursuite de l'art et des plaisirs. Banni par son frère qui lui coupait les vivres, Ennis avait pris la mer. Avait-il jamais pu recommencer à peindre? La carrière de Christopher serait-elle à jamais compromise si elle lui refusait sa signature?

– Ecoute, Chris... Je ne signerai rien sans lire d'abord ces papiers et consulter mon avocate. Laisse-les moi, je les examinerai à tête reposée.

Il leva vers elle un regard plein d'espoir.

– Je te rembourserai ta moitié, je te le promets. Dès que je le pourrai.

– Je sais, tu me l'as déjà dit.

– Je le mettrai par écrit, si ton avocate l'exige.

– Je ne manquerai pas de lui en faire part.

– Si seulement je pouvais finir ce film... Les rushes sont sensationnels, Blythe, je t'assure! Il pourrait me valoir un Oscar de plus, ajouta-t-il avec un rire contraint.

– Je n'en doute pas.

Il ouvrit la mallette posée à côté de lui et en sortit une liasse de documents.

– Tiens, dit-il en les tendant à Blythe. Je suis descendu à Gorran Haven dans un petit hôtel sordide. Tu pourras m'y appeler quand tu auras lu les papiers.

– L'Auberge des Contrebandiers?

Blythe frémit : elle était passée devant en revenant de chez Valérie Kent.

– Oui, c'est cela. Une horreur!

– Je la trouve charmante, au contraire. Un peu exiguë, c'est tout.

– Avec la petite qui braille tout le temps...

– Epargne-moi les détails, je te prie, l'interrompit-elle. Il faudra que je faxe ces documents à Lisa Spector et que j'attende sa réponse. Je ne pourrai sans doute pas te faire signe avant demain soir ou après-demain matin.

Chris parut prêt à protester, mais il se résigna.

– Bon, fais pour le mieux. C'est important, tu sais.

– Je sais. Pour toi.

– Si nous dînions ensemble demain soir, Blythe ? Ou plutôt, non, après-demain, comme ça tu me feras part de ta décision. Seuls, toi et moi – bien que ta sœur ait très envie de te revoir...

– Moi, pas ! Je tiens à ce que tu le lui fasses comprendre une fois pour toutes. Viens, je te raccompagne.

– Quand veux-tu que je t'appelle ? lui demanda-t-il sur le perron.

– Je n'ai pas le téléphone au cottage.

– Toi, pas de téléphone ? s'exclama-t-il, sincèrement stupéfait. Quel genre de baraque habites-tu donc ? Une cabane dans un arbre ?

– Non, sur une falaise. C'est superbe. Je te laisserai un message à l'hôtel quand je saurai quelque chose.

Christopher ouvrit la portière de sa voiture en jetant autour de lui un regard circulaire.

– Eh bien, tu vois ? Pas de paparazzi embusqués derrière les haies ! dit-il en riant.

– Pas encore. Mais ne t'étonne pas que l'unique rédacteur du *Messager de Gorran Haven* cherche à se renseigner sur le zèbre qui se promène dans le pays en Rolls de location.

– Il faut toujours faire impression sur le public, ma chérie ! répondit-il avec un large sourire.

Sans répondre, Blythe tourna les talons et se retint de justesse de claquer la lourde porte de chêne.

– Il t'appelle toujours « ma chérie » ? fit une voix dans l'ombre du grand hall.

Blythe sursauta. Une silhouette se détachait sous le portrait de Garrett Teague peint en 1794, par un artiste moins doué qu'Ennis Trevelyan, lorsque Garrett avait pris possession de Barton Hall.

– Luke ! Tu m'as fait peur. Tu écoutes aux portes, maintenant ? dit-elle en souriant.

– Je passais par hasard, j'ai vu la porte ouverte et je me suis demandé si cet enquiquineur était enfin parti.

– Oui, enfin. J'ai grand besoin de boire quelque chose, ajouta-t-elle en se dirigeant vers la bibliothèque.

– Cognac ou sherry ?

– Cognac. Double.

– Qu'est-ce qu'il voulait ? demanda Lucas en remplissant deux verres.

– De l'argent pour sauver son film de la faillite. Il a besoin de ma signature pour vendre une forêt que nous avions achetée en Ecosse il y a des années et dont j'avais complètement oublié l'existence. Imagine un peu ! ajouta-t-elle en riant. Cette poignée d'arbres plantés Dieu seul sait où vaut, paraît-il, un million de dollars !

– Tu acceptes ?

– Je ne sais pas encore... Je voudrais d'abord lire les papiers et les soumettre à mon avocate.

– C'est à toi de décider, pas à elle.

– Je sais, mais je lui demande toujours conseil pour ce genre de choses.

Enfin... presque toujours, se dit-elle au souvenir de la scène que lui avait infligée Lisa Spector quand elle avait signé son contrat avec Lucas sans l'avoir consultée.

– Pourquoi aiderais-tu ce type qui t'a traitée de manière aussi indigne ? s'exclama Lucas. Envoie-le au diable !

– J'apprécie ton intérêt, Luke, mais comme tu viens de me le dire, c'est à moi de décider.

Les dents serrées, il s'abstint de répliquer. Blythe but une gorgée de cognac pour gagner du temps. Le temps de réfléchir, d'y voir plus clair dans les émotions que l'apparition inopinée de Christopher avait fait naître en elle.

Morose, Lucas regardait par la fenêtre. Blythe chercha à relancer la conversation sur un sujet moins périlleux.

– Au fait, devine qui j'ai vu tout à l'heure à Gorran Haven : ta cousine Valérie Kent.

– Comment va-t-elle ?

– A merveille. Elle m'a parlé de la légende selon laquelle le révérend Kent aurait prédit la descendance de Garrett Teague.

– Ah, oui ! Le génie de la généalogie ! dit Lucas avec ironie. Les anciens du village t'affirmeront sans rire que leurs grand-mères juraient sur la Bible que cet arbre généalogique avait été réalisé il y a deux siècles par ce cher homme, qui était censé posséder des dons extraordinaires !

– Tu n'y crois pas ?

– Bien sûr que non. Ma grand-mère avait beau dire que sa grand-mère affirmait que le digne pasteur de Saint-Goran ne se trompait jamais dans ce domaine, c'est une absurdité.

– Pourtant, regarde. L'écriture est la même jusqu'à l'année 1890, dit-elle en s'approchant.

– Voyons, Blythe, tu ne vas pas toi aussi croire à ce genre de sornettes ! Quelqu'un de la famille l'a sans doute fait recopier à la fin du siècle dernier, voilà tout.

– Pourtant, Valérie...

– Valérie est amusante, charmante, sympathique et je l'aime beaucoup, mais le fait est qu'elle est plutôt... bizarre. Je ne lui ferais sûrement pas confiance les yeux fermés pour ce genre de choses.

Blythe préféra ne pas se lancer dans une polémique. Elle vida son verre et s'étira en bâillant avec affectation.

– Je suis crevée, Luke. J'ai grand besoin d'un bon bain chaud et d'une longue nuit de sommeil.

– Seule dans ton lit ? demanda-t-il avec une évidente froideur. Pour avoir le temps de réfléchir ?

Elle soutint son regard sans faiblir :

– C'est ça... Le temps de réfléchir.

Drapée dans son peignoir en tissu-éponge, Blythe sortit du réfrigérateur le bol de soupe qui constituerait tout son dîner. Après l'avoir réchauffé dans le four à micro-ondes, elle le transvasa dans une tasse et alla s'asseoir près de la fenêtre en regardant la Manche au crépuscule. Malgré son bain chaud et l'arôme appétissant du potage de Mme Quiller, elle avait toujours l'estomac noué et une vague nausée – phénomènes associés depuis toujours à ses pires périodes de surmenage à Hollywood. La seule apparition de Christopher Stowe avait donc suffi à la replonger dans le stress qu'elle s'était donné tant de mal à fuir.

L'attitude de Lucas n'arrangeait pas son malaise. Vexé, peut-être même un peu jaloux, il lui en tenait visiblement rigueur. Ainsi que n'importe quel observateur objectif et sain d'esprit, il s'étonnait qu'elle puisse envisager d'aider un ex-mari qui l'avait traitée, comme disait Lucas, de manière aussi indigne.

Pourquoi, en effet, ne l'ai-je pas tout de suite envoyé au diable ? se demanda-t-elle avec perplexité. Ai-je obéi au souci inconscient de compenser les torts subis il y a deux siècles par un autre Christopher du fait d'une autre Blythe Barton ? Cela ne tient pas debout !

Son estomac eut un nouveau sursaut. Blythe se précipita vers le placard où elle rangeait sa trousse de pharmacie et avala deux comprimés. Pouah ! Leur seul goût la ramenait plus d'un an en arrière...

En venant se rasseoir, son regard se posa au-dessus de la cheminée, sur la grande marine d'Ennis Trevelyan. En dépit de sa décision de ne plus se mêler des faits et gestes de cette famille sans l'assistance de Valérie Kent, elle s'en approcha pour la regarder de plus près. Il se dégageait de cet immense désert liquide une sombre beauté qui, à ses yeux, trahissait l'incapacité de l'artiste à peupler son univers d'une véritable présence humaine, faute sans doute de pouvoir établir des relations sincères et profondes avec d'autres êtres humains.

Alors, cédant à une inexplicable impulsion, elle posa son bol vide sur la table, grimpa sur un tabouret, décrocha le tableau et le contempla sous la lampe. Ne trouvant pas la signature dans un angle, à sa place normale, elle retourna la toile et eut alors la surprise de découvrir au dos les mots « Pour William », tracés au fusain en grands caractères.

William ? Ce prénom ne figurait nulle part sur l'arbre généalogique. Elle ne se rappelait pas non plus avoir entendu Lucas le mentionner parmi ceux de ses ancêtres.

Intriguée, Blythe alla décrocher près du chevalet un tableau représentant, comme tous les autres, la mer ou la côte sous des ciels tourmentés – et sans un personnage. Au dos de la toile figuraient encore les mots : « Pour William. »

Résolue à en avoir le cœur net, Blythe poursuivit son inventaire. La petite toile carrée à côté de l'armoire, la rectangulaire près de la porte de la salle de bains, une autre, une autre encore, toutes portaient la même inscription de la même écriture : « Pour William. »

Une par une, Blythe raccrocha les toiles à leurs places et se rassit enfin, de plus en plus songeuse. Qui donc était ce mystérieux William, un Barton, un Trevelyan, un Teague ? Quand avait-il vécu ? Et qui lui avait dédié ou, peut-être, légué la collection des tableaux d'Ennis ?

Lorsqu'elle se réveilla le lendemain matin, Blythe crut que ses remèdes américains avaient perdu leur pouvoir en traversant l'Atlantique : elle avait l'estomac noué au point de se sentir incapable d'avaler autre chose qu'une tasse de thé. Elle se demanda même avec inquiétude si la simple vue de son ex-mari n'avait pas suffi à lui provoquer un ulcère.

Elle venait de brancher la bouilloire électrique quand elle entendit la Land-Rover écarter les moutons à coups d'avertisseur. Un instant plus tard, elle vit Richard sauter à terre, porteur d'un panier contenant, pensa-t-elle, une offrande de réconciliation de la part de son père.

– Voilà des scones tout frais ! lui cria-t-il en courant vers la porte. Ils sortent du four !

Blythe adressa à Lucas, qui s'approchait à son tour, un amical salut de la main. Il le lui rendit en souriant, soulagé de constater qu'elle ne lui en voulait pas.

– C'est gentil tout plein, dit Blythe en le serrant dans ses bras. Entrez, vous deux, je viens de mettre de l'eau à chauffer.

Pendant qu'elle s'occupait des préparatifs de ce petit déjeuner improvisé, Lucas montra à son fils les derniers dessins des plantations d'herbes aromatiques que Blythe avait disposés sur le chevalet.

– Vous vendrez les herbes fraîches ou vous les sécherez d'abord, Blythe ? demanda Richard.

– Les deux, répondit-elle en adressant à Lucas un clin d'œil complice.

– Vous voudrez bien m'apprendre à les sécher ?

– Tu seras à l'école quand les herbes pousseront au printemps, intervint Lucas avant que Blythe ait pu répondre.

La mine désolée, Richard se tourna vers son père.

– Papa, je vous en prie ! implora-t-il. Pourquoi pas plutôt l'école de Mevagis...

– Non, la question est réglée une fois pour toutes ! l'interrompit Lucas d'un ton sec. Cesse de me turlupiner, tes jérémiades ennuient Blythe.

– Quand rentres-tu à l'école, Dicken ? demanda Blythe de la cuisine où elle suivait la conversation.

– Vendredi. J'en suis malade ! ajouta-t-il.

– Richard, j'ai dit assez ! le tança Lucas.

Blythe jugea plus sage de ne pas insister.

Après avoir bu leur thé et grignoté les scones, Blythe demanda à Lucas de la conduire au village afin de faxer les documents à Lisa Spector. Elle ajouta, à la fin de son envoi, une lettre explicative demandant à l'avocate de lui communiquer son avis par téléphone dans l'après-midi, ou le lendemain matin au plus tard, à Barton Hall.

L'atmosphère entre le père et le fils paraissait encore tendue lorsqu'elle les rejoignit dans la Land-Rover.

– Au fait, dit-elle à Lucas alors qu'ils s'approchaient de l'église, je voulais te demander tout à l'heure si tu te souvenais d'un William dans ta famille.

– William qui ?

– Je me posais justement la question.

Elle lui relata alors sa découverte de l'inscription figurant au dos des tableaux du cottage.

– Je n'ai vu ce prénom nulle part, dit Lucas, perplexe. Et je suis à peu près certain que ces tableaux n'ont jamais été décrochés depuis au moins cent ans.

– Si nous allions faire un tour dans le domaine de feu le révérend Randolph Kent ? suggéra-t-elle. Nous trouverons peut-être le nom de ce William sur une pierre tombale.

Lucas accepta avec une répugnance visible, que Blythe ne s'expliqua pas. Après avoir visité l'église, qui n'avait pas changé depuis les noces de Blythe Barton et de Kit Trevelyan deux siècles auparavant, l'exploration des sépultures de la famille ne révéla aucun William.

– Papa, pouvons-nous montrer à Blythe la tombe de maman ? demanda Richard alors qu'ils s'apprêtaient à partir.

– Je ne crois pas que ce soit très distrayant pour elle, répondit Lucas assez sèchement. Il est tard, rentrons à la maison.

– J'aimerais bien la voir, moi, intervint Blythe. Montre-moi où elle est, Dicken.

Le jeune garçon lui prit la main et la guida vers une autre section du cimetière. Il s'arrêta devant une dalle de marbre rose, fraîchement gravée du nom de la défunte et des dates de sa courte vie. Blythe s'agenouilla à côté de lui, le prit aux épaules, le serra contre elle avec sollicitude. Un instant plus tard, elle le sentit secoué de sanglots muets si bouleversants qu'elle eut elle-même du mal à réprimer ses larmes.

– Pleure, Dicken, dit-elle à mi-voix. Il ne faut pas avoir honte de pleurer quand on a de la peine.

Tout à son chagrin, auquel il pouvait s'abandonner librement pour la première fois depuis longtemps, Richard ne se rendit pas compte que son père tournait les talons et sortait du cimetière. Lorsqu'il eut épuisé ses larmes, Blythe et lui regagnèrent la Land-Rover où Lucas les attendait avec une expression maussade. Blythe eut beau s'efforcer de soutenir avec Richard une conversation enjouée sur sa participation essentielle à la construction des serres, son père ne desserra pas les dents pendant tout le trajet de retour.

La vision de la Jaguar bleue de Chloé Acton-Scott les accueillit dans la cour des écuries.

– Bonjour, mes chéris ! s'exclama sa propriétaire en mettant pied à terre.

Dans un tailleur couleur pêche et avec un double rang de perles nichées au creux de sa provocante poitrine, la marraine de Richard était, aux yeux de certains, ridiculement accoutrée pour la campagne ou, au goût de certains autres, tout simplement sublime.

– Chloé... quelle bonne surprise, déclara Lucas d'assez mauvaise grâce.

– Vous n'avez pas consulté votre agenda, mon cher ! dit-elle en décochant à l'adresse de Blythe un sourire à congeler un Esquimau sur la banquise. Je dois emmener Richard au dernier essayage de son uniforme.

Blythe vit avec tristesse les yeux du jeune garçon s'emplir de larmes.

– C'est vrai, j'avais oublié, admit Lucas. Voulez-vous rester déjeuner avec nous ?

– Pas le temps, hélas ! répondit-elle. Richard, va demander à Mme Quiller de nous préparer des sandwiches et rejoins-moi tout de suite. Nous reviendrons pour le thé, ajouta-t-elle avec un large sourire destiné au seul Lucas. Etes-vous libre ce soir pour aller dîner à Saint-Austell ? Mes parents tiennent absolument à nous voir.

Lucas marqua une pause avant de répondre.

– C'est très aimable à eux. Oui, avec plaisir.

Il m'en veut vraiment ! pensa Blythe, stupéfaite. Mais de quoi, au juste ? De n'avoir pas envoyé promener mon ex-mari ? D'avoir encouragé son fils à pleurer tout son soûl au cimetière ? Quelle que soit la raison de son déplaisir, il saute sur l'occasion du dîner de Chloé pour me punir de *mes torts*, réels ou supposés. Maudits Anglais ! fulmina-t-elle. Tous les mêmes, en fin de compte !...

Du coup, son estomac émit de si vives protestations que Blythe se demanda sérieusement si elle n'avait pas attrapé une mauvaise grippe intestinale.

– Vous voudrez bien m'excuser, mais je ne me sens pas du tout en forme. Si vous n'y voyez pas d'inconvénient, Luke, je m'accorde une après-midi de repos.

– Je vais vous conduire au cottage, offrit-il aussitôt. Richard, va vite chercher les sandwiches. Je te verrai avant de partir dîner avec ta marraine.

L'air buté, Richard s'éloigna en traînant les pieds.

– Je préfère marcher, déclara Blythe, le grand air me fera du bien.

Sur quoi, partagée entre un malaise qui menaçait de prendre d'inquiétantes proportions et une colère croissante, elle partit à grands pas sans attendre la réaction de Lucas.

Son attitude envers son fils l'indignait. Un baiser ne coûte pourtant pas cher ! Faudrait-il une révolution pour que les Anglais manifestent un peu de compréhension et d'affection à leurs enfants ?

Elle débouchait du sentier pédestre quand Lucas, arrivé en voiture par la route côtière, la rattrapa à la barrière.

– Blythe ! Attends-moi ! lui cria-t-il par la vitre ouverte. Es-tu sûre que tout va bien ?

– Non, je suis certaine du contraire ! répliqua-t-elle rageusement sans ralentir.

Lucas courut derrière elle à travers le pré et la rattrapa devant la porte du cottage.

– Blythe, je t'en prie! dit-il en lui prenant le bras pour la forcer à le regarder en face. Ce dîner avec Chloé et ses parents est une corvée qui ne m'amuse pas le moins du monde, crois-moi. Simplement... je n'ai pas apprécié que tu remues de mauvais souvenirs dans l'esprit de Richard et...

– De « mauvais souvenirs »! explosa-t-elle. Il n'est pas question de souvenirs, bon sang, mais de blessures profondes et qui saignent encore! Tu ne peux quand même pas demander à un enfant de dix ans de raisonner, de surmonter sa douleur comme un homme de ton âge! Tu ne peux pas exiger de lui qu'il efface de sa mémoire le « mauvais souvenir » d'avoir perdu sa mère! Richard n'est qu'un tout petit garçon, Luke, un enfant qui se débat seul depuis deux ans contre la perte la plus cruelle au monde et qui a le cœur encore à vif! Va donc rejoindre Chloé, vous êtes bien faits pour vous entendre!

Aveuglée par les larmes, Blythe parvint à ouvrir la porte du cottage, la claqua derrière elle avec fureur – et se précipita dans la salle de bains juste à temps pour soulager son estomac.

14

7 septembre 1994

Blythe sortit de la salle de bains en titubant et alla s'écrouler dans un fauteuil près de la fenêtre. Elle se sentait moins mal, sa nausée s'était dissipée, mais la tête lui tournait à lui donner le vertige.

Car elle venait de comprendre que ses récents malaises ne relevaient pas plus du réveil d'un ulcère que d'un début de grippe. Les scrupuleuses précautions observées par Lucas depuis six semaines n'avaient eu aucun effet rétroactif sur les conséquences de la passion débridée à laquelle ils s'étaient abandonnés le jour de la découverte des lettres de Blythe Barton dans la malle d'Ennis Trevelyan. Un regard au calendrier avait d'ailleurs suffi à le lui confirmer : ses règles avaient treize jours de retard...

Tu t'es mise dans de beaux draps, Blythe!

« La moitié de tes ennuis, ma fille, vient de vouloir faire ce qui te plaît, lui disait sa grand-mère. L'autre te tombe dessus quand tu le fais. »

Les mains croisées sur le ventre, elle sentit les larmes lui monter aux yeux pour la deuxième fois de la journée. Cet enfant était le sien, mais aussi celui de Lucas. Le même Lucas dont, à peine une heure plus tôt dans le cimetière de Saint-Goran, elle avait vu la scandaleuse insensibilité à l'égard du poignant chagrin de son fils. Elle ne supporterait pas qu'il accueille ce fruit de leurs amours avec la froideur et l'indifférence qu'il manifestait à Dicken depuis le début de l'été. Et pourtant, elle éprouvait le plus grand bonheur de sa vie à l'idée de porter cet enfant, conçu dans un élan de passion partagée avec l'homme qu'elle aimait.

Oui, il était grand temps de regarder les choses en face : elle aimait d'amour Lucas Teague. Comme son avocate le craignait, elle avait succombé au charme irrésistible de ce beau grand brun aux finances en déroute...

Dès le premier jour, à vrai dire, tout en lui l'avait attirée : son sens de l'humour, son éducation raffinée, la conscience qu'il avait de sa personnalité, de sa place dans le monde, de l'orientation qu'il voulait donner à son existence. Elle admirait son respect de la continuité historique, dont il se considérait comme un simple maillon, sa fermeté d'âme pour assumer les responsabilités qui en découlaient et sa courtoisie envers ceux qu'il employait. Elle appréciait aussi qu'il estime ses dons d'artiste et d'organisatrice. Elle admirait même son attachement aux vestes de tweed et au rite sacro-saint du thé à quatre heures ! Enfin, et par-dessus tout, elle l'adorait au lit...

Avec un soupir, elle alla se verser au robinet de la cuisine un verre d'eau qu'elle but d'une main tremblante. Elle souffrait à l'idée que leur merveilleuse idylle prendrait peut-être si vite fin. Etait-elle prête, en effet, à affronter les réalités et les conséquences d'un remariage – de surcroît avec un autre Anglais ? Avoir l'enfant qu'elle désirait depuis toujours était une chose, mais ce que cela impliquait par ailleurs en était une autre. Et la perspective de lier sa vie à celle d'un homme dans cette Angleterre encore attachée à ses traditions avait de quoi la faire réfléchir.

Non, se corrigea-t-elle, elle ne serait pas la femme de n'importe quel homme, mais celle de Luke. Son amour pour lui l'avait submergée par surprise, comme la vague qui avait déferlé sur eux le jour de leur pique-nique à la plage. Mais cet amour résisterait-il au fait que la paternité n'inspirerait pas à Luke un bonheur aussi absolu que celui qui la comblait déjà?

Le fond du problème, se dit-elle avec angoisse, tenait en une contradiction : l'homme qu'elle aimait et qui déployait pour elle des trésors de tendresse manifestait une inconcevable froideur envers son propre fils et ne supportait pas qu'on ose lui en faire le reproche. La sonnette d'alarme, qu'elle entendait tinter à chaque marque de sévérité ou d'indifférence que Luke infligeait à Dicken, carillonnait maintenant avec un fracas assourdissant. Le plus bienveillant des psy californiens diagnostiquerait peut-être chez Lucas une incapacité à faire le deuil de sa femme, attitude inconsciente qui blessait cruellement un enfant innocent. Il pouvait aussi s'agir du fait, beaucoup plus simple, que Lucas Teague n'avait pas la fibre paternelle. La question cruciale se résumait donc à ceci : Lucas voudrait-il s'encombrer d'un autre enfant – plus précisément de celui de Blythe? Ou s'y résignerait-il parce que cet enfant ferait partie du paquet-cadeau que constituait Blythe-Barton-et-ses-millions?

L'ironie du sort voulait que Lucas incarnât, à tous autres égards, l'homme dont elle avait toujours rêvé. Amant parfait, compagnon chaleureux et attentionné, il n'était affligé ni de l'égoïsme ni du narcissisme d'un Christopher Stowe. Pourtant, quelque chose d'essentiel clochait : pourquoi semblait-il incapable d'affection envers son propre rejeton?

Plongée dans ses réflexions, Blythe retourna s'asseoir. S'il se confirmait qu'elle était enceinte, elle garderait cet enfant – même si cela voulait dire qu'elle l'élèverait seule. Son enfant à elle ne serait pas seulement toléré de mauvaise grâce pendant les vacances scolaires et traité en quantité négligeable, il grandirait entouré d'amour. J'ai beau tenir à toi, Lucas Teague, je veillerai à ce qu'il ne soit jamais exposé à de telles vexations!

Le grondement du ressac au pied de la falaise montait jusqu'à elle. Les mouettes se poursuivaient, planaient dans le vent de plus en plus fort, plongeaient dans la mer qui se couvrait d'écume. Où serait-elle dans neuf mois? Vivrait-elle encore dans ce mystérieux paradis, avec un homme rendu malheureux par l'annonce d'une seconde paternité ? Blythe ferma les yeux. Tu divagues ! se dit-elle. Toutes ces suppositions sont peut-être sans objet. Repenses-y plutôt demain, après avoir vu le Dr Vickery.

Et tandis qu'elle se laissait gagner par la somnolence, elle se demanda si elle n'appartenait pas à cette immense catégorie de femmes qui, par manque de jugeote, choisissaient toujours l'homme qu'il ne leur fallait pas...

Un bruit de moteur la réveilla en sursaut. De gros nuages d'orage se rassemblaient au-dessus de Dodman Point, les rayons obliques du soleil déjà bas transformaient la surface de la mer en un miroir d'argent terni.

En se levant, Blythe constata avec soulagement que son estomac ne protestait pas. De fait, à jeun depuis le matin, elle mourait de faim. En se dirigeant vers la porte, elle prit au passage une pomme dans le compotier et y mordit avec appétit... Un appétit coupé net par ce qu'elle découvrit en sortant sur le seuil : au bout du pré, derrière la barrière, Eleanor Barton-Stowe descendait de la Rolls-Royce crème.

Avec une fureur incrédule, Blythe vit sa sœur fermer la portière du conducteur, ouvrir une portière arrière et plonger le buste à l'intérieur de la voiture, dont elle émergea un instant plus tard en serrant contre sa poitrine un siège d'enfant en plastique moulé.

C'est le bouquet ! fulmina Blythe. Elle a amené la gamine ! En guise de bouclier, c'est sûr ! Ellie était assez futée pour savoir que si elle venait seule, elle s'exposait à ce que sa sœur lui claque la porte au nez.

Blythe observa sa cadette traverser le pré en louvoyant entre les crottes de moutons. Ses cheveux, de la même nuance auburn que ceux de Blythe, étaient bouclés et plus courts. Un jean délavé moulait ses longues jambes, mais son épais sweater bleu-marine ne parvenait pas à dissimuler sa poitrine que sa récente maternité rendait impressionnante.

Arrivée devant la porte, Eleanor pencha la tête vers l'enfant endormie.

– Elle dort à poings fermés dès qu'on monte en voiture, déclara-t-elle avec autant de naturel que si elle arrivait tous les jours chez sa sœur à l'heure du thé, sa progéniture dans les bras.

Sans mot dire, Blythe jeta un regard au bébé emmitouflé dans une luxueuse couverture de mohair rose. Elle ne trouva rien de particulier à ce nouveau-né joufflu, presque bouffi, au crâne couvert d'un fin duvet blondasse. Et ils l'ont baptisée Janet ! se rappela-t-elle tout à coup. En l'honneur de sa grand-mère. Ma mère. Ce qui fait d'elle ma nièce...

Un coup de vent balaya la prairie, quelques gouttes de pluie s'écrasèrent sur le seuil de pierre qui séparait encore les deux sœurs. La fillette bougea comme si elle allait se réveiller.

– Tu ferais mieux d'entrer, dit Blythe.

– Merci. Je viens juste de lui donner sa tétée, elle devrait dormir encore une heure ou deux.

– J'avais dit à Chris que je ne voulais pas te voir, dit Blythe en lui faisant signe de poser son fardeau sur une table à l'écart. Pourquoi es-tu venue quand même ?

– Parce que papa me l'a demandé, répondit Ellie en regardant autour d'elle avec curiosité. Et aussi parce que j'ai pensé qu'il fallait que tu voies la petite, que tu constates qu'elle existe et que nous devons toutes les deux nous résoudre à accepter ce qui s'est passé. Y compris le mariage de papa et la vente du ranch.

– Tu fais ce que papa te demande, maintenant ? C'est une première mondiale.

– Ecoute, Blythe, je ne suis pas venue pour entendre ce genre de choses !

– Et qu'es-tu venue m'entendre dire, au juste ? demanda Blythe en se dominant de son mieux. Que tout est pardonné ? Que je ne t'en veux plus de t'avoir surprise deux fois avec un de mes amants ?

– Arrête ! Tu ne supportais déjà plus Otis McCafferty...

– Je me fiche bien d'Otis ! Il était question d'autre chose, ce jour-là. L'as-tu déjà oublié ?

– Si je comprends bien, tu ne respectes ta sacro-sainte loi du silence que quand ça t'arrange ? ricana Ellie.

– Et toi, auras-tu jamais le courage de regarder la vérité en face ?

– C'est déjà fait, figure-toi.

Désarçonnée, Blythe ne répondit pas.

– Toutes les séances de psy que tu m'as payées ont dû me faire du bien, reprit sa sœur avec ironie. Le printemps dernier, quand je suis allée voir papa au ranch, j'ai pensé qu'il était temps de mettre les choses au point.

Blythe se tourna vers la fenêtre. Il pleuvait à verse, la houle se creusait.

Les choses au point !...

Blythe avait enfoui au plus profond d'elle-même la vérité sur la mort de son frère. Depuis l'enterrement de Matt, elle refusait de parler à quiconque de ce qui avait suivi sa mort tragique dans l'arène, tué par le cheval fou qu'il n'aurait jamais dû monter ce jour-là.

Les yeux clos, elle revit ce jour ensoleillé de juillet 1981, elle entendit de nouveau le cri angoissé de Virgil Bailey : « J'avais pourtant dit à Otis de ne pas le seller ! » Aveuglée par la rage et la douleur, elle avait cinglé l'animal à coups de cravache jusqu'à ce que les témoins, pétrifiés, se décident à intervenir. Alors, pivotant sur ses talons, elle était partie en courant vers les corrals. Et c'est là, derrière les tas de paille, sous un auvent, qu'elle avait trouvé Otis McCafferty.

Le jean à mi-mollets et les fesses à l'air, l'ancien champion de rodéo réformé à vingt-six ans à la suite d'une fracture du genou, l'ex-petit ami rejeté avec dédain l'année précédente, s'activait avec entrain sur sa dulcinée du moment, une gamine d'à peine quinze ans, elle-même nue à partir de la ceinture, adossée à des bottes de paille sur une vieille couverture de cheval. Et celle qu'il honorait avec tant de vigueur n'était autre que la sœur de Blythe, Eleanor Barton.

L'espace d'un instant, long comme une éternité, les trois acteurs de la scène s'étaient dévisagés sans mot dire. « Mon frère est mort ! avait hurlé Blythe en frappant le cow-boy de toutes ses forces. Matt est mort à cause de toi, salaud ! Virgil t'avait dit de retirer ce cheval, mais tu étais trop occupé ailleurs ! Si tu souffles une seule fois à âme qui vive que tu sautais ma sœur, je te jure que je te ferai couper les couilles, les volontaires ne manqueront pas ! Et toi, petite pute, rhabille-toi ! » Sur quoi, elle avait empoigné Ellie par le bras et l'avait traînée dehors : « Tu étais sortie acheter un Pepsi, tu n'as même pas vu l'accident. Compris ? »

Depuis, les sœurs Barton avaient respecté leur pacte de silence. McCafferty était allé chercher de plus vertes pâtures dans le Montana. L'année suivante, Ellie s'était inscrite dans un cours de dessin à Los Angeles et Blythe, avec ses économies, lui avait payé une psychanalyse. Plus tard, devant la réussite de sa carrière d'illustratrice, Blythe avait naïvement cru que sa sœur trouvait enfin sa voie, mais celle-ci lui avait trop souvent démontré à quel point elle se trompait...

Blythe se retourna enfin vers Ellie :

– Tu as couché avec Chris pour te venger de ce que je t'avais découverte avec Otis ce jour-là, n'est-ce pas ?

– Eh bien non, figure-toi ! lança-t-elle d'un ton de défi. Je n'ai pas couché avec Chris par vice. Nous étions amoureux l'un de l'autre. Ça t'étonne ?

– Je t'en prie, épargne-moi ce genre d'âneries ! Dis-les à d'autres si tu veux, mais pas à moi, je te connais trop bien ! Tu as toujours envié tout ce que j'avais et cherché à te venger de moi. Tu n'as jamais fait le moindre effort, tu ne voulais que les récompenses et tu te demandais pourquoi j'en recevais plus que toi ! La seule raison, c'est que si tu réussissais quelque chose par hasard, tu gâchais tout comme à plaisir. Et ça, je n'y étais pour rien.

– Il n'empêche que la famille t'a toujours traitée en reine et moi en imbécile indécrottable. D'abord, maman ne voulait pas de moi...

– Comment le sais-tu ? Tu avais à peine cinq ans quand elle est morte.

– C'est exact, dit Ellie d'un ton venimeux, je me souviens à peine d'avoir eu une mère.

– Ne me chante pas la complainte de l'enfant rejetée et mal aimée, je t'en prie ! Tu as vingt-neuf ans, maman en avait vingt-six à ta naissance. Elle n'a quand même pas fait exprès de tomber gravement malade peu de temps après ! Pourquoi te poses-tu toujours en victime ?

– Parce que c'est vrai ! La famille se foutait éperdument de mon sort, à commencer par grand-mère ! Tu étais la prunelle de ses yeux, je n'étais que la cinquième roue du char !

– Grand-mère était déjà vieille et fatiguée, Ellie. Et ne dis pas que tout le monde se foutait de ton sort. Malgré ta jalousie, je m'en suis toujours souciée, moi.

– Ah, oui ? Première nouvelle !

– Tu n'as jamais remarqué ce que les autres faisaient pour toi, je sais. Papa se tuait au travail pour sauver le ranch, grand-mère s'échinait à faire marcher son commerce de fleurs et de graines. C'est grâce à eux que tu avais de quoi manger et t'habiller. Mais l'idée de les en remercier ne t'a jamais traversé l'esprit, n'est-ce pas ?

Et c'était vrai : ils avaient fait de leur mieux pour assurer aux deux filles une existence décente et les préparer à affronter la vie. Pourquoi Ellie semblait-elle incapable de l'admettre ? Par bêtise ? Par méchanceté ? Blythe parvint à retrouver son calme au prix d'un nouvel effort.

– Pourquoi as-tu donné à la petite le nom de maman ? demanda-t-elle au bout d'un long silence.

– J'en ai le droit, non ? répliqua Ellie avec hostilité. Tu ne t'imaginais quand même pas que j'allais respecter la tradition sacrée des Barton et l'appeler Blythe ?

– Je m'étonnais simplement que tu l'aies appelée Janet alors que tu viens de me dire n'avoir gardé aucun souvenir de notre mère.

– Papa pensait que ce serait offrir au bébé un beau départ

dans la vie... Je suis allée le voir dans le Wyoming entre ton divorce et mon mariage avec Chris au Mexique. J'ai rencontré sa nouvelle femme, Bertha Pyle, ils avaient l'air de bien s'entendre. C'est là qu'il m'a demandé d'appeler le bébé Janet si c'était une fille. Je pouvais au moins lui faire ce plaisir, non ? Il espérait que je réussirais mieux l'éducation de ma fille que grand-mère et lui avec moi, conclut-elle d'un ton triomphant.

– Je te le souhaite aussi, soupira Blythe. Sincèrement. Je peux la voir ? ajouta-t-elle en désignant le bébé endormi dans un coin de la salle.

Ellie acquiesça d'un signe de tête. Blythe s'approcha sur la pointe des pieds.

Une autre Janet Barton, pensa-t-elle. Et moi, qui vais-je mettre au monde ? Une nouvelle version de Blythe ou de Matt ? Le parallèle entre sa propre famille et les ancêtres de Lucas qui hantaient encore Barton Hall s'imposa de nouveau à elle. Le cycle infernal des rancunes et des jalousies, des silences venimeux et des vengeances sournoises devait-il se perpétuer jusqu'à la fin des temps ?

– Elle est très mignonne, dit-elle enfin. Maintenant, il est temps que tu t'en ailles. Dis à Chris que je n'ai pas encore reçu de réponse de Californie.

– Comptes-tu nous céder ta part de cette forêt ?

Nous céder ? Quel culot ! Elle ne changerait donc jamais ?

– Je n'ai pas encore pris ma décision.

– Nous avons réellement besoin de ta signature, insista Ellie en soulevant le siège du bébé avec précaution.

– Voilà donc la seule raison de ta visite, dit Blythe avec hargne. Tu n'es pas venue me présenter ta fille ni même essayer de faire la paix. Il n'y a que le fric qui t'intéresse.

– Mais non ! protesta Ellie qui, pour la première fois, paraissait réellement décontenancée. Chris et moi pensions simplement que si tu voyais la petite...

– Je n'aurais pas le cœur de condamner cette pauvre innocente à l'indigence quand vous aurez rendu votre Rolls-Royce de location. C'est bien ça, n'est-ce pas ?

– Tu ne refuserais quand même pas de signer ces papiers pour le plaisir, j'espère ? répliqua Ellie d'un ton de défi.

– Pourquoi pas ? soupira Blythe. Franchement, je n'en sais rien... Adieu, Ellie, dit-elle en montrant la porte.

– Enfin, bon Dieu, Blythe ! lâcha sa sœur avec un éclair de rage dans le regard. Papa t'a laissé le meilleur terrain du ranch avant de le vendre, tu as extorqué deux millions de dollars à Chris en divorçant, et tu voudrais en plus la moitié de la forêt ? Tu deviens cupide, ma parole !

Les dernières bonnes manières que Blythe s'efforçait de garder volèrent en éclats.

– Moi, cupide ? explosa-t-elle. Sache une bonne fois que j'ai gagné cet argent jusqu'au dernier sou, sale petite p...

Elle ravala de justesse la grossièreté qui, en temps normal, lui aurait écorché les lèvres.

– Ce n'est pas ce que tous tes bons amis de Californie disent derrière ton dos, répliqua Ellie avec un ricanement malveillant.

A demi aveuglée par la fureur, les poings serrés, Blythe fit un pas vers sa sœur d'un air si agressif que celle-ci recula malgré elle.

– Tu as été toute ta vie une emmerdeuse ! Tu n'as pas arrêté de me jalouser et de me voler tout ce que j'avais. Que Chris ait été mon mari et mon associé dans une affaire que nous avions montée ensemble, c'était le cadet de tes soucis. Eh bien, puisque tu t'imagines avoir gagné en l'épousant, apprends, ma petite, que tu auras beau te croire la plus forte et la plus futée, tu n'obtiendras jamais rien de ce que tu veux de Christopher Stowe, parce que vous êtes aussi pourris l'un que l'autre. Et j'espère du fond du cœur qu'il te rendra aussi malheureuse que moi. Maintenant, petite garce, dehors ! hurla Blythe. Tu as entendu ? DEHORS !

Après avoir essuyé l'ouragan sans broncher, Ellie prit une profonde inspiration.

– C'est toi qui es jalouse à crever, et pas seulement parce que Chris m'a préférée à toi, cracha-t-elle avec la satisfaction d'avoir réussi à faire sortir Blythe de ses gonds. C'est mon bébé qui te rend malade d'envie, avoue, parce que toi tu n'as jamais pu en avoir !

– Ellie, je te donne dix secondes pour débarrasser le plancher, après je ne réponds plus de rien !

Blythe fit une muette prière. Si cette scène s'était déroulée dehors, au bord de la falaise, elle aurait été capable de précipiter dans le vide sa sœur et sa nièce.

Réveillée par les vociférations, la petite Janet poussait des cris perçants. Ellie profita de ce prétexte pour tourner les talons et battre en retraite en sauvant la face.

– Je te préviens, lâcha-t-elle par-dessus son épaule, si tu ne signes pas ces papiers, tu t'en mordras les doigts.

– Sûrement pas ! répliqua Blythe en se dominant tant bien que mal. De toute façon, Chris et moi en parlerons demain soir, nous devons dîner ensemble.

– Alors, j'espère qu'il te dira ce qu'il pense de toi ! hurla Ellie pour couvrir les décibels émis par sa fille. J'espère qu'il osera te répéter ce qu'il ne m'a pas caché, à moi, c'est à dire que pour rien au monde il n'aurait voulu avoir un gosse avec toi, tu entends ? Pour rien au monde !

Sur quoi, tenant le siège du bébé sur la hanche, Ellie tripota la clenche qui résistait, réussit enfin à ouvrir la porte et s'éloigna au pas de charge dans l'herbe détrempée.

Pétrifiée, Blythe la suivit des yeux avant de penser à refermer la porte.

Au bout de dix minutes, lasse de tourner en rond en ressassant cette éprouvante confrontation, elle décida qu'une longue promenade avant le crépuscule constituerait le meilleur remède à sa tension. Bottes aux pieds et Barbour sur le dos, elle partit en direction de Dodman Point.

La pluie s'était transformée en crachin, le vent du large bousculait les nuages. Arrivée au calvaire de granit, dressé sur le site de l'oppidum romain dont il ne subsistait qu'un long fossé, elle fit halte pour reprendre haleine devant le majestueux panorama de la côte déchiquetée qui s'étendait à perte de vue de part et d'autre.

Avait-elle eu tort ou raison de dire ses quatre vérités à Ellie ? Les deux sœurs ne s'étaient pas affrontées avec autant de violence depuis ce jour maudit où Blythe avait surpris Ellie et Chris aux studios de la Paramount. Compte tenu des circonstances, leurs retrouvailles au cottage ne pouvaient pas donner lieu à de touchantes réconciliations. Mais pourquoi tant de haine venimeuse ? Qu'est-ce qui les avait poussées l'une et l'autre à se jeter à la tête de telles horreurs ? Et fallait-il voir dans la flèche décochée par Ellie un aveu de sa propre crainte secrète, à savoir que Christopher Stowe, en égoïste forcené, n'avait en réalité désiré aucun enfant d'aucune femme ?

ADN ou pas, conclut Blythe en reprenant le chemin du cottage, le ressentiment d'Ellie envers sa famille, dont elle s'estimait rejetée, avait nourri et aggravé son complexe d'infériorité refoulé, qui, avec le temps, l'avait transformée en une sorte de missile fou, sans système de guidage. Mieux valait éviter désormais de se trouver sur sa trajectoire.

Quant à elle, il ne lui restait qu'à ramasser les morceaux, encore mal recollés, et poursuivre la reconstruction de son existence, tâche épuisante qu'elle avait pourtant crue en bonne voie d'achèvement. Ce qui la ramenait au point de départ de ses réflexions de l'après-midi, avant l'intrusion d'Ellie : Lucas et l'enfant qu'ils avaient peut-être conçu ensemble. Elle devait en informer Lucas lorsqu'elle en aurait la certitude. Mais quand il lui donnerait sa réponse, elle devait être sûre d'elle-même et de la direction qu'elle entendait donner à sa vie.

Un fou de Bassan la frôla en plongeant sur un poisson dans les eaux tumultueuses au pied de la falaise.

– La nuit porte conseil, dit-elle à haute voix dans le vent qui balaya ses paroles.

Sous le ciel tourmenté qu'assombrissait le crépuscule, le cottage lui apparut comme un refuge. Blythe se prépara un dîner léger, que son estomac accepta sans protester. A la lueur de la lune, qui scintillait entre les nuages, elle se glissa dans son lit et ferma les yeux, en espérant que la fatigue de sa longue marche lui apporterait un sommeil sans rêves.

– Bonne nuit, fils ! lança Lucas en passant la tête par la porte de la cuisine.

– Bonne nuit, répondit Richard qui mangeait sa soupe d'un air maussade.

– Bonne nuit, monsieur, dit Mme Quiller. Tout à l'heure, Dicken et moi allons passer un moment sur le puzzle. N'est-ce pas, mon garçon ?

– J'aurais bien voulu que Blythe soit là pour m'aider, grommela l'enfant.

– Elle ne se sent pas bien ce soir, dit Lucas sans relever le ton désagréable de son fils. Nous irons au cottage demain matin prendre de ses nouvelles.

– Blythe est malade ? demanda Richard avec inquiétude.

– Rien de grave, le rassura Lucas. Un début de grippe, sans doute.

– Luke, nous allons être en retard ! fit du couloir la voix plaintive de Chloé. Mes parents nous attendent.

– Elle passe la nuit ici ? s'enquit Richard.

– Bien sûr, répondit Lucas. Ta marraine est toujours la bienvenue.

– Vous l'aimez mieux que Blythe, alors ?

– Richard, tu es insupportable ! gronda Lucas, excédé, au moment où Chloé paraissait à la porte. Pas de dessert tant que tu oublieras tes manières. Compris, madame Quiller ?

– Comptez-vous rentrer tard, monsieur ? demanda-t-elle en évitant de répondre. Faut-il que je ferme la maison avant d'aller me coucher ?

– Pour rentrer, il faudrait d'abord partir ! intervint Chloé. A ce train-là, nous n'y arriverons jamais !

– Inutile, dit Lucas à l'adresse de Mme Quiller. Fermez la cuisine, je me chargerai du reste.

Les yeux baissés sur son assiette, Richard boudait. La santé de Blythe laissait peut-être son père et sa marraine indifférents, mais sûrement pas lui ! Il lança un coup d'œil à la fenêtre. Heureusement, il restait encore une heure de jour et il ne pleuvait plus. Avec la torche électrique de son père, il aurait le temps d'explorer la caverne et la galerie sous le cottage, qu'il n'avait pas encore pu visiter à marée basse. Après, il surprendrait Blythe en lui apportant un morceau du fameux gâteau au citron de Mme Quiller.

– Bon, nous partons, annonça Lucas.

Chloé piaffait déjà d'impatience devant le perron, au volant de sa Jaguar dont le moteur tournait au ralenti.

Pendant que Mme Quiller lavait la vaisselle, Richard s'éclipsa pour faire main basse sur la torche électrique qu'il cacha au vestiaire. Puis, de retour à la cuisine, il se porta volontaire pour aller donner des restes de carottes et de salade aux poneys.

– Reviens vite, Dicken, la pluie ne va pas tarder, le mit en garde Mme Quiller. Je te préparerai une tasse de chocolat chaud comme tu l'aimes.

– J'en ai pour cinq minutes, affirma Richard.

Mais une fois hors de vue, il partit en courant sur le sentier menant à la plage où se trouvait la caverne des pirates, dont M. Quiller lui avait révélé l'existence.

Pour une surprise, Blythe allait avoir une surprise !

Il était à peine plus de dix heures et demie quand Lucas et Chloé revinrent à Barton Hall.

– Je vais fermer le rez-de-chaussée, annonça Lucas dans l'espoir que Chloé comprendrait et monterait dans sa chambre.

Pendant l'ennuyeuse soirée passée au club du colonel et de Mme Acton-Scott, Chloé avait bu plus que sa part des deux bouteilles de bordeaux que le colonel, dans un élan de générosité sans précédent, avait commandées pour arroser le repas. Sa fille paraissait maintenant mûre pour faire ou dire des choses hautement incongrues.

– Un dernier verre, mon chou ? susurra-t-elle à Lucas,

qu'elle suivait d'une démarche hésitante en direction de la bibliothèque.

– Pas pour moi, merci, j'ai assez bu ce soir.

– Quel bonnet de nuit !... Bon, je serai bonne fille, dit-elle en s'approchant avec un sourire aguichant. Je veux dire, je serai bonne fille si vous êtes gentil avec moi.

Lucas allait répliquer quand, par la fenêtre, un éclair lumineux, suivi d'un deuxième, attira son attention.

– Que diable se passe-t-il dehors ? grommela-t-il.

Repoussant Chloé sans ménagement, il ouvrit la fenêtre.

– Ohé ! Qui va là ? cria-t-il.

– Ah, monsieur ! Vous êtes de retour, Dieu merci ! répondit la voix de Mme Quiller. Nous ne retrouvons pas Dicken.

– Restez où vous êtes, je vous rejoins tout de suite !

– Mais enfin, que se passe-t-il ? s'enquit Chloé, qui vacillait de plus belle.

– Etes-vous capable de monter seule dans votre chambre ? Bien, dit-il sans attendre de réponse. Il y a un problème, il faut que j'aille voir.

– Bon, bon, je monte...

Lucas la vit avec étonnement escalader les marches et s'engouffrer dans le couloir comme si elle avait le feu aux trousses. Rassuré de ce côté-là, il se précipita vers la cuisine et rejoignit les Quiller près de la porte.

– J'ai cherché partout ! s'écria Mme Quiller. Il était juste sorti cinq minutes donner des carottes aux poneys.

– Mais il est bientôt onze heures moins le quart ! dit Lucas. Quand est-il sorti ?

– Juste après le dîner, monsieur, au coucher du soleil, intervint Quiller. Il avait promis à ma femme de revenir tout de suite. Nous avons attendu en pensant qu'il ne tarderait plus, qu'il se cachait peut-être pour nous faire une farce. Au bout d'une heure, nous nous sommes inquiétés...

– Ce n'est pourtant pas son genre, des plaisanteries pareilles, intervint Mme Quiller en se tordant les mains de désespoir. Nous ne savions pas où Mme Chloé et vous étiez sortis dîner, nous avons appelé plusieurs restaurants...

La pauvre femme était au bord des larmes.

– Du calme ! déclara Lucas. Avez-vous vérifié avec Mme Stowe s'il était parti au cottage ?

– Nous étions justement sur le point de...

– Je prends la voiture, j'y vais moi-même.

– Mon Dieu, mon Dieu, où ce petit diable a-t-il bien pu se cacher ? gémit Mme Quiller. Peut-être faudrait-il...

– Quiller, l'interrompit Lucas, prévenez le constable Seaton, s'il vous plaît. Dites-lui que si je ne retrouve pas Richard au cottage, je me rendrai directement au poste de police de Gorran Haven. Pendant ce temps, madame Quiller, vous pourriez fouiller toutes les pièces et tous les placards. Je vous téléphonerai du village d'ici une heure.

– Prenez ma lampe électrique, monsieur, dit Quiller. J'ai cherché la vôtre tout à l'heure, parce qu'elle est plus puissante, mais je ne l'ai vue nulle part.

– Pourtant, je la range toujours dans... Oh ! et puis, peu importe. Merci, Quiller.

Aucune lumière n'émergeait du cottage, sur lequel la lune jetait ses rayons par intermittence. Lucas trouva la porte verrouillée, fait tellement inhabituel qu'il s'en inquiéta. Blythe se barricadait-elle contre lui à la suite de leur algarade du matin ?

Pendant que Lucas frappait du poing sur le vantail de chêne, un éclair et un coup de tonnerre annoncèrent le retour imminent de la pluie. Au bout de longues minutes, une lumière apparut et Blythe se profila derrière la fenêtre.

– Richard a disparu ! lui cria-t-il. Est-il ici ?

Elle ouvrit la porte. Le vent s'engouffra dans le cottage avec les premières gouttes de pluie.

– Disparu ? demanda-t-elle en frissonnant. Entre vite.

– Si je comprends bien, tu ne l'as pas vu ?

– Non, pas depuis que nous sommes revenus de Saint-Goran vers midi.

– Je n'y comprends rien ! s'exclama Lucas en refermant derrière lui. Pourquoi nous fait-il un coup pareil ?

– Peut-être pour que tu lui accordes un peu d'attention, répondit Blythe sans élever la voix.

– Que veux-tu dire, au juste ? gronda Lucas.

Un nouvel éclair illumina l'intérieur du cottage.

– Je ne pense pas que la perspective de retourner dans cette école le rende très heureux.

– C'est pourtant ce qu'il peut faire de mieux. La discipline lui forgera le caractère et, d'après ce que j'ai vu aujourd'hui, il en a grand besoin.

– Ne dis pas de sottises, je t'en prie.

– Tu crois sans doute savoir mieux que moi ce dont mon fils a besoin ?

– Je crois surtout que tu ne comprends rien en ce qui le concerne. Depuis qu'il est en vacances, tu n'es jamais resté une heure d'affilée avec lui.

– J'avais un certain nombre d'occupations cet été, comme tu le sais peut-être ! protesta Lucas. Et il m'avait l'air tout à fait content de son sort.

– Cet enfant a versé ce matin toutes les larmes de son corps sur la tombe de sa mère, et toi, Luke, tu lui as tourné le dos ! Ce n'est pas précisément la manière de rendre un enfant « content de son sort » ! Et maintenant, tu veux le renvoyer un an de plus dans cette prison qui le terrorise et que tu appelles une école. Dans ces conditions, ne t'étonne pas qu'il fasse une fugue.

– Excuse-moi, Blythe, mais je suis parfaitement conscient du fait que mon fils souffre depuis la mort de sa mère, dit-il sèchement. Il est inutile de me sermonner à ce sujet, merci.

– Alors, éclata Blythe, tu ferais peut-être bien de sermonner ta chère amie Chloé ! Depuis deux ans, elle et toi, vous laissez Dicken se débattre seul contre un chagrin qu'il est hors d'état de surmonter ! Dieu sait que, de ton côté, tu ne te permets pas le luxe de verser une seule larme, non, ce serait contraire à la bonne éducation ! Espères-tu lui donner le bon exemple en te conduisant comme un robot ?

– Tu prends des leçons de psychologie élémentaire chez ma chère cousine Valérie, maintenant ? Ou consultes-tu sa boule de cristal pour y voir apparaître mes défauts ?

– Ne réagis pas comme un imbécile, Luke ! cria Blythe, hors d'elle. Dis-moi plutôt ce que je peux faire pour me rendre utile et t'aider à chercher ton fils !

15

8 septembre 1994

Blythe et Lucas firent le trajet jusqu'à Gorran Haven sous une pluie diluvienne, dans un silence pesant rythmé par le battement régulier des essuie-glaces. Le constable Seaton les attendait au poste de police avec un groupe d'hommes du village, en anoraks orange fluorescent. Lucas les connaissait tous et les salua par leurs prénoms.

– Quand votre gouvernante m'a averti par téléphone, dit le constable, j'ai jugé utile d'appeler nos sauveteurs. Les autres ne tarderont pas.

– Vous avez très bien fait, dit Lucas. Je vous présente Mme Stowe, ma locataire du cottage. Je viens de chez elle pour voir si Richard lui avait rendu visite.

– Et il n'y était pas ?

– Non, intervint Blythe. Comme je le disais à son père, je ne l'ai pas revu depuis l'heure du déjeuner.

– Selon les Quiller, vous étiez sorti dîner en leur confiant votre fils.

– C'est exact.

– Aurait-il eu, à votre avis, une raison de faire une fugue ? Etait-il contrarié ? Vous seriez-vous querellés ?

– Non, il me paraissait tout à fait normal, répondit Lucas, embarrassé d'évoquer devant des étrangers ses rapports avec son fils. Je l'avais simplement privé de dessert parce qu'il s'était montré impertinent envers sa marraine, qui séjourne en ce moment à la maison.

– Rien de grave, par conséquent. Autre chose?

– Eh bien... il doit bientôt rentrer à l'école. Mais je ne vois pas en quoi...

– Quel âge a-t-il, déjà?

– Dix ans.

– Et c'est sa première année d'internat?

– Non, ce sera la troisième.

– Il y va donc depuis, voyons, l'âge de sept, huit ans?

– Depuis la mort de ma femme, il y a deux ans.

– Bien sûr. Une perte douloureuse...

L'arrivée du dernier contingent de sauveteurs bénévoles l'interrompit. Parmi eux se trouvait Valérie Kent, elle aussi en anorak orange.

– Mon pauvre Luke! s'exclama-t-elle en lui donnant l'accolade. C'est gentil de vous joindre à nous, ajouta-t-elle à l'adresse de Blythe.

Le constable demanda le silence :

– Nous formerons les équipes habituelles qui ratisseront d'abord le terrain entre Barton Hall et le cottage. Pendant ce temps, le canot de sauvetage patrouillera le long de la côte et vérifiera les plages. Vous avez tous vos téléphones portables? Bien. Henry restera au bureau coordonner les opérations. Appelez chaque demi-heure pour faire votre rapport et signaler votre position. Valérie, vous nous suivrez en voiture avec M. Teague et Mme Stowe. Allons-y.

Blythe et Lucas remontèrent dans la Land-Rover, Valérie s'assit à l'arrière. La pluie crépitait sur le toit de tôle.

– Nous le retrouverons, Luke, lui dit Valérie en posant une main sur son épaule. Dicken n'est pas un petit écervelé.

Lucas ne répondit pas. Penché en avant, le front appuyé sur ses mains gantées qui étreignaient le volant, il paraissait accablé.

– Tu avais raison, Blythe, dit-il d'une voix sourde. Tout

ce dont tu m'accusais tout à l'heure est vrai. Depuis deux ans, je fuis mon propre fils. S'il lui arrivait quoi que ce soit, jamais je ne pourrais...

– Nous n'aboutirons à rien en restant assis dans cet engin, intervint Valérie avec fermeté. En route, Luke!

Vers deux heures du matin, après avoir arpenté sans résultat les champs et le haut des falaises en criant le nom de Richard, les sauveteurs convergèrent sur Barton Hall. Mme Quiller improvisa une fontaine de thé dans la cuisine, transformée en quartier général d'où les équipes repartaient une fois réchauffées et munies de nouvelles instructions.

Le constable Seaton s'entretint quelques instants avec Mme Quiller et vint s'asseoir à la table autour de laquelle Blythe, Lucas, Valérie et M. Quiller préparaient le prochain ratissage du terrain.

– Le petit a paraît-il beaucoup d'admiration pour vous, madame Stowe, dit-il à Blythe.

– C'est un enfant adorable, répondit-elle. Je suis bouleversée de ce qui arrive. S'il est venu au cottage, je ne me pardonnerai jamais de m'être endormie et de ne pas l'avoir entendu frapper. Où peut-il être?

– Vous savez, intervint M. Quiller, Dicken me parlait souvent de la caverne.

– Laquelle? La côte en est truffée.

– Celle de la crique de Hemmick. L'ouverture est étroite et difficile à trouver quand on ne la connaît pas. Elle est même inaccessible à marée haute à cette époque de l'année. Je l'avais montrée à Dicken et à Mme Stowe cet été.

Blythe et Lucas échangèrent un regard. Ils connaissaient fort bien l'emplacement de cette caverne.

– C'est une excavation naturelle de la falaise, presque à l'aplomb du cottage, précisa Lucas.

– On la disait reliée, dans le temps, à un souterrain qui aboutissait à une cave sous le cottage, compléta Quiller. Les contrebandiers s'en servaient souvent à l'époque.

– Ce souterrain est effondré depuis plus de cent ans, voyons! protesta Lucas.

– Mais Dicken s'en doute-t-il, lui ? intervint Valérie.

– Je ne sais pas.

– L'y as-tu emmené ? insista-t-elle.

– Il me l'a demandé plusieurs fois, mais je n'ai jamais eu le temps. Nous étions débordés de travail.

– Il me harcelait moi aussi, monsieur, pour explorer le « repaire des pirates », comme il l'appelait, dit Quiller. Mais à chaque fois que nous avons voulu y entrer, la marée était haute ou bien nous n'avions pas de lumière.

– Au fait, ne m'avez-vous pas dit tout à l'heure que vous ne retrouviez pas ma torche électrique ? demanda Lucas.

– C'est exact, monsieur, je ne l'ai vue nulle part.

Le téléphone portable émit à ce moment-là une série de bips. Le constable échangea quelques mots avec son collègue de permanence au poste de police et lâcha un juron étouffé.

– L'équipe du canot a fait son rapport, annonça-t-il. Ils ont écumé la côte entre la crique de Hemmick et Dodman Point. Si l'ouverture de cette caverne sous le cottage est aussi petite que vous le dites, ils ont dû la manquer dans l'obscurité. Nous devrions aller y regarder de plus près.

Les sauveteurs s'engagèrent en file indienne sur le sentier, boueux et glissant, qui descendait en lacet au flanc de la falaise. Les faisceaux des torches électriques projetaient des ombres fantastiques sur la roche luisante de pluie. Au-dessus de leurs têtes, la lampe qui brillait à la fenêtre du cottage semblait leur cligner de l'œil. Blythe voulut y voir un signe d'espoir.

Lorsqu'ils arrivèrent sur la plage, la marée venait à peine de redescendre. Le sable encore saturé d'eau était couvert de débris d'algues, déchiquetées par le ressac contre les rochers, d'où émanait une forte odeur iodée. La pluie et le vent se calmaient, cependant, et l'horizon qui s'éclaircissait au levant laissait présager l'aube prochaine.

Les sauveteurs se rassemblèrent autour du gendarme.

– J'aimerais entrer le premier, lui dit Lucas en désignant l'étroite entrée de la grotte.

– Naturellement, monsieur.

– Moi aussi, Luke! déclara Blythe en lui prenant la main.

Il hésita un instant avant d'acquiescer d'un signe.

La température de la caverne était sensiblement moins basse qu'à l'extérieur. Au bout d'une quinzaine de pas, ils retrouvèrent le sable sec, qui ralentit leur progression. Ils approchaient du fond de la grotte quand Lucas poussa une exclamation étouffée et s'arrêta si brusquement que Blythe buta contre son dos.

– Qu'y a-t-il? demanda-t-elle, angoissée.

Les larges épaules de Lucas barraient le passage, trop étroit pour que Blythe puisse voir au-delà. Le douloureux souvenir de son frère surgit dans sa mémoire : Matt était un jeune homme plein de vie et de gaieté, après quelques secondes il gisait dans le sable de l'arène, le cou brisé... Elle se glissa sous le bras de Lucas pour voir ce qui l'avait arrêté.

Le pinceau lumineux éclairait l'éboulis formant le fond de la grotte. Couché, les yeux fermés, sur un gros rocher plat à mi-hauteur, Richard serrait la torche électrique de Lucas dans ses bras comme s'il tenait un ours en peluche. Blythe nota avec soulagement que si ses vêtements étaient mouillés, ses cheveux paraissaient à peine humides.

Soudain, aussi naturellement que s'il s'éveillait d'une sieste, Richard ouvrit les yeux et s'assit :

– Blythe! s'écria-t-il joyeusement. Vous allez mieux?

– Oui, Dicken, très bien, le rassura-t-elle aussitôt, émue que sa première pensée soit pour elle. Mais toi, comment te sens-tu?

– Ça va. J'étais justement en train de rêver que vous me retrouviez... Pardon, papa, poursuivit-il d'un air penaud. Je voulais jouer au pirate. Je n'aurais pas dû, je sais, mais je pensais retrouver le souterrain et faire la surprise à Blythe d'arriver dans le cottage par la trappe.

Lucas lui tendit les bras.

– Viens, mon fils, dit-il d'une voix méconnaissable.

Mais Richard voulut d'abord tenter de se justifier :

– Je ne me rendais pas compte que le temps passait. Je cherchais partout le passage secret et puis, quand la marée a monté, j'ai eu peur et je me suis réfugié sur ce rocher.

– Va leur dire que nous l'avons retrouvé, dit Lucas à Blythe. Toi, Dicken, donne-moi la main, je vais t'aider à descendre de là.

Blythe partit en courant vers l'entrée de la grotte.

– Il est sain et sauf! cria-t-elle aux sauveteurs regroupés sur la plage. Mais il est mouillé et il a froid. Apportez vite des couvertures.

Des exclamations joyeuses saluèrent la nouvelle. Pendant que deux hommes munis de couvertures s'engouffraient dans la caverne, Valérie serra Blythe sur son ample poitrine. Elle se laissa faire, soudain saisie de tremblements qu'elle ne pouvait maîtriser.

– Allons, allons, dit Valérie en lui caressant le dos comme si c'était elle qui venait d'être sauvée. Nous avons eu peur, mais tout est bien qui finit bien.

– Dieu soit loué... Dieu soit loué, répétait Blythe.

Elle était hors d'état de retenir ses larmes. Valérie elle-même s'essuyait les yeux quand Lucas apparut à l'entrée de la grotte en portant Richard dans ses bras, le visage à demi dissimulé par un pan de la couverture orange.

– Etendez-le sur le brancard, monsieur, dit un des bénévoles. John et moi n'aurons pas de peine à le remonter en haut de la falaise, il est léger comme une plume.

– Voulez-vous que nous le transportions à l'hôpital? s'enquit le constable. Ou préférez-vous appeler le docteur depuis le cottage?

Lucas consulta Blythe du regard.

– Toi, Dicken, qu'en penses-tu? lui demanda-t-elle. Te sens-tu d'attaque pour rentrer directement à la maison et te plonger dans un bon bain chaud?

– Oh, oui! Vous viendrez aussi? ajouta-t-il avec un regard implorant.

Blythe tombait de fatigue et n'aspirait qu'à se jeter sur son lit, à quelques dizaines de mètres de là.

– Ecoute, Dicken, je suis sûre que ton père...

– Vous pourriez peut-être prendre le volant, déclara Lucas, visiblement contrarié que son fils préfère la compagnie de Blythe à la sienne. Je resterai avec Richard à l'arrière.

Depuis trois mois, il jette à peine les yeux sur son fils et le voilà maintenant qui écarte les intrus, moi y compris ! pensa Blythe, agacée.

Elle allait répliquer quand Lucas s'adressa aux sauveteurs :

– Merci à tous du fond du cœur ! Je ne sais comment vous exprimer ma reconnaissance, surtout à vous, constable, qui avez été si efficace. Et à vous, Quiller, qui savez si bien ce qui passe par la tête de ce petit chenapan. Parce qu'il jouait au pirate, figurez-vous ! déclara-t-il aux autres. Il cherchait l'ancien souterrain qui débouchait au cottage quand la marée l'a surpris.

– Tu t'en tires bien pour cette fois, mon garçon, dit l'un des porteurs du brancard en rajustant la couverture. Mais tu ne recommenceras pas de sitôt, j'espère ?

– Non, monsieur, répondit Richard d'un air contrit.

Quelques instants plus tard, Blythe s'installa au volant de la Land-Rover. Lucas monta à l'arrière, près de Richard étendu sur la banquette, toujours empaqueté dans la couverture de survie.

Valérie passa la tête par la vitre ouverte :

– Partez sans moi, le constable me déposera au village. Je téléphonerai demain matin pour prendre de ses nouvelles. Allez tous dormir, vous en avez grand besoin.

Moins d'une heure après, Richard était baigné et bordé dans son lit, non par la dévouée Mme Quiller mais par son père en personne. Pendant ce temps, Blythe avait opéré une razzia sur la réserve de biscottes dans l'espoir de calmer les convulsions de son estomac. En montant l'escalier pour dire bonsoir à Richard comme promis, elle se sentait si épuisée qu'elle pouvait à peine mettre un pied devant l'autre.

– Dors bien, Dicken, dit-elle en passant la tête par la porte. Et ne te presse pas de te lever pour venir travailler demain. Nous ferions même bien de nous accorder à tous une journée de congé.

– Vous n'entrez pas ? s'écria Richard. Vous ne voulez pas rester avec moi jusqu'à ce que je m'endorme ?

Gênée, elle consulta Lucas du regard. Avec une indifférence trop évidente pour être sincère, il se poussa pour laisser Blythe s'asseoir à côté de lui au chevet du lit.

– Je suis désolé d'avoir causé tant de problèmes à tout le monde, dit le petit garçon en bâillant.

– Et moi je suis désolée de ce qui t'est arrivé. Tu as eu plus de peur que de mal, tant mieux. Mais tu promets de ne pas recommencer, n'est-ce pas ?

– Je promets.

Il ferma les yeux et s'endormit d'un coup.

– Blythe, il faut que nous parlions, murmura Lucas.

– Non, Luke, répondit-elle en réprimant un inquiétant haut-le-cœur. Je peux à peine garder les yeux ouverts.

– Je veux pourtant t'expliquer pourquoi j'ai décidé il y a deux ans de mettre Richard en pension et...

– Ecoute, je ne tiens plus debout. Je ne suis vraiment pas en état de discuter de problèmes d'éducation.

– Si, il faut que tu m'écoutes ! Viens boire un cognac en bas, je n'en aurai pas pour longtemps.

Le seul mot de cognac lui donna la nausée. Elle se leva d'un bond et courut s'enfermer dans la salle de bains, dont elle sortit, livide, quelques minutes plus tard.

– Blythe, tu es malade ? demanda Lucas avec inquiétude.

– Ces dernières vingt-quatre heures avaient de quoi rendre malade n'importe qui... Mais ça va mieux, merci. J'ai hâte de quitter ces vêtements trempés et de me coucher, voilà tout. Et puis, ajouta-t-elle en sortant dans le couloir, la peur que j'ai eue ce soir m'a rappelé trop de mauvais souvenirs de mon frère.

– Je suis crevé moi aussi, admit-il. Tu as raison, essayons de dormir au moins quelques heures.

Au bout du couloir, ils s'arrêtèrent devant la porte de Lucas. Blythe hésita.

– Je rentrerais volontiers au cottage mais je n'ai la force ni de marcher ni de conduire, dit-elle. Je vais me coucher dans une des chambres d'amis.

– Ne fais pas l'idiote, voyons, la mienne est là.

Hors d'état de protester, elle le suivit. Elle eut à peine conscience d'être dépouillée de ses vêtements humides et poussée sous la douche. Elle sentit comme en rêve couler l'eau chaude sur sa peau et garda les yeux clos pendant que Lucas la frottait avec une serviette de bain avant de l'envelopper dans un peignoir en cachemire. Elle grimpa machinalement dans le lit géant et s'endormit comme une masse.

Quelque deux heures plus tard, Blythe n'entendit pas la porte s'ouvrir et une voix féminine susurrer derrière le rideau rouge :

– Il est sept heures et demie, mon chou ! J'ai dû me battre avec Mme Quiller pour t'apporter moi-même ton thé ainsi que mes excuses. J'étais vilaine comme tout, hier soir, j'avais vraiment trop bu. Je ne me souviens même pas comment je suis rentrée dans ma chambre, tu te rends compte ? Alors, avant que ton infatigable Mme Stowe t'accapare encore pour charrier de la terre ou je ne sais quoi, j'ai pensé que je pourrais venir te dire combien je regrettais...

Ce qui tira Blythe de son sommeil fut le bruit d'un plateau posé sans ménagement sur la table de chevet et d'un fracas de porcelaines entrechoquées, suivi d'une série de couinements indignés.

– Lucas, tu n'es qu'un infâme salaud ! hurla la distinguée Chloé Acton-Scott. Je n'aurais jamais cru que tu oserais laisser cette misérable intrigante d'Américaine se fourrer dans ton lit !

Blythe ouvrit les yeux à temps pour voir, par le rideau entrebâillé, claquer la porte de chêne. Quant à Lucas, il émit un vague grognement, se tourna sur le côté, s'enfouit la figure dans son oreiller mais ne se réveilla pas.

Blythe avait complètement oublié la présence de Chloé à Barton Hall. Elle devait être ivre morte la veille pour n'avoir pas entendu le remue-ménage des sauveteurs au beau milieu de la nuit ! La découverte d'une autre femme dans le lit de Lucas avait dû la guérir de sa gueule de bois...

Blythe émergea avec peine de sous la couverture, s'assit au bord du lit et se versa une tasse de thé salvatrice. Le léger tintement de la tasse sur la soucoupe fut cette fois plus efficace que les imprécations de la marraine de Richard, et Lucas ouvrit les yeux.

– Blythe ? grogna-t-il d'une voix caverneuse.

– Oui.

– Mme Quiller vient de dire quelque chose ?

– Non, rien.

– Il m'avait pourtant semblé l'entendre, déclara-t-il en bâillant.

– Ce n'est pas elle qui est venue servir le thé, mais ta charmante amie Chloé.

– Quoi ? s'exclama-t-il en se redressant d'un bond. Tu plaisantes !

– Non. Elle avait tout prévu, tu vois, elle a même apporté deux tasses, dit Blythe d'une voix suave en lui en tendant une. Si Mme Quiller te rendait son tablier, tu ne serais pas en peine de la remplacer.

– Blythe, je t'en prie, ne fais pas l'idiote !

– Tu me traites d'idiote pour la deuxième fois en moins de vingt-quatre heures, dit-elle avec un calme qui ne correspondait guère à ses sentiments. Je t'avoue que je n'apprécie pas.

Lucas garda le silence. Blythe but une gorgée de thé et se traita elle-même d'idiote en pensant à la chasteté qu'elle se complaisait à lui prêter depuis la mort de sa femme, voire à sa fidélité du vivant de cette dernière. Ses protestations d'innocence, en ce qui concernait ses rapports avec Chloé Acton-Scott, lui rappelaient fâcheusement un passé trop récent. Combien de fois, avant même qu'elle le surprenne dans les bras de sa sœur, Christopher avait-il nié effrontément ses frasques avec des starlettes ou des maquilleuses, alors que tout le studio était au courant et qu'elle lui en mettait les preuves sous le nez ?

Elle reposa avec douceur sa tasse vide sur le plateau.

– Je vais prendre un bon bain chaud, déclara-t-elle. Je suis encore transie du froid de cette nuit.

Sur quoi, sans se retourner, elle alla s'enfermer dans la salle de bains et ouvrit les robinets en grand. Pendant que l'eau coulait, elle fit une toilette sommaire et remit ses vêtements de la veille qui séchaient sur le radiateur. Puis, dès qu'elle se jugea à peu près présentable, elle ferma les robinets, ouvrit la bonde de la baignoire, passa par l'autre porte qui communiquait avec la garde-robe et sortit dans le couloir.

Blythe arriva à la cuisine au moment où Chloé se dirigeait à grands pas vers sa Jaguar.

– Elle est bien matinale, dit-elle à Mme Quiller en se versant du thé. Elle rentre à Londres ?

– Croyez-vous qu'elle aurait eu la politesse de m'en avertir ? gronda la gouvernante avec une aigreur inhabituelle, due sans doute à la fatigue de sa nuit blanche. Mais comme je vois qu'elle n'a pas pris sa valise, elle reviendra, ajouta-t-elle en soupirant.

– Elle vous a vraiment battue pour monter le plateau de Lucas ?

Accablée, Mme Quiller se laissa tomber sur la chaise la plus proche en invoquant le Seigneur et saint Goran.

– Vous l'avez vue ?

– Mais oui, répondit Blythe en souriant. Elle m'a presque assommée à coups de théière.

– Mon Dieu !... J'ai pourtant fait de mon mieux pour l'en dissuader, croyez-moi.

– Rassurez-vous, je sais que vous n'y êtes pour rien.

– J'ai toujours su qu'elle voulait devenir la prochaine Mme Teague, voyez-vous, mais elle n'avait encore jamais eu l'audace de faire une chose pareille.

– Peut-être parce qu'elle n'en avait pas eu l'occasion. Jusqu'à mon arrivée, du moins, ajouta Blythe prudemment.

– Oh, non ! Croyez-moi, ce n'est pas du tout ce que...

Blythe l'interrompit d'un juron étouffé en voyant par la fenêtre une Rolls-Royce crème déboucher de l'avenue et rouler majestueusement vers le perron.

– Allons, bon ! Il ne manquait plus que lui ! Etonnant que la Jaguar ne l'ait pas percuté de plein fouet...

Les deux femmes suivirent des yeux Christopher Stowe qui descendait de son carrosse, gravissait les marches et manœuvrait avec autorité le heurtoir de bronze.

– Que saint Goran nous protège ! murmura Mme Quiller. Que voulez-vous que j'aille lui dire ?

– Ne vous dérangez pas, je m'en charge, dit Blythe en se levant avec lassitude.

A peine eut-elle entrouvert la porte que Christopher la salua d'un « Bonjour ! » sonore à réveiller un régiment.

– Je suis d'abord passé par ton cottage. Comme tu n'étais nulle part et que j'ai trouvé ton lit vide, j'ai usé de mes pouvoirs de déduction et me voilà, annonça-t-il.

– Tu en as profité pour fouiller chez moi ?

– La porte n'était pas fermée et il y avait une lumière allumée... Au fait, je ne dérange pas le châtelain à cette heure-ci, j'espère ? Il semble amateur de grasses matinées.

– Nous avons eu hier une journée plutôt mouvementée.

– Toi, je sais que tu aimes te lever aux aurores, poursuivit-il comme s'il n'avait pas entendu. J'ai donc pensé que je ne bousculerais pas tes habitudes en venant de grand matin te confirmer mon invitation à dîner.

Il y eut un bruit de pas dans l'escalier. Blythe sentit derrière elle la présence de Lucas.

– Bonjour, dit ce dernier à Christopher Stowe, toujours debout sur le seuil. Vous ne voulez pas poursuivre votre conversation au salon afin que nous puissions refermer la porte ? Il fait frais ce matin et je ne vois pas l'utilité de chauffer la campagne.

– Nous avions terminé ! lui lança Blythe par-dessus son épaule. A quelle heure, ce soir ?

– Je peux passer te prendre à sept heures et demie.
– Au cottage. Et pas d'invitée surprise, compris ?
– Je n'ai qu'une parole, voyons !
– Permets-moi d'en douter. Où comptes-tu m'emmener ?
– Connais-tu la Boscundle Inn, près de Saint-Austell ? La cuisine y est délicieuse, m'a-t-on dit. J'ai réservé une table pour huit heures. D'accord ?
– Oui. J'essaierai de joindre mon avocate d'ici là.
– Il faut que je sache, d'une manière ou d'une autre...
– Tu auras ma réponse. Au revoir, Chris.
– J'ai vérifié leur carte des vins, enchaîna-t-il avec un sourire radieux, et j'ai le plaisir de t'apprendre qu'ils ont en cave notre lafite-rothschild 89. J'ai aussi commandé ton dessert préféré, ma chérie : un soufflé au chocolat...
– Très bien.
Et elle lui referma la porte au nez.
– Pourquoi te laisses-tu harceler... ? commença Lucas.
– Je ne me laisse pas harceler, l'interrompit Blythe. Je veux en finir au plus vite avec cette affaire, comme avec tout ce qui m'empoisonne la vie.
Elle traversa le vestibule, passa sans les regarder devant les portraits de Kit Trevelyan et de Blythe Barton. Lucas la rattrapa à la porte du petit salon et l'arrêta par le bras.
– Entre une minute, Blythe, je t'en prie. Il faut que je te parle...
Blythe se dégagea comme elle put. Avant d'avoir avec Lucas une conversation sérieuse sur leurs rapports présents et à venir, elle devait être sûre de son fait.
– Ecoute, Luke, j'ai l'impression d'avoir été piétinée par un troupeau de bisons, je tombe de sommeil, je ne serai bonne à rien tant que je n'aurai pas fait la sieste. A tout à l'heure, conclut-elle d'un ton qu'elle espéra convaincant.
Lorsqu'elle sortit par la cuisine, elle ne prit toutefois pas le chemin du cottage mais la route de Gorran Haven. Aux bureaux médicaux, elle ne frappa pas à la porte de Valérie Kent, qui était d'ailleurs close et portait une pancarte « En consultation », mais entra chez le Dr Vickery.

– Le docteur est absent, l'informa une femme souriante qui cumulait les fonctions d'infirmière et de réceptionniste. Vous êtes madame Stowe, n'est-ce pas? Valérie m'a dit combien le jeune Richard est heureux de tout ce qu'il a fait cet été grâce à vous. Le docteur est justement allé à Barton Hall examiner ce petit diable après ses aventures de la nuit. Vous avez tous dû être très inquiets.

– En effet, admit Blythe.

La voiture qu'elle avait croisée sur la route était donc celle du médecin, pensa-t-elle avec dépit.

– Que puis-je faire pour vous, madame Stowe?

Blythe hésita, gênée d'aborder un sujet aussi intime avec une inconnue.

– Je suis infirmière diplômée, reprit-elle en constatant l'embarras de sa visiteuse. Je puis peut-être vous être utile en attendant le retour du docteur.

– Eh bien... Pouvez-vous me faire passer un test de grossesse?

– Rien de plus facile. Nous allons commencer par une prise de sang. Pouvez-vous relever votre manche?

Cette première formalité accomplie, l'infirmière lui tendit un gobelet de carton et lui indiqua, sur le palier, une porte marquée W.-C.

En entrant aux toilettes, Blythe se traita une fois encore d'idiote. Elle aurait mieux fait d'aller à Londres voir un gynécologue plutôt que de risquer de livrer sa vie privée en pâture aux commérages du village. D'un autre côté, elle brûlait d'impatience de savoir...

Elle ressortait sur le palier, son gobelet d'urine à la main, quand la porte de Valérie s'ouvrit. La psychologue prit congé de son client, un adolescent boutonneux, avant de s'apercevoir de la présence de Blythe.

– Par exemple! s'exclama-t-elle. Vos prouesses de la nuit dernière ne vous ont pas rendue malade, j'espère?...

Valérie remarqua alors le gobelet que Blythe tendait discrètement à l'infirmière et elle leva un sourcil interrogateur.

Blythe la dévisagea sans mot dire, les yeux soudain pleins de larmes qu'elle ne parvenait pas à contenir.

– Merci, madame, dit l'infirmière en prenant le gobelet. Revenez demain matin, nous aurons les résultats d'analyse et le docteur vous examinera.

Valérie prit Blythe par le bras et la fit entrer dans son bureau.

– Asseyez-vous, ma chère petite. Qu'est-ce qui ne va pas ? Confiez-vous, cela vous fera du bien.

Alors, Blythe lui raconta tout.

– Je me sens comme une gamine irresponsable ! conclut-elle. Je ne pouvais vraiment pas donner un père plus mal choisi à l'enfant dont je rêvais depuis toujours.

– Pourquoi dites-vous cela ?

Blythe en resta bouche bée : pour une psychologue, parente de Lucas par-dessus le marché, elle manquait singulièrement de sens de l'observation ! N'avait-elle rien remarqué de la froideur avec laquelle Lucas traitait son fils ?

– Enfin voyons, Valérie ! Un homme qui se débarrasse d'un enfant de huit ans en le collant en pension me semble plutôt dépourvu de la fibre paternelle, non ?

– Lui avez-vous au moins demandé pourquoi ?

– Non, mais... cela crève les yeux : il ne se préoccupe que de sauver la propriété des griffes du fisc. Au pire, les enfants l'encombrent, au mieux ils lui sont indifférents... Oh ! je ne sais que penser, Valérie. Vous le savez, vous ?

– Vous devriez quand même aborder ce sujet avec Luke, se borna-t-elle à répondre. Le plus tôt serait le mieux.

– Ce n'est pas le seul problème, grommela Blythe.

– Quoi donc ?

– Chloé Acton-Scott.

Valérie Kent s'esclaffa bruyamment.

– Chloé, un problème ? Pour Luke, oui, s'il ne court pas assez vite ! Depuis vingt ans, cette femme a tout essayé – je dis bien *tout* – pour se faire épouser par mon cher cousin.

– J'ai l'impression qu'elle touche au but. Ce matin, elle lui a apporté son thé au lit. A l'évidence, elle ne s'attendait pas à voir la place occupée par une autre.

– Parlez-en donc aussi à Luke, dit Valérie en reprenant son sérieux.

– Tout cela est trop bête... Et puis, je ne pourrai pas non plus lui cacher éternellement mes visions ou mes apparitions, appelez-les comme vous voulez. Ou bien il se moquera de moi, ou bien il me fera enfermer dans l'asile de fous le plus proche. Vous croirait-il plus volontiers, vous, si vous lui en parliez à ma place ?

– J'estime qu'il vaut mieux les lui révéler vous-même au moment opportun. Je ne suis pas magicienne, voyez-vous. Je ne dispose pas d'une baguette magique.

– Si, Valérie, vous êtes un peu magicienne à votre manière. Voyez ce qui m'arrive quand vous sortez votre boule de cristal.

– C'est vous qui voyez, pas moi.

– Mais... le bébé ! J'ai vu ce bébé dans votre boule bien avant que Luke et moi...

Elle s'interrompit en rougissant.

– Qui sait comment interpréter cette vision ? Vous n'avez pas voulu aller jusqu'au bout, lui rappela Valérie.

L'image du bébé flottant dans l'espace n'avait cessé de hanter Blythe. Annonçait-elle sa propre grossesse ? Celle de sa sœur ? Se rapportait-elle, au contraire, aux deux enfants que la première Blythe Barton avait conçus et mis au monde dans le malheur et la tristesse ?

Cette pensée l'amena à évoquer l'étrange dédicace au dos des toiles d'Ennis. Encore une énigme dont elle ignorait où chercher la clef.

Qui était William ?

Pour des raisons qu'elle ne pouvait s'expliquer à elle-même, encore moins à Valérie, elle se sentait poussée par une force irrésistible à découvrir le rôle que ce mystérieux William avait joué dans la tortueuse saga de la famille. Et s'il n'existait au monde aucun moyen de prédire l'avenir de ses relations avec Luke, elle pouvait au moins tenter de déterminer si l'hostilité et le ressentiment tenaces que lui inspiraient Christopher et Ellie – et qu'ils lui rendaient au centuple – plongeaient leurs racines dans le passé, dont ils constitueraient alors une sorte de résurgence...

Le prénom de William ne figurait nulle part sur l'arbre généalogique. Valérie et sa boule lui apporteraient-elles un début de réponse, une amorce de piste ?

– J'ai réfléchi, Valérie, dit-elle enfin. Reprenons notre dernière séance là où vous l'aviez interrompue.

– Bravo, Blythe, vous êtes courageuse. N'ayez crainte, je serai prête à intervenir.

Après avoir verrouillé la porte de son bureau, Valérie baissa les stores, alluma une bougie, sortit la boule de cristal de son étui et la posa sur son socle.

– Maintenant, fixez votre regard sur le centre de la boule. Concentrez-vous. Détendez-vous... Voilà. Je vais compter jusqu'à trois. A trois, je claquerai des doigts...

Blythe n'entendait déjà plus que le rythme de sa respiration. Toutes ses pensées se focalisaient sur une seule idée, un seul nom :

– William, murmura-t-elle. Qui est William ?

16

6 février 1793

Des cris perçants éclatèrent soudain dans le cottage. Etonné, Kit Trevelyan détourna les yeux du pistolet que Blythe braquait sur son cœur, pour regarder le nouveau-né dont la capacité pulmonaire compensait largement la taille chétive.

Blythe allait dire « Trois » quand elle vit son mari hocher la tête d'un air désabusé, lui tourner le dos et se laisser tomber dans le fauteuil près de la cheminée. Par un curieux phénomène, l'enfant cessa aussitôt de crier et se mit à sucer un coin du drap.

– Dois-je comprendre que tu acceptes ma proposition ? dit-elle en abaissant son bras. Tu ne me couvriras pas de honte publiquement et tu déclareras William ton seul héritier légitime. Sommes-nous d'accord ?

– A une condition : je ne veux plus avoir affaire à lui et encore moins à toi.

– Acceptes-tu, oui ou non ? s'écria Blythe en relevant son arme.

– Oui. Je ferai rédiger les papiers par un homme de loi. J'aimerais quand même savoir, poursuivit-il en montrant le bébé, pourquoi tu ne l'as pas appelé Ennis pour parachever ma disgrâce. Il n'y a jamais eu personne du nom de William chez les Barton ou les Trevelyan.

– Je l'ai appelé ainsi en l'honneur de Shakespeare, répondit-elle – en s'abstenant de préciser qu'elle avait fait sa lecture favorite des scandaleux sonnets amoureux du poète. Sommes-nous aussi d'accord, poursuivit-elle, que je résiderai à Barton Hall et régirai moi-même le domaine ? Je consens à t'allouer la moitié des revenus, ajouta-t-elle dans l'espoir de hâter la conclusion d'une trève.

Kit traita par le mépris ce geste de bonne volonté.

– Le domaine Trevelyan et le manoir seront donc à moi seul ? déclara-t-il.

– Certes. Mais je conserverai tout ce qui appartient à Ennis, ses tableaux, ses livres, ses effets personnels. Les maigres biens de ton frère n'offusqueront pas ta vue. J'y veillerai jusqu'à son retour.

– Tu es impitoyable, Blythe Barton. Tu prends plaisir, je pense, à dépouiller un homme de sa dignité ?

– Parce que ta conduite est indigne d'un homme ! Si tu étais le gentleman que tu prétends, tu ne m'aurais pas exposée à la mort.

– Je te l'ai déjà dit... Je ne suis plus moi-même. Ennis et toi m'avez fait perdre le sens commun.

– Ton père est seul à blâmer de tes malheurs.

– Mon père est mort, pas moi. Et maintenant, je dois vivre sans femme et sans héritier.

– Nous serons quand même voisins ! dit-elle avec un rire sarcastique. Si tu te montres aimable, nous pourrons même renouer un jour des rapports d'amitié.

– Que se passera-t-il au retour d'Ennis ? demanda Kit en dardant sur elle un regard chargé de colère.

– Ennis est un artiste, répondit Blythe avec mépris. J'ai chèrement payé pour apprendre qu'on ne peut demander à un tel homme de se plier aux contraintes les plus simples de la vie en société. Quoi que nous attendions de lui, toi ou moi, il n'agira jamais qu'à sa guise. Mais que les frères Trevelyan, ajouta-t-elle d'un ton solennel en détournant son regard vers l'innocent bébé, n'oublient jamais que *mon* fils héritera seul de *mes* terres et des œuvres de son père.

Sur quoi, elle remit le pistolet dans le tiroir de sa table de chevet. Puis, au prix d'un grand effort, elle traversa la salle jusqu'au chevalet, prit un morceau de fusain et traça en grosses lettres « Pour William » au dos d'une marine.

– Qu'Ennis le veuille ou non, dit-elle d'un air triomphant, il sera bien obligé de léguer lui aussi un patrimoine à son fils !

Blythe recula d'un pas en clignant des yeux pour mieux voir son portrait, que Garrett venait d'accrocher sous celui de James Barton, son père.

– C'est fort bien ainsi, approuva-t-elle.

– Superbe, renchérit Rosamonde.

L'ancienne maîtresse de Barton Hall s'était hâtée de revenir de son exil de Londres, où elle résidait chez sa sœur, en apprenant que sa fille avait réussi, à la stupeur générale, à reprendre possession du domaine familial. A quarante ans, toutefois, sa beauté passée n'était plus qu'un souvenir. Atteinte d'une maladie contre laquelle la médecine restait impuissante, elle dépérissait à vue d'œil.

Vis-à-vis de son petit-fils, qui jouait paisiblement sur le tapis du salon, la veuve Barton jouait son rôle avec conviction dans la comédie de sa filiation légitime. Kit ne se hâtait pas de tenir parole en accomplissant les formalités nécessaires pour faire du jeune William son unique héritier. Pressé de questions, il affirmait que ce n'était qu'une question de temps et qu'il attendait les documents de la Chancellerie afin d'y apposer sa signature.

Entre-temps, calfeutré dans le manoir paternel, de plus en plus taciturne et morose, il devenait repoussant. Il perdait ses cheveux, sa taille s'épaississait, son visage s'émaciait. S'il lui arrivait de laisser libre cours à des éclats de rage dignes de son défunt père, il s'en prenait toujours à quelque domestique hors d'état de lui tenir tête. S'il ne s'attaquait jamais à sa femme, il ne faisait rien non plus pour chercher à lui plaire ou se rapprocher d'elle. Il donnait à ceux qui l'approchaient l'impression de vivre au ralenti, dans l'attente d'on ne savait quoi. On le voyait parfois passer des heures à observer la mer, comme s'il attendait de voir monter à l'horizon un signe déterminant pour le cours de son avenir. Blythe s'était habituée aux sombres humeurs de son mari. Elle s'abstenait de le houspiller lors de ses rares visites à Barton Hall et se forçait à être aimable tant qu'il faisait lui-même preuve d'un minimum de courtoisie à son égard.

Satisfaite, Blythe se tourna vers Garrett qui attendait son verdict.

– Qu'en dis-tu ? lui demanda-t-elle tandis que le petit William se mettait debout en s'accrochant à ses jupes. Ennis m'a-t-il vraiment donné l'allure d'une digne châtelaine ou plutôt celle d'une harengère ?

– Avec tes yeux en amande et ton regard calculateur, tu ressembles à une chatte rusée. Je te verrais assez bien jouer Cléopâtre dans la pièce de Shakespeare.

– Si je connaissais les œuvres du Barde aussi bien que toi, mon savant ami, je prendrais ton jugement comme un compliment, répondit Blythe en riant.

Garrett Teague prodiguait à Blythe les preuves de son indéfectible affection. Son charme exotique, qui s'affirmait avec le temps, aurait même amené Blythe à le prendre pour amant si elle n'avait craint de compromettre leur plaisante amitié. Elle répugnait surtout à lui compliquer l'existence en le livrant aux commérages – les bonnes langues du pays, entre Gorran Haven et Mevagissey, avaient déjà assez de quoi s'occuper avec les étranges arrangements conjugaux du ménage Barton-Trevelyan.

Garrett ne se décidait toujours pas à céder aux avances des beautés du pays, qui le poursuivaient de leurs assiduités. Blythe se demandait parfois, non sans regrets, ce qu'il serait advenu de sa vie si elle avait accepté de fuir avec lui en Amérique. Depuis son mariage forcé avec Kit, Garrett n'avait plus fait la moindre allusion à l'amour qu'elle lui inspirait. Il se bornait à répandre son trop-plein d'affection sur ce fils qu'il avait lui-même fait venir au monde.

– En tout cas, reprit-elle, tu as mérité pour ta peine un verre de notre meilleur cognac. Et nous te tiendrons compagnie.

On entendit alors dans l'allée le galop d'un cheval emballé. Rosamonde jeta un coup d'œil par une des étroites fenêtres qui flanquaient la porte d'entrée.

– Grand Dieu, voilà Kit! s'exclama-t-elle. Son cheval est couvert d'écume. Cet individu ne traite pas mieux les animaux que les êtres humains.

Garrett et Blythe échangèrent un regard inquiet. Un événement exceptionnel avait dû survenir pour inciter le léthargique Christopher à se précipiter à Barton Hall au risque de se rompre le cou.

Le valet de pied eut à peine le temps d'ouvrir la porte que Kit fit irruption dans le hall. Son regard alla de l'un à l'autre avant de se poser sur son épouse.

– C'est fini! déclara-t-il d'un ton triomphant. La comédie est enfin terminée!

Il sortit de sa poche une feuille de papier qu'il brandit en direction de Blythe.

– Ennis est mort, annonça-t-il. Tué d'un coup de mousquet au cours d'un engagement avec un navire français au large de Calais.

Ménageant ses effets, il balaya de nouveau l'assistance d'un regard brillant de joie, comme s'il se délectait de lire sur leurs visages l'horreur, la stupeur et l'angoisse. Puis, se détournant de Blythe, il s'adressa à Garrett :

– Son capitaine m'informe par la présente que son corps sera tenu à notre disposition à Plymouth, lorsque le bâtiment y fera escale au mois de mai. Ils l'ont scellé dans un des cercueils plombés qu'ils réservent aux officiers décédés en mer. Réjouissons-nous donc, il ne puera pas trop, conclut-il avec un rire grinçant.

– Non, Kit! protesta Garrett. Ne sois pas...

– Ne sois pas quoi? Enchanté? Soulagé? Fou de joie? Eh bien si! Je suis tout cela et plus encore! gronda-t-il en dardant sur Blythe un regard furieux. Car maintenant, ma chère, je puis enfin vous traiter comme vous le méritez!

– Entrez donc vous asseoir, Kit, offrit Rosamonde en espérant qu'une rasade de cognac ramènerait son gendre à de meilleurs sentiments.

Christopher ne daigna pas même lui répondre.

– Tant qu'Ennis était en vie, votre bâtard et vous me teniez dans les mailles de votre filet diabolique! déclara-t-il à son épouse infidèle. Désormais, je puis enfin changer mon testament comme bon me semble! Si vous me tuez comme vous en brûlez d'envie, ni vous ni votre bâtard n'en tirerez profit, puisque je n'ai plus de frère cadet pour s'approprier ce qui m'appartient! Quel tribunal hésitera à vous déclarer adultère? Toute la Cornouailles fait des gorges chaudes de notre histoire! Des centaines de personnes témoigneraient que je n'ai pas goûté à ces fruits, cria-t-il en lui pinçant un sein, depuis qu'Ennis a remis les pieds à Barton Hall!

Blythe lui repoussa la main d'une tape. Sa métamorphose la stupéfiait. Le regard brillant, les épaules redressées, il lui paraissait prêt à tout – surtout au pire.

Ainsi Ennis était mort...

Blythe ne savait que penser de la nouvelle. La cruauté des mots d'adieu assenés par Ennis avait tué ses dernières illusions. Elle connaissait trop bien désormais le vrai visage de cet égoïste, dont elle s'était naïvement imaginé qu'il la sauverait du destin qui l'attendait.

– Ecoutez, Kit, dit-elle avec douceur dans l'espoir d'apaiser sa fureur, il est inutile de nous blesser l'un l'autre davantage. Ennis nous a quittés à jamais. Je le déplore, mais mon cœur a cessé de...

– Votre cœur! Et le mien? cria-t-il. Et ma vie entière ravagée par mon frère et par vous? Je refuse de reprendre le cadavre de ce frère qui m'a honteusement trahi, poursuivit-il à l'adresse de Garrett. Je refuse de m'encombrer plus longtemps d'une épouse qui n'a jamais été ma femme! Je pars ce soir même pour Londres. Le bâtard de mon frère n'héritera pas d'un pouce de mes terres. Ennis est mort. Et moi, je vivrai pour me remarier après notre divorce, faire un enfant à moi, mon héritier ! Je ne veux plus me retrouver enchaîné à quiconque, surtout pas à vous, catin débauchée !...

Il haletait, hors d'état de poursuivre. Garrett posa une main apaisante sur le bras de son cousin.

– Calme-toi, Kit. Ecoute-moi...

– Laisse-moi ! Je ne me chargerai pas d'enterrer ce misérable. Va le chercher, si cela te chante, quand le *Neptune* touchera terre. Moi, je pars ce soir plaider ma cause devant les tribunaux. Vous n'êtes qu'une adultère et ce bâtard en est la preuve ! cria-t-il en pointant un doigt tremblant de rage vers le petit William qui sanglotait, accroché à la jupe de sa mère. Quand vous recevrez notification du jugement, vous décamperez d'ici, entendez-vous ? Vous déguerpirez sur l'heure !

– La folie vous égare ! cria Blythe. Je suis ici chez moi ! William et moi ne quitterons jamais cette maison.

– Je saurai bien vous en chasser, moi !

Dans le silence horrifié qui suivit ces derniers mots, Kit sortit, sauta sur son cheval et partit au grand galop.

Ainsi que les habitants de Barton Hall allaient le découvrir, Kit Trevelyan tint parole. Durant le long hiver de 1793 et jusqu'au début du printemps, rien ne transpira de ce qu'il machinait à Londres. Puis, au début du mois de mai 1794, un homme se présenta, porteur d'un jugement de divorce pour cause d'adultère rendu par la Chambre des lords et confirmé par le tribunal ecclésiastique, ainsi que d'un ordre d'expulsion sous huitaine de Blythe, de sa mère et de son fils illégitime.

Pourquoi n'avait-elle pressé la détente quand elle tenait Kit Trevelyan au bout du canon de son pistolet ? se demanda Blythe avec une fureur aggravée par la panique.

En cette belle journée de printemps, la Manche était paisible comme un lac. Jamais Barton Hall n'avait été aussi plein de charme et de beauté, les jardins étaient en fleurs, les prairies brillaient comme des émeraudes sous le soleil. Et elle, chassée de chez elle comme une intruse, elle serait réduite à l'indigence. Les parchemins officiels aux lourds cachets de cire rouge feraient d'elle un objet de mépris et de dérision, une femme dépouillée de son honneur, forcée de gagner son pain de ses mains ou, pis encore, de vendre son corps dans les ruelles sordides d'un port.

Dans son minuscule logement au-dessus de sa boutique, où il veillait sur sa mère malade, Garrett Teague lui-même ne pouvait rien pour elle. Le parrain de William n'était d'ailleurs même pas là pour lui offrir au moins ses conseils, se dit-elle avec désespoir. Garrett était en effet parti la veille à Plymouth pour prendre en charge le cercueil d'Ennis.

Assise à la table de chêne où elle avait étalé les papiers qui scellaient son malheur, Blythe regarda autour d'elle. Les plats d'argent gravés du blason des Barton luisaient dans le dressoir, d'autres sur la desserte. Blythe se rappela ce jour, cinq ans plus tôt, où elle avait bourré sa malle-penderie des plus belles pièces de l'argenterie familiale en croyant qu'Ennis se proclamerait son sauveur et l'emmènerait en Italie. Folle qu'elle était ! C'était Garrett Teague, et lui seul, qui l'aimait avec assez d'ardeur pour accepter de tout risquer et de s'enfuir avec elle en Amérique.

Elle souleva un pichet d'argent, caressa du pouce les armes de sa famille en se remémorant son horrible nuit de noces. Elle était alors impuissante à lutter contre les Trevelyan, elle ne le pouvait pas davantage maintenant. La fuite avec Garrett constituait donc son seul recours. Et elle ferait en sorte qu'aucun Trevelyan, quel qu'il soit, ne retrouve jamais sa trace...

Blythe Barton savait désormais ce qu'elle devait faire.

– Calme-toi, Mary Ann ! Un peu de tenue, voyons, ordonna Blythe sèchement à sa femme de chambre en larmes.

Elles se tenaient sur un quai de Plymouth à côté de l'*Argus*, lui-même amarré près du *Neptune*, frégate de la Royal Navy qui devait l'escorter jusqu'à la sortie de la Manche infestée par les corsaires français. Blythe avait la ferme intention de se trouver avec Garrett, son fils et sa femme de chambre à bord du bâtiment de commerce lorsqu'il appareillerait le lendemain à destination d'Annapolis, dans l'ancienne colonie du Maryland.

– Nous avons eu tort de venir ici, madame, pleurnicha la soubrette en jetant des regards affolés aux dockers à l'allure patibulaire, qui allaient et venaient entre les montagnes de caisses et de ballots. Les quais ne sont pas sûrs pour des femmes seules.

– Nous ne pourrons pas trouver M. Teague si nous ne le cherchons pas. Occupe-toi de William et laisse-moi me soucier du reste.

Mary Ann ayant catégoriquement refusé de rester seule à l'auberge, Blythe avait dû cacher sous son lit la lourde malle bourrée d'argenterie. Les pièces les plus petites, qui tenaient dans son sac de voyage, étaient dissimulées sous des langes sales entassés dans un coin de la chambre. Elle conservait sur elle à titre de protection un pistolet de duel, si lourd et encombrant qu'elle s'était vue forcée d'abandonner l'autre dans le tiroir de sa table de chevet du cottage au moment de son départ.

A son arrivée à Plymouth, Blythe avait découvert avec dépit que Garrett n'était plus à son auberge habituelle. Le patron lui ayant appris que le *Neptune* était encore à quai, elle s'y était aussitôt rendue et avait fait passer au capitaine un billet dont elle attendait la réponse au pied de la passerelle. Un jeune lieutenant apparut bientôt à la coupée et se dirigea vers elle, visiblement étonné qu'une femme de sa classe ne soit accompagnée que d'une servante et ne dispose pas d'une escorte masculine en un tel lieu.

– Madame Trevelyan ?

– C'est moi. Je cherche à joindre M. Teague, venu prendre en charge la dépouille mortelle de mon beau-frère. Est-il encore à bord ?

– Non, madame. Il a déjà quitté Plymouth.

– Quand cela ? demanda Blythe, atterrée.

– Hier, madame. Il a affrété un petit sloop afin de transporter le cercueil de son cousin jusqu'à Gorran Haven où se trouve, je crois, le caveau de votre famille. Puis-je vous être de quelque assistance ?

A sa mine ironique, Blythe comprit que le jeune homme la prenait pour une amoureuse délaissée ou une courtisane, avec laquelle Garrett se serait distrait de sa funèbre mission. La nouvelle de son départ l'abattait toutefois trop pour qu'elle réagisse avec l'indignation que méritait l'attitude insultante du jeune officier. Elle ne s'étonnait plus de n'avoir pas croisé Garrett sur la route. Jamais elle n'aurait pu prévoir qu'il rentrerait par la mer !

Découragée, elle rentra à l'auberge pour découvrir que sa chambre avait été dévalisée. La malle était ouverte sur le lit, vide de son précieux contenu. La seule partie de la pièce ayant échappé à la fouille n'était autre que la pile des langes de William, dont la puanteur avait sans doute rebuté les malandrins. Lorsqu'elle alla se plaindre à l'aubergiste, sa grossièreté lui fit soupçonner qu'il avait participé au méfait, en personne ou par complices interposés.

– Rentrons vite à la maison, madame, la supplia Mary Ann. Plymouth est une ville affreuse.

Blythe contemplait sombrement les rares pièces d'argenterie armoriée qui avaient échappé aux cambrioleurs. Ce maigre trésor suffirait-il à payer le passage de deux adultes et de l'enfant en lui laissant de quoi commencer une modeste existence loin des Cornouailles – et sans Garrett Teague ?

– Nous ne pouvons pas rentrer à la maison, dit-elle.

– Pp... pourquoi ? bégaya la soubrette, affolée.

– On me croit morte.

– Mais, madame... comment cela ?

– Parce que tout leur donnera lieu de penser que tu t'es enfuie et que je me suis tuée. Si nous rentrons, Mary Ann, mon mari, mon ancien mari me tuera de ses mains ou nous fera pendre toutes deux comme des voleuses.

Dès son retour à Gorran Haven, Garrett apprit la mystérieuse disparition de la maîtresse de Barton Hall.

– Volatilisée, lui annonça le capitaine du port. Pas la moindre trace ni d'elle ni du petit. On raconte aussi que l'argenterie du château s'est envolée. Certains pensent que la femme, l'enfant et la servante ont été assassinés par les brigands et leurs cadavres jetés à la mer. On se demande même, ajouta-t-il à voix basse, si ce n'est pas Trevelyan qui aurait fait le coup ou payé des hommes de main.

– Il est revenu de Londres ? demanda Garrett, encore sous le choc de cette révélation.

– Il en est tout juste rentré. J'ai entendu dire qu'il écume de rage de ne pas avoir expulsé sa femme lui-même et qu'il veut savoir ce qu'est devenue son argenterie. Il a la tête fêlée, d'après ce qu'on raconte. Mais, conclut-il avec une profonde sagesse, il faut dire que sa diablesse de femme l'y a un peu poussé.

Garrett fit directement transporter le cercueil d'Ennis au cimetière de Saint-Goran, où il fut inhumé non loin de son père, par un jour de mai aussi lugubre et froid qu'en novembre. Les prières dites, le révérend Randolph Kent s'attarda devant la tombe que les fossoyeurs remplissaient de terre.

– Personne n'a donc revu Mme Trevelyan ni reçu de ses nouvelles ? lui demanda Garrett.

– Elle a disparu sans laisser de traces, répondit le révérend. Je savais que la loi du Seigneur condamnait ce mariage et je m'accable de reproches de ne pas m'y être opposé. Collis Trevelyan est ici, poursuivit-il en désignant son imposante sépulture, et pourtant la cupidité de cet homme continue depuis l'au-delà à faire le mal ! Bien des tombes seront encore creusées avant que ce drame connaisse son dénouement.

Garrett le regarda avec curiosité. Il avait entendu dire à mots couverts que l'homme d'Eglise voyait l'avenir dans une sorte de miroir trouble.

– Espérons que non, se borna-t-il à répondre.

Il était impatient d'aller constater par lui-même ce qui s'était passé en réalité. Blythe avait une volonté de fer et une constitution plus robuste que la roche des falaises, il le savait mieux que quiconque. Il aurait fallu un cataclysme naturel pour la faire passer de vie à trépas.

Ou un homme fou de rage...

La manoir des Trevelyan était désert. A Barton Hall, il ne trouva que quelques serviteurs blottis à la cuisine. Des rafales de vent sifflaient lugubrement dans la cheminée.

– Où est Mme Barton, la mère de Mme Trevelyan ? leur demanda-t-il.

– Partie ce matin à Londres chez sa sœur, répondit une fille de cuisine. Elle disait qu'elle ne supportait pas les coups de folie du maître. Elle était bien malade, la pauvre.

– Et M. Trevelyan ?

– Il est arrivé hier soir à l'heure du souper en brandissant des papiers timbrés, l'informa la cuisinière. Fou de colère de ne pas pouvoir chasser lui-même notre maîtresse ! Il a fouillé partout, toutes les pièces, tous les placards. Il a même grimpé en haut des quatre tours. Nous lui disions pourtant qu'elle était partie avec le petit William depuis une semaine, mais il ne nous croyait pas.

– Il nous a accusés d'avoir volé l'argenterie ! enchaîna la fille de cuisine, rouge d'indignation. Il nous a tous menacés du gibet.

– Où est-il en ce moment ? s'enquit Garrett.

– Au cottage, grommela la cuisinière. Il y est parti il y a une heure, on ne l'a pas revu depuis. S'il était tombé de la falaise, ce n'est pas moi qui le pleurerais.

Au bord de la falaise, le cottage se dressait solitaire, sans lumière aux fenêtres, sa porte grande ouverte au vent et au brouillard. Dans la salle obscure, Kit était affalé dans un fauteuil. A ses pieds, des parchemins officiels aux sceaux de cire rouge jonchaient les dalles.

La chevelure en désordre, la chemise souillée de taches comme s'il ne s'était ni lavé ni changé depuis son retour de

Londres, il leva vers Garrett des yeux injectés de sang. Une bouteille de cognac presque vide pendait à son poing gauche. Il serrait une feuille de papier dans sa main droite.

– Puis-je voir ? demanda Garrett.

Kit la lui tendit sans mot dire. Le cœur serré d'un sombre pressentiment, Garrett reconnut l'écriture de Blythe.

Sa main tremblait si fort qu'il put à peine lire :

Je n'ai plus la force de lutter, prenez Barton Hall. Puissent tous les malheurs dont ce domaine est la cause retomber sur votre tête et vous hanter jusqu'à la fin de vos jours. Si votre semence devait fructifier, je jure par Saint-Goran de maudire vos héritiers du fond de la mer que j'ai choisie pour tombe.

Que le vent et la pluie vous portent mes cris. Que les gémissements de mon enfant vous assaillent quand vos brebis accoucheront d'agneaux mort-nés et que vos récoltes pourriront. Vous voilà libéré de moi et de ma lignée, Christopher Trevelyan. Mais par tout ce qu'il y a de sacré en ce monde, jamais la vôtre ne prospérera !

Blythe Barton de Barton Hall.

Immobile, Kit contemplait la mer par la porte ouverte. Garrett suivit son regard et découvrit avec horreur un canot chaviré sur les flots agités à l'entrée de la crique.

– Au nom du ciel !... s'écria-t-il.

Il empoigna sa canne, bondit hors du cottage et courut vers le bord de la falaise, le chapeau rabattu sur les yeux pour se protéger de la pluie qui redoublait de violence.

Ballotté par les vagues, le frêle esquif ne bougeait cependant pas sous l'effet du courant. Garrett comprit pourquoi en voyant une corde attachée à la proue. Blythe l'avait sans doute ancré en eau profonde à l'aide d'une grosse pierre avant de le retourner. Hypnotisé par ce sinistre tableau, il sentait une partie de lui-même se détacher et partir vers le large, au gré des flots.

Au bout d'un moment, il prit conscience de la présence de Kit près de lui.

– Quand le calme reviendra, déclara ce dernier, je ferai draguer la crique pour retrouver l'argenterie.

Garrett dévisagea son cousin qui vacillait au bord de la falaise. Pour la première fois de sa vie, le pacifique libraire sut qu'il était capable de commettre un crime.

– Ignoble porc !

Kit tendit l'oreille, trébucha, reprit son équilibre avec difficulté.

– Que dis-tu ? marmonna-t-il, ébahi.

– Des trois maudits que nous sommes, c'était moi qui l'aimais ! Moi seul ! hurla Garrett pour se faire entendre dans les sifflements du vent qui soufflait en tempête.

Saisissant sa canne à deux mains, il poussa son cousin de toutes ses forces. Kit s'étala dans l'herbe gorgée d'eau, les yeux écarquillés de stupeur.

– Je l'aimais, tu entends ? Je l'aimais ! Et j'aimais son enfant ! Jamais je ne vous pardonnerai ce que vous lui avez fait, Ennis et toi ! Jamais !

Kit se releva pesamment.

– Et moi, déclara-t-il, je ne pardonne pas à celle qui se disait ma femme de ne m'avoir jamais aimé.

Avec un haussement d'épaules, le seigneur du domaine Barton-Trevelyan, réunifié à son profit, s'éloigna en titubant vers le cottage et disparut dans le trou noir de la porte béante. Quelques minutes plus tard, le vent et la pluie cessèrent aussi soudainement qu'ils s'étaient déchaînés. Un silence quasi surnaturel s'abattit sur la falaise, où Garrett se tenait toujours debout, appuyé sur sa canne.

Il eut un léger sursaut en entendant une détonation claquer à l'intérieur du cottage. Pourtant, il ne bougea pas. Il ne pouvait détacher son regard du canot chaviré, ballotté par les vagues. Bien après que son cadavre aurait pourri dans le cimetière de Saint-Goran, les eaux de la Manche poursuivraient leur ballet immuable.

Au bout d'un long moment, la silhouette solitaire aux cheveux très noirs et au teint basané tourna le dos à la mer et partit d'un pas égal vers la barrière du pré, sans ralentir devant le cottage ni même lui accorder un regard.

Dix minutes plus tard, Garrett Teague émergea du sentier aux mille nuances de vert. Ce ne fut qu'en voyant les quatre tours du château se profiler au-dessus des arbres que le pauvre libraire de Gorran Haven prit pour la première fois conscience que, dernier survivant mâle de sa génération, c'était lui désormais le maître incontesté de Barton Hall.

17

8 septembre 1994

– Ainsi, s'exclama Blythe, William était le fils illégitime de Blythe Barton et d'Ennis Trevelyan ! Sa mère et lui seraient donc partis pour l'Amérique en mai 1794, deux cents ans presque jour pour jour avant mon arrivée à Barton Hall. J'en ai la chair de poule, Valérie !

– Voilà sans doute le lien entre votre branche et le reste de la famille. Qu'en pensez-vous ? dit-elle en replaçant la boule de cristal dans son étui.

– Mon père s'appelle Will. Je cherchais un William ayant vécu en Cornouailles et je ne pensais pas à faire le rapprochement entre Will et William... Mais William et Barton sont des noms assez répandus aux Etats-Unis, poursuivit-elle d'un air déçu. Si Blythe et son fils ont débarqué à Annapolis, ils se sont peut-être établis dans le Sud. Nous n'avons pas de preuve qu'ils aient ensuite émigré dans le Wyoming.

– Vous vous appelez quand même Blythe, un prénom plutôt inhabituel – surtout couplé au patronyme Barton. Je ne crois pas déraisonner en y voyant au moins un indice. De plus, je me souviens de vous avoir entendue dire que votre grand-mère respectait la tradition de donner à la fille aînée le prénom d'une ancêtre venue de Cornouailles. Peut-être était-ce aussi une tradition d'appeler le fils aîné William, en souvenir du fils de la première Blythe Barton.

– Oui, mais ce William-là était le fils d'Ennis. Il devait donc s'appeler Trevelyan, pas Barton.

– Mais non! Ennis est mort sans l'avoir reconnu et Kit a refusé de l'adopter. A l'époque déjà, les enfants illégitimes prenaient le nom de la mère. Que Blythe ait voulu perpétuer le nom de Barton grâce à son fils me paraît tout à fait plausible.

– Notre branche serait donc issue de la main gauche? dit Blythe en souriant. Incroyable...

– Ce que je trouve incroyable, c'est la précision des informations que vous avez découvertes sous hypnose.

– J'aurais peut-être dû être scénariste. Il m'aurait suffi de m'hypnotiser pour trouver des idées de films.

– Il n'y a rien de fictif dans tout cela! protesta Valérie. Les détails de votre vision correspondent point par point à certains faits consignés par le révérend Kent. On ne peut pas parler de simples coïncidences.

– Coïncidences ou pas, restons-en là, déclara Blythe. J'ai la désagréable impression d'être transformée en une sorte de radio paranormale. Vous savez? « Un message de l'au-delà? Branchez-vous sur Blythe »...

– Cette séance vous a-t-elle au moins apporté des éléments utiles à la résolution de vos problèmes personnels? demanda Valérie après avoir marqué une pause.

– Je ne suis sûre que d'une chose, répondit Blythe en se levant pour prendre congé. En 1794, chacun des membres de cette famille rejetait sur un autre la responsabilité des drames qui les affligeaient tous. Blythe, Kit, Ennis, Garrett lui-même se sont empoisonné la vie avec leurs rancunes et leurs jalousies. Elles ont même poussé Kit au suicide.

– Supposons que ces lointains événements aient provoqué chez les survivants une altération de leur ADN, comme je vous en ai brièvement exposé la théorie. Ces caractères auraient pu se transmettre à leurs descendants.

– Selon vous, cela voudrait dire que Luke, Ellie et moi réagissons encore à des poisons datant du XVIIIe siècle ? Ce serait troublant, bien sûr... Mais en parlant de traumatismes, dit-elle en consultant sa montre, il faut que je me dépêche de rentrer. Mon ex-mari doit venir me chercher tout à l'heure pour aller dîner.

Du sentier côtier, Blythe vit Lucas descendre de sa Land-Rover devant le cottage. Quand elle y arriva cinq minutes plus tard, il l'attendait à l'intérieur.

– Ton numéro d'illusionniste pour t'éclipser de ma chambre ce matin était remarquable, dit-il de but en blanc.

Elle ne sut dire à son expression s'il était furieux ou inquiet de sa disparition.

– Ecoute, Luke, je...

– Après quoi, l'interrompit-il en jetant ses gants sur la table, tu as refusé de m'écouter et tu t'es volatilisée toute la journée. Je t'ai cherchée partout ! C'est la dixième fois que je viens voir si tu es enfin de retour.

– J'avais besoin de prendre l'air. J'ai fait une longue promenade à pied.

En fait, après avoir quitté Valérie Kent, elle s'était arrêtée au village manger quelque chose pour se caler l'estomac et acheter un stock de biscottes.

– Une promenade de six heures ?

– Je suis désolée que tu m'aies cherchée, Luke. Il faudrait que tu te décides un de ces jours à installer ici le téléphone et un répondeur...

Il l'interrompit d'un geste.

– Ton avocate, Lisa Spector, a téléphoné ce matin, elle veut te parler de toute urgence. Quand elle a appelé, il était minuit en Californie. A cette heure-ci, elle doit être arrivée à son bureau. Si tu veux la rappeler maintenant, je peux te conduire.

– Merci, Luke, mais je n'ai pas envie de la rappeler.

– Ne dois-tu pas dîner tout à l'heure avec ton... avec

Christopher Stowe ? se corrigea-t-il. Je t'ai entendue lui promettre que tu lui donnerais ta réponse ce soir.

– Comme tu me le disais l'autre jour, c'est à moi de prendre la décision, pas à mon avocate.

– Et alors ?

– Alors, je vais être en retard si je ne commence pas à me préparer. Chris sera là d'une minute à l'autre.

– Tu vas lui céder ta moitié de cette propriété ?

– Je n'ai pas encore décidé.

– Bon sang, Blythe, es-tu aveugle ? Il te manipule comme il veut ! Dans son intérêt, bien sûr. Pas le tien.

– C'est vrai.

– Alors, pourquoi te laisses-tu faire ? Pourquoi cèdes-tu à tout ce qu'il te demande ?

– Je n'ai pas encore accepté.

Lucas la dévisagea comme s'il cherchait à déchiffrer sur son visage une explication à ses réponses évasives. Blythe se détourna et alla dans le coin cuisine allumer la bouilloire. Enervée, fatiguée par son manque de sommeil, elle éprouvait le besoin d'une tasse de thé fort pour se donner un coup de fouet et de quelques biscottes pour mater les crampes persistantes de son estomac.

Au bout d'un moment, Lucas changea de sujet :

– Je voudrais aussi te parler de Chloé.

Elle se retourna vers lui, une main levée comme pour lui imposer le silence.

– Tu n'as rien à m'expliquer, Luke. Quoi qu'il y ait eu ou qu'il y ait encore entre vous, cela ne me regarde pas.

– Mais il n'y a jamais rien eu ! protesta-t-il. Il ne s'est rien passé avec personne depuis la mort de Lindsay !

– Voyons, Luke, tu n'as pas à te justifier de ce que tu faisais avant que nous nous rencontrions, dit-elle d'un ton rassurant.

– C'est justement ce que je me tue à te répéter : il n'y a jamais rien eu ! Chloé vient, s'en va, revient...

– Je m'en suis rendu compte.

– Au printemps, avant ton arrivée, poursuivit-il, je me disais qu'après tout, elle était la marraine de Richard, que nous pourrions peut-être... Et puis, tu es...

Il s'interrompit, comme s'il ne trouvait plus ses mots.

– Je comprends, Luke. Mais il faut que je me prépare.

– Enfin, quoi ! explosa-t-il. Je ne peux même plus te parler, maintenant ?

– Si, Luke, tu peux me parler autant que tu veux. Moi aussi, j'ai besoin de te parler – mais pas maintenant ! Il faut que je m'habille pour sortir dîner.

– Il suffit que le grand homme claque des doigts...

Blythe éclata de rire.

– Qu'ai-je dit de si drôle ?

– Je l'appelais ainsi derrière son dos. Quand tout ne se passait pas exactement comme il voulait pendant un tournage, il criait, tempêtait. Et puis, il claquait des doigts et s'en allait, content d'avoir répandu la terreur. Je l'avais surnommé « le grand homme » quand je parlais de lui aux techniciens, pour leur faire comprendre que nous étions dans le même bateau.

– Tu étais donc toi aussi à sa merci, comme tu l'es restée, si je comprends bien.

– Arrête, Luke, je t'en prie, dit-elle en lui prenant la main. Souviens-toi : quand nous avons fait l'amour pour la première fois, tu disais que nos cœurs étaient fragiles. C'est toujours vrai. Nous traînons encore des fardeaux qui datent d'avant notre rencontre – moi, en tout cas.

– Veux-tu dire que ce qui s'est passé entre nous n'était pour toi qu'un interlude ? Que tu t'apprêtes maintenant à revenir à la réalité, à reprendre le cours de ta vraie vie ?

– Non, pas du tout ! Tes rapports avec Chloé et avec ton fils, le ménage que je dois faire avec Chris, ces questions n'ont aucun rapport entre elles. Je sais que, de mon côté, je ne pourrai rien rebâtir avant d'avoir déblayé les débris de mon passé.

– Et je suis censé en faire autant ?

– Cela dépend de toi.

– Il n'y a entre Chloé et moi aucun « ménage à faire », comme tu dis, et encore moins de « débris à déblayer », malgré son intrusion de mauvais goût ce matin, dit-il sèchement. Je ne vois pas non plus en quoi la mort de ma femme et ton divorce seraient comparables. Quant à Richard...

Blythe leva à nouveau les mains pour le faire taire.

– D'accord ! N'en jette plus ! Les débris, le ménage, c'est moi seule que cela concerne.

Alors, à sa grande surprise, Lucas la prit dans ses bras et la serra farouchement contre lui.

– Oh, Blythe... Je ne veux pas te perdre, murmura-t-il. Je ne veux pas que tu me quittes pour ce type.

– Luke, voyons ! Il n'en est pas question.

– Ne sors pas avec lui ce soir. Quand il arrivera, je lui dirai que tu ne veux plus le voir, que tu en as assez de ses exigences.

Les yeux clos, elle savoura la sensation de leurs corps pressés l'un contre l'autre. Ce serait si facile de se laisser protéger par cet homme, prêt à affronter Christopher Stowe et à l'envoyer au diable...

« Dans la vie, ma petite fille, tout se paie », fit la voix de sa grand-mère. Blythe eut soudain peur de devoir vendre un peu de son âme pour s'assurer de l'affection de Lucas.

– Non, Luke, c'est à moi de lui parler. Mais je suis touchée que tu m'offres de l'affronter à ma place.

– Je crois plutôt que tu préfères te battre toi-même, dit-il en la lâchant brusquement. Ma chère cousine Valérie dirait que tu es masochiste. Ou alors, c'est peut-être son apparition dans cette bagnole prétentieuse qui te fait regretter ton luxueux train de vie ?

– Ne sois pas ridicule, Luke ! Nous sommes divorcés, il s'est marié avec ma sœur et ils ont fait un enfant !

– Il se pourrait aussi, reprit-il sans relever l'interruption, que l'isolement des Cornouailles et notre vie trop simple aient perdu pour toi l'attrait de la nouveauté. Serais-tu déjà lasse de notre projet de pépinières ?

Blythe se sentit dangereusement proche des bornes de sa patience.

– Ah! Voilà donc la raison pour laquelle tu te crois obligé de m'insulter! Tu reprochais à Chris de se soucier de ses intérêts plutôt que des miens. Tu te conduis de la même façon! Tu ne penses qu'à ton cher domaine, n'est-ce pas?

– Je t'ai posé une question : comptes-tu mener le projet à son terme, ou me lâcheras-tu au moment crucial?

Cette fois, la colère et la frustration lui coupèrent un instant la parole. Lucas paraissait s'attendre à ce qu'elle le quitte – peut-être à l'exemple d'autres femmes qui l'avaient abandonné à un « moment crucial » de sa vie. Il ne lui avait jamais fait de confidences sur la période ayant précédé la mort de Lindsay ni sur les mois qui avaient suivi. Qu'avait éprouvé Garrett Teague, son ancêtre, en apprenant que Blythe Barton, la femme qu'il aimait, s'était donné la mort sans un mot d'adieu pour lui, le seul être au monde lui ayant jamais manifesté affection et dévouement? La réaction de Lucas était-elle dictée par cette « mémoire génétique » chère à Valérie Kent? Ou fallait-il y voir le comportement d'un homme ayant sciemment étouffé ses sentiments après la mort de sa femme? Malgré toute sa bonne volonté, elle ne pourrait pas les ranimer à sa place.

– Il va sans dire, Luke, que je participerai jusqu'au bout à la création des pépinières, répondit-elle avec tout le calme qu'elle parvint à s'imposer.

Ils entendirent un ronronnement de moteur devant la porte. La scintillante Rolls-Royce de Chris détonnait dans le paysage, à côté de la vieille Land-Rover cabossée.

– Bon, je m'en vais, dit Luke sèchement. Moi aussi j'aurai de la compagnie pour le dîner, ajouta-t-il.

– Où cela? demanda Blythe en pensant à Richard, qui avait le plus grand besoin de la présence de son père après sa traumatisante équipée de la nuit.

– A la maison, répondit-il d'un ton ironique. Chloé a demandé à Mme Quiller de nous préparer un souper intime.

– Embrasse quand même ton fils de ma part – si tu as le temps de le voir, lâcha-t-elle avec un ricanement qu'elle se reprocha aussitôt.

– J'en doute, je l'ai enfermé pour la nuit dans le cachot d'une des tours... Enfin, bon sang, pour qui me prends-tu ? s'écria-t-il, excédé. Je ne suis pas Barbe Bleue !

Sur quoi il sortit à grands pas, et évita de justesse une collision avec Christopher Stowe.

– Je n'interromps pas une conversation importante, j'espère ? s'enquit le cinéaste avec sollicitude.

– Non, nous parlions affaires, grommela Lucas.

Il claqua sa portière et démarra en trombe, avertisseur bloqué pour écarter les moutons distraits. Blythe le suivit des yeux jusqu'à ce qu'il ait disparu dans le virage. Les mouettes planaient, le soleil couchant teintait le ciel bleu de reflets mordorés. Comment, dans un décor aussi paisible, la vie pouvait-elle soudain se compliquer à ce point ? se demanda-t-elle avec découragement.

– J'arrive en avance, je sais ! déclara Chris en brandissant une bouteille de dom pérignon. Mais comme il faisait beau, j'ai pensé que nous pourrions admirer ton panorama en dégustant ce délicieux breuvage. Dis-moi, ajouta-t-il avec un regard réprobateur au blue-jean et au sweater de Blythe, ta tenue n'est-elle pas un peu... négligée pour l'endroit où nous allons ?

– Je sais, répondit-elle sèchement. Débouche le champagne, je vais me changer.

Tout au long de leur souper aux chandelles dans la salle à manger du luxueux château-hôtel de Boscundle, près de Saint-Austell, Blythe fut affligée d'un don d'ubiquité dont elle se serait volontiers passée.

En esprit, elle voyait Lucas et Chloé en tête à tête devant la cheminée de la bibliothèque. A n'en pas douter, Richard en était banni et dînait avec les Quiller à la cuisine tandis que les labradors, eux, se prélassaient près de leur maître. Si elle apprenait que Mme Quiller avait mitonné son gâteau au chocolat pour les tourtereaux, Blythe se jura qu'elle glisserait le lendemain matin une triple dose de mort-aux-rats dans le thé de Chloé.

En même temps, elle recevait sa part des sourires et des courbettes empressées prodigués par le personnel au célèbre réalisateur qui honorait l'établissement de sa présence. Elle se serait crue revenue aux temps où l'attaché de presse de Chris orchestrait leurs moindres sorties dans les restaurants branchés de Beverly Hills.

Chris avait cependant tenu parole : l'actuelle Mme Stowe brillait par son absence.

– Même si tu avais accepté qu'elle se joigne à nous, expliqua-t-il en avalant sa troisième flûte de champagne alors qu'ils venaient à peine de s'asseoir à table, elle n'aurait pas pu. Sa Majesté a attrapé froid hier. Elle est enrhumée et la petite princesse éternue aussi.

Blythe se demanda comment Ellie lui avait rendu compte de leur rencontre mouvementée au cottage.

– La petite va bien ? demanda-t-elle par politesse. Il y a un très bon médecin à Gorran Haven tout près de l'hôtel, le Dr Vickery. Je le connais, je peux les lui recommander.

– Elles s'en remettront, j'en suis sûr. Chère Blythe, toujours prompte à aider ! Cet admirable trait de caractère me manque cruellement, je ne te le cache pas. Sur le plateau comme dans la vie.

Blythe ne décela pas d'ironie cachée sous ses propos et s'en étonna. De fait, elle voyait transparaître dans son sourire une chaleur qui en avait été longtemps absente.

– Chère, très chère Blythe ! reprit-il avec un regard approbateur à son sobre tailleur noir. Non seulement tu as toujours été un modèle de dévouement et d'efficacité mais, en plus, tu as ce soir l'éclat d'une véritable star !

Devait-elle ces élans d'admiration à la deuxième bouteille de champagne qu'il attaquait avec entrain ? En tout cas, l'ardeur des regards qu'il posait sur elle la mettait mal à l'aise.

– Tes talents professionnels me font gravement défaut, Blythe, je l'avoue sans fausse honte, poursuivit-il avec effusion en lui prenant la main sur la nappe damassée. Et je ne parle pas des autres.

Du coin de l'œil, elle vit de l'autre côté de la pièce une femme qui les dévisageait, dévorée de curiosité. Blythe retira sa main et but une gorgée de l'eau minérale qu'elle avait commandée, au grand scandale de Chris.

– Ellie est venue me voir hier. Es-tu au courant?

– Oui. Je ne le lui avais pas demandé, j'espère que tu ne mets pas ma parole en doute. Comme tu m'en avais prié, je lui avais même dit de ne pas chercher à te voir.

– Cela m'a rajeunie, dit-elle avec un rire sarcastique.

– Ç'a été si pénible?

– Oui. Elle a exigé ma signature, bien entendu.

Sans répondre, Chris tripota pensivement sa fourchette et lança un regard à leur serveur, qui se précipita vers la bouteille de lafite-rothschild 89 posée sur une desserte. Avant que Blythe ait pu protester, il remplit leurs deux verres, nota leur commande et reprit son poste dans le champ de vision de Chris, prêt à répondre à son premier signe. Il ne fait que des films, bon sang! eut envie de lui crier Blythe. Ce n'est pas le Dalaï-Lama!

Au bout d'un moment, son ex-mari cessa de contempler ses couverts et releva les yeux vers elle.

– Tu sais sans doute mieux que moi qu'Ellie est habitée par des démons intérieurs qui la poussent à des comportements qu'elle ne comprend pas toujours elle-même. Ta sœur a-t-elle toujours eu un esprit aussi... singulier? ajouta-t-il, voyant que Blythe ne réagissait pas.

– Me demandes-tu si elle a un caractère de cochon ou si elle préfère sa propre compagnie à celle des autres?

– Disons... les deux. J'ai découvert, non sans chagrin, qu'elle déteste voyager. Elle ne supporte pas les tournages en extérieur, qu'elle qualifie de tortures, et elle abomine les réceptions professionnelles auxquelles nous sommes constamment obligés de nous rendre.

– Je te l'aurais dit plus tôt si tu me l'avais demandé.

– Avec elle, tout tourne au drame, poursuivit-il en feignant de n'avoir pas entendu. Surtout depuis la naissance du bébé. Elle est convaincue que je la trompe avec toutes les filles qui jettent les yeux sur moi.

– Ce n'est plus le cas? s'étonna Blythe d'un air innocent.

– Absolument pas! protesta Chris en vidant son verre de lafite-rothschild, aussitôt rempli par le serveur auquel il n'avait rien demandé. Un désastre conjugal me suffit, merci!

L'arrivée d'une brigade de serveurs la dispensa de répondre. Leurs assiettes une fois remplies avec le cérémonial approprié, ils accordèrent leur attention au carré d'agneau rôti. Chris raconta des anecdotes divertissantes sur les péripéties du tournage au Kenya et les bourdes du directeur de production, qui assurait l'intérim de son irremplaçable ex-épouse et associée et dont il rêvait de se débarrasser.

A peine le soufflé au chocolat eut-il été déposé devant eux que Chris vida son verre de vin et darda sur Blythe un regard ténébreux à souhait.

– Tu as fait preuve d'une retenue admirable, déclara-t-il de but en blanc. Toute autre que toi aurait cherché à me ruiner, à me couler, à me faire payer les indignités que je t'infligeais depuis un an. Et même avant, ajouta-t-il.

Blythe faillit s'étrangler avec son Perrier. Avait-elle bien entendu? Christopher Stowe lui présentait ses excuses?

– Merci quand même, se borna-t-elle à répondre.

Pour la deuxième fois, il lui prit la main et caressa du pouce le doigt où se trouvait naguère le diamant qu'il lui avait offert pour son anniversaire.

– Nous étions faits l'un pour l'autre, toi et moi, dit-il avec un soupir désolé. Et j'ai tout fichu en l'air...

– Je ne crois pas, Christopher, que ce genre de propos contribue à résoudre les problèmes dont tu es venu me parler de l'autre bout du monde.

Sa déclaration suivante plongea Blythe dans une stupeur telle qu'elle en perdit la voix:

– Je me considère comme un authentique salaud de t'avoir refusé un enfant pour ensuite en faire un à Ellie. Et pourtant, poursuivit-il en baissant les yeux d'un air contrit, je t'ai sans doute rendu un réel service. Car je ne crois pas, vois-tu, être du bois dont on fait les pères – c'est du moins ce que m'affirme Ellie.

Blythe comprit alors que la dernière flèche décochée par sa sœur exprimait, comme elle l'avait pensé, son propre dépit devant la froideur de Chris envers ses obligations parentales. Le pauvre Kit Trevelyan, lui, avait manifesté une sincère affliction à la mort de sa petite Angela et il aurait sûrement accueilli avec joie le deuxième enfant de Blythe – à condition qu'il en ait été le père. Il y a donc sur terre des hommes qui ont la fibre paternelle et d'autres pas. Pourquoi fallait-il qu'elle tombe systématiquement amoureuse des seconds?...

– Je ne sais pas ce qui m'a pris, poursuivit Chris. Le démon de midi ou la prise de conscience que je n'étais pas immortel m'a poussé à accepter les flatteuses attentions d'une femme plus jeune. Un coup de folie. Oui, un coup de folie...

– Mais pourquoi ma sœur? lâcha Blythe malgré elle.

– Parce qu'elle était presque aussi jolie que toi et qu'elle se fichait éperdument de mes défauts, répondit-il avec une franchise désarmante. Mon entourage m'a toujours critiqué, comme tu le sais, et je te prenais pour une enquiquineuse parmi les autres. C'était idiot de ma part, bien entendu.

– C'était plus qu'idiot! s'écria Blythe. Tu as tout saboté sans réfléchir, notre mariage, nos affaires, nos films en cours! Tu savais que je finirais par découvrir le pot aux roses. Je me demande si tu ne cherchais pas plutôt à me punir pour une raison que je ne comprends toujours pas.

– Je t'en voulais, c'est vrai. Sans doute parce que tu avais raison la plupart du temps. Mais ce que j'ai fait est inexcusable, poursuivit-il en la regardant dans les yeux et en serrant sa main qu'il n'avait pas lâchée. Je me suis conduit en gamin irresponsable, je t'ai blessée et je le regrette du fond du cœur, Blythe, crois-moi. Si cet enfant était le nôtre, si tu partageais encore ma vie, peut-être parviendrais-je à devenir un père digne de ce nom. Ce n'est pas le mien qui m'en a donné l'exemple, tu le sais...

– Non, Christopher, je t'en prie, restons-en là. Il est trop tard pour me dire ça.

– Pourquoi ? En te revoyant, j'ai compris à quel point j'avais besoin de toi. Et puis, il n'est pas trop tard pour que nous ayons cet enfant auquel tu tiens...

– Je te répète qu'il est trop tard, Chris.

– Reviens travailler avec moi, Blythe ! l'implora-t-il. En te laissant partir, j'ai commis l'erreur la plus colossale de ma vie. Que puis-je te dire de plus ?

L'expression presque pathétique de ses remords laissa Blythe sans voix. Comment, après lui avoir infligé de telles tortures morales, avait-il pris conscience de sa valeur d'associée, dans la vie et le travail ? Il lui avouait pourtant son erreur, manifestait ses regrets et implorait son pardon en la suppliant de lui donner une chance de se racheter...

L'intensité avec laquelle il la dévisageait mit soudain Blythe mal à l'aise, comme s'il guettait sa réaction à ses stupéfiantes révélations afin d'en déterminer la suite.

Pourquoi cet homme, qui s'était comporté envers elle avec une complète absence de scrupules, opérait-il un revirement aussi spectaculaire ? se demanda-t-elle alors. Pouvait-elle faire confiance à un pareil individu ? Que les déboires du tournage au Kenya l'aient convaincu d'avoir perdu en Blythe une collaboratrice précieuse, soit. Mais il était quand même effarant qu'il traite sa deuxième femme avec le même cynisme dont il avait fait preuve envers la première !

La vérité lui apparut alors, aveuglante : la soirée entière – le choix du cadre intime et luxueux, le champagne, l'évocation des bons moments du passé, les remords touchants, les compliments flatteurs, l'appel aux sentiments – n'était rien d'autre qu'une mise en scène. Plutôt que de compter sur son seul charme pour lui soutirer sa signature et la décider à reprendre le collier, il avait fait vibrer en elle toutes les cordes sensibles. Il était même allé jusqu'à lui faire miroiter ce qu'elle désirait le plus au monde : un enfant.

Ce salaud est habile, diablement habile. Trop habile.

Oui, Christopher Stowe était sincère en lui offrant de la reprendre – mais parce que ses talents à elle lui étaient indispensables pour faire valoir les siens. Depuis son arrivée en Angleterre, il n'avait pensé, agi, calculé qu'en fonction de ses seuls intérêts. Renouer leurs liens de couple, promettre de faire avec elle un enfant, le sort d'Ellie elle-même, rien ni personne ne comptait à ses yeux que l'argent qu'il devait obtenir à tout prix pour la réussite de son film. Il était un Artiste avec un A majuscule – comme Ennis Trevelyan. Il ne se souciait de rien au monde que du bout de pellicule qui lui vaudrait un nouvel Oscar.

Pour lui rendre la monnaie de sa pièce, Blythe eut l'idée d'une vengeance si ingénieuse qu'elle fut tentée de la mettre en œuvre. Il lui suffirait de céder cette nuit, dans la luxueuse suite qu'il avait à coup sûr réservée, aux élans amoureux de son ex-mari attendri par ses libations, puis de lui refuser sa signature le lendemain matin. Ellie piquerait une crise de jalousie en apprenant cette double infidélité et serait sans doute assez folle de rage pour le quitter. Le studio ferait tomber le couperet lorsque Chris manquerait à son engagement de renflouer le budget. Tout s'écroulerait en bloc autour de lui tandis qu'elle continuerait, elle, à jouir du statut enviable d'épouse offensée et de ses capitaux chèrement gagnés...

En dévisageant l'homme qui la couvait d'un regard plein d'espoir, Blythe comprit à quel point il était difficile de briser le cercle vicieux de la rancune et de la vengeance. S'engager sur la voie du pardon n'était pas moins ardu, il est vrai – comme d'affronter une force de la nature telle que Christopher Stowe.

Alors, d'un coup, Blythe se désintéressa des calculs et des machinations de cet homme qui ne représentait plus rien pour elle. Elle savait ce qu'elle devait faire.

– Tu sais, Chris, dit-elle avec un sourire en prenant son

sac à main, tu me rappelles quelqu'un dont j'ai fait la connaissance : un peintre de marines remarquable.

– Ah, oui ? répondit-il distraitement. Pour revenir à ce que je disais, Blythe, je...

– Tu pourrais être son frère jumeau, l'interrompit-elle. Donne-moi les papiers, poursuivit-elle en sortant de son sac un feuillet manuscrit, je vais les signer.

– Vraiment ? répondit-il, stupéfait. C'est... c'est merveilleux, ma chérie. Je ne m'attendais pas à...

Il fit signe au serveur de débarrasser les assiettes à dessert et de servir le café. Puis il tendit les documents à Blythe d'une main qui tremblait un peu.

– Il faut fêter cela dignement ! enchaîna-t-il avec le regard passionné qu'elle lui avait souvent vu prendre quand il préparait ses acteurs à une scène d'amour. Oh ! ma chérie, toute l'équipe sera si heureuse d'apprendre que tu nous reviens – surtout moi, tu penses bien ! Sois tranquille, nous nous arrangerons avec Ellie, elle comprendra. Attends-moi une seconde, mon ange, je vais voir s'ils ont une suite disponible pour la nuit. J'ai hâte de te montrer combien...

– Non.

Le mot claqua dans le silence. Chris affichait une incrédulité que Blythe aurait trouvée comique en d'autres circonstances. Ceux qui avaient osé dire non au « grand homme » se comptaient sur les doigts d'une seule main.

– J'ai rédigé un addendum à nos accords, que je te prie de signer avant que je signe moi-même tes documents, reprit-elle en lui tendant le feuillet. Tu t'engages à me rembourser sous cinq ans ma moitié du prix de vente de la forêt avec, en garantie, ta part des bénéfices réalisés sur les films que nous avons produits ensemble et qui appartiennent maintenant à ta nouvelle société de production.

– Si tu crois avoir besoin avec moi d'une garantie écrite..., commença-t-il d'un air ulcéré.

– J'en suis sûre, déclara-t-elle calmement.

Avec une évidente répugnance, il prit son stylo dans sa

poche et apposa sa signature au bas de la feuille. Blythe l'examina avec soin avant de la replier et de la remettre dans son sac.

– Je voudrais maintenant t'expliquer pourquoi je signe, dit-elle sans élever la voix. Je le fais pour acheter ma liberté. Une fois ces accords conclus, nos derniers liens seront rompus. Ce sera fini entre nous, Chris.

Il entrouvrit la bouche pour dire quelque chose, la referma. Plus encore que la surprise ou la colère, son regard trahissait une incompréhension totale. Comme Ennis Trevelyan deux siècles avant lui, ce cinéaste doué de génie était totalement dénué de générosité, de sensibilité envers autrui. Obsédé comme Ennis par l'ambition de réussir, il avait investi dans son art tous ses sentiments. De tels hommes ne « gaspillaient » pas leurs passions ou leurs émotions avec des êtres humains, si proches soient-ils.

– Fini entre nous ? répéta-t-il, avec ironie cette fois. Voyons, ma chérie, une telle grandiloquence me semble bien inutile. Tu seras ravie, j'en suis sûr, d'avoir de mes nouvelles lorsque je te rembourserai cet argent, ainsi que je viens de m'y engager.

Blythe prit le stylo qu'il lui tendait.

– Le moment venu, je te saurai gré de prendre contact avec mon avocate, pas avec moi, répondit-elle. Tu es un très grand réalisateur, Chris, poursuivit-elle en paraphant les feuilles une à une. Je t'ai souvent critiqué en public, parfois même à ton insu, alors qu'il aurait mieux valu, pour toi comme pour moi, discuter seul à seul de mes opinions sur tel ou tel point de détail. Mais je voulais, vois-tu, que les autres membres de l'équipe me traitent en égale, pas en « femme du patron ». Je suis sincèrement désolée d'avoir été l'enquiquineuse que tu croyais.

– Je ne t'en veux pas, Blythe, tu le sais bien, soupira Chris. Es-tu sûre que nous ne pourrions pas... ?

– Absolument sûre. Une dernière chose, poursuivit-elle en posant à son tour sa main sur celle de Chris. Si je t'ai parfois offensé ou blessé, pardonne-moi. Je ne l'ai jamais fait volontairement.

Le visage de cet homme qu'elle avait tant aimé exprima une gratitude étonnée mêlée de remords. Blythe sentit alors un lourd fardeau tomber de ses épaules et elle sut que la colère et le ressentiment, qui l'empoisonnaient depuis des mois, s'étaient évaporés comme par magie.

Elle prit son sac, se leva.

– Blythe ! Je t'en prie, ne pars pas ! Pouvons-nous... ?

– Non, Chris, nous ne pouvons pas. Sauve ton film. Ce sera un triomphe, j'en suis sûre.

Il se leva pesamment. Elle se pencha, lui effleura la joue d'un baiser.

– Je suis contente de vous avoir revus, Ellie et toi. Bonne chance, Christopher. Je te le souhaite sincèrement.

– Attends, je vais te reconduire...

– Reste, finis ton vin. La patronne m'appellera un taxi.

Son sentiment de paix et de bien-être vola en éclats dès que le taxi l'eut déposée à la barrière du pré. La vue de la veilleuse qui brillait à la fenêtre du cottage ranima dans sa tête l'image obsédante de Lucas et de Chloé seuls sous le même toit. Pendant le court trajet de la barrière à sa porte, distraite par ses sombres réflexions, elle réussit le tour de force de marcher dans presque toutes les crottes de moutons avec ses escarpins de velours.

Il était près de minuit. Nerveusement épuisée par sa confrontation avec Chris, incapable de fermer l'œil, elle tourna en rond dans le cottage en puisant des biscottes dans la boîte serrée sur sa poitrine.

D'un côté, elle brûlait d'envie d'enfiler son jean et ses bottes. Elle se voyait partir sous le ciel étoilé, se glisser en silence dans le château obscur, grimper à côté de Lucas dans le grand lit à baldaquin. Mais de l'autre, elle ne pouvait chasser de sa mémoire l'apparition d'une autre femme qui avait voulu faire la même chose moins de vingt-quatre heures auparavant – à sa plus grande confusion. Sous aucun prétexte elle ne s'exposerait à la même déconvenue.

Affalée dans un fauteuil, contemplant tristement le reflet de la lune qui dansait sur la mer, elle évoqua tour à tour la vision de Chloé couchée près de Luke dans le lit aux rideaux rouges, puis celle de Luke seul, étendu comme un gisant d'église. Une douleur sourde lui rongeait la poitrine. Est-ce ce que l'on ressent, se demanda-t-elle, quand on se languit de quelqu'un ?

Pour la deuxième fois de la soirée, elle pensa à Kit Trevelyan. Combien de nuits avait-il passées dans ce même grand lit aux rideaux rouges à se languir de Blythe Barton, à espérer en vain qu'elle l'y rejoindrait de son plein gré ? Et qu'éprouvait l'infortuné Garrett Teague, seul sur sa couche étroite et dure au-dessus de la boutique paternelle ?

Par deux fois, elle s'était dérobée lorsque Luke avait cherché à lui parler de l'éprouvante période qui avait suivi la mort de sa femme et à lui expliquer sa décision d'envoyer Richard en pension. Comme elle regrettait maintenant, en dépit de l'heure tardive, de n'être pas assise près de lui pour écouter ce qu'il avait à dire !

Malgré tout, elle se trouva incapable de ravaler sa fierté et de prendre à travers bois le chemin de Barton Hall. Et c'est ainsi que, seule dans son cottage qui dominait la mer, Blythe passa une nouvelle nuit blanche, avec, pour toute compagnie, ses pensées moroses et un roman de Daphné Du Maurier.

18

9 septembre 1994

Lorsque Blythe arriva à Barton Hall le lendemain matin, des équipes d'ouvriers s'affairaient autour des serres, dont plusieurs étaient déjà couvertes de polyuréthane. Ne trouvant pas Richard au cœur de la mêlée, comme elle s'y attendait, elle s'approcha de M. Quiller, qui orchestrait les opérations.

– Avez-vous vu Dicken ?

– Il est à la maison, madame, répondit le jardinier avec tristesse. Ma femme lui prépare ses bagages. Il doit partir à son école après le déjeuner.

– Aujourd'hui, déjà ?

Absorbée par ses propres préoccupations, elle avait oublié l'imminence du départ de Richard.

– Il nous manquera, c'est sûr, soupira Quiller.

Blythe lança un regard courroucé aux tours du château. Lucas n'avait donc pas de cœur ? Autant enfermer son fils dans un cachot que dans cette école qu'il haïssait !

Sans écouter ses inquiétants maux d'estomac, elle longea la façade en évitant de regarder par la fenêtre de la salle à manger – découvrir Lucas et Chloé en tête à tête à l'heure du petit déjeuner aurait suffi à lui gâcher sa journée.

Après avoir traversé la cour, elle entra dans les anciennes écuries aménagées en bureaux, en boutique et en salle de classe pour les apprentis jardiniers. Lucas et elle avaient décidé de conserver son caractère au bâtiment, vieux de plus de deux siècles. Les bat-flanc de chêne séparant les stalles servaient de cloisons aux bureaux de Lucas, de Blythe et des quelques collaborateurs qu'ils devaient engager. Un dallage d'ardoise, des luminaires au plafond et des prises électriques le long des plinthes constituaient les seules modernisations visibles. Valérie Kent avait signalé une vente aux enchères de classeurs à Mevagissey, Blythe avait acheté à la banque de Gorran Haven des bureaux réformés mais encore présentables. L'ancienne demeure des poneys était ainsi devenue un espace fonctionnel et accueillant.

Assise devant la pile de factures et de bons de livraison qui l'attendait, Blythe entreprit d'entrer les chiffres dans le programme de son ordinateur. Un instant plus tard, absorbée par sa tâche, elle n'entendait même plus les coups de marteau qui résonnaient au-dehors.

– Ah ! Vous étiez ici ! fit une voix suave.

Blythe retint de justesse un grognement agacé. Habillée dès le matin comme si elle se rendait à une garden-party, Chloé Acton-Scott se tenait sur le seuil du bureau. Chaque cheveu de son chignon était précisément à sa place, pas la moindre écaillure sur la laque rouge de ses ongles. Un coup d'œil à son jean défraîchi lui fit regretter de n'avoir pas mis un de ses sobres tailleurs de femme d'affaires. Pourquoi diable, par sa seule présence, cette femme lui donnait-elle l'impression d'être une souillon ?

– Bonjour, répondit Blythe en se demandant ce qui lui valait cette désagréable surprise.

Chloé s'avança d'un pas.

– Désolée de vous déranger, mais je me demandais si vous pourriez nous rendre un petit service.

– Lequel ? demanda Blythe avec méfiance.

– Luke et moi pensons qu'il vaudrait mieux que j'emmène discrètement Richard après le déjeuner, afin d'éviter les effusions et les larmes du personnel.

– Le personnel, répéta Blythe. Cela englobe-t-il les Quiller, les ouvriers – moi-même, peut-être?

– Eh bien... tout le monde, confirma Chloé comme si cela allait de soi. Si vous vouliez bien coopérer, je vous en serais très reconnaissante.

– Lucas vous a-t-il chargée de m'en parler?

Chloé chassa d'une chiquenaude une poussière invisible sur la manche de son sweater.

– Nous aimerions que Richard parte dans la dignité, déclara-t-elle d'un air pincé.

Au souvenir de ses affrontements avec des régisseurs mégalomanes et des secrétaires de production prétentieuses, Blythe sentit la moutarde lui monter au nez.

– Vraiment? Je vais le demander à Luke pour m'assurer que vous l'avez bien compris.

Blythe se leva et alla vers la porte, en se jurant de lui décocher un direct au menton si elle faisait mine de lui barrer le passage. De fait, Chloé leva une main.

– Madame Stowe!...

– Oui, Chloé? répondit-elle en usant délibérément de son prénom.

– Je ferais peut-être mieux de ne pas tourner plus longtemps autour du pot.

– Je le crois en effet.

– Lindsay Teague était ma meilleure amie. Je suis la marraine de son fils. Luke et moi avons toujours eu beaucoup d'affection l'un pour l'autre...

– Vos deux premières affirmations me semblent exactes.

– Donc, enchaîna Chloé d'un ton moins catégorique, chacun pensait jusqu'à votre arrivée que Lucas et moi allions un jour ou l'autre...

– Coucher ensemble? l'interrompit Blythe.

– Nous marier, voyons! Il n'y a que vous autres, gens de Hollywood, avec vos vulgaires dollars...

– Attention à ce que vous allez dire, l'interrompit Blythe en agitant devant elle l'index réprobateur de l'institutrice qui réprimande un élève insolent.

Les yeux bleus de Chloé lancèrent des éclairs.

– Si Lucas se croit entiché de vous, je vous garantis qu'il y est moins poussé par l'amour que par le désir de sauver Barton Hall des griffes du fisc !

– Lucas ne m'aimerait que pour mon argent, selon vous ? dit Blythe du ton qu'elle aurait pris pour s'enquérir du temps qu'il faisait – tout en se demandant si la vérité ne s'exprimait pas par la bouche peinte de Chloé.

– Vous ne vous imaginez quand même pas qu'une personne de votre genre s'intégrerait à notre milieu ! Nous ne nous frottons pas à des vedettes de cinéma, nous, ajouta-t-elle d'un air satisfait comme si elle venait de décocher un trait d'esprit imparable.

– Pas même à une reine de rodéo ? dit Blythe avec une douceur mielleuse à faire grincer des dents.

– Je cherche seulement à vous faire comprendre que Lucas ne tardera pas à se rendre compte à quel point vous êtes... inadaptée à son style de vie.

– Et quel est-il, ce style de vie, Chloé ? Quand je suis arrivée, cet endroit tombait en ruine. Luke accepte de se salir les mains pour le remettre en état. Le feriez-vous ?

– Eh bien, je...

– Sa vie privée était elle aussi en ruine, sans même parler de celle de Richard !

– Je ne vois vraiment pas comment vous pourriez le savoir. Lindsay nous a quittés il y a plus de deux ans et...

– Elle est *morte* ! dit Blythe sèchement. La pauvre femme est morte d'une longue et atroce agonie après avoir lutté contre le cancer. Elle a laissé derrière elle un mari et un fils qui ne savaient pas comment la pleurer – Luke n'en sait d'ailleurs toujours rien. Qu'est-ce qui vous rend si sûre de lui mettre maintenant le grappin dessus, hein ? Vous avez eu beau faire, vous n'y êtes pas arrivée.

– Le grappin dessus ? s'exclama Chloé, outrée. Comment osez-vous me dire cela, vous qui vous jetez dans le lit d'un inconnu à peine six mois après votre abominable divorce.

– Votre mari et vous avez sans doute décidé de vous séparer devant une tasse de thé et des petits fours ?

– En tout cas, je ne me suis pas immédiatement jetée à la tête du premier homme que...

– Ce n'est pas ce que j'ai entendu dire.

– Le monde entier est au courant des détails les plus sordides de ce que votre ignoble mari...

– Ex-mari, précisa Blythe, qui avait de plus en plus de mal à conserver un semblant de civilité.

– Bref, chacun sait que ce Christopher Stowe a été pris en flagrant délit d'adultère avec votre sœur. Il n'avait pas à chercher bien loin pour...

– Si nous n'y prenons garde, ma petite Chloé, l'interrompit Blythe en se rapprochant, les poings serrés, ceci menace de dégénérer en pugilat. Si je puis vous donner un bon conseil, vous feriez mieux de déguerpir et de me laisser travailler.

– Je ne veux pas que vous troubliez mon filleul avec vos effusions vulgaires ! cria Chloé.

– Dites plutôt que vous voulez garder les coudées franches ! hurla Blythe, à bout de patience. Pour vous, les enfants sont des casse-pieds et Richard ne représente qu'un moyen pour parvenir à vos fins ! Alors, ne venez pas me chanter le couplet de la bonne marraine de conte de fées, ça ne prend pas ! Quant à Luke, débrouillez-vous de votre côté et moi du mien. Sur ce, débarrassez le plancher !

– Vous osez me... me donner à moi l'ordre de... partir ? bafouilla Chloé en s'étranglant d'indignation.

– J'ose. Vous êtes ici dans les locaux des Pépinières de Barton Hall Ltd., dont je suis propriétaire pour moitié.

– Puis-je me permettre de vous interrompre ? fit alors une voix masculine.

Sous la charpente de l'écurie, l'écho de la question résonna dans un silence de mort.

Les deux femmes se tournèrent lentement vers la porte dans laquelle Lucas s'encadrait, les traits figés en un masque indéchiffrable.

– Mon Dieu! soupira Blythe. Depuis quand es-tu là?
– Un bon moment.
– L'attitude inqualifiable de cette femme envers vous et votre fils me choque profondément, Lucas, déclara Chloé avec hauteur.
– Vous me rendriez grand service, Chloé, en allant voir où Mme Quiller en est de ses préparatifs, dit calmement Lucas en entrant dans la pièce.
– J'en serai ravie, répondit-elle avec un sourire crispé.
Quand elle eut tourné les talons, Blythe se laissa tomber dans son fauteuil de bureau.
– As-tu une minute? lui demanda Lucas.
– Je t'écoute. Quand es-tu arrivé, au juste?
– Au moment où tu lui disais que Barton Hall et moi tombions en ruine.
Blythe se cacha le visage dans les mains et poussa un gémissement de douleur.
– Je constate que Christopher Stowe et toi avez survécu à votre rencontre d'hier soir. Pas de vaisselle cassée?
Blythe releva les yeux et tenta de deviner son état d'esprit. Son expression ne lui révéla qu'une grande lassitude due au manque de sommeil.
– Les choses se sont mieux passées que je ne le craignais.
– J'espérais que tu serais venue me voir en rentrant pour m'apprendre ce que tu avais décidé.
– Je ne voulais pas risquer de troubler votre charmant tête-à-tête.
– Ecoute Blythe... je t'ai raconté cela hier pour ne pas être en reste avec ton souper fin. Je t'assure qu'en ce qui nous concerne, elle et moi...
– En ce moment, Luke, Chloé est le cadet de mes soucis.
– Tant mieux. Alors, parlons d'hier soir. As-tu signé les documents comme il te le demandait?
– Oui.
– Tu as capitulé?
– Ce n'est pas le terme que j'emploierais.

– Pourquoi diable joues-tu l'ange de miséricorde pour ce salaud qui t'a traînée plus bas que terre ?

– Parce qu'il est un grand cinéaste. Tu ne comprends sans doute pas, mais je l'ai fait avant tout pour sauver son film. Mes autres raisons sont plus compliquées.

– Serais-tu encore amoureuse de lui ?

Blythe jugea vain d'expliquer à un amant jaloux comment acheter sa liberté au prix d'une forêt écossaise.

– Non, Luke, je ne suis plus amoureuse de Chris. Mais je me suis rendu compte, à mon propre étonnement, que j'admire encore son talent. Je me suis aussi aperçue qu'il s'agissait d'autre chose que d'argent.

– Il aurait dû ne s'agir que de toi ! De rebâtir ta vie en brisant les chaînes qui t'attachent au passé.

– En es-tu délivré, toi, de ton passé ? rétorqua Blythe.

S'il pense que mes problèmes sont liés au passé, il ne se doute pas jusqu'où ce passé remonte, se dit-elle sombrement.

– Bon sang, Blythe, tu aurais pu le laisser se dépêtrer tout seul ! J'espérais que tu aurais le bon sens de ne pas t'infliger cette épreuve.

– Qu'espérais-tu ? En quoi ma décision sur le sort de cette maudite forêt te concerne-t-elle ?

– En rien. Mais je suis outré que tu aies fait cadeau à ton ex-mari d'un million de dollars dont tu ne reverras probablement pas le premier sou.

– Avais-tu des visées sur cet argent ?

– Ce n'est absolument pas ce que je voulais dire ! s'exclama-t-il. Je ne pense qu'à ton intérêt ! Je me demande parfois si tu en as toi-même conscience.

– Et tu connais mes intérêts mieux que moi, peut-être ? demanda-t-elle en pensant aux insinuations de Chloé. Selon mon expérience, vois-tu, les gens qui me disent ce que je devrais faire cherchent souvent à ce que je le fasse pour eux. J'ai la ferme intention de continuer à prendre seule les décisions qui me concernent. Au fait, ajouta-t-elle en se levant, je t'épargnerai une scène d'attendrissement avec ton fils, mais tu ne m'empêcheras pas de lui dire au revoir.

Elle se retourna pour sortir, et se trouva nez à nez avec Richard qui se tenait sur le seuil, la mine terrifiée. De même qu'à l'arrivée de son père, Blythe ignorait depuis quand il écoutait leur discussion.

– Vous lui avez fait de la peine et maintenant elle veut s'en aller ! cria-t-il à Lucas d'un ton accusateur. Elle m'aime plus que vous ! Elle voudrait que je reste et vous, vous m'envoyez à Shelby Hall pour vous débarrasser de moi ! C'est pour cela que vous êtes méchant avec elle et que vous la chassez ! Je vous déteste ! Je déteste tante Chloé !

Sur le visage de Lucas, la colère succéda à la stupeur.

– Tu es d'une insolence inadmissible, mon garçon ! Blythe et moi discutions, c'est tout. Et tu n'as pas à écouter aux portes.

Richard se jeta dans les bras de Blythe et fondit en larmes.

– Allons, Dicken, allons... Ton père disait simplement...

– Vous voulez qu'elle s'en aille ! répéta-t-il entre deux sanglots.

– Mais non, elle ne s'en va pas, n'est-ce pas, Blythe ? dit Lucas. D'abord, nous sommes associés. Tout va bien, je te le promets. Tu n'as rien compris à ce que nous disions.

Richard se tourna vers son père, le regard brillant de chagrin et de colère.

– Vous dites toujours que tout va bien, mais ce n'est jamais vrai ! Vous disiez que maman allait guérir et elle est morte ! Vous disiez que Shelby Hall était une bonne école et c'est horrible ! Les autres se moquaient de moi parce que je pleurais la nuit et... vous n'êtes jamais venu me voir, pas une fois ! cria-t-il dans un nouveau flot de larmes.

Sur quoi, il partit en courant.

– Luke ! dit Blythe. Luke, il faut le rattraper.

Mais Lucas lui tourna le dos sans mot dire et se dirigea à pas lents vers la fenêtre. Un instant plus tard, elle vit, avec stupeur, des sanglots silencieux lui secouer les épaules.

– Pourquoi, au nom du ciel, pourquoi ne puis-je jamais trouver les mots qu'il faut ? dit-il enfin d'une voix altérée. Je ne savais pas comment apprendre à un petit garçon de huit ans que sa mère allait mourir.

Blythe sentit sa colère s'évanouir.

– Oh, mon chéri... Viens, viens t'asseoir...

Lucas ne bougea pas.

– Je sais très bien, reprit-il au bout d'un long silence, que par moments, cet été, tu m'as jugé comme un père indigne et sans cœur. Je cherchais comment te dire...

Sa voix se brisa, il se couvrit les yeux d'une main.

– Parle-moi maintenant, Luke.

– Les mots, murmura-t-il. C'est si difficile de trouver les mots...

– Essaie, les mots viendront d'eux-mêmes. Dis-moi ce qui s'est passé entre Richard et toi.

– Cela n'a pas grand-chose à voir avec Richard, en réalité, dit-il en se tournant enfin vers elle. Lindsay et moi avions appris en même temps qu'elle était enceinte de notre deuxième enfant et qu'elle avait un cancer du sein.

– Oh ! mon Dieu...

– Lindsay devait... *nous* devions choisir. Elle pouvait avorter et suivre un traitement qui lui sauverait peut-être la vie. Ou bien ne pas suivre le traitement, espérer que l'opération réussirait et qu'on sauverait l'enfant...

Il s'interrompit, ferma les yeux, les traits crispés comme s'il revivait le terrible dilemme.

– Nous voulions tant cet enfant, elle et moi, reprit-il d'une voix sourde. Fille ou garçon, peu nous importait du moment qu'il naisse en bonne santé et que Lindsay vive pour le voir grandir avec Richard.

Lucas traversa lentement la pièce vers la porte laissée ouverte par Richard.

– Le cancer est revenu trois mois après l'opération, poursuivit-il en fermant la porte. Les médecins ont été formels. Avec la chimiothérapie, Lindsay avait une chance de s'en tirer mais l'enfant était condamné. Sans chimiothérapie, elle ne vivrait sans doute pas assez longtemps pour porter l'enfant à terme. Je la suppliais d'avorter et de saisir cette dernière chance. Je lui disais que nous pourrions plus tard espérer avoir un autre enfant, ou du moins en adopter un quand elle serait guérie.

– Et alors, était-elle d'accord? demanda Blythe en s'essuyant les yeux.

– Oui, mais nous avons perdu sur tous les tableaux. Malgré l'avortement et la chimiothérapie, elle est morte quand même. C'était une fille... Des mois après la mort de Lindsay, le même cauchemar revenait me hanter. Je voyais un nouveau-né abandonné dans un désert, ou mourant seul dans les bois, ou tombant dans la mer du haut d'une falaise.

Blythe retint de justesse un cri : le bébé flottant dans l'espace au centre de la boule de cristal de Valérie...

Elle avait d'abord cru que cet enfant à naître symbolisait le mystérieux William, auquel Blythe Barton avait dédié les tableaux d'Ennis Trevelyan, son père. Elle se demandait maintenant s'il ne représentait pas plutôt l'enfant condamné, mort dans le sein de Lindsay avant d'avoir vu le jour.

– A chaque fois, reprit Lucas, je me réveillais en sursaut, en pleurant comme un gosse. Au bout de plusieurs semaines, j'ai quitté la chambre en face de celle de Richard pour m'installer dans celle du grand lit à colonnes. Même là, j'avais encore peur d'effrayer mon fils s'il m'entendait pleurer au milieu de la nuit. Une seule pensée m'obsédait : sa mère était morte et nous avions tué sa sœur pour rien. Je n'osais même plus regarder Richard en face de peur de craquer. Voilà pourquoi, en dépit de tous les principes que Lindsay et moi partagions sur l'éducation des enfants, j'ai mis Richard en pension à huit ans.

– N'as-tu jamais parlé de ces rêves à ton médecin? Ou même à Valérie? Ils auraient compris ce que tu endurais.

– Non, je n'ai rien dit à personne de ces rêves ni de mes réactions. J'aurais dû, peut-être, mais je me répétais : Ressaisis-toi. Ensuite, je me suis astreint à éviter de penser aux enfants et même de les voir – surtout le mien. Je croyais que cela suffirait à tenir mes démons en respect. De fait, je n'ai plus jamais refait ce rêve.

Moi si, s'abstint de répondre Blythe. Du moins, une version un peu différente.

– C'est ainsi qu'une année s'est écoulée, puis une autre, et je me suis habitué à m'isoler de Richard. J'avais même demandé à Chloé de se charger entièrement de tout ce qui concernait sa scolarité.

– Même quand il a fourré les caleçons de ses condisciples dans les cabinets en espérant attirer ton attention ?

– Il t'en a parlé ? demanda Lucas, penaud.

– Pas plus tard que la semaine dernière.

– Oui, je me suis conduit envers lui comme un salaud. Pendant deux ans, j'ai réussi à me convaincre que je l'éloignais de moi pour son bien. Pour lui épargner le spectacle de son père devenu un pitoyable lâche.

– Pleurer la mort de sa femme et de son enfant n'est pas de la lâcheté ! protesta Blythe.

– En mai dernier, tu es arrivée dans ma vie, poursuivit Lucas sans relever. Et puis, Dicken a fait sa fugue. Alors, j'ai bien été forcé de me rendre compte que... que j'ai honte de moi, reprit-il avec effort, parce que depuis deux ans je ne pensais, en fait, qu'à moi seul.

Lucas se tut, de nouveau tourné vers la fenêtre. Blythe chercha désespérément les mots capables de le réconforter. Les nausées recommençaient quand on frappa à la porte.

– Excusez-moi, monsieur, dit Mme Quiller en passant la tête, mais Richard est dans tous ses états. Mme Acton-Scott est furieuse contre lui. Il s'est enfermé dans sa chambre et ne veut plus en sortir.

Lucas resta le dos tourné sans répondre.

– Soyez gentille, madame Quiller, intervint Blythe, allez dire à Richard que son père montera dans une minute.

La gouvernante regarda avec étonnement son employeur qui restait muet. Blythe lui lança un regard implorant auquel elle répondit d'un signe de tête compréhensif.

Mme Quiller à peine partie, Blythe dut admettre qu'elle serait bientôt hors d'état de maîtriser la tempête qui sévissait dans ses entrailles.

– Excuse-moi, Luke. J'aurais voulu poursuivre notre conversation, mais je ne me sens pas bien du tout.

Sans s'attarder davantage, elle traversa la cour le plus vite qu'elle put, passa par la cuisine et se rua dans les toilettes au fond du couloir.

Quelques minutes plus tard, après s'être demandé si la sortie précipitée de Blythe était due à la réprobation que lui inspirait son mutisme, Lucas sortit du bureau et arriva à son tour dans la cuisine, où il trouva Chloé une tasse de café à la main et une moue de mauvaise humeur aux lèvres.

– Elle vient de passer en courant comme une folle, si c'est elle que vous cherchez, dit-elle avec froideur. Je suis sûre qu'elle va bouleverser le petit alors que nous sommes sur le point de partir.

– Je crois comprendre qu'il l'est déjà. Blythe est-elle montée chez Richard ?

– Je n'en ai pas la moindre idée, répliqua Chloé en lançant un regard furieux à Mme Quiller qui lui tournait le dos, absorbée par une mystérieuse préparation culinaire.

En se dirigeant vers l'escalier, Lucas fit une pause devant les toilettes du couloir, tendit l'oreille et fronça les sourcils. Puis, l'air pensif, il gravit les marches et alla frapper à la porte de Richard.

– Je peux entrer ?

– Oui, père, c'est ouvert.

Assis sur son lit, le petit garçon avait à l'évidence pleuré, le visage dans l'oreiller. Lucas referma derrière lui. Le père et le fils se dévisagèrent à travers la pièce dans un silence pesant.

– Je suis venu te demander pardon pour un certain nombre de choses, Dicken, commença Lucas. Et te dire aussi combien je suis heureux qu'il ne te soit rien arrivé de mal l'autre soir, quand tu as été bloqué dans la grotte par la marée haute.

– Moi aussi, papa, je vous demande pardon de ce que j'ai dit tout à l'heure à l'écurie.

– Tu avais du chagrin. Je suis sûr que tu ne voulais pas dire exprès des méchancetés.

L'expression de soulagement et de joie qui éclaira le visage du petit garçon constituait une évidente invitation à venir s'asseoir près de lui.

Lucas s'approcha, le serra contre lui, le menton posé sur sa tête. Au contact de ses fins cheveux châtains, identiques à ceux de Lindsay, il eut la gorge nouée par l'émotion.

– Oh, Dicken, murmura-t-il, ce n'est pas facile pour nous depuis deux ans, n'est-ce pas ?

Richard prit son père par le cou et fondit en larmes, les mêmes larmes venues du fond du cœur qu'il avait versées, au cimetière, sur la tombe de sa mère. Par-dessus sa tête, Lucas voyait la photo de Lindsay sur la table de chevet et ses yeux s'embuèrent à leur tour.

– Je suis si malheureux sans elle, papa, dit enfin Richard entre deux sanglots. Pas vous ?

– Si, beaucoup – et plus encore quand je pense à ses souffrances... Crois-moi, Dicken, ajouta-t-il d'un ton mi-sérieux, mi-amusé, elle aurait été furieuse contre moi si elle avait su que j'ai envoyé tante Chloé à ma place quand tu as failli être renvoyé de l'école.

Lucas prit son mouchoir et lui essuya les joues avant de se sécher les yeux.

– Je ne me pardonne pas de t'avoir déçu cette fois-là, mon fils, reprit-il en le serrant plus fort contre lui. J'étais si malheureux, vois-tu, que j'étais... paralysé. Je sais que tu souffrais aussi, mais je ne voulais pas te faire peur en te montrant dans quel état j'étais.

– Je n'aurais pas eu peur de vous voir triste, papa. Nous nous serions tenu compagnie.

– Tu es un merveilleux petit homme, Dicken. J'ai de la chance d'être ton père et je suis fier de toi...

Et tandis que le père et le fils poursuivaient leur première conversation à cœur ouvert, Lucas sentit enfin lui venir aux lèvres les mots qu'il fallait pour exprimer tout ce qu'il gardait enfoui en lui depuis si longtemps.

Les bras encombrés d'un lourd paquet oblong, Blythe entrouvrit la porte du Dr Valérie Kent.

– L'infirmière du Dr Vickery m'a dit que vous étiez venue mettre votre comptabilité à jour. Je peux entrer?

– Bien sûr! répondit Valérie, inquiète de voir ses joues mouillées de larmes. Laissez-moi vous débarrasser... Dieu, que c'est lourd! dit-elle en posant le paquet sur son bureau. Qu'y a-t-il donc dedans?

– Une paire de vieux chandeliers et de l'argenterie que m'a laissés ma grand-mère, répondit Blythe en montrant les timbres américains et les papillons de déclaration en douane. Mon père me les a envoyés quand il a vendu le ranch au début de l'été mais, économe comme il est, il a expédié le paquet par la voie la moins chère et la plus longue. La postière m'a fait signe en me voyant passer quand j'allais chez le Dr Vickery.

– Mais ne restez pas debout, voyons! Alors, quelles nouvelles?

– Eh bien... je suis enceinte, dit Blythe d'un ton émerveillé. Tous les tests sont positifs, le Dr Vickery vient de me le confirmer.

– Et quelle impression cela vous fait-il?

– Je m'en doutais déjà, mais je n'arrive pas encore à croire que c'est vrai. Je suis à la fois folle de joie, terrifiée, incapable d'imaginer l'avenir... Bref, dépassée.

– Avez-vous commencé à en parler à Luke?

– Non, pas encore. Il m'a révélé seulement ce matin, ajouta-t-elle, le terrible dilemme que Lindsay et lui ont dû affronter lorsqu'elle est tombée malade.

– Je vois. Vous comprenez donc un peu mieux pourquoi ses rapports avec Dicken sont si compliqués.

– Oui. Comment êtes-vous au courant? Il affirme n'en avoir parlé à personne.

– Il ne m'a rien dit, en effet. Mais je savais que Lindsay commençait sa deuxième grossesse puis, quand j'ai appris le diagnostic, je n'ai pas eu de peine à imaginer le choix dramatique qui s'offrait à eux. Ensuite, j'ai vite compris que le changement d'attitude de Luke envers Dicken relevait d'un classique « complexe du survivant ». J'espérais qu'il me parlerait de lui-même, mais il ne l'a jamais fait.

– Et vous, de votre côté, vous n'avez pas essayé de provoquer ses confidences ?

– Si, plusieurs fois. Il affirmait que tout allait bien et il me décochait son fameux regard.

– Je le connais, approuva Blythe sombrement. J'y aurai sans doute droit quand je lui apprendrai la nouvelle.

– Vous lui parlerez quand même, n'est-ce pas ?

– Oui, mais seulement après le départ de Dicken. Ce qui se passera ensuite, Dieu seul le sait.

– Luke a subi de rudes épreuves ces dernières années, Blythe, lui rappela Valérie avec ménagement. Mais depuis votre arrivée à Barton Hall et la peur que lui a faite son fils l'autre soir, je crois qu'il commence à voir la vie sous un autre angle.

– Je l'espère ! soupira Blythe. Je crains pourtant que nous n'ayons pas les mêmes vues sur le rôle des parents, l'éducation des enfants, la discipline. Nous sommes peut-être trop différents pour...

Elle n'acheva pas sa phrase.

– Vous lui parlerez de toute façon ? insista Valérie.

– Oui, bien sûr. Il n'empêche que si nous arrivons à nous mettre d'accord sur ces points-là, comment réagira-t-il quand je lui parlerai de... vous savez, mes... visions ? Il me prendra pour une folle.

– Lucas a toujours manifesté beaucoup de scepticisme envers tout ce qui touche au paranormal, c'est vrai.

– Il faut pourtant que je le mette au courant de ce dont j'ai été témoin à Barton Hall. Il s'agit, après tout, de ses ancêtres autant que des miens, sinon davantage. Comment vivre avec lui sans même aborder un tel sujet ? Et que ferais-je si ces revenants s'avisaient de reparaître quand cela leur chante ? Qu'en pensez-vous, Valérie ?

Valérie Kent garda le silence un long moment.

– L'aimez-vous ? L'acceptez-vous tel qu'il est, avec ses qualités, ses défauts et ses... bizarreries ?

– Et les miennes ? Il n'y a pas beaucoup d'hommes qui accepteraient que leur femme fréquente les esprits !

– L'aimez-vous ? répéta Valérie.

Le silence retomba.

– Oui, répondit enfin Blythe. Je l'aime et je le prends tel qu'il est, avec ses bizarreries – sauf deux.

– Deux seulement ? dit Valérie d'un air amusé. Lesquelles ?

– D'abord, je ne pourrais pas vivre heureuse avec un homme qui mettrait ma parole en doute. Je sais pourtant que si je lui raconte tout ce que j'ai vu, il ne me croira pas ou il se dira que je fais une dépression nerveuse.

– Et la deuxième ?

– Je refuse de confier l'éducation de mon enfant à des étrangers.

– Soit. Et alors ?

– Alors, je rentre chez moi au cottage manger quelques biscottes en guise de déjeuner – et réfléchir.

19

9 septembre 1994

Chloé fit irruption au petit salon au moment où Lucas raccrochait le combiné du téléphone.

– Cette malle ne tient pas dans mon coffre, Luke! déclara-t-elle d'un ton exaspéré. Deux valises lui suffisaient le trimestre dernier. Je ne comprends vraiment pas pourquoi vous lui permettez de s'encombrer de ces bottes de cow-boy!

– Dicken y tient beaucoup, répondit Lucas calmement. Il veut les emporter pour les montrer aux autres.

– Ce dont ce garçon a surtout besoin, c'est d'être repris en main. Et si vous n'en êtes pas capable, la discipline de Shelby Hall saura...

– Je crains que vous ne m'ayez mal compris, Chloé. Richard tient à emporter ses bottes de cow-boy.

– Encore la déplorable influence de cette créature d'Amérique, n'est-ce pas? lâcha-t-elle d'une voix sifflante au moment où le téléphone sonnait. Ou alors celle de votre demi-folle de cousine, Valérie Kent!

La sonnerie du téléphone cessa, signe que Mme Quiller avait décroché le poste de la cuisine.

– Ces deux femmes dorlotent mon filleul comme s'il était une poupée de porcelaine! reprit Chloé. Vous dites vous-même que Valérie devrait être enfermée à cause des insanités qu'elle débite sous prétexte de faire de la psychologie !

– Je ne crois pas aveuglément aux fantômes et aux légendes familiales, répondit Lucas d'un ton égal, mais mon excentrique cousine m'inspire une réelle affection.

– Quant à cette vulgaire parvenue qui essaie de vous séduire avec ses millions, vous être trop aveugle pour vous rendre compte de ses manigances ! Elle n'a qu'une idée en tête, c'est de faire main basse sur Barton Hall.

– Je sais que l'une de vous y songe, en effet, mais je ne suis pas sûr que ce soit Blythe Barton.

– Ce n'est pas parce qu'elle s'appelle Barton que... Que venez-vous de dire, Lucas ?

– J'ai dit que je ne crois pas que Blythe Barton acceptera de se charger de Barton Hall, à moins que certains changements n'y interviennent.

– Lesquels, par exemple ?

Lucas marqua un temps avant de répondre :

– Etant la marraine de Richard, Chloé, vous serez toujours, à ce titre, la bienvenue dans cette maison. Mais vous devrez me promettre de ne plus vous donner la peine, à l'avenir, de m'apporter mon thé au lit.

Le visage de Chloé prit la teinte cramoisie de sa jupe écossaise aux couleurs du clan Stuart. Elle ouvrit la bouche comme si elle s'apprêtait à vomir un nouveau flot d'imprécations contre l'objet de son ressentiment, et ses yeux bleus lancèrent des éclairs dignes d'un orage tropical.

– Puisque vous le prenez ainsi, Lucas, conduisez donc vous-même votre fichu gamin à son école !

Sur quoi elle tourna les talons et sortit sans ajouter un mot. Quelques instants plus tard, Lucas entendit le feulement du moteur de la Jaguar et vit, par la fenêtre, la voiture s'engouffrer dans l'allée à une allure que le constable aurait sévèrement réprouvée.

C'est alors que le rayonnage de bibliothèque donnant accès à l'office pivota et que Richard apparut.

– Papa ! Mme Quiller m'a chargé de vous dire que le déjeuner aura un quart d'heure de retard. Elle met le couvert à la salle à manger parce que Valérie vient d'appeler.

– Vraiment ? s'étonna Lucas.

– C'est moi qui ai répondu. Comme elle voulait venir, je l'ai invitée à déjeuner et elle a accepté. J'ai eu raison, n'est-ce pas ? ajouta-t-il, inquiet.

– Tu as fait preuve de ta bonne éducation, mon garçon. T'a-t-elle dit pourquoi elle voulait me voir aujourd'hui ? demanda Lucas, perplexe.

– Non.

– Blythe déjeunera avec nous ? ajouta-t-il avec une feinte désinvolture.

– Mme Quiller dit que non. Personne ne l'a vue depuis ce matin. Vous êtes réconcilié avec elle, papa ?

– Mais oui, bien sûr.

Espérant n'avoir pas menti à son fils, Lucas alla ensuite à la cuisine avertir Mme Quiller que Mme Acton-Scott ne partagerait pas leur repas.

Valérie Kent arrêta peu après sa Mini devant le perron, que Richard dévala à sa rencontre. Puis, après qu'ils eurent tous trois savouré le déjeuner concocté par Mme Quiller, Valérie replia sa serviette et fit un large sourire.

– Si vous m'offriez un petit cognac, mon cher cousin, je ne le refuserais pas, déclara-t-elle.

– Vous, Valérie, un cognac au milieu de la journée ? s'étonna Lucas. Que vont penser vos patients ?

– Je me suis accordé une journée de congé. Et puisque je vois Dicken en sûreté sous votre toit, je ne pense pas être appelée dans un proche avenir à participer à une mission de sauvetage. En hôte attentionné que vous êtes, Lucas, faites-moi donc les honneurs de la bibliothèque. Et toi, mon cher enfant, ajouta-t-elle à l'adresse de Richard, trouve-toi une occupation absorbante. J'aimerais avoir une conversation privée avec ton père.

Une fois la porte de la bibliothèque refermée, Lucas versa un doigt de cognac dans deux verres ballon.

– Et maintenant, ma chère Valérie, à quoi dois-je le plaisir de cette agréable mais mystérieuse visite ?

– A votre santé, Lucas. Et félicitations !

– Félicitations ? De quoi ? s'étonna-t-il.

Elle se borna à lever son verre en souriant.

– Ecoutez, Valérie, il y a dehors une armée d'ouvriers auxquels je dois donner des instructions, et il faut ensuite que je conduise Dicken. Je n'ai guère le temps de...

– Vous m'accorderez quand même une petite demi-heure, j'espère ?

– Vous déciderez-vous à me dire pourquoi, Valérie ?

– Soyez gentil, approchez donc ce fauteuil de l'arbre généalogique. Maintenant, asseyez-vous.

Médusé, Lucas s'exécuta.

– Je ne dispose vraiment pas de beaucoup de temps...

– Il est intéressant que vous prononciez le mot « temps » puisque c'est précisément le sujet dont je compte vous entretenir, dit-elle en s'asseyant en face de lui sur une chaise en bois.

– Vous n'allez pas, au moins, me faire subir une de vos séances de pseudo-psychologie ? s'inquiéta Lucas.

– Pas de commentaires désobligeants, Lucas ! gronda Valérie en réprimant un sourire. Si vous vouliez simplement m'écouter avec un esprit ouvert et croire à la sincérité de l'intérêt que je porte à votre sort et à celui de Dicken, poursuivit-elle en reprenant son sérieux, je suis sûre que ce que je m'apprête à vous dire peut avoir une influence non négligeable, voire décisive, sur votre avenir.

– J'ai toujours eu une profonde amitié pour vous, Valérie, mais j'avoue que votre préambule m'inspire des craintes. Voudriez-vous m'hypnotiser, par hasard ?

– Vos réticences me sont trop bien connues, mon cher Lucas, mais, comme je vous l'ai déjà demandé, faites honnêtement l'effort de m'écouter. Ce que je vais vous dire et vous montrer se révélera aussi utile à vous-même qu'à ceux qui vous sont chers.

– Parlez-vous aussi de Blythe?

– Certes.

– Ainsi que je l'ai appris ce matin, elle lutte encore contre les démons de son passé. Je comprends qu'elle ne soit pas en état d'affronter aussi les miens.

– Je le sais, en effet.

– Elle vous a parlé de... de nous?

– Vous savez fort bien, Lucas, que ce qui se dit dans mon bureau doit rester strictement confidentiel, répliqua sèchement la psychologue. Je suis tenue par le secret professionnel.

– Parce qu'elle vous consulte à titre professionnel? demanda Lucas avec incrédulité.

– Disons que nous avons eu divers échanges de vues au cours de l'été. Elle m'a demandé de vous décrire certains phénomènes inhabituels dont elle a été témoin à Barton Hall, dans l'espoir que vous la croiriez plus volontiers si je vous en confirmais la réalité.

– Que voulez-vous dire par « phénomènes inhabituels »? Elle a fait une fois allusion à la vision d'un nouveau-né flottant dans votre boule de cristal, mais...

– J'ai répondu à Blythe, l'interrompit Valérie, que vous ne me croiriez sans doute pas davantage et qu'il vaudrait mieux qu'elle vous expose elle-même ces phénomènes au moment, disons... opportun.

– Mais de quels phénomènes s'agit-il au juste? insista Lucas avec impatience.

– Je parle de ceux qui font appel aux notions de mémoire génétique, de vies antérieures, de stress post-traumatique. Vous savez, tout ce charabia pseudo-scientifique pour lequel je me passionne et qui suscite votre hilarité dédaigneuse.

Tout en parlant, Valérie avait extrait de son sac, vaste comme une gibecière, un livre à la reliure de cuir en assez piteux état, qu'elle posa sur ses genoux.

– Ah, non! protesta Lucas. Vous n'allez pas encore m'infliger le journal du révérend Kent!

– Je vous ai déjà demandé de m'écouter jusqu'au bout! Je

n'ignore rien de votre piètre opinion de mes études sur les aspects paranormaux des liens entre les Kent et votre branche de la famille. Mais je vous préviens, mon cher Lucas, que ceci est tout ce qu'il y a de plus sérieux ! Pour votre propre bonheur, cessez de jouer les saint Thomas et laissez-moi vous lire des passages de ce journal.

– Voyons, Valérie, vous m'avez dit vous-même que les soi-disant prédictions de ce cher révérend sur la descendance des Teague n'allaient pas plus loin que la fin du siècle dernier. Vous n'allez quand même pas prétendre maintenant qu'il avait aussi prévu mes problèmes sentimentaux !

– Oh, mais si ! s'exclama Valérie. Lisez ceci, dit-elle en montrant du doigt quelques lignes. Dans ce passage, écrit en 1794, nous trouvons une notation que j'estime du plus haut intérêt : « Et jamais les enfants de la Maison Barton ne perdront leur chemin ni n'erreront dans la solitude, récita-t-elle avec emphase. La lumière des chandeliers d'argent éclairera leurs pas vers le pays des eaux brumeuses et de la terre fertile », etc., etc.

– Alors là, ma chère cousine, je ne vous suis plus.

– Saviez-vous que Kit Trevelyan s'était suicidé ? reprit Valérie sans se laisser démonter.

– Non. Mais je vois de moins en moins...

– Le révérend Kent écrit dans son journal que ses supérieurs l'ont sévèrement réprimandé pour l'avoir enterré au cimetière de Saint-Goran. Tenez, lisez ceci : « En dépit de tout, j'ai le devoir d'accorder au pauvre Kit une sépulture en terre consacrée, car le Seigneur me tient à coup sûr responsable du trépas de cet infortuné. Que mes frères en l'Eglise me châtient, je le mérite. »

– Quel rapport y a-t-il entre ceci, des chandeliers d'argent et, plus encore, entre Blythe et moi ? voulut savoir Lucas avec une impatience croissante.

– Savez-vous que Blythe a reçu ce matin même une paire de chandeliers d'argent, envoyés du Wyoming par sa famille ? Sa grand-mère les lui avait expressément légués à sa mort.

– Des chandeliers ! s'exclama Lucas. Je ne vois pas la moindre preuve là-dedans, Valérie. Les paires de chandeliers d'argent doivent pulluler des deux côtés de l'Atlantique.

– « Jamais les enfants de la Maison Barton ne perdront leur chemin », répéta Valérie en pointant un index catégorique sur la page du journal. Blythe Barton et Christopher Trevelyan n'ont pas eu d'héritier légitime. Et pourtant, voyez ce que prédit le révérend Kent : « La lumière des chandeliers d'argent éclairera leurs pas vers le pays des eaux brumeuses. » Blythe est donc une descendante directe de la première Blythe ! Les visions qu'elle a depuis son arrivée ici et l'existence de ces chandeliers en constituent la preuve irréfutable !

– Qu'elle soit apparentée aux Barton de Cornouailles, je l'admets à la rigueur. Mais en ce qui concerne « le pays des eaux brumeuses », permettez-moi de vous rappeler que le Wyoming est aussi loin de la mer que le pôle de l'équateur. De toute façon, quelle importance ? dit Lucas avec lassitude.

– Cette histoire d'eaux brumeuses m'échappe à moi aussi, avoua Valérie à contrecœur. Mais ce qui me frappe, c'est que ces chandeliers soient arrivés aujourd'hui même pour éclairer vos pas, à vous deux qui errez dans le brouillard ! Deux siècles plus tard, les Barton d'Amérique reviennent au bercail. Tout cela est clair comme de l'eau de roche, voyons : vous étiez prédestinés à vous rencontrer, elle et vous.

– Les avez-vous vus, ces fameux chandeliers ?

– Euh, non. Ils étaient encore emballés, mais...

– J'ai quelque chose à vous montrer, moi aussi.

Lucas alla prendre le volume de l'année 1794 sur le rayonnage où étaient alignés les registres annuels.

– C'est un des rares que j'ai parcourus, expliqua-t-il en tournant les pages. Il couvre l'année où Garrett Teague a hérité de Barton Hall et j'étais curieux de voir de quelles ressources il disposait. Ah ! voilà ce que je cherchais.

Il revint s'asseoir en face de Valérie et tourna vers elle le registre ouvert.

– Je me souviens d'avoir lu ces pages, parce qu'elles donnaient l'inventaire de ce que contenait la maison à la mort de Kit Trevelyan. Voyez cette ligne-ci : « Paire de chandeliers d'argent ornés de volutes et gravés aux armes des Barton : perdus ou volés. »

– Avez-vous reconnu l'écriture de cet inventaire ?

– Oui, c'est celle de Garrett, qui figure par ailleurs sur des correspondances signées de sa main. Ainsi, en 1794, au moment de la mort de Kit et de celle de Blythe ou de sa disparition, il n'y avait pas de chandeliers armoriés à Barton Hall. Garrett n'avait sans doute pas les moyens de les remplacer, car ceux dont nous nous servons à la salle à manger sont fort modestes, comme vous le savez.

– Votre ancêtre Garrett Teague ignorait sans doute la véritable histoire de Blythe Barton et des chandeliers.

– Ecoutez Valérie, dit Lucas, agacé, je ne mets pas votre parole en doute en ce qui concerne les chandeliers que le père de Blythe lui a envoyés par la poste. Mais cela ne constitue pas une preuve de ce que vous avancez.

– Vous êtes têtu, Lucas ! Le secret professionnel m'interdit, hélas ! de vous en dire davantage. Sachez seulement que depuis son arrivée en Cornouailles, Blythe a obtenu des informations précises sur nos ancêtres communs. C'est à elle seule de décider de vous révéler les faits et la manière dont elle en a eu connaissance. Il vous appartiendra alors de la croire ou non, mais je puis vous affirmer que tout ce qu'elle vous dira est véridique.

Sur quoi, le Dr Valérie Kent glissa dans son sac le journal du révérend et se leva afin de prendre congé.

– Je vous suis très reconnaissant de prêter une oreille attentive à Blythe en cette période difficile de sa vie, dit Lucas en la raccompagnant à la porte. Et je suis sincèrement touché que vous vous intéressiez à mon sort et à celui de Dicken. Votre visite m'a fait grand plaisir.

– Merci de cet excellent déjeuner. Je suis heureuse de constater que Dicken a l'air en forme malgré sa récente mésaventure. Ecoutez, Lucas, poursuivit-elle en s'arrêtant sur le seuil, tout ce que je vous demande c'est de ne pas vous buter et de garder l'esprit ouvert. Certaines fonctions de la mémoire et de l'inconscient, que vous jugez irrationnelles, seront un jour scientifiquement démontrées.

– Oui, Valérie.

– Réfléchissez au mystère qui entoure le destin de la première Blythe Barton ! insista-t-elle sans s'offusquer de son sourire sceptique. « Les enfants de la Maison Barton ne perdront jamais leur chemin et les chandeliers d'argent éclaireront leurs pas... » Il faudrait s'aveugler de son plein gré pour ne pas voir que tout concorde ! conclut-elle en se redressant avec autorité.

Lucas poussa un soupir mi-agacé, mi-amusé.

– Les Kent ont toujours adoré fourrer leur nez dans les affaires d'autrui, dit-il d'un ton affectueux. Bon retour, ma chère Valérie. Revenez quand vous voudrez, je serai toujours ravi de vous voir.

L'eau du bain s'était sensiblement refroidie en trois quarts d'heure. Voluptueusement étendue dans la baignoire, Blythe contemplait les eaux houleuses de la Manche en bénissant le sybarite inconnu qui avait eu l'idée d'installer près de la fenêtre cet antique monument de faïence.

Une baignoire avec vue imprenable... Qu'il était bon et apaisant de tremper dans l'eau tiède sans rien faire. Et que d'événements dans sa vie, pensa-t-elle, depuis qu'elle avait suivi pour la première fois le conseil de son propriétaire.

Son regard se tourna vers les chandeliers, posés sur la table au milieu de la salle, avec les quelques autres pièces de l'argenterie familiale et les débris du paquet dont elle les avait extraits. Un flot de souvenirs envahit sa mémoire. De combien de repas et de fêtes familiales ces chandeliers avaient-ils été témoins ! Combien de toasts avaient-ils entendu porter ! Blythe y avait allumé des cierges pour éclairer la chambre où Lucinda Barton dormait de son dernier sommeil...

Cette évocation et la fraîcheur de l'eau la firent frissonner. Blythe sortit du bain et se sécha avec vigueur, étonnée de voir que son ventre restait plat, comme s'il ignorait la vie nouvelle qui s'y développait. Elle enfila un jean propre et mit un soutien-gorge – car ses seins, eux, commençaient à donner des signes de sa grossesse. Un léger courant d'air en durcit les pointes et lui donna une délicieuse sensation de chaleur intérieure, qui fit dévier ses pensées vers Lucas. Elle aurait tant voulu qu'il soit là en ce moment, qu'il la prenne dans ses bras, la serre contre lui, la couvre de baisers.

Saisie d'une soudaine impatience, elle finit de s'habiller, chaussa ses bottes, endossa sa veste Barbour. En traversant le pré vers le sentier aux mille nuances de vert qui menait au château, elle se souvint de cette après-midi de mai où elle l'avait emprunté pour la première fois. Elle avait le cœur lourd ce jour-là. Les feuillages des arbres filtraient les rayons obliques du soleil descendant, qui éclaboussaient les fougères étalées à leurs pieds. Quand elle s'approcha du vieux chêne désormais familier, elle eut la brève vision de son enfant à naître jouant dans la grotte naturelle formée par ses racines.

Blythe pressa le pas, ne ralentit même pas dans la côte, qu'elle finit de gravir en courant presque. Les mots qu'elle allait dire s'alignaient dans sa tête, elle se voyait déjà dans les bras de Lucas en train de lui apprendre la grande, la merveilleuse, l'incroyable nouvelle qu'ils avaient conçu ensemble un enfant.

Hors d'haleine, elle franchit enfin la barrière... et s'arrêta, déconcertée. Dans la cour déserte, aucune trace de la Land-Rover ni de la Ford Fiesta des Quiller – pas plus, d'ailleurs, que de la Jaguar de Chloé. Blythe consulta sa montre : quatre heures et demie. Les ouvriers avaient sans doute fini leur journée de travail, la nuit tombait vite en cette saison. Mais où les autres avaient-ils disparu ? Blythe en déduisit, avec tristesse, que Richard était parti pour son internat et que les habitants de Barton Hall vaquaient à leurs occupations.

Blythe entra dans la cuisine et se laissa tomber sur une

chaise près de la table. Dans le silence oppressant, elle avait l'impression que tous les malheurs, toutes les souffrances des anciens occupants étaient restées incrustées dans les murs d'où elles émanaient comme des sortes d'ultra-sons.

Ce matin-là, après avoir donné libre cours à sa nausée, elle était montée faire ses adieux à Richard. En entendant derrière la porte de sa chambre la voix de Lucas et celle du petit garçon qui dialoguaient, elle s'était éloignée sur la pointe des pieds avant de partir au village pour son rendez-vous avec le Dr Vickery.

Avait-elle été assez naïve de croire que Lucas, après s'être épanché, renoncerait à imposer une nouvelle année d'exil à son fils ! Jamais, se jura-t-elle, mon enfant ne subira pareille barbarie.

Quelques minutes plus tard, elle se leva, sortit de la cuisine, passa devant la porte du petit salon où, cinq mois plus tôt, elle avait pris le thé avec Lucas pour la première fois. Dans le grand hall, elle regarda les portraits de Kit Trevelyan et de Blythe Barton mais ne décela dans leurs regards indifférents aucune réponse à ses interrogations.

Désirait-elle vraiment que son enfant soit empêtré à jamais dans le complexe héritage de Barton Hall ? Elle regarda tour à tour les portraits des autres hommes de la famille, dont l'histoire lui était moins familière que celles de Kit, d'Ennis et de Garrett ; ceux des femmes aussi, qui avaient au fil des siècles aimé ou détesté ces hommes qui les tenaient à leur merci. Comme elle l'avait appris à ses dépens, le mariage restait avant tout, même en cette fin du XXe siècle, un contrat assorti d'obligations et de responsabilités – le plus souvent en faveur de l'homme.

Pensant à William Barton, fils naturel de sa téméraire homonyme, Blythe tourna de nouveau les yeux vers le portrait réalisé par Ennis, son amant. Si elle n'épousait pas Lucas Teague, son enfant serait aussi un bâtard, avec tout ce qu'impliquerait pour lui ce qualificatif infamant.

Elle eut soudain besoin de savoir ce qu'il était advenu de ce fils illégitime – et d'en déduire, peut-être, ce que l'avenir réservait au petit qui vivait déjà en elle et qu'elle aimait de toutes ses forces.

Mille questions se pressaient maintenant dans sa tête. Le tout jeune enfant de Blythe Trevelyan avait-il survécu aux rigueurs de la traversée ? Sa mère et lui s'étaient-ils fixés à Annapolis, Maryland ? Et surtout, son illégitimité avait-elle affecté le cours de son existence ? En un mot, quel avait été le destin de William Barton ?

Les ombres du soir envahissaient la bibliothèque lorsque Blythe en franchit le seuil. Elle n'eut cependant pas à allumer la lampe, les derniers rayons du soleil couchant jetaient sur l'arbre généalogique assez de lumière pour lui permettre de trouver ce qu'elle y cherchait.

– Une seule fois, murmura-t-elle. La dernière.

Un doigt sur la plaque de verre, elle respira profondément et se demanda si la date de 1794, à laquelle le révérend Randolph Kent avait accolé une croix et un énigmatique point d'interrogation, suffirait à évoquer la première Blythe Barton afin d'apprendre ce qu'était devenu son fils unique.

20

24 juin 1822

Blythe respirait avec une difficulté croissante. Chaque bouffée d'air lui était une épreuve. Depuis des heures, épuisée par l'effort, elle espérait en vain que le sommeil mettrait fin à ses tourments. La chaleur étouffante qui écrasait le Maryland en ce mois de juin était encore plus intense dans sa chambre de malade, sous les toits d'Antrim Hall. Pourtant, Blythe grelottait.

– Maman, murmura son grand fils de vingt-cinq ans, penché sur elle avec sollicitude, ces piles de couvertures vont finir par vous asphyxier.

Elle sentit que William posait une compresse fraîche sur son front, puis sur ses joues. Ouvrant les yeux avec effort, elle parvint à esquisser un sourire.

– Puisque je mourrai de toute façon, répondit-elle d'une voix rauque, j'aimerais mieux quitter ce monde sans claquer des dents.

– Chut! N'essayez pas de parler, la rabroua gentiment William en portant un verre d'eau à ses lèvres. Vous avez les fièvres, voilà tout. Si seulement vous n'étiez pas exilée dans ce maudit grenier! Il est pire qu'un four.

Avec un sourire rassurant qu'elle ne put soutenir plus de

quelques secondes, elle tapota la main de son fils pour le remercier de ses attentions.

Blythe avait toujours admiré son fils. Grand, élancé, brun de cheveux comme sa mère, William était un vrai, un pur Barton. S'il s'emportait facilement quand on le provoquait, il avait le cœur foncièrement bon et généreux. Son enfant était pour Blythe une bénédiction du ciel. Il avait toujours compensé, et au-delà, les épreuves et les déceptions dont la vie l'avait abreuvée.

William s'assit avec précaution au bord du lit. En dépit ou, plutôt, à cause de sa faiblesse grandissante, due à l'infection qui la rongeait depuis trois jours, Blythe sut que le moment était venu de lui apprendre la vérité.

– Où a encore disparu ton chenapan de frère ?

Elle n'avait jamais traité Maxwell Fraser autrement qu'en véritable frère de William. Elevés ensemble depuis l'enfance, les deux garçons étaient d'ailleurs devenus plus proches que des frères de sang lorsque leurs parents respectifs s'étaient mariés en 1799.

– Max est à Annapolis. Il doit rencontrer un agent du général Ashley au sujet de l'expédition.

– Ah ! c'est vrai. Votre grande aventure... Je regrette que tu n'aies pas pu l'accompagner à cause de moi.

Débordants de joie et d'enthousiasme, ses fils lui avaient montré l'annonce pour le recrutement de « jeunes hommes entreprenants » publiée par W.H. Ashley, négociant en fourrures et politicien de Saint Louis, Missouri, et son associé Andrew Henry. Les deux hommes avaient fait fortune dans la fabrication de poudre à canon pendant la guerre de 1812 contre les Anglais, au cours de laquelle Thomas Fraser, père de Max et second mari de Blythe, avait été grièvement blessé. Ashley et Henry organisaient maintenant une expédition vers le cours supérieur du Missouri avec l'intention de poursuivre jusqu'aux nouveaux territoires de l'Ouest, grâce aux passages découverts dans les montagnes Rocheuses par les explorateurs Lewis et Clarke.

– Max nous dira si la proposition d'Ashley est honnête. Nous déciderons alors en connaissance de cause de partir ou non pour Saint Louis.

Blythe savait déjà que, quel que fût le résultat de cet entretien avec l'émissaire du général Ashley, elle ne verrait jamais Saint Louis, la nouvelle « ville champignon » comme on qualifiait désormais cette métropole.

Une quinte de toux plus violente que les précédentes lui confirma que sa mort était proche.

– William, dit-elle lorsqu'elle fut en état de reprendre la parole, ouvre le dernier tiroir de la commode et apporte-moi, je te prie, le grand sachet de velours qui s'y trouve.

Son fils s'exécuta avec un sourire indulgent.

– Inutile de me parler encore des chandeliers, maman. Je sais que vous voulez me les léguer, mais cela n'arrivera pas avant de longues années.

– Donne-les-moi, voyons!

Une nouvelle quinte de toux secoua son corps affaibli.

– Les voici, maman. Attention, ils sont très lourds, dit-il en les posant avec précaution sur le lit.

D'une main glissée dans le sachet, Blythe palpa le pistolet de duel qu'elle y conservait avec les chandeliers.

– Où que tes voyages t'entraînent, dit-elle d'une voix haletante, ne te sépare jamais de ces objets.

– De grâce, maman, ne soyez pas morbide! Vous avez tout juste atteint votre cinquantième année.

Blythe feignit de n'avoir pas entendu. Elle plaça la crosse d'ivoire de l'arme dans la large main de son fils.

– Ce pistolet m'a sauvé la vie bien des fois avant que je rencontre Thomas – et même ensuite.

Une vague de regrets la submergea au souvenir de l'homme aux cheveux roux parsemés de gris qui venait parfois, il y avait de cela bien longtemps déjà, à la taverne Reynolds d'Annapolis. Thomas Fraser lui manifestait toujours la plus grande courtoisie. Un jour, ils avaient eu une conversation plus personnelle au sujet du petit William. De vingt-cinq ans l'aîné de Blythe, Thomas Fraser ne manquait jamais de bavarder avec le garçonnet solitaire qui jouait dans un coin de la taverne où sa mère servait les clients.

Ce jour-là, le grand et solide quinquagénaire écossais avait appris à Blythe qu'il était veuf et exerçait les fonctions de régisseur à Antrim Hall, la plantation de son beau-frère Beven O'Brien, située au nord-ouest de la ville.

Son fils Maxwell était orphelin depuis huit années lorsque Blythe fit la connaissance de son père, qui lui offrit la place de gouvernante de la plantation. Blythe accepta avec empressement. Max et William devinrent vite des amis inséparables. Parents et enfants tombèrent bientôt d'accord pour reconnaître qu'ils avaient tous quatre trop longtemps souffert de la solitude.

Un léger coup frappé à la porte interrompit la rêverie de Blythe. Une servante noire entra.

– Le maître dort encore et Miss Mercy est avec les bébés, l'informa celle-ci. Je vous apporte un bol de bouillon. La cuisinière vous enverra bientôt votre souper.

– Merci, Sally.

O'Brien dormait encore !... Il cuvait plutôt sa dernière beuverie, pensa Blythe amèrement.

En tant que deuxième épouse de Thomas Fraser et, de ce fait, virtuelle châtelaine d'Antrim Hall, sa vie aurait été tout autre sans Beven O'Brien. Des années durant, Thomas et elle avaient espéré que l'alcool finirait par le tuer et que son neveu Maxwell hériterait de la plantation, gérée avec conscience par Thomas des années durant au nom de sa première femme, née Arabella O'Brien.

Il était désormais évident que Maxwell ne serait pas le maître de la plantation, ni William, son frère par alliance, le régisseur. L'épidémie de fièvres apparue au printemps avait eu raison du pauvre Thomas, âgé de soixante-quatorze ans et affaibli par ses blessures de guerre. Blythe l'avait inhumé à côté d'Arabella, sous le saule près de la rivière, dans la tombe de famille où il restait juste assez de place pour son propre cercueil, le moment venu. Ce moment était proche, elle le savait maintenant.

– Donnez, maman, je vais vous aider, dit William qui la voyait s'efforcer de sortir un chandelier de son étui.

Il le posa près d'elle sur le matelas. Blythe en serra d'une main la tige richement sculptée, en pensant avec amertume que ses projets les plus soigneusement conçus avaient, sa vie durant, tous fini par échouer.

Beven O'Brien avait déjà engagé, pour remplacer Thomas, un de ses compagnons de beuverie, un certain Obadiah Layton, dont la sœur, Mercy, avait réussi à se faire épouser pendant les dernières fêtes de Pâques par le maître de maison, à qui elle avait donné de solides jumeaux – cinq mois après les noces. Du coup, désormais pourvu d'héritiers légitimes, Beven avait sommé son neveu et sa famille de déguerpir sous un mois. Ils étaient sur le point de s'exécuter quand Blythe, terrassée à son tour par les fièvres, avait été reléguée au grenier afin de ne pas mettre en danger la précieuse santé des nouveau-nés.

– Dès ton arrivée à Saint Louis, William, dit-elle en s'efforçant de relever la tête, tu mettras ces chandeliers en sûreté dans un coffre. Je veux que tu me promettes de ne jamais les vendre, entends-tu ? Que la fortune te sourie ou se détourne de toi, ne les vends pas.

– Je vous le promets, répondit William.

Blythe remarqua son hésitation et se félicita de lui avoir extorqué ce serment.

– À aucun prix, tu ne t'en serviras pour financer tes voyages, insista-t-elle. Ils viennent de Barton Hall, où tu es né toi-même.

– Je sais, maman.

– J'ai encore à t'apprendre autre chose, quelque chose de beaucoup plus important, poursuivit-elle avec effort.

Elle s'interrompit pour rassembler ses forces. Qu'il était difficile de révéler une vérité si longtemps cachée...

– Sache que ton père est bien mort en mer, mais pas au

cours de notre traversée de l'Atlantique, reprit-elle en regardant son fils dans les yeux. Le nom de Barton est le mien, pas le sien. L'homme qui t'a donné la vie s'appelait Ennis Trevelyan. Il était officier de marine et a été tué au cours d'un engagement avec un navire français. Nous n'étions pas mariés.

William la dévisagea, stupéfait. Le tragique veuvage de sa mère avait assombri toute son enfance, Max et lui avaient longtemps admiré son courage dans l'épreuve. William était convaincu de porter le nom de son père, riche propriétaire de Cornouailles dépouillé de ses biens par des voisins peu scrupuleux, les Trevelyan, qui avait eu l'audace de partir chercher fortune dans le Nouveau Monde.

Telle était, du moins, la version que Blythe lui avait toujours donnée des événements. Elle n'avait maintenant plus le temps, encore moins la force d'inventer à nouveau quelque pieux mensonge.

– A voir ton expression incrédule, tu te demandes si j'ai toute ma raison, n'est-ce pas ? Je t'ai dit la vérité, William. Ce n'est pas la fièvre qui me fait délirer.

– Mais alors... pourquoi avoir menti ?

– Parce que je préférais être servante dans une taverne que prostituée dans les rues. Pour une femme dans ma situation, il n'y avait pas d'autre choix.

– Et cet homme, mon père, qui était-il ? Un marin de passage ? Barton Hall est-il aussi sorti de votre imagination ?

– Non ! Barton Hall était à moi. Ma famille possédait le château et les trois mille acres du domaine depuis Guillaume le Conquérant. Et j'aimais follement ton père lorsque nous t'avons conçu.

– Pourquoi, alors, ne l'avoir pas épousé ?

– Parce que j'étais déjà mariée. A son frère, Christopher Trevelyan, du manoir voisin.

– Grand Dieu ! soupira William, stupéfait.

– Ennis était un artiste, un grand peintre. Ses œuvres doivent être encore aux murs du château et du cottage. Je ne pouvais pas les emporter, mais ces tableaux t'appartiennent. J'ai écrit ton nom au dos de toutes les toiles. Je voulais épouser Ennis, vois-tu, mais mon misérable tuteur, son père, m'a donnée de force à son fils aîné.

– Et vous avez fui parce que ma naissance vous plongeait dans le déshonneur ? demanda William tristement.

– Non, je suis partie de mon plein gré en 1794 parce que je n'avais plus d'avenir après la mort de ton père.

Blythe jugea inutile d'ajouter à son désarroi en lui parlant de ses sentiments pour Garrett Teague. Elle n'en avait elle-même eu la révélation que trop tard. Maintenant, Garrett était marié et père de famille.

Quelques années après son arrivée dans le Maryland, Blythe avait appris par un ami de son ancienne chambrière Mary Ann, un pêcheur de Cornouailles émigré en Amérique, que Kit s'était donné la mort en se tirant une balle dans la tête avec un pistolet de duel. Pour la plus grande joie des villageois de Gorran Haven, Garrett avait alors hérité de Barton Hall et du vaste domaine réunifié par la cupidité de Collis Trevelyan.

Garrett, lui avait rapporté un autre voyageur, s'était marié peu après et avait eu des héritiers. Blythe avait alors su qu'elle ne reviendrait jamais reprendre possession de son bien et s'était félicitée de sa présence d'esprit : le personnage fictif de « William Barton père » avait sauvegardé son honneur.

– Pourquoi me dites-vous tout cela maintenant ? demanda William.

– Parce que je te dois la vérité, mon fils. Et aussi parce que j'estime que Max et toi devez saisir cette chance de tenter votre fortune dans l'Ouest. Regarde, dit-elle en posant avec peine le chandelier sur son ventre. Vois-tu les armoiries des Barton gravées sur le pied ?

– Je les ai souvent vues, maman.

– Elles comportent deux gerbes de blé symbolisant la fertilité de la terre. Va chercher des terres, William ! l'adjura-t-elle avec solennité. Acquiers-en autant que tu pourras pour nourrir et faire prospérer la famille que tu fonderas là-bas. Elève du bétail, et cultive aussi quelques fleurs, ajouta-t-elle avec un pâle sourire.

Sentant ses forces l'abandonner, elle lutta pour se redresser, appuyée sur les coudes.

– La terre est la seule vraie richesse, William, reprit-elle dans un murmure rauque. Le métier de trappeur, le commerce des fourrrures te procureront peut-être des gains immédiats, mais tu devras les employer pour acquérir de la terre, entends-tu ? Tu descends de la vieille noblesse terrienne, mon enfant, ne l'oublie jamais.

Une nouvelle quinte de toux secoua son corps décharné. Quelques gouttes de sang apparurent à la commissure de ses lèvres. La crise passée, William l'aida à s'étendre et reposa les chandeliers sur la table de chevet.

– Reposez-vous, maman. Parler vous épuise.

– Une dernière chose, mon petit. Sois fier de toi et de ta lignée. Tu es l'enfant de mon cœur, William...

– Je sais, maman, dit-il, les yeux pleins de larmes.

– Je t'ai si souvent parlé de l'air pur et frais qu'on respire en Cornouailles, de ce beau pays aux mille et une nuances de vert... Promets-moi de le dire à tes enfants et aux enfants de tes enfants. Ces chandeliers sont témoins de notre histoire. Lègue-les toujours à l'aîné.

– Oui, maman, je vous le promets.

– Un jour, peut-être, tu reviendras à Barton Hall, toi ou un de ceux qui te succéderont. Et vous serez fiers de vos ancêtres...

Elle s'interrompit à nouveau. L'image du saule pleureur près des tombes de la plantation lui apparut, d'un vert si délicat qu'il lui avait toujours rappelé le sentier couvert qu'elle suivait jadis pour aller du château au cottage.

– Souviens-toi, mon petit, murmura-t-elle, mille et une nuances de vert.

Une vision lui apparut alors, une forêt aux frondaisons plus brillantes et plus sombres que les vagues qui se brisaient sur les falaises de Cornouailles. Elle vit des sapins majestueux, plus grands que tous ceux qu'elle avait vus. Elle vit de vastes vallées fertiles au pied de hautes montagnes dont les sommets enneigés se détachaient contre le ciel bleu.

Une fontaine bouillonnante lui apparut ensuite, un jet d'eau brumeuse qui s'échappait de la terre en sifflant et jaillissait vers le ciel avec une telle puissance qu'il montait plus haut que la cime des plus grands arbres.

Alors, Blythe comprit qu'elle touchait au port. Ce lieu magique existait quelque part dans l'Ouest, elle le savait. Et ce lieu deviendrait le foyer de William et de Max, comme le pays enchanté de Cornouailles avait toujours été le sien.

Désormais, elle pouvait s'abandonner au sommeil.

Blythe eut vaguement conscience du halètement laborieux de la Land-Rover sous les fenêtres de la bibliothèque, suivi par le bourdonnement de la Ford Fiesta des Quiller.

– Je n'ai pas oublié, murmura-t-elle, les yeux pleins de larmes.

Mille et une nuances de vert...

Oui, elle était chez elle à Barton Hall, comme son enfant le serait à sa suite. Le sang de la tribu coulait dans ses veines, les Cornouailles étaient gravées dans sa mémoire génétique. Elle-même, Lucas, Richard, et jusqu'à son enfant à naître, ils portaient tous en eux les joies et les peines de leurs ancêtres enracinés au fil des siècles dans cette terre, entre ces antiques murs de pierre.

Elle entendit la Land-Rover s'arrêter dans la cour, moteur au ralenti. Richard cria quelque chose d'un ton joyeux, les chiens aboyèrent. Puis la voiture démarra et partit en direction du sentier longeant la mer. Lucas se rendait donc au cottage.

Elle essuya ses larmes d'un revers de main, alla aux toilettes du couloir s'asperger le visage à l'eau froide. En passant devant les portraits de Blythe Barton et de Kit Trevelyan, elle chercha dans leurs yeux l'éclair de vie qu'elle y avait si souvent vu briller mais ne le trouva pas.

Sa grand-mère lui avait maintes fois montré la base des chandeliers. Astiqués par des générations, presque effacés, les écussons gravés étaient devenus méconnaissables.

« Ton arrière-arrière-arrière grand-père est arrivé ici comme trappeur, disait Lucinda. C'est lui qui a apporté ces belles choses. On ne voit plus très bien les armes de la famille, mais ton grand-père affirmait que ses ancêtres étaient nobles – des ducs, peut-être, ou bien des comtes ou je ne sais quoi. Tu vois ces curieux petits dessins ? Ils sont censés représenter des gerbes de blé. Nous avons de la chance, nous autres, que le trappeur ait eu assez de bon sens pour se fixer dans ce beau pays et élever du bétail au lieu de chasser des bêtes à fourrure. Un regard aux montagnes et au grand geyser de Yellowstone a dû suffire à le décider ! Tu descends d'une bonne et solide souche de Cornouailles, ma petite, ne l'oublie pas ! »

Du bout du couloir, Richard accourut vers Blythe, les labradors sur ses talons.

– Vous êtes là ! s'écria-t-il d'un air ravi. Elle est là, madame Quiller ! lança-t-il par-dessus son épaule. Ce pauvre papa est parti vous chercher au cottage !

– Et moi je suis venue ici pour te voir, dit-elle en riant. J'avais peur que tu ne sois déjà à Shelby Hall.

Richard éclata de rire et dansa un pas de gigue.

– Je n'y vais pas ! Nous arrivons de l'école de Mevagissey, papa a vu le directeur. On a de la chance, Blythe ! La famille d'un garçon de ma classe va s'installer à Londres, je peux prendre sa place. N'est-ce pas que c'est super ?

– C'est mieux que super ! dit Blythe en le serrant dans ses bras à l'étouffer.

Mme Quiller apparut à son tour au bout du couloir et ordonna aux chiens de regagner la cuisine.

– Monsieur est allé au cottage voir comment vous alliez, expliqua-t-elle en refermant la porte. Nous nous sommes rencontrés à Mevagissey où je faisais les courses et nous sommes revenus ensemble. Vous vous sentez mieux que ce matin ? demanda-t-elle d'un air soucieux.

– Je vais tout à fait bien, répondit Blythe, encore ébahie par la décision de Lucas de ne pas renvoyer son fils à l'internat. Je me sens même... super, pour reprendre l'expression de Richard.

– Allons retrouver papa, suggéra ce dernier.

Mme Quiller se hâta d'intervenir :

– Ah ! mais non, mon garçon ! J'ai besoin de toi pour m'aider à décharger la voiture et il sera bientôt l'heure de ton dîner. Ton père a dit aussi que tu ferais bien de jeter un coup d'œil aux livres de classe de ta nouvelle école.

– Bon, d'accord, dit Richard avec résignation. Mais puisque je ne pars plus, ajouta-t-il en se tournant vers Blythe, je pourrai vous aider à sécher les herbes au printemps prochain ?

– Je compte absolument sur toi, approuva-t-elle. Tu ne peux pas savoir à quel point j'aurai besoin de ton aide.

Sous le tunnel feuillu du sentier, au bout duquel elle entendait la respiration de la mer, Blythe s'appliqua à distinguer dans la pénombre grandissante les nuances de vert qui l'entouraient. Les feuilles des arbres, les fougères, les herbes mêmes déployaient une palette qui allait de l'olive à l'émeraude, du vert cru au jade le plus délicat, comme si un peintre de génie s'était astreint à représenter l'infinie variété de la nature en n'usant que d'un seul pigment. Son aïeule avait raison, il y avait bien là « mille et une nuances de vert ».

Il y avait aussi mille et une manières de considérer cette couleur, symbole de vie et de renouveau – comme il y avait mille et une manières de pratiquer le pardon des offenses, pensa Blythe avec un sentiment de joie si profond qu'il allégeait son pas. Sa manière à elle de pardonner à Chris et Ellie de l'avoir trahie lui était venue avec la reconnaissance des bienfaits que la vie lui avait octroyés – son enfance dans le Wyoming, l'amour de sa grand-mère, sa passion des plantes, la tradition de fierté et de courage léguée par ses ancêtres au fil des générations. C'est grâce à tout cela qu'elle avait trouvé en elle la force de se détacher de Christopher Stowe et d'Ellie, qui ne lui inspiraient plus qu'une sorte de bienveillante indifférence – à condition de s'écarter d'eux et de se tenir à distance respectueuse.

Toutes les lampes du cottage brillaient dans la pénombre. Blythe referma la barrière et fit une pause pour mieux admirer le spectacle féerique que lui offrait la nature. Les derniers reflets du soleil, déjà sous l'horizon, couvraient la mer d'un voile de soie. La forte odeur des algues qui emplissait l'air signifiait que la marée descendait. Sous ses pieds, l'herbe humide exhalait déjà ses douces senteurs nocturnes.

Devant sa porte, la Land-Rover à la peinture délavée semblait faire partie du paysage. Dans la maison, une voix de baryton chantait à tue-tête. Blythe pouffa de rire en reconnaissant un air des *Pirates de Penzance*, la célèbre opérette de Gilbert et Sullivan. Elle s'approcha de la verrière à pas de loup, regarda à l'intérieur – et resta bouche bée.

Le paravent de tapisserie qui dissimulait la baignoire était replié et appuyé contre le mur, près de la cheminée où flambait un feu d'enfer. Et Lucas Teague, plongé jusqu'aux aisselles dans une montagne de bulles de savon, braillait comme s'il voulait se faire entendre jusqu'à Penzance, à une bonne cinquantaine de miles plus à l'ouest.

Hourrah pour le Roi des Pirates!
Il est glorieux en vérité
Sur les Pirates de régner...

Tandis que Lucas poursuivait son récital, Blythe dépassa la verrière en courant pour ne pas être vue et s'arrêta devant la porte en voyant un billet manuscrit scotché au loquet. Elle le déplia et le lut :

9 septembre 1994
Blythe chérie,
Dieu soit loué que tu aies refusé à ce barbare de te kid-

napper pour t'emmener au Kenya ! Accepteras-tu de nous faire, à Dicken et à moi, l'insigne honneur de m'épouser ? Je t'aime, comme j'aime toutes les Blythe passées, présentes et futures.

Ton Lucas pour toujours.

Sans attendre qu'il ait terminé son couplet, Blythe ouvrit la porte et apostropha l'intrus, les poings sur les hanches, dans l'attitude de la dignité outragée.

– Par exemple ! s'exclama-t-elle de son plus bel accent du Wyoming. Z'êtes peut-être le propriétaire, mon bon monsieur, mais vot' conduite dépasse les bornes !

– Entrez, femme, et fermez cette porte ! Il passe un courant d'air à faire périr un bon chrétien !

Blythe obéit et alla pendre sa Barbour à la patère. Puis elle se tourna vers Lucas. Il la fixait avec une telle intensité qu'elle se sentit gênée, comme si elle était déjà nue devant lui.

– Sois gentille, reprit-il de son ton normal. Approche cette chaise et viens t'asseoir à côté de moi. Je voudrais te dire un certain nombre de choses avant de t'inviter à me rejoindre dans la baignoire.

Blythe fit ce qu'il demandait. Quand elle fut assise, il lui prit la main droite qui reposait sur son genou, y déposant un peu de mousse.

– Je sais que tu es enceinte, commença-t-il.

– Comment l'as-tu appris ?

Le secret professionnel n'avait donc pas cours à Gorran Haven ? se demanda-t-elle, effarée.

– Le plus simplement du monde. Lindsay était verdâtre au début de ses grossesses et tes malaises ces derniers jours t'ont trahie – sans parler de ta soudaine passion pour les biscottes, ajouta-t-il en montrant les paquets alignés dans la cuisine. C'est une merveilleuse nouvelle. Rien n'aurait pu me rendre plus heureux. Parce que, maintenant, tu seras bien obligée de m'épouser.

Les accusations de Chloé résonnant encore dans ses

oreilles, Blythe se raidit. Est-ce moi qu'il aime, ou mon argent qui sauvera Barton Hall du fisc ? Ou bien se croit-il forcé de m'épouser pour compenser la perte de sa femme et de sa fille ?

– Tu te résignes donc à sauver mon honneur ? dit-elle avec une feinte indifférence.

– L'honneur n'a rien à y voir, mon amour ! s'écria-t-il en s'asseyant avec tant de brusquerie qu'il fit déborder la baignoire. Je t'avais écrit ce petit mot avant...

– Avant quoi ?

Avant qu'il prenne conscience que je ne suis pas faite pour lui ? s'abstint-elle de préciser.

– Avant d'avoir une intéressante conversation avec ma chère cousine Valérie qui est venue déjeuner tout à l'heure.

– Valérie ? s'exclama Blythe, de plus en plus effarée. Que t'a-t-elle raconté ?

– Mon cher Lucas, répondit-il en imitant sa cousine, il faut garder l'esprit ouvert.

– Seigneur ! Elle t'a hypnotisé ? J'aurais voulu voir ça... Alors, que s'est-il passé ?

– Sans aller jusqu'à m'hypnotiser – d'ailleurs, je ne me serais pas laissé faire –, elle m'a lu quelques passages du journal du révérend Kent. Il y en a un, notamment, dans lequel il prédit que « les enfants de la Maison Barton ne se perdront jamais » et que « les chandeliers d'argent éclaireront leurs pas vers la terre des eaux brumeuses et du sol fertile », ou quelque chose de ce genre.

– Tu ne parles pas sérieusement ! Ces phrases sont dans le journal du révérend ?

– Avec d'autres prédictions plus bizarres les unes que les autres. J'aimerais, par exemple, savoir ce que des « eaux brumeuses » peuvent bien faire dans le Wyoming.

– Les chutes d'eau à la fonte des neiges ?... Non ! Le geyser de Yellowstone, Old Faithful ! Quand il entre en éruption, il projette de la vapeur d'eau plus dense qu'une tempête de sable. Mais dis-moi exactement ce qui s'est passé entre Valérie et toi.

– Elle m'a dit que tu avais reçu ces chandeliers ce matin, répondit-il en montrant la table encore jonchée des papiers et cartons d'emballage. Les as-tu déballés devant elle ? Les a-t-elle vus ?

– Non, pourquoi ? s'étonna Blythe. Je lui ai simplement dit que le paquet contenait les chandeliers et l'argenterie que mon père m'a envoyés quand il a vendu le ranch. Ces objets ont toujours été légués à l'aîné de la famille. Le paquet était lourd, j'ai trouvé plus facile de l'apporter ici pour le défaire.

– As-tu bien regardé les armes gravées sur la base ?

De plus en plus déconcertée, elle se demandait si Valérie lui avait aussi parlé de ses visions de l'été.

– Non. D'ailleurs, elles sont à peine visibles.

– Sers-toi de ma loupe, je l'ai posée sur la table.

Blythe s'exécuta. A l'aide de la puissante lentille grossissante, elle distingua clairement, au centre de l'écu, deux gerbes de blé stylisées encadrant la lettre B.

– Alors, que vois-tu ? s'enquit Lucas de la baignoire.

– Ce sont bien les armoiries des Barton. Exactement les mêmes que celles qui figurent sur ton arbre généalogique. De quoi d'autre Valérie t'a-t-elle parlé ? demanda Blythe sans se résoudre à le regarder en face.

– Pas grand-chose, en fait. Elle semblait s'amuser à jouer aux devinettes. C'est moi qui ai fait allusion au bébé que tu avais vu au cours de votre petit tête-à-tête, à la fête du village. Quelles autres visions as-tu eues dans sa boule de cristal ?

– Il n'y a pas que la boule de cristal, répondit Blythe en évitant toujours le regard pénétrant de Lucas.

– Ah ?

Elle se décida enfin à se tourner vers lui.

– Voilà, Luke, commença-t-elle. Je suis allée voir Valérie plusieurs fois cet été pour lui parler des... choses bizarres qui m'arrivent depuis que je suis en Cornouailles.

– Lesquelles ?

– Eh bien, par exemple, que j'en sais sans doute plus que toi sur ta propre famille.

– Mais encore ?

Elle revint s'asseoir près de lui et, du bout des doigts, lui caressa le front.

– Luke, mon chéri, si tu es très, très gentil avec moi, je te révélerai quelques petits secrets sur ce dont tes vieilles pierres ont été témoins dans le passé.

– Quand me feras-tu cet honneur ?

– Oh... de temps en temps.

– Et comment, je te prie, gagnerai-je ta confiance ?

– Elle t'est déjà tout acquise.

Et c'était vrai. Lucas Teague l'avait acceptée pour ce qu'elle était. Il l'avait prise pour associée, il voulait l'épouser, être le père de son enfant. Elle ne pouvait plus qu'espérer qu'il lui ferait confiance sur un dernier point. Les chandeliers Barton éclaireraient sans doute leurs pas...

– Quels autres sujets passionnants se trouvent dans le journal du révérend ? demanda-t-elle avec une désinvolture feinte. Valérie m'avait proposé de me le faire lire, mais l'occasion ne s'est pas encore présentée.

– Les âneries habituelles sur ce qu'il prétendait voir dans son fameux miroir dépoli.

Toujours aussi sceptique ! pensa Blythe, découragée. C'est alors qu'elle vit un sourire entendu apparaître sur les lèvres de Lucas.

– Me cacherais-tu quelque chose ? voulut-elle savoir.

– Je crois avoir fait une certaine impression sur cette chère Valérie en lui montrant un grimoire dont elle ne soupçonnait pas l'existence, répondit-il avec une nonchalence étudiée. L'inventaire de Barton Hall en 1794, que j'avais découvert dans un des vieux registres.

– Et alors ?

– Alors, cet inventaire mentionne la disparition de plusieurs pièces d'argenterie, parmi lesquelles une paire de chandeliers armoriés. J'en avais déduit qu'ils n'étaient déjà plus dans la maison depuis un certain temps. La loupe de mon grand-père vient de me prouver que j'avais sans doute tort.

– Mais alors, tout concorde !

– Saurais-tu par hasard par quels moyens détournés l'argenterie de ma famille se retrouve en ta possession ? demanda Lucas d'un ton faussement sévère.

– De quelle famille parlez-vous donc, monsieur Teague ? répondit Blythe avec une feinte indignation. Qui de nous deux, ici, porte le nom de Barton, je vous prie ?

– Très juste, admit Lucas en riant. Mais que voulais-tu dire par « Tout concorde » ? Valérie m'a dit la même chose.

– C'est une longue histoire.

– Je t'écoute.

– Tu dois d'abord promettre de m'écouter avec attention, même s'il n'existe pas d'explication rationnelle à ce que j'ai vu de mes yeux vu.

– Comme me l'a recommandé Valérie, je m'efforcerai d'avoir « l'esprit ouvert », dit-il avec en souriant.

– Jure-moi aussi de ne pas me prendre pour une folle.

Lucas ne répondit pas aussitôt.

– Cette après-midi, dit-il enfin, je me suis demandé si l'un de nous l'était devenu, je l'avoue. Mais maintenant, dans ce cottage, avec les tableaux d'Ennis Trevelyan autour de moi, ces chandeliers sur la table... Bref, j'ai eu le temps de réfléchir. Pour être tout à fait franc, j'ai du mal à ne pas voir plus qu'une étrange coïncidence dans cette réapparition de l'argenterie Barton. Coïncidence ou pas, poursuivit-il avec gravité en caressant la main de Blythe, je suis au moins certain qu'au bout de deux cents ans la dernière maîtresse de Barton Hall est de retour chez elle.

– Es-tu certain que cette Blythe Barton-ci ait sa place dans un château comme le tien ? demanda-t-elle avec un regard troublé. Parce que, selon Chloé... non, laisse-moi parler ! tu ne tarderas pas à te rendre compte à quel point je suis « inadaptée » à ton style de vie.

– Chloé fait parfois preuve d'une rare stupidité, dit Lucas, agacé. Mon « style de vie » ne signifiait rien jusqu'à ton arrivée. Le temps du châtelain vivant du produit de ses terres et du labeur des autres est révolu. Je le savais depuis longtemps, mais j'étais incapable de trouver seul ce qu'il fallait faire pour évoluer.

– Et moi, j'arrive en piaffant comme un poney sauvage et je te suggère de créer des pépinières. Rien ne garantit que cela marchera, Luke. Et si nous échouons...

– Je ne te demande pas de partager ma vie en tant que simple associée! l'interrompit-il. Si les pépinières ne marchent pas, ce sera décevant pour nous, bien sûr. Il n'empêche que j'y aurai gagné un sacré prix de consolation : toi et un enfant. Ce n'est pas si mal, non? poursuivit-il avec un large sourire. Inadaptée, toi? Qui est mieux adaptée que toi à ma sensibilité d'écorché vif, mon adorable femme débordante de talent et d'amour? Je ne connais pas une maison, pas un jardin, pas une fortune au monde qui vaudra jamais un trésor tel que toi, Blythe.

– Mais, Luke...

– Nous allons fonder une famille. Te rends-tu compte de ce que cela représente pour Richard et moi après ce que nous avons subi?

Blythe ferma un instant les yeux et fit une muette prière. En lui rendant ce qu'elle avait de plus précieux, Lucas avait accompli un miracle.

– Quand ma grand-mère est morte, dit-elle d'une voix étouffée, je l'ai longtemps regardée avant qu'on referme le cercueil. Je croyais que personne au monde ne pourrait jamais m'aimer autant qu'elle. Je sais maintenant qu'elle m'avait préparée à te trouver.

– Et moi, dit Lucas avec un sourire mélancolique, je me disais avant que tu franchisses cette porte que ma chère Lindsay m'avait appris l'essentiel de ce que je devais savoir pour me préparer à ta rencontre.

Il lui prit la main, la porta à ses lèvres.

– Et maintenant, déclara-t-il d'un ton solennel, je me vois dans l'obligation de te demander de te débarrasser de ces affreux vêtements.

Blythe se dévêtit, s'approcha de la baignoire débordante de mousse et, pour la deuxième fois, se sentit gauche sous son regard. Le feu baissait. Elle frissonna.

– Viens plus près, murmura Lucas d'une voix qu'elle ne reconnut pas.

Il se redressa souplement, s'agenouilla au fond de la baignoire, l'attira contre lui en appuyant une joue sur son ventre, les yeux clos. Au bout d'un long silence, Blythe lui prit la tête entre ses mains, lui caressa les cheveux. Des larmes de bonheur lui montèrent aux yeux lorsqu'il posa un tendre baiser sur sa peau.

– Bonjour, toi, murmura-t-il. Ton papa et ta maman sont fous de joie de te savoir là.

Blythe s'agenouilla à son tour, l'embrassa.

– Reste-t-il un peu de place là-dedans pour une proche parente ? demanda-t-elle avec un sourire aguicheur.

– Dépêche-toi, cow-girl, répondit-il d'un ton faussement bourru. Je veux m'occuper de toi avant que l'eau refroidisse.

Extrait du
GUIDE DES DEMEURES HISTORIQUES
DE CORNOUAILLES
Secteur de Mevagissey-Tregony
Édition de 1996

JARDINS DE BARTON HALL

Situation :

Le château et son parc sont situés sur la côte sud de Cornouailles, entre Mevagissey et la rivière Luney.

Heures de visite :

Avril-septembre : 10 à 18 heures, du mardi au dimanche.

Octobre-mars : 10 à 13 heures et 14 à 16 heures, du mercredi au dimanche.

Fermé en décembre et les jours de fêtes de la famille Barton-Teague.

RENSEIGNEMENTS GÉNÉRAUX

Lucas Teague, l'actuel propriétaire, s'est remarié à l'automne 1994 avec Blythe Barton, descendante américaine de la famille qui possédait le domaine à l'origine. Afin de commémorer ce souvenir, ils ont joint leurs patronymes pour prendre le nom de Barton-Teague.

Les Jardins et Pépinières de Barton Hall Ltd. sont ouverts au public depuis mai 1995. Une annexe est située à Saint-Austell, sur la route de Charlestown.

Les Barton-Teague ont trois enfants : Richard, 12 ans,

né du premier mariage de Lucas Teague avec Lindsay Wingate, de Mevagissey, décédée ; Matthew, 2 ans ; Blythe Lucinda, née pendant les grandes tempêtes du mois de mars dernier.

HISTORIQUE DU DOMAINE

Le domaine de Barton Hall a été agrandi à la suite du mariage en 1789 de Blythe Barton, son unique héritière, avec Christopher Trevelyan, propriétaire du domaine voisin. Faute d'héritier direct, la propriété a ensuite échu à Garrett Teague (1772-1848), cousin germain des Trevelyan. Elle est restée depuis dans sa descendance.

Barton Hall a connu une grande prospérité pendant les guerres napoléoniennes, le blocus continental accroissant les besoins en produits agricoles. Le fils de Garrett Teague, Richard Garrett Teague, a représenté la circonscription au Parlement de 1827 à 1840, ainsi que le père de l'actuel propriétaire, l'Honorable Charles Garrett Teague, de 1940 à 1952. M. Lucas Barton-Teague a été élu en 1995 au Conseil régional de Cornouailles.

Parmi les ancêtres de cette vieille famille locale, notons à la fin du XVIIIe siècle le nom d'Ennis Trevelyan, peintre de marines réputé. On peut admirer ses œuvres au château et au cottage qui en dépend, ouverts au public à l'occasion de la fête annuelle (voir ci-dessous).

NAISSANCE ET DÉVELOPPEMENT DES JARDINS

Féru d'horticulture, le petit-fils de Garrett Teague avait entrepris en 1850 de planter les premières des quelque quarante variétés de rhododendrons et d'azalées du nord de l'Inde dont on commençait l'introduction dans le Royaume-Uni. Favorisée par le sol et le climat de Cornouailles, la croissance de ces plantes atteint des proportions spectaculaires. Ses descendants ont enrichi la collection par de nouvelles variétés provenant de Chine et d'Extrême-Orient.

Les conséquences économiques des deux guerres mondiales, ainsi que l'accroissement des taxes et des droits de succession, ont contraint les propriétaires de Barton Hall à adopter de sévères mesures d'économie. Le manoir de Trevelyan House, à demi en ruine, a dû être démoli en 1955.

Admirateurs de la romancière Daphné Du Maurier, native et longtemps résidente de Cornouailles, les Barton-Teague ont mis au point avec l'assistance éclairée de M. John Quiller, jardinier en chef, plusieurs variétés hybrides de rhododendrons nommés selon les personnages ou les titres des romans de Mme Du Maurier. On peut admirer, entre autres, Rebecca (écarlate), Cousine Rachel (blanche) ou encore Auberge de la Jamaïque (corail). Toutes ces variétés sont disponibles à la vente.

CENTRE ÉDUCATIF ET CULTUREL

Le samedi matin à 10 heures, une conférence illustrée de diaporamas par M. ou Mme Barton-Teague a pour but d'inciter les jardiniers amateurs à développer leurs connaissances. (Liste des sujets traités sur demande.)

Des « Causeries horticoles », organisées avec la participation d'experts, ont lieu les premier et troisième samedis de chaque mois à 14 heures dans les anciennes écuries du château. Les deuxième et quatrième lundis du mois sont consacrés à des conférences illustrées données par des représentants d'organismes publics tels que le National Trust, la Société royale d'horticulture, etc.

La série télévisée « Au Jardin » produite par M. et Mme Barton-Teague est régulièrement diffusée sur les ondes de la BBC. Des cassettes audio et vidéo, ainsi qu'un guide illustré, sont disponibles sur demande. Une version interactive sur CD-Rom est prévue dans le courant de 1997.

PÉPINIÈRES ET BOUTIQUES

Les plants et graines de toutes les variétés cultivées à Barton Hall sont disponibles à la boutique de la pépinière et de l'annexe. Les herbes aromatiques fraîches et séchées, cultivées sous la responsabilité de Richard Teague, sont également proposées à la vente.

Des équipes de jardiniers expérimentés sont à la disposition du public pour répondre à toute question et fournir leur assistance éventuelle. On peut également se procurer une gamme étendue d'outils de jardinage, de mobilier de jardin, de statues ornementales et autres articles, sur place ou par correspondance. Le catalogue sera remis ou envoyé sur simple demande.

SALON DE THÉ

Ouvert de 14 à 17 heures les jours d'ouverture. Scones, spécialités locales et confitures des fruits du jardin sont aussi disponibles à la vente. Service traiteur sur demande. S'adresser à Mme Margerie Quiller, directrice.

LA FÊTE ANNUELLE

La famille Barton-Teague organise chaque année une garden-party au bénéfice de la Société des sauveteurs en mer.

Nombreuses attractions, parmi lesquelles promenades à poney, visite du château, vente de charité, tombola, théâtre de marionnettes, etc.

Salon du psychisme sous la direction du Dr Valérie Kent, docteur en psychologie.

Renseignements par téléphone. Entrée gratuite pour les enfants. Chiens accueillis avec plaisir.

Pour tous renseignements complémentaires et demandes de dossiers de presse concernant les Jardins et Pépinières de Barton Hall, Ltd., prière de s'adresser à :

Mme Chloé Vickery
Vickery & Associés, Relations publiques
Shipwright's Loft, Rattle Alley
Gorran Haven, Cornouailles.

Cet ouvrage a été réalisé par la
SOCIÉTÉ NOUVELLE FIRMIN-DIDOT
Mesnil-sur-l'Estrée
pour le compte des Éditions Albin Michel
en juin 1997

Imprimé en France
Dépôt légal : juillet 1997
N° d'édition : 16525 - N° d'impression : 38327